셸리 산문집

이 도서의 국립중앙도서관 출판시도서목록(CIP)은 e-CIP홈페이지(http://www.nl.go.kr/ecip)와
국가자료공동목록시스템(http://www.nl.go.kr/kolisnet)에서 이용하실 수 있습니다.
(CIP제어번호: CIP2020026896)

The Trumpet of a Prophecy

예언의 나팔소리

셸리 산문집

김석희 옮김

PERCY BYSSHE
SHELLEY

이른비

셸리의 초상(앨프레드 클린트, 1819). 셸리는 탁월한 시인일 뿐만 아니라, 당시 영국 사회의 불의한 체제를 비판하고 개선하려고 분투했던 진정한 사회개혁가였다.

(위 왼쪽부터 시계방향으로) 셸리의 사상적 스승이었던 정치철학자 윌리엄 고드윈, 셸리의 두 번째 아내이자 『프랑켄슈타인』의 저자로 유명한 메리 셸리, 그리고 가까웠던 대표적인 문인 조지 고든 바이런과 제임스 리 헌트.

1819년에 일어난 '피털루 학살'을 묘사한 채색 판화. 1810년대는 영국 정부에 항의하는 노동자들의 소요 사건(1812년 러다이트 운동, 1817년 펜트리치 봉기, 1819년 피털루 학살 등)이 빈번히 일어났다. 셸리는 이 시기에 영국 사회의 문제점을 깊이 사고하고 가장 중요한 작품들을 발표했다.

로마의 개신교 공동묘지에 있는 셸리의 무덤(아서 존 스트릿의 스케치).

예언의 나팔이여! 오, 서풍이여,
겨울이 오면, 어찌 봄이 멀리 있겠는가.
• 「서풍의 노래」

차
례

일러두기

1. 이 책은 영국의 낭만주의 시인이자 사회개혁 사상가인 셸리(Percy Bysshe Shelley)의 대표적인 산문을 엄선하여 번역한 것이다. 소설, 편지, 서문도 일부 수록했다.

2. 번역은 데이비드 클라크(David Lee Clark)가 편집하고 주석한 『셸리 산문집』 (*Shelley's Prose, or the Trumpet of a Prophecy*, NY: New Amsterdam Books, 1988)을 주요 대본으로 삼았다.

3. 내용의 이해를 돕기 위해 각 글 앞에 옮긴이의 간략한 해제를 붙이고 [ ]로 묶어 본문과 구별했다. 각주는 대부분 옮긴이가 달았으며, 원주는 별도 표시했다. 원주 안에서 옮긴이가 덧붙인 설명은 [ ]로 묶어 표시했다.

The Necessity of Atheism

무신론의 필연성

〔1810년 10월, 18세에 옥스퍼드 대학에 입학한 셸리는 대학에서 열린 첫 만찬회에서 같은 해 2월에 이미 입학해 있던 토머스 제퍼슨 호그[1]와 알게 되었다. 두 사람은 존 로크[2]와 데이비드 흄[3] 및 프랑스 유물론자[4]들의 저서를 읽기 시작했고, 크리스마스 휴가 때부터 이듬해 2월 초까지 '신성(神性)'의 존재를 묻는 초고를 작성했다. 셸리는 그것을 「무신론의 필연성」이라는 제목으로 익명 출간했다.

셸리는 출간과 병행하여 자신의 의문에 대답해줄 반론을 듣고 싶어서, '제러마이어 스터클리(Jeremiah Stukeley)'라는 가명으로 서명한 정중한 편지와 함께 이 팸플릿을 전국의 주교와 옥스퍼드 대학의 주요 인사에게 보냈다. 편지를 받은 사람들 가운데 옥스퍼드 대학의 시학 교수

---

[1] 토머스 제퍼슨 호그(1792~1862)는 영국의 법정 변호사이자 작가. 셸리의 전기를 썼다.

[2] 존 로크(1632~1704)는 영국의 철학자이자 정치사상가로, 계몽철학 및 경험론의 원조로 일컬어진다.

[3] 데이비드 흄(1711~1776)은 영국의 철학자이자 역사가. 그의 인식론은 인간 본성 및 그 근본 법칙과 그것에 의존하는 여러 학문의 근거를 해명하는 것으로, 공리주의를 지향한다.

[4] 18세기 자연과학의 진전에 따라 계몽기 프랑스 유물론의 계보가 탄생했는데, 관념이나 정신 등의 근저에는 물질이 있다고 생각했다. 생리학적 지식의 증가를 배경으로, 사고 등도 뇌의 작용으로 설명할 수 있다며 쥘리앵 오프루아 드 라메트리는 『인간 기계론』을 썼고, 드니 디드로 등은 『백과전서』를 기획하여 교조적·기독교적 학문 체계에 저항했으며, 그 후 클로드 아드리앵 엘베티우스의 『정신론』, 돌바크 남작의 『자연의 체계』 등이 이런 사상을 상술했다.

이자 국교회 목사인 에드워드 코플스턴이 셸리에 대해 강경한 조치를 취하라고 학장에게 제의했기 때문에, 입학한 지 5개월 뒤인 1811년 3월 25일 셸리는 퇴학 처분을 받게 되었다. 호그도 힐문을 당하고 관계를 인정했기 때문에, 역시 퇴학 처분을 받았다.

18세기의 성직자들은 견해가 다른 자를 습관적으로 무신론자라 부르고 있었다. 하지만 자신의 견해를 표명하기 위해 대담하게도 스스로 무신론자임을 표방한 사람은 별로 없다. 이런 종류의 출판물로는 이 팸플릿이 영국에서 최초의 것이라고 말할 수 있다.

「무신론의 필연성」이 논리의 근거로 삼고 있는 저작으로는 존 로크의 『인간 오성론』 제4권(1, 2, 3, 15, 16장), 데이비드 흄의 『자연 종교에 관한 대화』와 『인간 본성에 관한 논고』, 돌바크 남작[5]의 『자연의 체계』 등을 들 수 있다.]

❧

완전하게 그리고 명확하게 논증되지 않은 것을 진리로서 인정하는 것은 인간의 마음으로는 도저히 불가능한 일이다.
• 베이컨, 『학문의 진보』[6]

---

5 폴 앙리 디트리히 돌바크(1723~1789)는 프랑스 계몽기의 철학자. 18세기 프랑스 유물론의 대표자 중 한 사람이다. 『자연의 체계』(1770)는 18세기의 무신론·유물론·결정론을 전형적으로 집약·표명하여 '유물론의 성서'로 불린다.
6 프랜시스 베이컨(1561~1626)이 1605년에 출간한 저서로, '영어로 쓰인 최초의 철학서'라 일컬어진다. 베이컨은 신의 존재를 부인하지 않았으며, 숙달된 지식인 학문은 신의 성질과 섭리 속에 인간에게 계시된다고 하였다.

어떤 명제든, 그 명제의 뒷받침으로 제시된 증거가 타당한지 여부를 자세히 검토하는 것이 진리를 획득하는 유일하고 확실한 방법으로 인정되어왔다. 이 방법의 이점에 대해서는 자세히 논할 필요도 없다. '신성(Deity)'의 존재에 대한 인식은 아무리 면밀하게 탐색을 거듭해도 지나치지 않을 만큼 중요한 문제이다. 이런 확신에 근거하여, 지금까지 제시된 증거를 간결하고 공정하게 검토해보겠다. 우선 '신앙'의 본질에 대해 생각해볼 필요가 있다.

어떤 명제가 마음에 보이면, 마음은 그 명제를 성립시키고 있는 개념을 인정하거나 인정하지 않거나 하는 반응을 보인다. 그 개념을 인정하면 그것은 신앙이라고 불린다. 걸림돌이 많아서 금방 인정할 수 없는 경우도 종종 있는데, 마음은 이런 걸림돌을 제거하고 확실히 지각하려고 애쓴다. 마음은 적극적으로 탐색을 거듭하고, 수동적인 지각을 완전한 것으로 만들려고 한다. 그때 많은 사람들이 탐색과 지각을 혼동하여 오류에 빠지고, 마음은 능동적으로 신앙을 구하기 때문에 신앙은 의지 행위이고, 그 결과 신앙은 마음에 의해 좌우된다고 믿어버린다. 이 오류를 되풀이한 끝에 많은 사람들이 불신앙을 일종의 범죄로 만들어왔다. 하지만 본래 불신앙을 범죄라고 할 수는 없고, 불신앙을 미덕이라고 할 수도 없다.[7]

신앙의 강도는 다른 모든 감정의 경우와 마찬가지로 자극의 정도에 비례한다.

---

[7] 로크의 『인간 오성론』 제4권 1, 2, 3장에서 인용.

자극의 정도에는 세 단계가 있다.

감각은 마음에서 모든 것을 인식하는 근원이다. 따라서 감각에 의한 증명이 가장 납득하기 쉽다.

이런 감각에서 얻어진 직접 체험을 토대로 하여 마음이 내리는 결정은 그다음으로 납득하기 쉽다.

직접 체험하지 않고 남에게 들은 것은 가장 납득하기 어렵다.

이성은 우리의 감각에 의한 증명에 토대를 두고 작동한다. 따라서 이성에 어긋나는 증언은 어떤 것도 인정되지 않는다.

모든 증거는 이 세 단계의 어딘가에 속하는 것으로 여겨진다. 그래서 당연한 일이지만, '신성'의 존재를 우리에게 납득시키기 위해 각 단계에서 어떤 논증이 이루어지는지를 살펴보자.

첫 번째 단계는 감각에 의한 증명이다. '신성'이 우리 앞에 모습을 나타낸다면, 즉 우리의 감각에 호소하여 '신성'의 존재를 납득시켜준다면, 이 현현은 필연적으로 신앙을 불러일으킨다. '신성'의 모습을 이렇게 눈으로 보았던 사람들은 '신성'의 존재를 가장 강하게 납득하고 있다는 이야기가 된다.

이성은 두 번째 단계에 온다. 존재하는 것은 무엇이든 그 기원이 있었거나 아니면 영원히 존재했거나 둘 중 하나임에 틀림없다는 것, 또한 영원하지 않은 것에는 어떤 원인이 있었을 게 분명하다는 것을 인간은 이성으로 아는 것이다. 이것을 우주의 존재[8]

---

[8] 우주의 기원에 관해서는 두 가지 사상이 있다. 하나는 전승이나 종교가 만들어낸 창세 사상이다. 또 하나는 아리스토텔레스에게서 볼 수 있듯이, 자연의 합리적 작용을 사실 그대로 받아들여 우주에는 시작도 없었고 종말도 없을 거라고 주장하는

에 적용하면, 우주는 창조되었다는 것을 증명할 필요가 있다. 이런 점이 확실히 입증되지 않는 한, 우주는 영원히 존속해왔다고 생각하는 것이 이치에 맞다. 정반대인 두 가지 명제가 있을 경우, 마음은 이해하기 쉬운 쪽을 믿는다. 우주를 창조할 수 있는 어떤 존재를 생각해내기보다 우주는 영원히 존속해왔다고 생각하는 편이 쉽다. 한쪽의 명제는 받아들이기 어렵고, 그 부담 때문에 마음이 우울해지는 경우, 그 명제를 고집하여 부담이 점점 더 견디기 어려워지면 마음의 평안은 얻을 수 없다. 인간에게 가능한 인식 범위 안에서 인간의 존재를 논증하면 다음과 같이 된다: 인간은 지금 존재하고 있을 뿐만 아니라 존재하지 않았던 시기도 있었다는 것을 인식하고 있다. 따라서 존재하기 위해서는 어떤 원인이 있었을 게 분명하다. 하지만 이것은 어떻게 증명될까. 우리가 할 수 있는 일은 단지 결과를 보고 그 결과에 어울리는 원인을 추측하는 것뿐이다. 하지만 걸맞은 도구가 가져오는 산출력은 틀림없이 존재한다. 우리는 이 힘이 그런 도구 속에 원래 갖추어져 있다는 것을 증명할 수 없을 뿐만 아니라, 그 반대의 가설도 입증할 수 없다. 따라서 이 산출력은 이해할 수 없는 것이라고 인정할 수밖에 없다. 하지만 똑같은 결과를 영원하고 '전지전능한 존재'가 초래했다고 추측하면, 원인 자체가 애매해질 뿐만 아니라 더욱 이해하기 어려운 것이 되어버린다.

우리를 납득시키는 마지막 세 번째 단계는 '증언'이다. 여기에

사상이다.

18

는 그 증언이 이성에 반하지 않는다는 전제가 요구된다. 증언에 의해 '신성'의 존재를 감각적으로 납득할 수 있는 경우는 증언자들이 속고 있었다기보다는 '신성'이 눈앞에 모습을 나타냈을 가능성이 더 높다고 마음이 인정한 경우뿐이다. 기적의 목격자라고 말하거나 '신성'은 이성으로 파악할 수 없다고 말하는 이들의 증언을 이성은 결코 인정할 수 없다. '신성'은 자기를 믿으라고 명령하고, 신앙에는 최고의 보상을 주고 불신앙에는 영원한 벌을 내리겠다고 언명하기 때문이다. 우리가 뜻대로 할 수 있는 것은 자발적인 행위뿐이다. 신앙은 자유의지에 따른 행위가 아니다. 마음은 수동적인 것이다. 여기서 분명해진 사실은 충분한 증언은 없다는 것, 좀 더 적절하게 표현하면 증언은 '신(a God)'의 존재를 증명하기에는 원래 불충분하다는 것이다. '신'의 존재를 이성으로 추론할 수 없다는 것은 두 번째 단계에서 증명했다. 제 감각의 증명으로 납득한 사람들, 오직 그런 사람들만이 '신'의 존재를 믿을 수 있다.

이상으로 '신'의 존재를 납득시키기 위한 세 가지 근거 가운데 어느 것에서도 아무런 증거를 얻을 수 없기 때문에, 마음은 '신'의 존재를 믿을 수 없다는 것이 명백해졌다. 또한 신앙은 감정이기 때문에 불신앙에 범죄성이 결부되는 것은 있을 수 없는 일이라는 것도 명백하다. 마음이 이 문제를 탐색할 때 취한 잘못된 방식을 자진해서 제거하려고 하지 않는 사람들이야말로 비난받지 않으면 안 된다.

말할 필요도 없는 일이지만, '신'의 존재에 대한 증거가 이렇게 불충분하다는 것을 대중에게 알려도 사회에 아무런 해도 미치지 않는다. '진리'는 항상 인류에게 최선의 이익을 가져오기 위해 탐구되어왔다. 사려 깊은 사람이라면 누구나 '신성'의 존재를 증명하는 증거는 아무것도 없다는 것을 인정하지 않을 수 없다. Q.E.D.[9]

---

[9] 라틴어 'quod erat demonstrandum'의 약자로, '이상이 내가 증명하려는 내용이었다'는 뜻.

Proposals for an Association of Philanthropists

박애주의자 협회 설립의 제언

【1812년 2월, 셸리는 더블린에서 첫 번째 팸플릿인 「아일랜드 인민에게 고함」을 배포했다. 그 후 더블린에 잠시 체류하는 동안 두 번째 팸플릿인 「박애주의자 협회 설립의 제언」을 써서 급진적 출판업자인 대니얼 이튼[1]에게 인쇄를 의뢰하여 3월 초에 배포했다. 팸플릿으로서의 영향은 「아일랜드 인민에게 고함」과 마찬가지로 별로 크지 않았다. 셸리는 실의와 희망이 뒤섞인 심정으로 더블린을 떠났다. 3월 8일에 윌리엄 고드윈[2]에게 쓴 편지에는 셸리의 이런 복잡한 심경이 나타나 있다.

나는 오늘까지 인간의 불행의 밑바닥이라는 것을 알지 못했습니다. 더블린의 가난한 사람들만큼 초라하고 애처로운 사람들은 달리 없습니다. 비좁은 거리에 많은 사람들이 모여 살고 있습니다. 더러운 생물의 무리가 되어! 이런 광경을 보고 내 열의도 식어버렸습니다. 가난한

---

[1] 대니얼 아이작 이튼(1753~1814)은 이신론적 입장의 급진적 작가이자 출판업자였다. 1812년에 당시 발행이 금지되어 있던 토머스 페인의 『이성의 시대』를 출간하여 징역형을 선고받았다. 셸리는 여기에 항의하기 위해 대법관인 엘린버러 경에게 보내는 편지를 썼다.

[2] 윌리엄 고드윈(1756~1836)은 영국의 정치철학자. 프랑스 혁명 직후에 『정치적 정의에 관한 고찰』을 써서 사유재산의 부정과 생산물의 평등 분배에 입각한 사회 정의 실현을 주장했으며, 무정부주의의 선구자이자 급진주의의 대표가 되었다. 그의 저서는 워즈워스, 콜리지, 해즐릿 같은 낭만파 시인들에게 큰 영향을 미쳤으며, 셸리도 그에게 사상적 영향을 받았을 뿐만 아니라, 그의 딸 메리와 사랑의 도피 끝에 두 번째 결혼을 했다.

사람끼리 서로 괴롭히고, 죽음보다 심한 상태로 몰아넣는 사람들에게 미덕을 가르치려고 마음먹은 것은 지나친 오만이었습니다. 생각하면 나는 이런 사람들에게 호소할 작정이었습니다. 이런 내 생각은 당장 바뀌어버렸습니다! 하지만 바로 이런 급격한 변화 덕분에 내가 여기에 온 신념은 더욱 확고부동한 것이 되었습니다.

아일랜드에서 배포된 두 종류의 팸플릿은 성격이 다른 것이었다. 「아일랜드 인민에게 고함」은 가난한 대중을 대상으로 생활 습관을 포함한 자기 변혁을 권하는 계몽적인 것이었던 반면, 「박애주의자 협회 설립의 제언」은 교양 있는 사람들, 예를 들면 더블린 대학의 학생들을 대상으로 개혁의 토대가 될 협회를 결성하라고 호소하는 것이었다. 호소하는 대상이 이렇게 바뀐 것은 아일랜드에서의 체험에 기인한다고 말할 수 있다. 「아일랜드 인민에게 고함」은 잉글랜드의 케직에 머물고 있을 때 쓴 것인 반면, 「박애주의자 협회 설립의 제언」은 더블린에서 직접 가난한 대중과 접촉한 뒤에 쓴 것이다. 또한 「박애주의자 협회 설립의 제언」은 가톨릭 해방과 합병령 철폐라는 현실적 목표를 달성하기 위해 박애를 지향하는 협회의 설립 필요성을 설득한다는 점에서 「아일랜드 인민에게 고함」을 보완하고 발전시킨 것이라고 말할 수 있다.

내용적으로는 토머스 페인[3]이나 고드윈의 정치 원리, 예를 들면 정치

---

3 토머스 페인(1737~1809)은 미국(영국에서 출생)의 작가이자 국제적 혁명이론가로, 미국 독립전쟁과 프랑스 혁명 때 활약했다. 『상식론』(1776)으로 미국이 공화국으로 독립해야 한다고 촉구하고, 독립이 가져오는 이익을 펼쳐 사람들에게 독립에 대한 열망을 불어넣었다.

제도 개혁의 필요성, 정부와 피통치자의 존재 방식 등을 바탕으로 논의를 전개한 것이어서 셸리의 독창이라고 말할 수 있는 것은 아니다. 그리고 셸리와 고드윈은 아일랜드의 상황 인식에서도, 궁극적인 이상 사회의 청사진에서도 큰 차이가 있었다. 그들은 둘 다 이성에 입각하여 인류의 행복 실현을 도모하는 무정부 상태를 이상으로 지향해야 한다고 생각하고 있었다. 한편 셸리는 아일랜드의 대중을 직접 보고 대중을 직접 계몽하려는 희망을 버리기는 했지만, 그 대신 덕성과 지혜를 갖추고 있는 박애주의자들에게 행동을 제기했다. 물론 셸리는 당시의 진보적인 사상가들이 그랬듯이 이성에도 큰 힘을 인정하여, 이성이야말로 미신과 편견에 집착하는 종교로부터 인간 정신을 해방할 거라고 생각하고 있었지만, 이성에 토대를 둔 고드윈적인 무정부 상태가 아니라, 박애를 기반으로 하여 인류 전체가 평화와 행복을 누리는 사회를 우리가 지향해야 할 이상으로 생각하고 있었다. 셸리가 말하는 박애는 좁은 의미에서는 타인에 대한 동정을 의미하고, 넓은 의미에서는 인류애, 세계시민 정신, 불관용의 대척점에 있는 정신을 의미하는 것이었다. 즉 셸리는 이상적인 사회 건설을 위한 개혁을 추진하는 기능을 박애에 기대하는 동시에, 편협하고 불관용한 종교로부터 인간을 해방시키는 기능도 박애에 기대했다고 말할 수 있다.]

꿈

내가 제안하는 협회의 당면 목적은 '가톨릭 해방' 및 그레이트브리튼과 아일랜드의 '합병령⁴ 철폐'에 있습니다. 그리고 이런 불만의 원인을 제거하고, 도덕 및 정치상의 악을 힘이 닿는 한 근절하거나 경감할 것을 제안합니다.

사람이 좋은 기회를 새로 만들어낼 수는 없습니다. 하지만 찾아오는 좋은 기회를 잡을 수는 있습니다. '박애'가 가장 관심을 갖고 있는 것은 기회를 잡아서 자애로운 감정을 일깨우는 것입니다. 이 감정이 싹트면 사적 감정은 사회적 감정으로 퍼지고 부풀게 됩니다. 자신과 가족과 친구만이 아니라 세계 시민[5]인 자손까지 생각하게 됩니다. 그리고 결국에는 전 세계가 하나의 나라로 통합되고 그 가족은 다감한 인간이 됩니다.

주위에 없는 사람들을 생각하고, 아무 관계도 없는 사람들의 이익을 고려하는 것이 좋은 기회를 만들어내는 감정의 주된 원천입니다. 좋은 기회가 찾아오면 인류애의 작용도 매우 값진 것이 될 것입니다. 세간의 불만거리에 공감하거나 사회 전반에 걸친 개선 가능성을 보여준다는 기대와 불안으로 가득 찬 사회적 화제는 박애주의자가 가장 열정적으로 말하려 하는 것입니다. 이런 것들을 화제로 삼으면 사람은 차츰 이기심에서 벗어나기 때문입니다. 즉 사회적 감정이 깊어지면 자신의 이익을 사회적 시

---

4 1800년에 선포된 합병령에 따라 아일랜드는 그레이트브리튼에 합병되어 '그레이트브리튼 아일랜드 연합 왕국'(1801~1921)이 성립되었다.
5 페인의 영향을 받은 셸리는 전 세계 사람들이 하나로 묶이는 것이 이상적이라고 생각하고 있었다. 페인은 『인간의 권리』(제1부 1791, 제2부 1792)에서 '내 조국은 전 세계이고, 내 종교는 선을 행하는 것'이라고 말하고 있다.

야에서 생각하게 됩니다. 국가나 세계에 대한 공감이나 생각이 깊어질수록 사람은 자기중심성에서 빠져나갈 수 있습니다. 인간의 관심은 모두 자기중심적이라거나 마땅히 자기중심적이어야 한다고 말하는 것은 우리가 멋대로 그렇게 믿고 있을 뿐입니다.

동기가 이기적이면 사람은 편견을 품거나 냉혹해지거나 품위를 떨어뜨리게 된다느니, 이기적 동기와는 정반대의 정신이 활기차게 활동하는 좋은 기회를 잡는 것이 박애 신봉자의 의무로서 지금 무엇보다 요구되고 있다느니, 이런 좋은 기회는 동료의 이익을 추구하는 사랑을 불러일으키고 인류에게 이익을 가져올 수 있는 절호의 기회라느니, 하는 뻔한 이야기를 여기서 새삼스럽게 말할 생각은 없습니다. 어디에서 자라는 식물이든, 열매를 맺기 전에 가라지 때문에 성장이 저해되는 것은 흔히 있는 일입니다.[6] 미덕은 기쁨을 낳지만, 그것은 원인에 대한 결과 같은 것입니다. 친구에게 도움이 되는 일을 할 때 나는 기쁨을 느낍니다. 그것은 그를 사랑하기 때문입니다. 하지만 기쁨을 얻기 위해 그를 사랑하는 것은 아닙니다.

아일랜드의 현재 여론이야말로 박애라는 이름의 종교를 열심히 신봉하고 있는 사람이 결코 놓쳐서는 안 될 좋은 기회의 하나라고 생각합니다. 나에게는 사회적 관심이 높아지고 있는 것이 느껴집니다. 사람들의 마음에서 개인적 이익을 추구하는 관심이 어느 정도 줄어들고 공공의 이익을 생각하게 된 것이 느껴집

---

6 신약성서 「마태복음」 13장 25절.

니다. '가톨릭 해방'을 큰 의미가 있는 것으로 할 것인가, 작은 것에 머무를 것인가. 즉 400만 명의 국민을 행복하게 하는 수단으로 할 것인가, 아니면 소수의 고관에게 명예를 줄 뿐인 개혁에 머무를 것인가. 어느 쪽이든 자애롭고 공평무사한 감정은 퍼져가고 있습니다. 나도 그 불이 꺼지지 않도록 노력할 작정입니다. 중대하다고는 하지만 어느새 지나가버릴 이 국면에 더러워지지 않은 깨끗한 불꽃을 지키고 키워가는 방책이 정력적으로 신속하게 강구되기를 바랍니다. 그 불꽃에서 시대를 초월하여 모든 국민이 '자유'와 '미덕'의 횃불에 불을 켜게 되면 좋겠다고 생각합니다.

가톨릭을 신봉하는 아일랜드 주민의 요구가 내일이라도 당장 받아들여진다면 조금이나마 그들의 자유와 행복이 늘어날 거라고 생각합니다. 공권 박탈[7]은 주로 가톨릭의 상층 계급에 불리하게 작용하고 있습니다. 공권 박탈이 폐지되면, 주로 이런 상층 계급 사람들이 혜택을 받게 될 것입니다. 권력과 부는 미덕과 자유의 대의에 도움이 되기는커녕, 오히려 그것을 해칩니다. 하지만 의회에서 의견을 말하는 공권을 박탈하는 데에는 나도 단호히 반대하니까, 이 해방이 목전에 다가와 있는 것을 보고 기뻐하고 있습니다. 그렇게 생각하는 것은 가톨릭 해방이 선을 가져오

---

7 16세기에 영국 국교회가 성립되어 로마 가톨릭에서 분리된 이후 영국은 아일랜드 주민에게 가톨릭을 버릴 것을 강요했을 뿐만 아니라 가톨릭 신자의 공직 진출도 제한했다. 1801년 그레이트브리튼 아일랜드 연합 왕국이 성립될 당시, 아일랜드 인구의 85퍼센트가 가톨릭 신자였음에도 아일랜드를 대표하는 의원 중에는 가톨릭 신자가 한 명도 없었다.

기 때문이 아니라, 아일랜드의 이익이 도모되는 징후, 마땅히 와야 할 선의 조짐이 되기 때문입니다. 그래서 나는 이 대의를 위해 아일랜드 주민에게 공감합니다. 대의 하나가 달성되었다고 해서 소작인에게 위안을 줄 수 있는 것도 아니고, 사람을 어두운 감옥에서 구출하는 것도 아니고, 악덕 하나를 완전히 근절하는 것도 아니고, 또한 고통을 누그러뜨리는 것도 아닙니다. 하지만 그 대의는 그림의 전경입니다. 그 그림의 흐릿한 원경에는 사자가 양과 함께 누워 있거나[8] 어린애가 바실리스크[9]와 노는 모습이 보입니다. 대의는 '완고함'이라는 눈먼 괴물을 근절할 테고, 완고함의 왕좌는 200년 전부터 흔들리고 있기 때문입니다. 나에게는 '미신'이라는 중풍을 앓는 노파의 이가 딱딱 마주치는 소리가 들립니다. 그녀가 무덤 속으로 내려가고 있는 모습이 보입니다! '이성'은 '종교의 자유'라는 '신전'의 열린 문을 가리키고, '박애'는 만인 공통의 '신'을 모신 제단 앞에 무릎을 꿇고 있습니다. 거기에서는 부유와 가난, 지위와 비천은 과거의 유물에 불과한 것이 되고, 방황하는 사람들에게 위험한 곳을 경고하는 별똥별이 되어, 악덕이나 비참이라는 메스꺼운 물웅덩이 위를 스치며 날아가고 있습니다. '신'이라는 존재가 이 광대한 우주를 지배하고 있을까? 당신들은 '신'의 은혜에 감사하고 ─신의 지혜를 숭배하고 ─신의 제단에 헌신의 꽃다발을 바치겠습니까? 당신들의 형

---

8 구약성서 「이사야서」 65장 25절.
9 아프리카 사막에 살고, 닭의 볏과 몸, 뱀의 꼬리를 가졌다는 전설적인 동물. 내쉬는 숨과 눈빛으로 사람을 죽였다고 한다.

제가 색이 다른 꽃다발을 장식했다고 해서 저주하면 안 됩니다. 가장 순수한 종교는 '자애(Charity)'의 종교입니다. 그 따뜻함으로 말미암아 사람들의 마음이 바뀌기 시작합니다. 나무의 선악은 그 열매에 의해 결정됩니다.[10] 가톨릭의 요구가 인정되고 '합병령 철폐'가 실현되면, 그것이 열매를 맺는 꽃이 될 겁니다. 그리고 그 열매도 이윽고 더 뛰어난 지성과 향상된 덕성이라는 '여름의 태양'에 의해 반드시 무르익을 겁니다.

나는 그레이트브리튼과 아일랜드의 '법적 합병' 문제를 피할 생각은 없습니다. 이 문제는 가톨릭의 공권 박탈 문제와 마찬가지로 본질적으로 참을 수 없는 불만거리이고, 매우 중요한 사안입니다. 가톨릭의 공권 박탈에 영향을 받는 사람은 극히 한정되어 있지만, 합병은 수많은 사람에게 영향을 미치고 있습니다. 가톨릭의 공권 박탈 때문에 부자는 권력을 빼앗기지만, 합병 때문에 농민은 가난해지고, 도회지에는 거지가 넘쳐나고, 시골에는 기근이 일어나고 비굴함이 늘어날 뿐입니다. 그리고 비참과 범죄는 서로 의지하며 한통속이 되어 서로 감싸주고 있습니다. 그래서 나는 이 두 번째 불만거리인 합병령을 폐기하는 것이 마땅히 와야 할 선의 단순한 조짐 이상의 것이고, 본질적으로 유익하다고 생각합니다. 내가 인정하는 것은 미덕과 재능뿐입니다. 귀족은 쓸모없고 성급하고 경솔하고 폭력적인 존재라고 생각합니다. 그래서 당분간이라도 아일랜드 귀족의 존속을 인정할 수 없

---

10 신약성서 「마태복음」 12장 33절.

습니다. 그들은 아일랜드 주민의 피를 빨아먹은 뒤 그것을 잉글 랜드에서 다 써버리고 있습니다. 세상에는 비참하고 사악한 인간 이 많다는 불행한 현실을 부정할 생각이 없지만, 아일랜드에는 이 두 가지가 너무 많다고 말하고 싶습니다. 잉글랜드 때문에 아 일랜드는 가난해져버렸지만, 풍요로웠던 나라가 가난해지면 국 민은 심하게 자포자기하여 또 사악해지는 법입니다.

따라서 나는 이런 두 가지 불만의 씨앗을 제거하고 싶습니다. 아니, 그렇다기보다는 오히려 그런 여론의 움직임이 느껴집니다. 여론이란 것은 유익한 개혁을 실현할 수 있는 열쇠를 손에 쥐는 것으로서, 불만보다 먼저 나타나곤 합니다. 불만의 씨앗도 여론 으로 제거할 수 있습니다. 여론을 통해 더 광범위하고 유익한 개 선을 실현할 수 있으면 좋겠다고 생각합니다. 여론은 우리가 적 극적으로 재빨리 포착해야 할 좋은 기회를 만들어냅니다. 그리 고 우리는 적극적으로 재빨리 그 좋은 기회를 잡아야 합니다. 범 죄나 비참이나 무지를 호소하는 모든 인류의 목소리를 듣고 우 리는 자신의 임무에 눈을 뜹니다. 가난한 아일랜드 사람들의 비 참한 상황은 잉글랜드와의 합병으로 더욱 심해지고 있지만, 이는 결코 아일랜드 사람들에게만 국한된 것이 아니기 때문입니다. 완 전히 문명화된 세계일 터인 잉글랜드도 예외는 아니어서, 문명 국에 어울리지 않을 만큼 영락해버리거나 반대로 어울리지 않는 높이까지 상승하거나 둘 중 하나입니다. '합병령'을 철폐하면 가 난한 아일랜드 사람들은 자매국인 잉글랜드 사람들만큼 행복해 질 것입니다. 주민의 행복을 바라고 있는 이 나라 아일랜드에서는 자애로운 감정은 사라져버렸다고 할까요. 이 감정이 앞으로도 조직적으로 강화되고 촉진되기를 바랍니다. 시민 한 사람 한 사람이 자기 집 난롯가에 편안히 앉아서, 세차게 쏟아지는 빗줄기도 나와는 관계없고, 내게는 책도 읽고 책을 읽을 시간도 있고 돈도 있고 나를 위해 사치품을 사들일 수도 있으니까 만사가 다 좋다고 말하고 있으면, 자애로운 감정도 사라져버립니다. 관대한 마음씨를 가진 사람은 그런 말을 하지 않습니다. 자유도 여가도 없는 대다수 사람들을 생각한 뒤에도 태연히 만족할 수 있다면, 비참함에 대해 너무 오래 생각한 나머지 마음이 마비되었기 때문일 게 분명합니다. 왜 내가 이런 이야기를 할까요? 정치와 도덕의 현재 상황이 잘못되어 있다는 데 의심을 품는 사람이 있을까요? 개선을 위한 확실한 방법을 가르쳐달라고 세상 사람들은 말하고 있습니다. 관대한 박애 정신을 높이고 세간에 퍼뜨려 인류에 대한 사랑을 끊임없이 불태우고, 그 결과로 미덕이나 자유가 생겨나는 운동을 순차적으로 벌여가는 것 외에는 확실한 길이 없습니다. 설령 개인에게 어떤 힘이 있다 해도, 한 사람의 활동만으로는 하나의 단체만 한 성과를 거두지 못할 것입니다. 내가 지금 공언한 것과 같은 생각을 가진 사람들, 즉 아일랜드의 현재 여론을 인식하는 사람들, 지금이야말로 동요하고 있는 여론을 박애와 단단히 결부지을 좋은 기회라고 생각하는 사람들, 그리고 모든 인류를 사랑하고, 노고를 아끼지 않고 전진하며, 여론이 방아쇠가 된 운동에 몰두하고, 그 운동의 성공을 방해하려 드는 자들에게 박해를 당해도 기꺼이 참으려 하는 사람들, 이들 모두에게 나는 다음과 같은 협회의 설립을 제언합니다. 이 협회에서는 우선 어떤 방책이 제안되어도 그 타당성을 논의하고, 다음으로는 결정된 사항을 전원 또는 각자가 저마다 실행에 옮길 것을 제안합니다. 아일랜드 사회의 빈곤층 전체에 지식과 미덕을 퍼뜨리고, 진보된 교육제도도 받아들이고, 도덕적·정치적 악의 힘을 누그러뜨리는 데 도움이 되는 모든 방안에 대해 논하고, 인류에게 유익한 기회가 찾아올 때마다 힘이 닿는 한 적극적으로 그 기회를 살리는 협회를 설립하자고 제안하는 바입니다.

아일랜드에 대해 말하고 있지만, 이 협회의 활동 범위를 아일랜드나 다른 어떤 한 나라에 국한시킬 생각은 없습니다. 지금은 우선 아일랜드에 대해 말하고 있을 뿐입니다. 또한 이 협회의 설립이 다른 협회의 설립을 촉진하고, 그 협회들도 같은 정신으로 활동하도록 권하고 싶습니다. 이렇게 내가 제안하는 협회의 세부에 대해서는 확실히 설명할 생각은 없습니다. 좋은 기회를 잡아서 최선을 다하기 위한 회합은 그 성질상 인간의 악이나 고통과 마찬가지로 확실한 형태가 정해진 것이 아니라 다양한 형태를 취하기 때문입니다. 인간의 악이나 고통이 협회 설립에 앞서서 그 계기가 되어 조직화를 촉진하는 것입니다.

정치 체제와 거기에 수반되는 모든 악이 사람들의 불만거리의 태반을 차지하고 있습니다. 박애주의자들은 그 불만거리가 시정되기를 바라고, 종종 현재의 '모든 정부'를 논의의 대상으로 삼고 있습니다. 하지만 박애주의자들의 논의 결과와 확고한 신념을 갖지 않은 인간의 허점을 이용하는 무리가 세상 사람들에게 믿게 하려는 의견은 서로 맞지 않습니다. 이처럼 자유롭게 논의를 벌이면, 할머니 때부터의 가치관을 소박하게 믿고 있는 선의의 사람들에게 비난을 받게 될지도 모릅니다. 소수의 인간이 지성을 지배하고 권력을 장악하고 있습니다. 원래는 단지 위탁받았을 뿐인 이 권력을 그들이 행사할 수 있는 것은 다수의 대중이 참고 있기 때문입니다. 권력은 세습되어, 지성과는 필연적으로 서로 맞지 않게 되어버렸습니다.

따라서 기존의 신조에 조금이라도 의문을 품으면, 지금의 체제가 계속되는 한, 현재 그 체제에서 권력이나 명성을 얻고 있는 사람의 혐오와 반감을 부추길 것은 뻔합니다.

내가 권하는 협회에서는 그런 신조가 (아무리 오랜 역사와 관례에 의해 지켜지고 있다 해도) 인류에게 도움이 되지 않는다고 여겨지는 경우에는 이의를 외치게 될 것입니다. 아마 그 결과 협회는 권력자들의 비난을 뒤집어쓰겠지요. 박애주의자 협회의 사고방식으로는 폭력을 쓰거나 성급하게 체제를 타도하는 것은 있을 수 없는 일임에도 불구하고, 협회는 정부가 도저히 참을 수 없는 존재가 될 것입니다. 귀족은 야당과 여당을 불문하고 모두 협회에 반대할 겁니다. (박애는 당파를 초월한 것이기 때문입니다.) 그들이 반대하는 것은 협회가 지향하는 궁극적인 목적이 인위적인 모든 차별을 없애는 것이기 때문입니다. 물론 협회의 당면 의도를 보면, 귀족은 아무 걱정도 하지 않는 건 아닐까 생각합니다. 성직자도 역시 협회에 반대할 것입니다. 교회와 국가의 결속 ─ 예수의 신조와 실천에 어긋나고, 예수가 사람들에게 가르치려 했지만 실현하지 못한 그 평등에도 어긋납니다 —은 녹이 슬 만큼 오래전부터 존중받아온 모든 제도 중에서도 자유롭고 냉정한 논증에는 가장 견디기 어려운 것입니다. 양자의 결속은 인류의 행복에 가장 도움이 되지 않는 것이기 때문입니다. 장관, 귀족, 주교가 자신들의 진정한 이익을 안다면, 그들 가운데 몇 명은 지금까지처럼 자유와 박애에 대해 악의적인 반대를 하는 대신 그런 신조를 보급하고 정착시키는 데 기꺼이 협력할 것입니다. 그러면 시시하고 애매한 수많은 말이나 그보다 더 진저리가 날 만큼 많은 화려함, 그리고 머리를 텅 비게 만들 만큼 무겁게 짓누르는 가발을 어깨 위에서 치워버릴 수 있을 것입니다. 지금은 타락하고 부당한 평가를 받고 있는 인간이라는 칭호를 되찾으면, 은폐와 속임수를 배제하고 좀 더 고귀한 칭호와 위엄을 손에 넣게 될 것입니다. 그 위엄은 짐짓 점잔을 빼는 원숭이의 익살이 아니라 인간에게 어울리는 침착하고 확고한 위엄이 될 것입니다.

이런 상황에서, 귀족과 성직자들은 자기들을 존경하고 누구에게도 악의를 품지 않는 사람들을 잘못된 편견에 사로잡혀 옹졸하게도 박해하게 됩니다. 하지만 귀족과 성직자의 궁극적인 이익은 전체의 이익이기도 하고, 박애주의 협회의 진수도 이런 전체의 이익을 가져오는 데 있습니다.

솔직히 말하면 정부 덕택에 빛나는 인생을 보내고 당시의 정치 강령을 기초한 사람을 신뢰하고 있는 사람들은 시대에 뒤떨어진 쓸모없는 것을 고맙게 생각하고 이런 악에 태연히 만족하고 있는 인간이라 해도 좋을 것입니다. 이제 그것들은 햇빛이나 공기처럼 당연한 것이고 의문의 여지가 없는 것이며, 박애에 대해서는 생각지 않아도 좋다고 그들은 생각하고 있기 때문입니다. 솔직히 말하면 정부는 내가 설립하고 싶어 하는 협회를 위험하다고 단정하고 반대할 겁니다. 따라서 미덕이라는 이름으로 설립되는 협회의 헌신적인 회원은 사회의 이익을 위해 자신의 이익을 기꺼이 희생할 필요가 있습니다. 또한 오랜 습관으로, 모난 돌은 정을 맞는다는 풍조를 생각하면, 고결한 신조를 퍼뜨리기 위해 조직된 협회 회원들은 개인적인 위험에 직면하게 될 것입니다. 하지만 이런 걱정과 두려움도 박애주의자의 정신에는 바다에 떨어진 한 방울의 물과 비슷합니다. 이런 생각을 품고 있는지 아닌지는 진정으로 덕이 있는 사람과 비열하고 이기적인 목적을 가진 자칭 애국자를 분간하는 시금석이 됩니다. 그런 이유로 나는 위험을 알면서도 나와 같은 생각을 가진 사람들에게 '박애주의 협회'를 설립하자고 제안합니다. 나는 어둠 속에 숨어서 은밀하게 협회를 만들려고 하는 게 아닙니다. 나는 '비밀 결사'를 만들려고 하는 게 아닙니다. 협회는 햇빛처럼 공공연한 것이 아니면 안 됩니다. 협회는 그 빛이 광범위하게 미친다는 점에서도, 깨끗하고 맑은 빛을 발한다는 점에서도 햇빛과 서로 경쟁하는 존재여야 합니다.

나는 불성실과 은폐를 절대 인정할 수 없습니다. 은폐는 불성실을 내포하고, 또한 불성실도 은폐를 필요로 합니다. 도덕가가 목적을 위해서는 수단 방법을 가리지 말라고 말한다면, 그것은 바로 자유방임의 도덕 체계입니다. 악덕이 이용할 수 있는 무기는 미덕의 손에는 어울리지 않습니다. 은폐는 허위를 포함하고 있어서 좋지 않습니다. 따라서 박애의 대의에는 결코 도움이 되지 않습니다.

따라서 내가 제안하는 협회는 백일하에 공공연히 설립되고 운영되어야 합니다. 악덕이란 철저히 조사되면 그 건방짐도 어디론가 사라지고, 물고기를 먹고 싶긴 하지만 발은 물에 적시고 싶지 않은 고양이처럼, 하겠다는 말이 끝나기가 무섭게 역시 안 되겠다면서[11] 겁을 먹고 구석이나 굴속에 숨어버립니다.[12] 독수리와도 같은 미덕의 눈빛은 영원한 진리의 온화한 빛을 내뿜고, 샘처럼 마르지 않는 맑은 세계에서 우주에 생명을 주는 것을 퍼올려 우주를 빛나게 하고 있습니다.

지금까지는 내가 권하는 협회가 잉글랜드 헌법에 위배되지 않느냐고 묻는 것을 삼가왔지만, 헌법이란 무엇인가를 여기서 간단히 생각해보는 것도 적절하다고 생각합니다.

정부는 어떤 권리도 가질 수 없습니다. 정부는 국민에게 권리를 보장하기 위한 대표기관입니다. 인간은 조직되지 않은 열악한 사회 상태보다는 좀 더 바람직한 상태에서 살기를 바라고 정부에 복종하는 것입니다. 정부의 힘은 곧 피치자의 행복입니다. 사람들의 행복을 위해 존재하는 정부는 사람들의 동의에 의해 존재하는 한 정당하다고 말할 수 있고, 그들의 행복에 도움이 되는

---

11 윌리엄 셰익스피어(1564~1616)의 『맥베스』 제1막 제7장 44~45행.
12 셰익스피어의 『겨울 이야기』에 '구석에 살금살금 숨어버릴까'라는 표현이 있다.

한 유효합니다. 헌법과 정부의 관계는 정부와 법률의 관계와 같습니다. 피치자를 이런 식으로 보면, 헌법이란 나라나 계급에 관계없이 사람들을 위해 제정된 것이고, 그와 동시에 사람들이 자신의 손으로 자신을 위해 제정한 것이라고 정의할 수 있습니다. 잉글랜드와 아일랜드 양국은 헌법을 갖고 있지 않습니다. 양국 국민은 일반 대중을 위한 제도를 지금까지 한 번도 만든 적이 없었기 때문입니다. 물론 먼 옛날 극소수의 사람들이 결정한 체계는 있습니다. 또한 마그나 카르타[13]와 권리장전,[14] 그 밖의 관습들이 있지만, 그것들을 유효하게 작동시키려면, 아첨꾼인 궁정신하들이 마치 존재하는 것처럼 주장하거나 존재한다고 믿고 있을 뿐인 제도에 기대를 걸어도 소용없습니다. 오히려 사람들의 지혜가 향상되는 데 기대를 거는 편이 좋을 겁니다. 그 밖에 자연법[15]과 마찬가지로 그 힘의 기원을 알아내기 어렵고 장엄하며 신비롭다는 말을 듣는 체계도 있습니다. 만약 이런 것들을 헌법이라고 한다면, 잉글랜드에도 헌법은 있다는 이야기가 됩니다. 하지만

13 1215년에 영국의 귀족들이 국왕 존(1199~1216년 재위)에게 강요하여 왕권의 제한과 제후의 권리를 확인한 문서. 영국 헌법의 근거가 된 최초의 문서로, 권리청원·권리장전과 더불어 영국입헌제의 기초가 되었다.

14 1689년에 제정된 영국의 법률. 명예혁명의 결과로 이루어진 권리 선언으로, 의회의 입법권과 과세 승인권 따위를 규정함으로써 왕권을 제약하고 의회의 우위를 다졌다.

15 인간과 사물의 본성에 근거하여 시대와 민족, 국가와 사회를 초월하여 보편타당하게 적용될 수 있는 객관적인 질서가 자연법이다. 그것은 한 국가가 만들어내는 법이 아니라, 오히려 그 국가의 법이 따라야 할 원리이다. 따라서 자연법은 실정법을 제정하는 기준이 되는 동시에 부당한 실정법을 개정하는 기준이 되기도 한다.

(나는 그것들이 헌법은 아니라는 것을 보여주려고 애써왔지만) 헌법이 무언가 다른 것이라고 해도, 왕이나 장관들의 연설이나 궁정신하들의 문서, 영광에 가득 찬 국회 의사록은 정치상의 특별한 표현일 뿐입니다. 그것들은 형해화된 국민의 자유를 보여줄 뿐, 변명할 여지가 없는 모든 악을 어떻게든 적당히 감추려 드는 부질없는 시도에 불과합니다. 엄밀히 말하면 우리가 사는 지구상에는 입헌 '정부'는 존재하지 않습니다. 따라서 현실에 존재하지 않는 정부의 신조를 어길 수도 없고, 그것을 타도하고 싶어 했다고 해서 재판에 회부될 수도 없습니다. 존재한 흔적도 없고 존재할 리도 없는 집에 불을 지른 죄로 기소되어도, 상식이 있는 배심원이라면 사물의 이치상 방화에 대해 유죄 판결을 내릴 수는 없습니다. 미덕과 자유라는 신조가 잉글랜드 헌법에 저촉될 리는 없습니다. 실제로 잉글랜드 '정부'가 성립된 이래 오늘날까지 정부 형태의 변화를 보면, 오늘날의 정부 형태는 그때그때의 신조에 조금씩 타협해온 결과임을 알 수 있습니다. 그것은 자유를 요구하는 인민의 끊임없는 투쟁이었고, 그와 동시에 소수의 지배자가 압제의 고삐를 죄고 무지와 기만을 조장하려는 끊임없는 시도였습니다. 노르만인이 잉글랜드를 정복했을 때 윌리엄 1세[16]는

---

16 윌리엄 1세(1066~1087년 재위)는 노르만 왕조의 초대 잉글랜드 왕. 윌리엄 1세와 그 이후의 역대 잉글랜드 왕의 통치의 부당성에 대해서는 페인도 공통된 견해를 가지고 있다. 『상식론』에는 "영국은 노르만 정복 이후 소수의 선량한 왕을 모신 적도 있지만, 아주 많은 폭군 치하에서 고통을 받아왔다. 프랑스의 한 사생아가 무장한 도적들을 이끌고 상륙하여 원주민의 동의도 받지 않고 멋대로 영국 왕이 되었다는 것은 아주 하찮고 미천한 기원이다"라고 기록되어 있다.

선주민의 토지를 이 소수의 지배자들에게 분할했습니다. 오래 자란 나무를 자르는 것은 한 그루밖에 없는 떡갈나무를 자르는 것과 똑같은 악이라는 것은 자주 듣는 말입니다. 하지만 이런 문제에 대해 가장 좋은 방법은 은유 같은 애매한 표현을 사용하지 않고 진실을 있는 그대로 말하는 것입니다. 정치상의 특별한 표현으로 '영국이여, 통치하라'나 '국왕 폐하 만세'라는 노래[17]를 들 수 있지만, 이런 표현은 민중이 좋아하고 이해할 수 있도록 수준을 낮춘 신조의 발췌일 뿐이고, 그 신조도 궁정신하들이 남을 먹이로 삼기 위해 사용하는 정도의 것입니다. '영국이여, 통치하라'는 술집에서 정치를 논하는 사람들에 대해 이제 습성이 된 전쟁이라는 잔인무도한 행위의 악을 속이기 위한 노래입니다. 또한 '국왕 폐하 만세'는 어떤 사람은 충성이라고 부르고 어떤 사람은 노예근성이라고 부르는 감정을 모든 클럽의 사람들에게 환기시키는 노래입니다. 박애주의 협회는 잉글랜드 헌법의 개입 따위는 전혀 두려워하지 않지만, 잉글랜드 정부가 협회에 위해를 가하지나 않을까 걱정하고 있습니다. 하지만 나는 정부의 위해가 박애주의 협회의 설립과 조직화 및 확대에 대한 반론이라고는 생각지 않습니다. 정부가 박애주의 협회를 기소한다 해도, 거기에 대해 누가 보아도 부정하기 어려운 논리적인 대항을 하면 정부는 힘을 사용하여 우격다짐으로 방해할 수밖에 없습니다. 당연한 일

---

17 '영국이여, 통치하라'은 제임스 톰슨이 작사하고 토머스 어거스틴이 작곡한 곡이다. '국왕 폐하 만세'는 헨리 케리가 작사 작곡한 영국 국가다.

이지만, 내가 지지하는 주장은 이런 형태를 취하기를 바랍니다. 올바른 주장은 조만간 증명될 것입니다. 하지만 폭력은 어쩌면 옳았던 게 아닐까 하고 여겨지는 것까지도 당장 잘못된 것으로 바꾸어버립니다. 허위가 이용할 수 있는 무기는 진리의 손에는 어울리지 않습니다. 진리에는 이성을 설득하는 힘이 있지만, 허위는 그런 힘을 갖고 있지 않습니다.

정치제도나 종교제도는 그 이념을 검토하는 사람들을 불에 태우거나 감옥에 가둘지도 모릅니다. 하지만 이것은 그 제도의 이념이 거짓이고 무의미하다는 불변의 증거입니다. 따라서 '박애주의 협회'가 필요한 이유가 여기에 또 하나 존재합니다. 나는 공정하고 이성을 가진 논객이 이 이유에 대해 반론해주기를 바라고 있습니다. 적어도 박애주의자를 자칭하는 사람이라면, 개인에게 닥치는 위기나 불명예를 두려워하지 않습니다. 걱정하는 것은 개인에게 닥치는 위기나 불명예 때문에 자신이 무너지는 것뿐입니다.

인간에게는 감정을 느끼는 마음이 있고, 생각하는 머리가 있고, 말을 하는 입이 있습니다. 자연계의 모든 것과 마찬가지로 인간의 육체는 물론 정신의 작용도 불변의 법칙에 바탕을 두고 있습니다. 인간 사회의 일시적 제도는 인간이 느끼고 생각하고 말할 권리를 빼앗을 수 없습니다. 또한 근저에 있어서 인간 존재와 불변의 관계에 있는 의무를 면제하거나 새로 부과할 수도 없습니다.

잉글랜드 의회는 자신의 생각을 단호히 말하고자 하는 사람들에게 수많은 벌을 부과하기 위해 수많은 법안을 통과시켰습니다. 이렇게 함으로써 원래는 아무 죄도 없는 사람을 범죄자로 만들어낼 수 있었습니다.

인간에게는 느끼고 생각하고 말할 권리가 있습니다. 의회의 어떤 법령도 그 권리를 빼앗을 수 없습니다. 인간은 사물을 느끼는 존재이고, 사물을 느끼면 생각을 하지 않을 수 없습니다. 또한 진심으로 성의를 다하여 최대한 공명정대하게 그 생각이나 기분을 말해야 합니다. 인간은 의무를 지기 전에 행동할 권리를 가져야 합니다. 즉 인간은 의무가 있으니까 행동하는 게 아니라 권리가 있으니까 행동하는 것입니다. 모든 사람의 가슴에서 터져 나오는 솔직한 양심의 목소리를 따르는 자에게 죄의 낙인을 찍으려 하는 법은 어떤 것이든 모두 악입니다.

어처구니없다고밖에 말할 수 없는 부도덕한 신앙 체계를 많은 사람들에게 가르치려 드는 광신자들의 집회를 '잉글랜드 정부'는 허가하고 있습니다. 그런데 다름 아닌 그 정부가 내세우는 이념을 검토하려고 모이는 극소수의 사람들에게는 증오심과 질투심을 드러내고 있습니다.

종교인은 죽음의 병상에 누워 있는 농민을 괴롭히고, 자기와 똑같은 사악하고 편협한 마음속에서만 생겨날 수 있고 또한 그런 마음속에만 존재하는 지옥을 그려내어, 이단자에게 영원한 고통을 안겨주는 무자비한 가르침을 퍼뜨리고 있습니다. 또한 천국을 지상처럼, 즉 장점이라고는 노예근성뿐이고 아첨으로 성공을 거두는 것 말고는 아무 능력도 없는 무능한 자들, 극소수의 마음에 든 자들이 천국을 독점하고 있는 것처럼 묘사하고 있습니다. 이처럼 정부는 많은 것을 허락하면서, 그 이념이 옳은지 어떤지에 대해 대중이 의문을 품고 따져묻는 것은 허락하지 않습니다. 어느 날 제우스와 시골뜨기가 들판을 걸으면서 이 세상의 일에 대해 스스럼없이 대화를 나누고 있었습니다. 한동안 시골뜨기는 이 화제에 대한 제우스의 주장을 묵묵히 듣고 있다가, 마침내 의문을 슬쩍 던졌습니다. 그러자 제우스는 벼락을 내려 시골뜨기를 위협했습니다. 그러자 시골뜨기는 말했습니다. "아아, 제우스여, 이걸로 당신이 틀렸다는 게 확실해졌군요. 당신이 벼락이라는 수단에 호소할 때는 언제나 당신이 틀렸을 때니까요."[18] 공평무사는 미덕의 요체입니다. 공평무사야말로 미덕을 무지나 악덕과 명확히 구별해주는 특질이지요. 이것은 제멋대로의 주장에 불과하다고 말할지도 모릅니다. 확실히 그렇긴 하지만, 박애주의자라면 분명 이 이야기가 보여주는 진리를 딱 잘라 부정하지는 않을 것입니다. 할머니한테 원죄라는 가르침을 받고 그것을 굳게 믿어온 사람들, 또는 인간의 이기주의는 피하기 어렵고 누구도 면하기 어려운 거라는 비열한 철학을 제창하는 자들에게 설득당해온 사람들은 박애주의자가 될 수 없습니다. 행위나 행위의 동기가 공평무사하면, 또는 (어떤 사람들이 좋아하는 표현을 사용하면) 자

---

18 이 우화는 원래는 고대 그리스의 풍자시인 루키아노스(120~180)의 작품이지만, 페인의 『인간의 권리』를 둘러싼 재판이 열렸을 때 변호인단의 주임 변호사인 토머스 어스킨이 변론 마지막에 인용한 것으로 알려져 있다.

신을 사랑하듯 남을 사랑하는 마음이 있으면[19] 미덕이라고 말할 수 있습니다. 따라서 어떤 행위든 절대로 전능자가 주는 상이나 벌에 의해 선이나 악이 되지는 않습니다.

잉글랜드의 재판관이나 입법자에게 반항하는 것은 죄가 아니지만, 양심의 목소리에 등을 돌리는 것은 죄입니다. 이 양심은 모든 동기의 근원을 느끼고 인간의 두뇌를 왕좌로 삼고 인간의 행위를 제국으로 삼아서 다스립니다. 양심이야말로 '정부'입니다. 이 '정부' 앞에는 다른 것은 존재하지 않는 거나 마찬가지입니다. 신이 인간보다 뛰어나듯, 자연이 인공을 능가하듯, 양심이 작용하는 곳에서는 양심이 다른 모든 것을 뛰어넘게 됩니다.

지금까지 내가 제안하고 있는 협회에 대해 '박애주의'라는 이유로 반대하는 사람들이 제기할 만한 문제를 검토해왔지만, 여기서 나는 나 자신의 이념을 감추지 않고 오히려 확실하게 말하려고 애썼습니다. 내 의견은 미국이나 프랑스의 혁명에 앞서고 그 혁명들의 계기가 된 정치학이나 윤리학에서의 발견에 토대를 두고 있다고 여겨질 것입니다. 나는 이것을 솔직히 인정합니다. 아니, 자랑스럽게 주장합니다. 페인이나 라파예트[20]의 이름은 추방당한 예수회 수사,[21] 시정이 풍부한 그 뛰어난 수사를 능가하며,

---

19 신약성서 「누가복음」 10장 27절.
20 질베르 뒤 모티에 드 라파예트 후작(1757~1834)은 프랑스의 사상가이자 군인으로, 미국 독립전쟁에 참가하여 조지 워싱턴 휘하에서 대륙군을 지휘했으며, 프랑스로 돌아간 뒤에는 삼부회 소집을 제안했고, 프랑스 인권선언의 초안을 작성했으며, 프랑스 혁명 중에는 국민방위대(혁명 초기에 질서 유지와 자위를 목적으로 창설된 시민군)의 지휘를 맡았다.

민중의 마음속에 계속 살아 있을 것입니다. 그것은 정치든 종교든 완고하고 사리에 어두운 행정기관이 붕괴한 뒤에도 그것들을 추종하고 있던 자들에 대한 민중의 혐오감은 언제까지나 가라앉지 않는 것과 마찬가지입니다. 아마 이런 내 주장의 태반은 표면적으로는 평화와 자유와 미덕을 외치고 있는 것처럼 보여도 프랑스 혁명처럼 유혈과 악덕과 예속의 '혁명'으로 끝날 거라고 말할지도 모릅니다. 그래서 자유에 대한 기대가 너무 컸던 나머지, 그 반동으로 갑자기 그 기대를 비참할 만큼 쳐부수게 된 프랑스 혁명에 대해 내 의견을 말해둘 필요가 있습니다. 백과전서파[22]의 학문적 활약이 프랑스 혁명의 계기가 된 것은 부정할 수 없습니다. 우리는 두 가지를 나란히 놓아보고, 어떤 경우에는 한쪽을 원인이라고 부르고 또 한쪽을 결과라고 부릅니다. 다만 필연적인 관계[23]에서 생겨나는 것 외에는 원인이라고 부를 수 없습니다. 따라서 달랑베르,[24] 불랑제,[25] 콩도르세,[26] 그 밖의 유명한 인물들이

---

21 오귀스탱 바뤼엘(1741~1820)을 말한다. 바뤼엘은 기독교 성직자에 대한 프랑스 혁명정부의 가혹한 법률에 의해 고국 프랑스에서 추방되어 영국에서 『자코뱅주의의 역사에 대한 회고』(1798)를 썼다. 예수회(스페인 사람 이그나티우스 로욜라[1491~1556]가 1540년에 파리에서 창설한 가톨릭 수도회)는 반체제 종교의 입장에서 프랑스 혁명에 관여했다.

22 계몽적 · 유물론적인 『백과전서』(전35권) 간행에 관여한 계몽사상가들을 가리킨다. 드니 디드로와 달랑베르가 기획하고, 볼테르, 돌바크, 엘베티우스 등이 관여했다. 『백과전서』는 당국과 교회 및 보수적 사상가들의 공격과 탄압을 받으면서도 계몽사상 확립에 크게 이바지했다.

23 필연론은 당시의 진보적 사상가에게 공통된 것이다. 셸리의 필연관 형성에 영향을 준 것은 흄, 돌바크, 고드윈의 저작이었다.

24 장 르 롱 달랑베르(1717~1783)는 프랑스의 수학자 · 물리학자 · 철학자. 디드로

프랑스의 군주제를 타도하는 원인이었는지는 지금도 의심스럽습니다. 그들이 지식을 널리 보급하는 데 이바지한 것, 지식이 늘어났기 때문에 사람들이 노예 상태에 만족할 수 없게 된 것은 확실합니다. 프랑스 국민은 몇 세대에 걸쳐 끊임없이 전제정치 치하에 있었고, 굴욕적인 상태에 놓여 있었습니다. 프랑스 국민은 세대를 거듭할 때마다 점점 더 피에 굶주리고 더욱 잔인해져간 소수의 지배자에게 약탈당하고 굴욕적인 대우를 받아왔습니다. 이런 상황에서 자유를 위해 싸운 프랑스의 전사들은 미국 땅에서도 사람들이 자유를 위해 싸우고 있는 것을 알았습니다. 이럴 때 과학의 빛이 유럽 정신을 흐리게 하고 있던 완고함의 구름 사이로 갑자기 비쳐들기 시작했습니다. 프랑스 사람들은 인간으로서 밑바닥 상태에 놓여 있었습니다. 자신들은 인간이고 모든 인간은 평등하다는 생소한 진리가 퍼졌을 때, 그들은 이 세상을 독점한 자들에게 분노를 폭발시킨 최초의 사람들이었습니다. 그들이야말로 본래의 특권을 분명히 속아서 빼앗기고 있었기 때문입니다.

프랑스 사람들은 정치제도의 교묘한 책략에 의해 인간으로서의 진정한 상태에서 가장 멀리 떨어져 있었습니다. 평등을 명시

와 협력하여 『백과전서』를 편찬했다.
25 니콜라-앙투안 불랑제(1722~1759)는 프랑스의 문학자 · 철학자 · 토목기사. 그가 쓴 『폭로된 고대』(1766)와 『동양의 전제(專制)의 기원에 관한 연구』(1761)는 돌바크에 의해 출간되었다.
26 마리 장 앙투안 니콜라 카리타 드 콩도르세(1743~1794)는 프랑스의 사상가이자 수학자. 『인간 정신 진보의 역사』(1795)에서 인간의 무한한 진보를 이야기했다.

하는 법은 완성된 문명사회의 산물이고, 그 법이 시행되기 전에 가장 엄격한 의미에서의 미덕이 정착할 필요가 있습니다. 이 점에서 그들은 평등을 보장하는 법 아래에서의 행복과는 무관하다고 해도 좋은 존재였을 게 분명합니다.

프랑스 혁명기의 살육이나 혁명 후에 수립된 독재정은 '박애'나 '자유'의 신조가 천박하게 이해되었다는 증거입니다. 이런 신조가 알기 쉽게 설명되고 의문의 여지가 없을 만큼 정착하려면 이런 과정을 거칠 필요가 있었습니다.

볼테르[27]는 마음속으로는 '왕'을 경멸하면서도 추종하고 있었습니다. 지금까지 그는 자기 나라에 현존하는 예속상태의 앞잡이가 되어왔습니다. 루소[28]는 저작을 통해 인간의 마음을 무력화시키고 완고하게 하는 격렬한 감정을 불러일으켰습니다. 지금까지 그는 동포의 목에 고통스럽고 불명예스러운 고역의 멍에를 씌우는 역할을 맡아왔습니다. 그 때문에 지금도 사람들은 이 멍에를 짊어지고 있습니다. 엘베티우스[29]와 콩도르세는 여러 가지 원칙을 확립시켰지만, 그들이 보여준 결론은 체계적이라고는 말할 수

---

27 볼테르(1694~1778). 본명은 프랑수아 마리 아루에. 프랑스 계몽주의의 대표적 철학자이며 문학자. 종교의 광신·편견·허위를 맹렬히 공격했다. 셸리도 많은 영향을 받았다.

28 장 자크 루소(1712~1778)는 프랑스의 계몽사상가. 『백과전서』에 기고한 것을 시작으로, 『인간 불평등 기원론』(1755), 『사회계약론』(1762), 『에밀』(1762) 등을 집필했다. 그의 사상은 다방면에 걸쳐 있고, 인간의 선성에 대한 신뢰, 자아의 해방 등 낭만파 시인들에 대한 영향도 컸다.

29 클로드 아드리앵 엘베티우스(1715~1771)는 프랑스 계몽주의의 유물론 철학자. 저서에 『인간론』(1722)이 있다.

없고, 그 논법은 알기 쉽지도 않고 설득력도 부족합니다. 그것들은 '혁명'이 한창일 때는 거의 이해되지 않았습니다. 하지만 현재 우리들의 시대는 정지되어 있지 않습니다. 철학자들이 인간 정신에 대해 중요한 원칙을 충분히 전개해왔다고는 말할 수 없습니다. 따라서 그 결론은 무익하고 실행할 수 없는 것입니다. 우리는 끊임없는 진보와 쇄신 속에 놓여 있습니다. 한 번 발견된 진리는 결코 소멸하지 않고, 거기에 적대하는 허위의 부활을 억제하는 법입니다. 따라서 진리를 퍼뜨리고 허위를 좌절시킴으로써, 기본적으로 '박애주의'라는 수단을 전진시켜야 합니다. 고드윈은 프랑스 혁명 기간에 작품을 썼지만, 혁명의 목적을 달성하는 데에는 전혀 영향을 미치지 못했다고 해도 좋을 정도입니다. 아아! 그의 저작이 아무런 영향력도 없었다니! 프랑스 혁명에는 '자유'의 기록에서 그 이름을 지울 수 없는 사람들이 관여했습니다. 그들은 그 재능으로 '교회'와 '국가'가 자신들의 부정과 악행을 감추기 위해 연막으로 쳐놓은 어둠과 빛을 한눈에 간파했습니다. 그들은 인간 세상을 보았던 것입니다. 그들은 인간이었을까요? 그렇습니다. 그들이야말로 인간 세상에 감동했습니다. 그 때문에 그들은 자신의 목숨과 행복을 위험에 빠뜨렸습니다! 이런 사람들이 좀 더 많았다면 프랑스는 현재 '혁명'이 갖는 위험과 무서운 경고의 봉화가 사라졌을 테고, 완전한 상태를 향해 급속히 전진하면서, 게다가 점진적이고 평화로운 쇄신의 한 예를 보여주는 인간 세상의 모범이 되었을 것입니다. 인간 정신이라는 비옥한 땅에 우수한 싹인 이런 사람들을 광범위하게 키우는 데 이바지하는 것이 '박애주의 협회'의 취지 가운데 하나라고 생각합니다.

박애주의적인 힘을 발휘하여 궁극적으로는 선을 달성해가자는 내 제안에 대해, 선의를 가진 많은 이들이 비현실적이라고, 인간성과는 부합하지 않는다고 생각할지도 모릅니다. 하지만 이런 사람들은 인구 과잉을 두려워하는 나머지 인간을 행복하게 하지 말자고 말하는 것과 마찬가집니다. 또한 수백만 명이나 되는 비참한 사람들이 음식을 한 입이라도 얻어먹으려고 떼 지어 모여들고 있는데,[30] 굶주림에 허덕이며 애원해도 한 입도 먹지 못하는 경우도 있는데, 불공평하게도 식탁에서 눈앞에 진수성찬을 남아돌 만큼 늘어놓고 말없이 즐기는 꼴을 묵인하라고 말하는 것과 마찬가지입니다.

이것은 악이라고 생각지 않을 수 없습니다. 또한 지금 당장은 생각할 수 있는 가장 확실한 방법으로 이 악을 완화하고, 최종적으로는 이 악을 근절하기 위해 온갖 수단을 다하지 않을 수 없습니다. 전쟁, 부도덕, 비참함은 틀림없는 악입니다. 이것들은 일시적인 것이든 영구적인 것이든, 생각할 수 있는 모든 악을 포함하고 있습니다. 이런 악이 제거되면 지구는 인구 과잉이 되어버리고, 결국 악을 제거하는 것은 불가능하다고 말할까요? 부자는 여전히 포식하고, 야심가는 여전히 뭔가를 꾀하고, 이런 악당들을 추종하는 바보들은 여전히 동포를 죽이고, 그것을 명예로운 일이라고 말하고, 이 세상의 역대 독재자들이 저질러온 범죄와 잘못

---

30 (원주) 맬서스의 『인구론』 참조.

을 가난한 자들이 자신의 피와 노력, 행복과 순결로 속죄하라고 할까요? 희대의 궤변이여! 도대체 어떻게 피도 눈물도 없는 부자들은 너를 가슴에 끌어안고, 아편처럼 사람을 현혹시키는 가르침으로 자신의 양심을 마비시키고 있을까! 철학자이자 박애주의자이기도 한 어떤 인물이 우주 전체에 대해 생각할 때, 즉 개선할 수 있는 이 세상의 모든 악을 보면서 그 개선에 의해 생겨날 행복도 6천 년이 지나면 다시 또 다른 악이 행복 체계를 어지럽힐지 모른다고 말하는 것을 들었을 때, 현재의 모든 악을 근절해도 6천 년에 걸친 (지구가 사람들로 가득 차게 되려면 그 정도의 시간이 걸릴 테니까) 황금시대가 지난 뒤에는 어차피 또 다른 악이 생겨날 테니까 현재의 악이 오래 지속되어도 별 수 없다고 묵인할까요.

사람의 마음은 편견에 의해 타락하고, 경솔하게 믿어버립니다! 겨울에 나뭇잎은 모두 떨어지고, 보이는 거라고는 드러난 가지뿐입니다. 꽃의 아름다움은 사라졌지만 땅 속에는 아직 뿌리가 남아 있습니다. 상쾌한 봄날 산책을 하며 꽃으로 장식된 들판과 새싹을 보면서, 겨울은 반드시 찾아와 아름다운 경치를 또 한동안 빼앗아버릴 거라고, 그 아름다움에 트집을 잡거나 말도 안 되는 불평을 늘어놓는 사람에 대해 뭐라고 말해야 할까요. 하지만 맬서스 씨[31]는 이런 인물입니다. 자연의 법칙은 끊임없는 파괴와

---

31 토머스 로버트 맬서스(1766~1834)는 영국의 사회사상가 · 경제학자로 『인구론』(1798)을 썼다. 고드윈이 빈곤과 악덕의 원인을 정치제도에서 찾은 반면, 맬서스는 식량과 인구의 불균형한 증가에서 찾았고, 사회제도의 개혁으로 그것을

재생에 의해 번갈아 원인이 되고 결과가 되어 작용하고 있다는 것을 모르는 걸까요? 무엇보다도 주목해야 할 것은 자연에 관한 것에서부터 도덕에 관한 것에 이르기까지 이런 분석을 할 수 있다는 것입니다.

　도덕적 악이나 정치적 악은 근본적으로 개혁할 수 있다는 데 아직도 의문을 제기하는 사람이 있을까요? 이런 의문을 갖는 사람은 이 개혁이 불가능하다고 말하고, 내가 권하는 협회에 반대할까요? 솔직히 말해서 내 협회는 이 개혁을 완수하기 위해 쓰고 싶은 수단 가운데 하나입니다. 내가 쓰는 수단에 관심을 돌려주세요. 내 목적은 일단 제쳐놓고, 그 수단의 독자적인 목적, 즉 이 수단을 사용하여 어떻게 개혁을 완수할 것인가를 말하겠습니다. 그것은 미덕과 지식을 널리 퍼뜨리고 인간의 행복을 촉진하는 방식입니다. 그 밖의 의견을 설령 한 마디라도 입 밖에 낼 바에는 차라리 손이 마비되고 혀가 굳어 말을 영원히 못하게 되는 편이 낫습니다. 목적이 무엇이든, 잘못된 수단을 사용할 생각은 없습니다. 그러니까 박애주의자 여러분, 지금까지 기회를 잡아서 이성과 교육을 통해 당신들이 어떤 신앙고백을 하고 어떤 신조를 선택해왔든, 진정으로 덕이 높은 사람들이 노력하면 지금은 보이지 않아도 목표는 반드시 하나로 정해집니다. 덕이 있는 사람들은 누구나 하나의 목적을 향해 노력하고 있습니다. 또한 그 목적 자체에 대해 이러쿵저러쿵 논쟁하는 것은 본래 미덕을 위해

해결할 수는 없다고 말했다.

통합하고 강화되어야 할 힘을 오히려 약화시키는 결과가 된다는 것을 알아주시기 바랍니다.

진리와 미덕이 널리 퍼지면 (이런 근본적인 도덕적 대의에 이의를 제기하는 사람은 아무도 없을 테지만) 실현할 수 있는 한 최선의 결과가 나올 것입니다.

각자가 궁극적으로 마음에 기약하는 바가 무엇이든, 나와 같은 수단을 사용하려는 사람들은 '박애주의 협회'에 가입해주시기 바랍니다. 그들의 구상이 나의 구상과 아무리 달라도 나는 기꺼이 그들과 협력하고자 합니다. 만약 내가 바라는 궁극적인 목적이 '진리는 하나'라는 데 근거를 두고 있다면 목적 달성의 원조자를 얻게 되고, 설령 목적이 잘못되었다 해도 진리를 밀고 나아가기 위한 수단을 취할 수 있는 것을 기쁘게 생각하기 때문입니다.

지난 20년 동안 끊임없는 압력이 되어 아일랜드에 쌓이고 쌓인 악을 생각하면, 정말 참을성 있게 잘 견뎌오셨습니다. 잉글랜드의 '섭정'[32]이 지금까지 보여준 예측할 수 없는 행동은 앞으로도 계속될 것입니다. 전망은 비관적입니다. 바로 그렇기 때문에, 심장에서 생명의 피가 계속 고동치는 아일랜드인들에게 나는 그들 한 사람 한 사람이 동포의 자유를 위해 이야기를 나누고 서로 일치단결하여 결단을 내려줄 것을 요구하는 바입니다. 그 방책은 부동의 것이고, 게다가 평화적인 방책이 아니면 안 됩니다. 또한

---

32 조지 4세(1820~1830년 재위)를 말한다. 부왕(조지 3세)이 1810년에 정신분열증에 시달리자 1811년 2월부터 왕세자로서 섭정을 맡았고, 1820년 1월에 부왕이 죽자 왕위에 올랐다. 강경한 군주로서 자주 정치 문제에 개입했다.

그 운동가들은 온화하면서도 용감하고, 절도가 있는 동시에 기가 꺾이지 않고, 게다가 마음 밑바닥에서 진심으로 이 계획에 동의해야 한다는 것이 내 이념에 바탕을 둔 견해입니다.

이런 경우에 필요한 협회를 '박애주의 협회'라고 부르고 싶습니다. 선량한 사람이라면 박애주의 협회의 취지를 달성하는 데 이바지하고 있는 것은 자신들뿐이라고 말하는 듯한 이름을 붙여서, 공헌을 독차지하면 안 되기 때문입니다.

내가 이런 의견을 말하기 시작한 시점에서는 잉글랜드의 '섭정'에 의한 제한 조치가 철폐되어 국민이 자유를 누리는 데 지금보다 조금은 나은 내각이 조직되지 않을까 생각하고 있었습니다. 그런데 나의 기대는 보기 좋게 배신당했습니다. 이 시점에서 자유에 대한 기대는 사라지고,[33] 그래서 '협회'의 필요성에 대해 계속 논의를 벌이게 되었습니다.

나의 신조를 밝히겠다고 썼지만, 글을 마무리지어야 할 시점에서 가톨릭의 해방과 합병령 철폐를 지향하는 '협회' 설립을 제안합니다. 이런 목적을 달성하면, 그것이 토대가 되어 도덕이나 정치의 모든 악을 인간의 교정력이 미치는 한 개혁할 수 있습니다.

이 협회 설립에 호의적인 분들은 이 중요한 과제에 대해 제안

---

33 셸리가 「박애주의자 협회 설립의 제언」을 쓴 1812년에 내각 총리는 스펜서 퍼시벌(1809~1812 재임)에서 리버풀 백작(1812~1827 재임)으로 바뀌었다. 신임 총리 리버풀 백작은 국민의 운동을 프랑스 혁명사상의 영향으로 보고 탄압하는 정책을 취했다. 훗날 셸리가 「무질서의 가면」(1819)을 써서 항의한 피털루 학살(1819년에 맨체스터의 세인트피터 광장에서 열린 민중집회가 군대에 진압되어 사상자를 낸 사건)은 이 리버풀 내각 시대에 일어났다.

자인 나에게 직접 의견을 보내주십시오. 거기에 따라 계획이 다 듬어지고, 제안자가 만든 원안의 잘못이 확연히 드러나고, 현재의 위기에 응하여 결연하고 신속하게 협회 설립을 위한 모임이 소집된다면 제안자로서 더 이상 기쁜 일이 없을 것입니다.

A Declaration of Rights

권리 선언

【셸리는 1812년 2월 12일 더블린에 도착하기 전에 잉글랜드의 케직에서 아일랜드 사람들에게 호소하는 31개 조항의 「권리 선언」을 썼다. 이것은 프랑스 혁명 당시 프랑스 국민의회가 차례로 내세운 것과 같은 '권리'의 선언이었다.

셸리가 태어났을 무렵 세계는 인권을 둘러싸고 다양한 '선언'을 내놓고 있었다. 혁명을 성공시킨 프랑스는 잉글랜드를 사이에 두고 아일랜드에 접근했고, 아일랜드는 이 기회에 가톨릭교도의 인권을 인정받기 위해 봉기하려 하고 있었다. 그러나 1801년에 그레이트브리튼과 아일랜드의 합병으로 아일랜드는 결국 잉글랜드 정부에 봉쇄당하고 가톨릭교도의 인권은 해결되지 않은 문제로 남겨져 있었다. 셸리가 프랑스 혁명 당시 국민의회가 채택한 것과 같은 제목과 형식으로 「권리 선언」을 썼다는 것은 그가 폭력을 배제한 프랑스 혁명의 이상을 아일랜드에서 꿈꾸고 있었다고 생각해도 좋을 것이다.

「권리 선언」은 전지 한 장에 한쪽 면에만 인쇄되어 있었다. 프랑스 혁명 때 그랬던 것처럼, 이 선언문을 가난한 농민의 집이나 동네 벽에 붙일 작정이었다. 하지만 고드윈의 경고를 받은 데다 「박애주의자 협회 설립의 제언」에 대한 반응이 신통치 않은 데 실망한 나머지 갑작스럽게 아일랜드를 떠나기로 결정했다. 「권리 선언」은 인쇄되기는 했지만 배포되지 않았고, 배포하고 남은 「아일랜드 인민에게 고함」과 「박애주의자 협회 설립의 제언」과 함께 상자에 담겨, 3월 18일경 브라이턴의 히치너[1]

에게 보내졌다. 셸리가 웨일스까지의 운송료밖에 지불하지 못했기 때문에 이 상자는 웨일스의 요크헤드 세관에서 검열을 받게 되었고, 놀란 세관 관리는 그 내용을 정부에 보고했다. 하지만 셸리가 국회의원의 아들이라는 점도 있어서 정부는 별다른 움직임을 보이지 않았지만, 앞으로는 히치너도 함께 감시하기로 했다.

셸리는 잉글랜드로 돌아온 뒤에도 「권리 선언」을 세상에 알리겠다는 꿈을 버리지 않았다. 그는 그것을 다시 인쇄하여 배에 싣고 브리스틀 해협으로 나간 뒤, 작은 상자에 「권리 선언」을 넣고 상자 밑에는 납을 넣은 뒤 송진으로 방수 처리를 하고 해류에 흘려보냈다. 언덕 위에 올라가 기구에 실어 날려 보내기도 했다. 또한 셸리는 아일랜드에서 데리고 돌아온 하인 대니얼 힐리에게 지시하여 길거리에서 행인들에게 건네주거나 벽에 붙이게 했다. 하지만 힐리는 체포되어 2개월 동안 감옥에 갇히는 고초를 겪게 되었다.]

❧

---

1 엘리자베스 히치너(1782~1822)는 젊은 시인 셸리를 만났을 때 허스트피어포인트(오늘날의 애버턴)에서 학교의 여교장으로 일하고 있었다(그녀의 제자들 가운데 하나가 셸리의 삼촌 필퍼드 대령의 딸이었다). 당시 셸리는 19세였고 그녀는 29세에 미혼이었다. 두 사람은 로맨틱한 관계만이 아니라 지적으로도 친밀한 관계를 맺게 되었다. 그들은 많은 편지를 주고받았으며, 결국 그녀는 학교를 포기하고 린머스에서 셸리 가족과 함께 살게 되었다. 하지만 그들은 곧 그녀에게 싫증이 났고 그녀와 셸리의 관계도 파탄이 났다. 그녀는 외국에서 가정교사로 일하다가 오스트리아의 한 장교와 결혼했지만 이 결혼생활은 오래가지 않았다. 그녀는 영국으로 돌아온 뒤 에드먼턴에서 여동생과 함께 새 학교를 세웠다.

제1조

정부는 어떠한 권리도 가지고 있지 않다. 정부는 개인의 권리를 지키기 위해 여러 사람들로부터 위임받은 대표기관이다. 따라서 그들의 동의에 의해 존재하는 한에서만 정당하고, 그들의 행복에 도움이 되는 한에서만 유익하다.

제2조

이 개인들이 자신이나 선조들이 만든 정부 형태가 행복을 만들어낸다는 목적을 위해 잘 운용되고 있지 않다고 생각한다면, 그들은 정부를 바꿀 권리를 가지고 있다.[2]

제3조

정부는 권리를 보장하기 위해 고안된 것이다. 인권이란 자유와 사람이 태어날 때부터 공유하고 있는 권리에 똑같이 관여하는 것이다.

제4조

피치자의 이익을 도모하는 것이 정부의 기원이고, 정부 본연의 모습이다. 따라서 아무도 피치자의 의지에 분명히 반하는 권한을 가질 수는 없다.

---

2 미국 독립선언서에 이런 구절이 있다: "어떤 형태의 정부든, 이런 목적을 파괴할 때에는 언제든지 정부를 개혁하거나 폐지하여 인민의 안전과 행복을 가장 효과적으로 가져올 수 있는 새로운 정부를 조직하는 것은 그들의 권리이다."

제5조

어느 나라의 정부도 터키의 정부만큼 열악하지는 않다. 그렇다고 해서 어느 나라의 좋은 정부도 본래의 모습을 취하고 있는 것은 아니다. 어느 나라도 다수가 자신의 정부를 이상적인 모습으로 만들 권리를 가지고 있다. 소수는 절대로 이 다수를 방해해서는 안 된다. 소수파는 양보하고 자신의 방식으로 조직을 결성해야 한다.

제6조

누구나 정부의 혜택과 의무를 평등하게 나누어 가질 권리를 가지고 있다. 발언하지 못하는 상태는 그 자체가 정부의 명백한 전제적 태도와 피치자의 무지몽매한 노예 상태를 보여주고 있다.

제7조

사회의 현 상황에서 인권은 타인의 권리를 침해하는 자에게 어느 정도의 형벌을 가함으로써 간신히 지켜지고 있다. 하지만 그 위법자조차도 자신에게 부과된 형벌을 경감해 달라고 요구할 권리를 가지고 있다.

제8조

어떤 제안이든, 이성보다 힘을 사용하여 억지로 승인을 받으려고 한다면, 그것은 그 제안이 공허하다는 것을 입증하는 명백한 증거라고 생각해도 좋다. 정부를 떠받치는 것은 기만이 아니라 이성이다.

제9조

법이 아무리 나쁜 것이라 해도, 그 법의 시행에 개인적으로 반대하고 치안을 어지럽힐 권리는 누구에게도 없다. 그 법은 묵인해야 한다. 하지만 그와 동시에 그 법의 철폐를 촉진하기 위해 이성의 힘을 최대한 이용하지 않으면 안 된다.

제10조

사람은 의무를 짊어지기 전에 무언가의 방법으로 행동에 나설 권리를 가지고 있다. 우선 권리가 있어야 의무가 생긴다.

제11조

사람은 이성에 따라 생각할 권리를 가지고 있다. 확신을 가지고 행동하기 위해서는 자유롭게 생각하는 것이 자신의 의무다.

제12조

사람은 제한받지 않고 자유롭게 논의할 권리를 가지고 있다. 허위는 자신을 죽음에 이르게 하는 전갈이다.

제13조

사람은 자신의 사상을 표현할 권리를 가지고 있을 뿐만 아니라, 그렇게 하는 것이 의무이기도 하다.

제14조

어떤 법도 진리의 실행을 방해할 권리는 없다. 사람은 어떤 경우에도 진리를 말할 의무를 가지고 있다. 의무는 결코 범죄가 아니다. 범죄가 아닌 것은 유해할 리가 없다.

제15조

법은 본질적으로 유덕하고 무죄한 사람을 유죄로 만들 수는 없다. 그것은 유죄를 무죄로 만들 수 없는 것과 마찬가지다. 정부는 법을 만들어낼 수 없다. 다만 정부가 탄생하기 이전에 법으로 존재하고 있던 것, 즉 사물 사이의 영원한 관계에서 생겨나는 도덕률을 포고할 수 있을 뿐이다.

제16조

지금 세대는 다음 세대를 속박할 수 없다. 소수가 다수를 대리하여 약속할 수는 없다.[3]

제17조

사람은 선을 가져온다는 구실로 악을 행할 권리를 가지고 있지

---

3 페인이 에드먼드 버크(1729~1797)의 『프랑스 혁명에 관한 성찰』을 비판하려는 의도로 쓴 『인간의 권리』에는 이런 말이 나온다: "후세 사람들을 '시간의 종말'까지 구속하고 지배하는 것, 또는 이 세상을 어떻게 통치하면 좋은지 또 누가 통치하면 좋은지를 영구히 명령하는 권리 내지 권력을 갖는 것은, 의회든 당파든 세대든, 지금까지 어느 나라에도 존재한 적이 없고, 앞으로도 결코 존재하지 않을 것이고, 우선 절대로 존재해서는 안 된다."

않다.

제18조

방편이라는 것은 도덕 분야에서는 인정되지 않는다. 정치는 도덕의 원칙에 의거하여 이루어지는 한에서만 건전하다. 사실 정치는 국가의 도덕이다.

제19조

사람은 동포를 죽일 권리를 가지고 있지 않다. 제복 차림으로 사람을 죽이는 것은 이유가 되지 않는다. 살인죄에 더하여 맹목적 복종이라는 불명예를 짊어질 뿐이다.

제20조

사람은 국적이 어디든, 어떤 곳에 있든 관계없이 보편적인 시민권을 가지고 있다.

제21조

한 나라의 정부는 하나하나의 의견에 관해서는 완전히 중립이어야 한다. 분쟁 중에서도 가장 유혈적이고 증오에 찬 종교 분쟁은 편견에서 생겨나는 것이다.

제22조

개인의 권리를 지키기 위한 대표기관이 개인의 발언을 억압할 권리를 위임받는 것은 있을 수 없는 일이다.

제23조

신앙이란 무의식적인 것이다. 무의식적인 것은 무엇이든 칭찬이나 비난의 대상은 되지 않는다. 신앙을 가지고 사람의 좋고 나쁨을 고려해서는 안 된다.[4]

제24조

기독교신자도 이신론자도 터키인도 유대인도 동등한 권리를 가지고 있다. 모두 같은 인간이고 동행중(同行衆)이다.

제25조

어떤 사람의 종교관이 당신의 종교관과 맞지 않아도 그 사람을 사랑해야 한다. 타타르나 인도에 태어났다면 당신의 종교관은 얼마나 달라졌을까!

제26조

'천국'이 지상과 마찬가지로 선택받은 소수의 손에 독점되어 있다고 생각하는 사람들은 다시 생각하는 편이 좋다. 그런 생각이 성직자나 할머니한테 배운 것에 불과하다는 사실을 알았다면,

---

4 셸리는 「무신론의 필연성」에서 "신앙은 자유의지에 따른 행위가 아니다"라고 말했다.

그런 생각을 거부하는 편이 현명할 것이다.

제27조

사람은 누구나 덕망과 재능이 아닌 다른 것으로 존경받을 권리는 가지고 있지 않다. 직함은 허세, 권력은 타락, 영광은 거품, 지나친 부는 치욕이다.

제28조

사람은 자신이 누릴 수 있는 것보다 더 많은 것을 독점할 권리는 아무도 가지고 있지 않다. 수백만 명의 사람들이 굶주리고 있는 현재 상황을 보면, 부유한 자가 가난한 자에게 주고 있는 것은 진정한 호의를 베풀고 있다고는 말할 수 없고, 오히려 불완전한 권리밖에 주고 있지 않다는 것을 알 수 있다.

제29조

사람은 누구나 어느 정도의 여가와 자유를 누릴 권리를 가지고 있다. 어느 정도의 지식을 얻는 것은 사람의 의무이기 때문이다. 우선 권리가 있어야 의무가 생긴다.

제30조

심신의 건전함은 자유인에게는 필수불가결한 것이다. 건전함이 있어야만 고결한 박애로 마음이 분발하고, 냉정하며 단호한 용기도 마음의 명령에 따르는 법이다.

제31조

정부의 유일한 역할은 사람의 악덕을 억제하는 것이다. 사람이 당장 오늘이라도 죄를 짓지 않게 되면, 우리는 내일이라도 당장 정부와 정부가 초래하는 모든 폐해의 철폐를 요구할 권리를 갖는다.

사람이여! 이런 권리가 선언된 이상, 이제 와서 그대의 숭고한 목적을 잊어버리는 일이 없도록 하라. 그대의 권리를 생각해보라. 그대를 행복과 자유로 이끄는 미덕과 지혜를 주는 이런 권리를 손에 넣은 자신의 모습을 마음속으로 그려보라. 그대가 그 권리를 손에 넣을 것을 예상하고, 항상 명예로운 긍지로 가슴을 두근거리며, 그대의 존엄을 아는 자가 이런 권리를 선언하고 있는 것이다. 또한 그대의 입장을 생각하고, 쓰라린 고통으로 끊임없이 마음 아파하고, 그대의 비참을 뇌리에 새겨넣는 자가 이런 권리를 선언하고 있는 것이다.

눈을 떠라! 일어나라!
그러지 않으면, 영원히 쓰러져 있는 게 낫다.[5]

---

5 존 밀턴의 『실낙원』 제1권 330행.

A Letter to Lord Ellenborough

엘린버러 경에게 보내는 편지

［런던의 서점 주인이자 출판업자인 대니얼 이튼이 토머스 페인의 『이성의 시대』 제3부를 출간한 혐의로 재판에 회부된 것은 1812년 3월 6일이었다. 공화주의자이자 이신론자인 이튼은 잉글랜드에서 언론의 자유를 지키기 위해 싸워온 사람들 가운데 하나였고, 처음 기소된 것은 1792년에 페인의 『인간의 권리』를 출간했을 때였다. 1812년에 기소된 것은 일곱 번째였고, 그의 나이 예순 살이었다.

이번 재판은 1812년 3월 6일과 4월 30일 이틀에 걸쳐 왕좌재판소 법정에서 수석 재판관인 엘린버러 경[1]의 주재로 열렸다. 같은 해 5월 15일에 판결이 내려졌는데, 이튼은 뉴게이트 감옥에 18개월 동안 감금되었을 뿐만 아니라, 한 달에 한 번씩 정오부터 두 시간 동안 목에 칼을 쓴 채 길거리에 세워져 대중의 구경거리로 수모를 당하게 되었다.

셸리는 7월에 린머스에 머물고 있을 때 이 팸플릿을 인쇄해줄 인쇄업자를 찾아냈다. 반스테이플이라는 마을에 사는 사일이라는 인물이었는데, 위험한 일이기 때문에 자기 이름은 인쇄하지 않았다. 셸리 자신도 이름을 싣지 않았다. 셸리의 주문으로 사일은 1000부를 인쇄하고 100부 정도를 제본했다. 셸리는 7월 29일에 25부, 8월 18일에 50부를 런

---

1 에드워드 로(초대 엘린버러 남작, 1750~1818)는 영국의 재판관. 케임브리지 대학을 졸업한 뒤 30세에 변호사 자격을 취득했다. 1801년에 검찰총장에 임명되었고, 이듬해에 남작의 작위를 받는 동시에 대법관으로서 왕좌재판소(1873년에 폐지, 현재의 고등법원의 전신)의 수석 재판관이 되었다.

던의 서점 주인인 토머스 후컴에게 발송하고, 믿을 만한 친구들에게 배포해 달라고 부탁했다.

그런데 8월 19일 곤란한 사건이 일어나 더 이상 팸플릿을 배포할 수 없게 되었다. 셸리가 더블린에서 고용하여 잉글랜드로 데리고 돌아온 하인 대니얼 힐리가 셸리의 「권리 선언」을 벽에 붙이다가 체포되어, 인쇄인 이름이 없는 유인물을 유포한 혐의로 유죄 판결을 받은 것이다. 이 때문에 셸리와 사일도 신변에 위험을 느꼈다. 사일은 자기한테 남아 있던 팸플릿을 모두 처분하고, 셸리에게 보낸 것까지 되찾으려고 했다. 셸리 자신도 힐리가 체포된 지 3일 뒤에 갑자기 린머스를 떠나 콘월의 일프라콤으로 갔다가 다시 웨일스 북쪽에 있는 트레머독까지 달아났다.

이 팸플릿의 중심 테마는 언론의 자유다. 셸리는 이튼이 이신론자이기 때문에 유죄 판결을 받았다고 주장한다. 그래서 「무신론의 필연성」에 나온 신앙의 본질을 요약하여 그 요지를 인용하기도 한다. 이튼이 『성서』를 모독한 『이성의 시대』 제3부를 출간했기 때문에 문서명예훼손죄로 유죄가 된 것을 셸리는 알고 있지만, 『이성의 시대』는 이신론의 입장에서 본 기독교 비판서이고, 기소한 쪽은 기독교를 국교로 하는 영국 정부이고, 재판을 받는 이튼이 이신론자였다는 것도 사실이다. 셸리는 문서명예훼손법의 배후에 감추어진 참뜻을 확인하고, 인도와 정의를 짓밟은 판결에 대해 수석 재판관에게 보내는 공개장이라는 형태로 항의하면서 언론의 자유를 주장한 것이다.]

이런 것은 기독교의 온유한 정신에 어긋납니다. 종교적 견해가 다르다고 해서 사람의 공권을 박탈하거나 사람에게 형벌을 부과하는 것을 '정부'에 허가하는 제도 아래에서는 세간의 어떤 지지도 얻을 수 없기 때문입니다. [옳소. 맞는 말이오.]

• 7월 2일자 『그로브』지에 게재된 웰즐리 후작**2**의 연설에서

각하,

국가가 임명한 당신의 지위는 매우 중요하고, 그만큼 당신의 책임도 막중하며, 경솔하게 유덕한 사람을 벌하거나 사악한 사람에게 상을 주지 않도록 조심하는 것이 당신에게 어울리는 일입니다.

당신이 주재하고 있는 법정은 범죄 억지를 위해 도입된 것이고, 그곳에서 행해지는 판결이 정의에 부합한다는 조건 하에서만 국민이 그 권위에 복종하는 것입니다.

무죄한 사람에게 유죄 판결이 내려진 사실이 밝혀졌을 경우, 재판관은 피고인을 유죄로 하는 법이 존재하니까 유죄 판결을 내렸다면서 자신의 죄를 조금이라도 가벼워 보이게 하려고 애쓸 것입니다. 한 걸음도 뒤로 물러나지 않는 이단자를 화형에 처할 때의 이단 심문관도 비슷한 해명을 합니다. 하지만 아무리 불

---

2 리처드 콜리 웰즐리(초대 웰즐리 후작, 1760~1843)는 영국의 정치가. 워털루에서 나폴레옹을 격파한 웰링턴 공작의 형이고, 아일랜드의 더블린에서 태어났다. 옥스퍼드 대학을 졸업한 뒤, 한때 아일랜드 귀족원에 적을 두었지만, 그 후 영국 하원의 원이 되었다. 가톨릭 해방운동 지지자로 유명하고, 동생보다 급진주의적이었다. 인용문은 1812년 7월 1일 영국 상원에서 행한 연설이다.

관용하다고 해도, 그런 해명을 합법으로 인정할 만큼 불관용 때문에 판단력을 완전히 잃어버린 사람은 없습니다. 이런 재판관의 경우, 무죄한 사람에게 벌을 주는 나라의 방침이 존재하니까 어쩔 수 없다고 주장해도 별로 설득력 있는 변명이 되지는 않습니다. 정의에 의거하는 법정은 국책과 윤리를 같은 차원에서 파악하지 않으면 안 됩니다. 윤리에 의거하여 행동하는 사람은 국책을 위반하고 있다는 사실이 명백하게 증명되지 않는 한, 어떤 형법이 적용되어도 당연히 거기에는 따르지 않습니다. 각하, 당신이 이튼 씨에게 내린 부당한 판결에 대해 법의 힘에 호소한 비난이 어떤 형태로 일어나도, 그것을 피할 법률은 있습니다. 하지만 혐오에 찬 국민의 비난을 피할 법률은 없습니다. 하물며 후세 사람들이 다행히 당신을 생각해낸다 해도, 그들의 정당한 심판을 받지 않고 넘어갈 수 있는 법률은 없습니다.

당신은 무슨 권한으로 이튼 씨에게 벌을 준 것일까요? 인도와 정의를 부당하게 짓밟는 잔인무도한 행위를 해명하기 위해 성직자나 전제군주가 지배하던 시대에서 긁어모은 케케묵은 판례[3] 이외에 어떤 것을 증거로 삼을 수 있을까요? 이튼 씨가 누구를 해쳤다는 겁니까? 어떤 죄를 지었다는 겁니까? 다른 사람처럼 나돌아다니고 보통 일에 종사하면 왜 안 됩니까? 부끄러운 짓이라고

---

[3] 엘린버러 경이 관할하는 왕좌재판소는 커먼 로(Common Law: 관습법, 판례법, 불문법)에 근거를 둔 재판을 다루고 있다. 불문법은 예로부터 영국에 전해 내려오는 관습이나 자연법적 개념을 대표하는 것으로서, 관습 및 판례를 바탕으로 판결을 내린다.

는 아무것도 하지 않은 사람을 무엇 때문에 고발하고 감금합니까? 피고측의 항변은 성실하고 알기 쉬운 반면, 이튼 씨를 부당하게 공격하는 사람은 일반 대중의 편견을 기화로 시시하고 모욕적인 답변만 한 것은 무엇 때문일까요? 끝으로, '이신론자'인 이 상처받은 사람에 대해 기독교도인 배심원들의 편견이 부당하게 맹렬히 타올랐을 때, 왜 당신은 헌법에 위배되는 그런 변론을 그만두게 하고, 피고가 신봉하는 특정 신앙은 언급하지 말고 무죄인지 유죄인지[4]를 선고하도록 배심원[5]들에게 요구하지 않았을까요?

정의의 이름으로, 이런 질문에 대해 과연 어떤 회답이 있을까요? 이교를 믿는 아테네가 소크라테스에게 한 회답도, 기독교를 믿는 잉글랜드가 이 상처받은 사람의 지지자를 침묵시키려고 한 회답도 같습니다. "그는 기존의 견해에 의문을 제기했다"는

---

4 (원주) 폭스 씨의 법안에 따르면, 문서명예훼손 소송에서 배심원은 법률과 사실 양쪽의 판정자다. [폭스의 법안이란 폭스 문서명예훼손법을 가리킨다. 미국 식민지에서 일어난 젱거 사건(저널리스트인 존 피터 젱거가 『뉴욕 위클리 저널』에서 뉴욕 총독 윌리엄 코스비를 공격했기 때문에 정부 비방죄로 재판에 회부된 사건)의 재판에서 변호사인 앤드루 해밀턴은 권력 남용에 대해 항의하고, 문서명예훼손의 경우에는 사실 문제만이 아니라 법률 문제에 관해서도 배심원이 결정해야 한다고 주장했다. 이 주장을 받아들인 것이 찰스 제임스 폭스(1749~1806) 씨의 법안이었다. 이 법안이 성립된 이후에는 출판자나 필자의 독립성이 굳게 지켜지게 된 반면, 위반행위에 대한 처벌도 무거워졌다.]

5 배심제는 불문법에서 발달한 절차이고, 이 제도의 도입으로 더 이상 종래의 '신의 심판'이 이루어지지 않게 되었다. 배심은 법정에서 소송의 사실 문제를 평결하기 위해 시민들 중에서 소환된 비법률가들의 집단이고, 그들 개개인은 배심원이라고 불린다. 사실 문제는 배심원이, 법률 문제는 재판관이 다룬다.

게 그 회답입니다. 아아, 슬픈 일입니다! 진리 탐구의 죄는 종교가 지금까지 결코 용서한 적이 없는 죄입니다. 무조건적인 신앙과 두려움을 모르는 진리 탐구는 어느 시대에나 서로 용납지 못하는 적이었습니다. 한편 아무런 제약도 받지 않는 철학은 어느 시대에나 가벼운 믿음이나 광신의 몽상과 싸우지 않으면 안 되었습니다. 뉴턴이 제시한 천문학의 진리가 점성술의 자리를 차지하게 되었습니다. 화학에서 새로운 발견이 이루어진 뒤에는 '현자의 돌'[6]을 손에 넣을 수 있다고 생각하는 사람은 없습니다. 자연 연구자들이 자연의 신비로운 법칙을 밝힘에 따라 온갖 종류의 기적도 줄어들었습니다. 허위는 막판에는 그것 자체가 내포하는 허위에 의해 부정됩니다. 진실은 공표되기만 하면 인정됩니다. 명제를 인정받기 위해 이성과 논리가 아니라 권력과 압제를 이용하는 사람은 그 명제가 허위임을 스스로 증명하고 있는 것입니다. 허위라는 것은 권력이 없을 때, 게다가 원래 겁쟁이라서 폭군이 아닐 때에는 "물고기를 먹고 싶긴 하지만 발은 적시고 싶지 않은 고양이 같다는 속담처럼 '하고야 말겠다'는 말이 끝나기가 무섭게 역시 안 되겠다"면서 구석이나 구멍 속에 숨어버리는 법입니다.[7] 하지만 독수리의 눈빛을 가진 진리의 빛은 불변의 것, 공정한 것이 내뿜는 부드러운 백광을 꿰뚫고 거기에서 우주에 생명을 주는 것을 모아 우주를 빛나게 하고 있습니다!

---

6 중세 서양의 연금술사들이 찾던 물질로, 모든 물질을 황금으로 바꾸거나 모든 질병을 치유하는 힘을 가졌다고 믿었다. '철학자의 돌'이라고도 한다.
7 「박애주의자 협회 설립의 제언」의 역주 11, 12 참조.

되풀이해서 말하지만, 왜 이튼 씨는 처벌을 받은 걸까요? 그가 '이신론자'이기 때문일까요? 그러면 당신은 무엇입니까? 기독교도. 하, 그렇군요! 당신의 정체를 알았습니다. 이튼 씨의 신앙이 당신의 신앙과 다르기 때문에 그를 박해하고 계십니다. 당신의 행위는 기독교를 박해한 자와 같습니다. 게다가 당신의 종교는 박해자의 종교와 마찬가지로 잔혹하고 야만적이고 불관용하다고 당신 자신이 스스로 증명하고 계십니다. 권력을 갖고 있는 '편협한 이신론자'가 (설명을 위해 이런 인물을 상정하고 있는 거지만) 야만적인 암흑시대에 법령을 제정하여 기독교도의 신앙 고백을 유죄로 했다고 합시다. 그때 당신이 기독교를 믿는 책방 주인이고 이튼 씨가 재판관이라고 합시다. 그렇게 되면 당신이 이번에 이튼 씨에게 내린 판결에서 자신의 정당성을 충분히 증명할 수 있다고 생각하는 논리가 지금 상정된 재판에서도 똑같이 성립됩니다. 즉, 책방 주인인 당신을 기독교도라는 이유로 뉴게이트 감옥[8]에 가두고 칼을 씌우는 판결을 이튼 재판관이 내렸다 해도, 그것은 정당한 판결이 되지 않을 수 없습니다. 권력이 박해할 권리를 주지 않는다면, 권리는 도대체 어디에서 오는 걸까요? 당신은 이튼 씨의 생존을 위협하면서까지 당신의 종교로 개종시

---

[8] 런던 뉴게이트 가의 서쪽 끝, 현재의 중앙형사재판소 맞은편에 있었던 감옥. 1218년에 이미 감옥으로 존재하고 있었으나 1666년의 대화재로 불타버렸다. 1780년에 재건되었지만 그해 고든 폭동(같은 해 6월 런던에서 일어난 반가톨릭 폭동) 때 습격당해 다시 불타버렸다. 온갖 종류의 범죄자가 투옥되어 있었지만, 1849년 이후에는 미결수만 수감되었고, 1877년에 감옥법이 가결된 뒤에는 사용되지 않다가 1903년에 철거되었다.

킬 작정인가요? 이튼 씨를 고문하면서까지 당신의 교의를 강요하려 하지만, 그런 교의가 진정한 설득력을 갖고 있다는 것을 보여주지 않는 한 이튼 씨는 그것을 믿을 수 없습니다. 물론 이것은 당신의 힘이 미치지 않는 곳입니다. 이런 식으로 당신의 열의를 보여주면 당신이 숭배하는 '신'이 기뻐할 거라고 생각하십니까? 만약 그렇다면 어떤 민족에게 인간을 산제물로 요구하는 악마보다 문명사회의 '신'이 더 야만적이라는 이야기가 됩니다.

인간은 책임을 지는 존재라고 당신은 생각하고 계십니다. 하지만 인간은 자신의 의지에 입각한 행동에 대해서만 책임을 질 수 있습니다.

믿느냐 믿지 않느냐 하는 것은 의지와는 완전히 별개 문제이고, 무관계한 것입니다. 믿느냐 믿지 않느냐 하는 것은 어떤 명제를 이루는 개념에 대한 찬반의 표명입니다. 신앙은 마음의 무의식 작용이고, 그 강도는 다른 감정과 마찬가지로 그저 마음이 고양되는 정도에 비례합니다. 의지는 공과(功過)와 떼어놓을 수 없습니다. 신앙은 공과에 필수불가결한 의지와는 다른 것인데, 그러면 도대체 왜 공과와 결부될까요? 종교는 신앙을 보상과 징벌의 문제로 보지만, 내 생각에 종교는 저절로 생겨나는 신앙에 의거하는 것입니다. 하지만 이성과 상식이라는 불변의 빛을 끄기 전에 이 두 가지의 도움을 빌려 인생의 미로에서 우리를 확실히 인도하는 것이 종교 외에 또 있는지를 찾는 것이 합당한 일입니다.

'이단자 화형'법[9]이 정식으로 폐지되지 않았다면, 각하의 열의가 그 뒷받침으로 제시되어 있듯이 박해의 불길이 스미스필드[10]

에서 다시 불타올라도 당연한 일이라고 생각합니다. 지금 데카르트[11]와 볼테르[12]를 고국에서 쫓아낸 채찍이나 갈릴레오[13]를 꿍꿍

9 이단은 11세기 전반에 프랑스 · 이탈리아 · 독일 곳곳에서 나타나기 시작했고, 12세기에 들어서자 유럽 전역으로 퍼져갔다. 이단 심문제도를 시행한 것은 교황 그레고리우스 9세(1227~1241년 재위)다. 그는 1231년에 '이단 금압령'을 발령하고 이단 재판을 포괄적으로 규정했다. 이단 심문관에는 교황 직속인 탁발 수도사가 임명되었는데, 1232년 이후에는 도미니크 수도회가, 1238년에는 프란체스코 수도회가 이 일을 위탁받아 수행했다.
영국에서는 헨리 8세(1509~1547년 재위)가 이혼 문제 해결을 목적으로 종교개혁 의회를 소집했고, 실상은 가톨릭 신앙인 채로 로마 교황청으로부터 분리 독립했다. 그가 죽은 뒤, 아들 에드워드 6세의 짧은 치세(1547~1553년 재위) 동안 영국은 급속히 프로테스탄트화했지만, 다음으로 왕위에 오른 메리 1세(1553~1558년 재위) 시대에는 단번에 역전하여 가톨릭 공동체로의 복귀가 도모되었다. 메리는 1554년 11월 열린 의회에서 이단을 억압하는 옛 법령을 회복시켰다. 이를 토대로 프로테스탄트 박해가 이루어지게 되었고, 273명의 신교도가 신앙을 지키다가 스미스필드의 화형장에서 불타 죽고 800명에 이르는 신교도가 해외로 도망쳤다. 메리가 죽은 뒤 엘리자베스 1세(1558~1603년 재위)는 교황으로부터 독립한 영국국교회를 확립했다. '39개조'를 제정한 것은 1563년이었다. 1593년의 '국교 기피자 처벌령'에 따라 가톨릭과 청교도(16세기 후반 영국에서 일어난 칼뱅파 신교도로, 박해를 피해 신대륙으로 건너가 미국 건국의 기초를 닦았다) 세력 양쪽의 국교 기피자가 교수형으로 처벌되었다. 또한 '이단자 화형법'은 1401년에 의회에서 제정하여 시행되었지만, 언제 폐지되었는지는 분명치 않다.
10 런던의 올더스게이트 가와 홀본 가에 둘러싸인 지역으로, 현재는 시장(스미스필드 센트럴마켓)이 있는 곳이다. 일찍이 구시가지의 성벽 바깥에 있었던 광장으로, 마장시합이나 축제로 흥청거렸지만 공개 처형장이기도 했다.
11 르네 데카르트(1596~1650)는 프랑스의 철학자 · 수학자. 33세 때 자유를 찾아 조국을 떠나 네덜란드로 이주하여 철학 연구에 몰두했다. 모든 것을 의심한 뒤, 의심할 수 없는 진리의 기준으로서 "나는 생각한다, 고로 존재한다"의 '생각하는 자신'을 발견하고, 거기에서 정신과 물체를 서로 독립된 실체로 하는 이원론의 철학 체계를 수립했다. 한편 신의 존재도 확증하고 가톨릭의 가르침도 부정하지 않았지만, 그가 죽은 지 13년째 되는 1663년에 가톨릭교회는 데카르트의 책을 금서로 지정했다.
12 볼테르(1694~1778)는 23세 때, 루이 15세의 유년기의 섭정인 오를레앙 공을 비판하여 바스티유 감옥에 투옥된 것을 계기로 프랑스에서 추방되었고, 최종적으

묶은 쇠사슬이나 바니니[14]를 화형에 처한 불길이 다시금 요란하게 등장하고 있습니다. 그것도 어디냐 하면, 교만하게도 자유의 성역을 자처하고 있는 나라입니다. 사상과 언론의 권리 자체를 침해하면서 출판의 자유는 허락한다고 큰소리치는 정부 치하에서 일어나고 있는 일입니다. 한 인간이 '이신론자'라는 이유로 칼을 쓰고 감옥에 갇혀 있습니다. 게다가 인간의 도리가 짓밟혀도 아무도 분노하는 목소리를 내지 않습니다. 신자들이 겸양과 평화의 '신성'이라고 칭송하는, 이 세상의 쇄신자이고 온화한 개혁자인 기독교의 '신'이 누군가에게 권한을 주고, 어떤 사람에게 칼끝을 돌리게 하고, 관리들이 자기 뜻대로 되는 것을 이용하여 그 사람을 '이교도'로 규정하고 쇠사슬로 꽁꽁 묶거나 고문하는 것을

로 스위스 국경에 가까운 페르네에 정착했다. 이성과 자유를 내걸고 봉건제와 전제정치 및 종교적 불관용에 대항하며, 디드로 등의 백과전서파 운동을 적극적으로 지지하는 한편, 가톨릭적 광신과 종교적 편견에 희생된 이름 없는 사람들을 위해 싸우다가 종종 투옥되었다. 83세에 파리에서 죽었을 때 교회가 그를 기독교도로 매장하기를 거부했기 때문에 그의 시신은 프랑스 북동부의 샹파뉴 수도원으로 옮겨졌다.

13 갈릴레오 갈릴레이(1564~1642)는 이탈리아 르네상스 후기의 수학자·자연과학자. 17세기 전반에는 천동설이 로마 교황청의 공인 학설이었다. 1632년에 갈릴레이는 프톨레마이오스의 천동설을 비판하는 『천문 대화』라는 책을 출간했다. 때문에 로마 교황청에 불려가 지동설을 철회하라는 요구를 받았다. 1633년에 종교재판에서 유죄 판결을 받고 『천문 대화』는 1835년까지 금서가 되었다. 1992년 10월 31일, 로마 교황 요한 바오로 2세가 당시의 가톨릭교회가 틀렸다고 인정함으로써 359년 만에 갈릴레오의 명예가 회복되었다.

14 루칠리오 바니니(1585~1619)는 이탈리아의 자연철학자. 나폴리 근교에서 태어나 로마에서 신학과 철학, 파도바에서 법률학을 공부하고, 이어서 자연과학을 공부하기 위해 유럽의 여러 대학에 유학했다. 1619년에 프랑스 툴루즈에서 이교도와 무신론자로 체포되어 혀를 잘리고 교살된 뒤 화형에 처해졌다.

허락하실까요?

'사도들'이 모든 민족을 개종시키러 나갔을 때, 그리스도의 사명의 신성에 귀를 기울이지 않는 자들을 모조리 찔러 죽이고 독살하라는 명령을 받았을까요? 법에 따라 '이신론자'에게 칼을 씌우고 감옥에 가두는 사람이 현재 정당하다고 인정받지 못하듯이, '사도들'도 그런 짓을 했다면 결코 정당하다고는 인정받지 못했을 것입니다.

당신이 신봉하는 교의와 다른 것을 이튼 씨가 널리 퍼뜨리기 때문에 투옥한 거라면, 이튼 씨도 똑같이 각하를 '이단자'라고 부를 권리를 갖고 있지 않을까요? 이것만은 말해두겠습니다! 이튼 씨야말로 좀 더 정당한 변명을 갖고 있지 않을까요? 이단자라는 말이 무언가의 의미를 가질 수 있는 것은 믿지 않는다고 확실하게 단언하는 사람을 가리키는 경우뿐입니다. 진실인지 여부를 분간하려면 진실이 가진 커다란 힘에 얼마나 전폭적인 신뢰를 둘 수 있는지 여부를 조사하면 됩니다. 본인도 충분히 깨닫고 있을 터인 허위에 관해서는 허위가 걸치고 있는 다양한 모습과 허위 특유의 경향으로 판단하면 됩니다. 그 경향이란 이성이나 논리에 뒷받침되지 않는 것을 인정시키려 하고, 압도적인 수단을 도처에서 사용하려고 하는 태도입니다. 공평한 관찰자라면, 자기 의견의 진실을 근거로 삼아 그 의견을 갖게 된 이유를 솔직히 말하는 사람에게 마음이 강하게 끌리고, 그 사람을 지지하고 싶다고 생각하는 법입니다. 그리고 상대와 토론을 벌여서 상대의 의견에 반대하거나 맞서기는 싫다고 당당하게 공언하면서 자기 의견을 널리 알리려 하는 사람의 활동을 고문과 투옥으로 억압하고, 권력을 등에 업고 그 사람의 정신까지 분쇄하려 하는 공격적인 사람을 지지하려고는 생각지 않는 법입니다.

솔직히 말씀드리면, 각하를 수석 재판관으로 하여 열린 허울뿐인 재판에 임했을 때 이튼 씨가 입증한 답변이 고발자의 말보다 훨씬 진실하고 훌륭했다고 생각합니다. 설령 그 답변이 칼뱅주의자가 보기에는 허위로 여겨진다 해도, 자유와 미덕을 사랑하는 사람들은 당연한 의무로서 박해를 부활시키는 체제에 반대하고, 또한 어떤 의견에 대한 강제적인 억압에도 반대하여 의분의 목소리를 높일 수밖에 없습니다. 거짓된 의견이라면 진실과의 대치는 피할 수 없고, 진실된 의견이라면 억압에도 아랑곳하지 않고 결국에는 널리 퍼져갈 게 분명합니다.

이튼 씨는 성서가 처음부터 끝까지 지어낸 이야기에다 가짜라고, 그리고 '사도들'은 거짓말쟁이에 사기꾼이라고 주장했습니다. 그는 예수 그리스도의 기적이나 부활이나 승천을 부정했습니다. 이것이 이튼 씨의 주장입니다. 한편 검찰총장은 이튼 씨가 주장하는 설을 부정하고 이튼 씨가 부정하는 설을 주장했습니다. 이 사실에서 도대체 어떤 주목할 만한 결론이 나올까요. 어떤 결론도 나오지 않습니다. 검찰총장과 이튼 씨의 의견 대립이 명백해졌을 뿐입니다. 검찰총장은 이튼 씨에게 시대착오적이고 폭군적인 법률을 적용하고 있습니다. 이유는 1800년이나 전에 이 세상의 한 구석에서 일어났다는 그 초자연적인 사건이 실제로는 일어나지 않았다는 것을 증명하는 데 도움이 되는 책을 이튼 씨가 출간했기 때문입니다. 하지만 논쟁 중인 사실의 진위는 쌍방의 의견을 주장하는 사람의 공과와 어떤 관계를 갖고 있을까요. 아무도 자신의 신앙에 대해서는 책임을 질 수 없습니다. 아무도 자신의 신앙을 마음대로 할 수 없기 때문입니다. 따라서 이튼 씨는 어떤 잘못도 없습니다. 범죄의 더러움을 뒤집어씌울 수 없는 개인을 처벌하는 판결의 어디에 정의가 있다고 생각하면 됩니까?

이튼 씨의 의견에는 도덕을 분쇄하려는 의도가 담겨 있다고 합니다. 그런데 도대체 어떤 식으로 담겨 있을까요? 그가 출간한 책 속에서 어떤 도덕적 진리가 불손이나 비웃음을 섞어서 말해지고 있을까요? 도덕, 즉 사람으로서 또는 시민으로서의 의무는 인간끼리의 교제에서 생겨나는 관계에 바탕을 두고 있습니다. 그 관계는 교제의 차이가 만들어내는 환경에 따라 변화합니다. 비슷한 상황이라면 이 의무는 시대를 초월하고 나라를 불문하여 모두 똑같지 않으면 안 됩니다. 이 생각에 대립하는 의견은 바로 신의 의지가 도덕의 원천이고 규준이라는 가정에서 생겨납니다. '전능한 신'이 그 힘을 최대한 발휘해도 실제로 악덕인 것을 미덕으로 할 수 없는 것은 분명합니다. 만능의 '악마'라면 틀림없이 미덕과 징벌을 결부시키고 악덕과 보상을 결부시킬지도 모르지만, 이런 방책을 강구해도 미덕과 악덕이 갖추고 있는, 이론적으로 변치 않는 본질을 조금이라도 바꿀 수는 없을 것입니다. 하지만 '전능한 신'이라면 신의 섭리를 개입시켜 인간 사회의 관계를 바꿀 수 있을 것입니다. '전능한 신'의 경우, 그 변화가 가져오는 필연적인 자연의 결과에 응하여, 과거에는 미덕이었던 것이 악덕으로 변할 수도 있을 것입니다. 하지만 그 경우에도 서로 대립하는 추상 개념의 일반적인 본질 자체는 조금도 변하지 않습니다. 예를 들면 사회가 강도, 살인자, 강간범을 구속하기 위한 형벌은 올바르고 훌륭하며 필수불가결한 것입니다. 사회가 형성된 본래의 목적을 파괴하는 자들을 억압하는 법은 칭찬과 존중을 받습니다. 하지만 행정권을 위임받은 사람들이 지지하는 체제에 대한 불신을 이성적인 방식에 따라 표명하는 사람에게 똑같은 탄압이 가해진다면, 확실히 그 탄압은 매우 비인도적이고 비윤리적이라고 말할 수밖에 없을 것입니다. 미지의 힘이 보이는 계시를 이용하여 참으로 무분별하고 당치 않고 변호할 여지도 없는 박해를 인정한다면, 이성이 세운 악덕과 미덕 사이의 칸막이벽이 파괴될 뿐만 아니라, 절조 없는 광신이 제멋대로 설치게 내버려두고 온갖 광란적 행위를 용납하게 됩니다. 그 행위의 원천이야말로 격정에 사로잡힌 광신과 '신성'의 계시입니다.

도덕적 특질을 갖추고 있는 것은 인간뿐입니다. '우주의 영'에게 이 특질을 주거나 '우주의 영'이 이 특질을 바꿀 수 있다고 생각하는 것은 신을 인간의 지위로 끌어내리는 것이 되고, 또한 신의 본질을 나타내는 어떤 정의에도 맞지 않는 특질을 이 무한의 존재에 부가해버리게 됩니다. 그래서 이런 반론이 나올지도 모릅니다 ─ '창조주'는 피조물이 지닌 뛰어난 특질을 갖고 있어야 하지 않는가? 반드시 갖고 있을 필요는 없습니다. 인간의 것인 도덕적 특질을 신이 갖고 있다고 보는 것은 신도 감정에 좌우되는 존재라고 인정하는 결과가 됩니다. 감정이란 육체를 가진 유기체에 대해 말할 수 있는 것이고, 순수한 '영'은 분명히 감정을 가질수 없습니다. 곰은 난폭하지 않으면 완전하지 않고, 호랑이는 탐욕스럽지 않으면 완전하지 않고, 코끼리는 온순하지 않으면 완전하지 않습니다. 논의가 너무 깊이 들어가서 신이 곰처럼 난폭하고 호랑이처럼 탐욕스럽고 코끼리처럼 온순하다고 증명하게 되면 안 됩니다. 하지만 일반 대중의 입장에서 이런 가정을 해봅시다. 즉, 신은 영의 옥좌에 앉은 존경할 만한 노인이고, 그 가슴은 인간의 감정과 비슷한 다양한 감정의 무대이고, 그 의지는 지상의 왕과 똑같이 변하기 쉽고 불확실하다고. 그래도 신은 신인 만큼, 선과 정의는 신과는 뗄 수 없는 특질이고, 신도 그런 특질과 모순되는 행위는 일절 부정할 것입니다. 의견을 이유로 박해를 가하는 것은 부당합니다. 또한 자애로운 신을 믿고 있다고 자랑하는 숭배자들이 어느 동포의 신에 대한 견해가 자신들과 다르다고 해서 그 사람의 존재를 위협하는 것에 도대체 어떤 일관성이 있다는 겁니까. 아아, 슬픈 일입니다! 자애로운 신을 숭배하는 박해자들에게 일관성 따위는 존재하지 않습니다. 악마를 숭배하는 자들이 악마의 이름으로 사람을 투옥하거나 고문하면서 자신의 주의와 행동을 일치시킬 뿐입니다.

　박해라고 불러도 좋은 것은 의견을 이유로 한 개인이 형벌을 받았을 때뿐입니다. 박해의 목적은 어디에 있을까요? 사람을 박해하여 상처를 입혀놓고 그 사람을 납득시킬 수 있을까요? 박해하면 그 사람의 의견이 허위라는 것을 다른 사람들에게 증명할 수 있을까요? 기껏해야 그 사람을 위선자로, 다른 사람들을 겁쟁이로 날조할 수 있을 뿐입니다. 수단이 잘못되면 아무리 올바른 목적도 달성할 수 없습니다. 편견이 없는 마음의 소유자가 의심의 눈길을 돌리는 것은 권력을 등에 업은 교리입니다.

소크라테스[15]는 동포의 마음에 심어진 미신, 사람을 타락시키는 미신에 감히 도전했다가 독살당했습니다. 그가 죽은 직후 아테네는 그에게 내린 판결의 부당성을 인정하고, 고발자인 멜레투스는 역사의 죄인이 된 반면 소크라테스는 신격화되었습니다.

예수 그리스도는 모세의 의식을 파기하고, 좀 더 도덕적이고 인도적인 규례로 바꾸려다가 십자가형에 처해졌습니다. 예수를 재판한 자들은 그의 무죄를 공공연히 인정했지만, 편협하고 무지한 폭도로 변한 민중은 끔찍한 행위를 요구했습니다.[16] 살인자에다 모반자인 바라바는 석방되고 온유한 개혁자인 예수는 유혈을 좋아하는 유대인의 '신'에게 제물로 바쳐졌습니다. 시간이 흘러 상황이 바뀌었습니다. 상황만이 아니라 사람들의 사고방식도 변

---

15 당시 아테네의 번영은 노예제에 입각한 상공업에 의존하고 있었다. 귀족 혈통을 이어받은 소크라테스는 당시의 불완전한 민주주의를 올바른 방향으로 인도하려고 애쓴 것이 아니라, 이것을 증오하고 이것과 싸워서 귀족적인 관념론을 확립하기 위해 평생 노력했다. 그의 영향이 아테네 청년들 사이에 퍼지기 시작했을 때, 결국 반대파 사람들에게 고발당해 스스로 독배(독미나리로 만든 독약)를 마시고 옥중에서 죽었다.

16 총독 빌라도는 예수에게 아무 죄도 없는데 제사장과 장로들의 시샘으로 고소되어 십자가에 매달리려 하고 있다는 것을 잘 알면서, 제사장과 장로들에게 설득된 군중의 폭동을 두려워하여 예수의 신병을 그들에게 넘겼다.(「마태복음」 27장 1~26절)

했습니다.

일반 대중은 언제나 극단으로 치닫는 법이어서, 예수의 십자가형은 초자연적인 사건이라고 믿게 되었습니다. 계몽되지 않은 시대에 흔히 있는 기적에 의한 증언은 예수의 신성을 증명하기에 충분했습니다. 오랜 세월이 지나면서 이 신앙은 광범위하게 세력을 확장했고, 결국 예수의 신성은 교의가 되어, 그것을 논박하면 죽음으로 이어지고 그것을 의심하면 공권을 박탈당하게 되었습니다.

'그리스도교'는 이제는 체제의 옹호를 받는 종교입니다. 그것을 논박하려 드는 사람은 예수 그리스도와 같은 처지가 되어, 사람들이 살인자와 모반자 쪽을 지지하는 꼴을 보게 됩니다. 그렇기는 하지만, 그 사람에게 재능과 그에 못지않은 용기가 있고 상황도 유리하게 작용하면 장래에 그 사람은 신의 지위까지 올라가고, 세간의 존경을 한 몸에 받는 선배인 예수 그리스도의 이름으로 그 사람이 박해를 당했듯이, 그때는 다른 사람들이 그 사람의 이름으로 박해를 당할지 모릅니다.

기독교도 역시 다른 민간신앙을 지탱해온 것과 같은 수단으로 지탱되어왔습니다. 그 수단은 바로 전쟁, 투옥, 살인, 허위입니다. 지금의 기독교는 전대미문의 잔학행위에 의해 존재하고 있습니다. 우리가 조상에게 물려받은 것은 이런 수단으로 키워지고 지탱되어온 신앙입니다. 신앙을 끝까지 지키기 위해 싸우고 박해하고 서로 미워합니다. 다른 온갖 체계와 마찬가지로 기독교는 흥하고 확대되어왔지만, 다른 체계와 마찬가지로 언젠가는 쇠퇴하고 멸망한다는 생각이 유추에 의해 성립되지 않을까요. 즉 이성과 논리가 아니라 폭력과 허위가 인간들 사이에서 활개를 치며 세력을 떨치다가, 이윽고 종교적 열광이 가라앉고 잘못된 의견을 확실히 뒤집어엎는 '때'가 기독교의 거짓을 입증하는 수많은 증거를 어두운 과거로 묻어버리면 기독교도 쇠퇴해버리고, 제우스의 변신이나 가톨릭교회의 '성자들'이 일으켰다는 기적, 주술의 효용, 죽은 사람의 영혼의 출현을 요즘 사람들이 비웃듯이, 그때가 되면 기독교의 은총과 신앙, 속죄와 원죄를 사람들은 마음껏 웃음거리로 삼게 된다는 생각이 성립하지 않을까요.

만약 기독교가 이성과 논리의 힘만으로, 즉 자명한 탁월성과 합리성으로 시작하여 존속해왔다면, 앞에서 말한 유추는 성립되지 않을 것입니다. 자연과 이성에 완전히 따르는 체계가 미래에 쇠퇴하리라고는 생각할 수 없습니다. 그런 체계는 자연과 이성이 존재하는 한 계속 존속하고, 햇빛이나 살인죄 같은 자연계나 도덕상의 모든 사실과 마찬가지로 논란의 여지가 없는 진리가 되어, 인간 사회의 구성이나 상대적 상황에 좌우되면서도 인간이 인간으로서 존재하는 한 계속 인정될 게 분명합니다. 유대인이 잔인하고 광신적인 인종이 아니었다면, 본디오 빌라도가 자신의 결단을 성실하게 관철했다면, 기독교는 보급되지도 않았고 아예 존재하지도 않았으리라는 것은 명백한 사실입니다. 하지만 이 사실은 검토가 필요하니까 가볍게 믿고 성급한 결론을 내리거나, 그렇게 내린 결론을 고집하는 것은 삼가주시기 바랍니다. 각하! 조금이라도 겸손한 마음을 가져주십시오. 당신이 마음속에 아주

소중히 품고 있는 의견 자체가 근원을 더듬어 올라가면 가느다란 실에 매달려 있고, 참으로 애매한 원천에서 생겨난 의견에 불과하기 때문입니다. 이성적인 증명이 결여되고 그 진실성이 아직 충분히 입증되지 않은 교의를 당신이 교육이나 환경의 영향으로 받아들였을 가능성이 있다는 것을 조금이라도 인정해주십시오. 당신 형제의 의견에 허위가 있다고 해서, 단지 그 이유만으로 그 사람이 당신에게 미움을 받아도 되는 건 아니라는 점을 조금이라도 알아주십시오. 뭐라고요! 당신 신앙의 정당성에 동포의 한 사람이 이의를 제기한다고 해서 그 사람을 고문과 투옥으로 벌하려 하십니까? 만약 종교적 견해 때문에 박해하는 것을 모럴리스트가 인정하면, 여러 종류의 경련파[17] 신도들이 사회의 평화를 위해 나갈 수 있는 문호가 얼마나 단단히 닫힌 채로 남게 될까요! 얼마나 많은 야만적인 행위와 잔혹한 행위가 제재를 받지 않게 될까요! 하지만 분명히 말해두는데, 일반적으로 받아들여지고 있는 교의에 이의를 제기하고 그 허위와 무용성을 증명하여 폐지로 몰아넣고, 나아가 그 교의의 탁월함과 진리를 확고부동하게 할 기회를 그 신봉자들에게 주는 사람은 사회에서 배척당하기보다 오히려 존경을 받아야 하지 않을까요. 아무리 그렇다 해

---

17 셸리는 소문자로 쓰인 'convulsionists'를 사용하고 있는데, 이들은 종교적 황홀경에 빠져 경련을 일으키는 종파의 사람들이다. 대문자로 쓰였을 때는 특히 18세기 초 프랑스에서 얀센주의를 신봉한 광신자 무리를 가리킨다. 그들은 얀센주의를 신봉하여 죽은 젊은 목사(프랑수아 드 파리)가 잠들어 있는 공동묘지의 무덤 앞에서 경련을 수반하는 치유로 사람들을 끌어 모았다.

도 이것이 범죄가 될 이유는 없습니다. 도덕상의 중요한 의문에 대한 해명에 당당하고 자유롭게 몰두하려고 자신의 시간을 바치는 사람은 계몽된 입법부로부터 복수가 아니라 보호를 받아 마땅합니다. 각하, 유덕한 사람의 영혼을 족쇄로 속박할 수도 없고 그를 복종시킬 수도 없다는 것을 알아주십시오. 그 영혼은 독기가 감도는 쓸쓸한 지하 감옥에서도 주눅 들지 않고 자유롭게 저 높은 곳으로, 당신의 영혼이 그 허울좋은 재판관 자리에서도 도저히 올라갈 수 없는 곳까지 훨훨 날아 올라갑니다. 기독교도로서의 신앙이 지나친 나머지 당신 자신이 인간이라는 것을 잊지 않도록 주의하라고 경고하는 일은 그만두겠습니다. 하지만 현재의 압제적 체제 하에서 지금 당장이라도 올지 모르는 시대, 정의의 자리가 매수와 비굴의 자리로 변하고 뉴게이트 감옥이 고결하고 성실한 사람들의 거처가 되는 시대의 도래를 앞당기는 일만은 하지 말라는 경고는 해두겠습니다.

　나는 이튼 씨를 소크라테스나 예수에 견줄 생각은 없습니다. 이튼 씨는 흠잡을 데 없고 존경할 만한 인격자입니다. 죄를 지었다는 의심조차 할 수 없는 시민입니다. 따라서 시민으로서 또한 인간으로서 그의 모든 권리가 침해당한다면 비합법적이고 비윤리적인 폭력이 그의 권리를 침해했다는 이야기가 됩니다. 제2의 예수가 민중 속에서 나타나거나 소크라테스 같은 사람이 이 세상을 다시 계몽한다면, (각하가 부활시킨 박해제도에 따라) 장기화된 투옥이나 불명예스러운 처벌은 과거의 독당근이나 십자가의 경우와 같은 결과를 초래하게 된다고 말하고 싶습니다. 또한 아테네나 유대의 오점처럼 우리나라에 찍힐 오점도, 그것이 기록된 역사를 파괴하지 않는 한 그대로 남게 된다고 말하고 싶습니다. 기독교가 이 지구에서 사라지고, '다신교'에 대해 우리가 오늘날 기억하고 있듯이 그저 조롱과 경탄의 이야깃거리로만 기억에 남는다면, 분개한 자손들은 당신의 무도한 행위에 영원히 떼어낼 수 없는 악명의 레테르를 붙일 것입니다. 또한 소크라테스가 살해당한 경우와 마찬가지로, 기독교는 어느 시대에나 반드시 저주를 받을 것입니다.

괴기와 미신에 가득 찬 시대의 어둠을 뚫고 혜성처럼 빛나는 곳을 황폐시키는 무서운 극악행위는 확실한 원인이 초래하는 필연적 결과라고 모럴리스트는 보고 있습니다. 하지만 계몽된 시대와 나라가 야만인이나 광신자에게만 어울리는 행위로 악명을 떨친다면, 인간은 유년기의 심통부림이나 어리석음에서 언제면 빠져나올 수 있을까 하고 '철학' 자신이 의심해보고 싶은 마음이 들기까지 합니다. 각하, 당신은 박해제도를 세울 때 그 제도의 산파역으로 앞장서서 열심히 노력한 사람들 가운데 하나입니다. 그렇게 해서 도입된 박해제도는 쓸모없다거나 사악하다고 말하기 이전에 처음부터 이치에 맞지 않습니다. 출판물은 (빈정조의 말투를 쓰자면) 이른바 '기독교의 증명'으로 넘쳐나고 있습니다. 이런 책들은 '이단자'에 대한 모욕과 비방으로 가득 차 있고, 기독교를 거부하는 사람은 이성과 감정이 완전히 결여된 인간일 게 분명하다고 처음부터 생각하고 있습니다. 이런 책들은 도저히 지지할 수 없는 주장을 전면에 내세우고, 가장 반감을 불러일으키는 교의를 가장 중요한 신조로 삼고 있습니다. 이렇게 일방적인 전제에서 내려진 추론은 감탄할 만큼 논리적이고 적절해 보입니다. 하지만 기초가 약하면 건축물이 불안정한 것은 건축가가 지적할 필요도 없습니다. 기독교의 진리가 논란의 여지도 없는 것이라면 무엇 때문에 이런 책들이 쓰이는 것일까요? 이런 책들이 그 진리를 충분히 증명하고 있다면 그 이상 논의할 필요가 어디 있을까요? "만약 신이 말씀하셨다면, 왜 우주는 납득하지 않을까요?"[18] 기독교가 그 진리를 확고한 것으로 하기 위해 좀 더 깊은 학문, 좀 더 힘든 탐구를 필요로 할 때, 인간의 마음이 충분히 납득해야만 비로소 의미를 갖는 것을 왜 강제로 얻으려 할까요? 마지막 질문으로, 기독교의 진리가 논증하지 못하는 경우, 피조물의 지배권을 무례하게도 신에게서 탈취하거나 인간의 행복에 필수불가결한 지식, 인류가 지상에 퍼진 이래 끊임없는 논란거리가 되고 화해할 수 없는 증오의 원인이 되고 있는 지식을 사실 '자애의 영'은 주시지 않았다는 불경스러운 말을 하는 것은 도대체 무엇 때문일까요? 기독교는 진실이거나 그렇지 않거나 둘 중 하나입니다. 진실이라면 신에게서 생겨난 것이고, 그 진실성 때문에 '전능한 저자'가 기꺼이 허락하는 범위 안에서 의심이나 논쟁도 인정됩니다. 만약 진실이라면 기독교는 이성적 증명을 받아들이고, 물질과 마음에 관하여 로크나 뉴턴이 확립한 원리와 마찬가지로 논란의 여지가 없다고 생각할 수 있습니다. 또한 자애로운 사람

---

18 돌바크의 『자연의 체계』에서 인용.

이라면 논쟁 중인 사실이 유익하다는 것을 알면, 그 지식이 전 세계 사람들 사이에 퍼지기를 진심으로 바랄 게 분명합니다. 설령 기독교가 가짜라 해도, 분명 계몽된 입법부라면 체제에 반대하는 논자를 처벌하지는 않을 것입니다. 게다가 그 체제는 광범위하게 퍼지면 그만큼 더 치명적이고 유해한 것이고, 교육을 통해 인간의 마음이 갖고 있는 편견과 편애가 얽히게 되면 일반 신앙의 형태를 취하여, 더욱 어리석고 파괴적인 결과를 초래하는 체제입니다.

지구는 우주의 중심이라느니, 관념은 지각이나 숙고와는 무관하게 인간의 마음속에 들어온다고 주장하는 얼빠진 철학자가 있다고 가정합시다. 그 사람은 분명 잘못된 주장을 하게 될 것입니다. 그 사람은 잘못된 설을 퍼뜨리게 될 것입니다. 그렇다고 해서 그 사람에게 칼을 씌워 광장에 세우거나 감옥에 가두어야 할까요? 그게 과연 그런 벌을 받을 만한 죄일까요? 결코 그렇지는 않습니다. 아마 그 사람만큼 한 시민과 한 인간으로서의 의무를 훌륭하게 완수하고 있는 사람도 드물 것입니다. 위에서 말한 예는 별로 적절하지 않았다고 생각합니다. 이 사회의 지각 있는 사람들은 뉴턴의 진리를 받아들인 것처럼 기독교의 진리를 논란의 여지가 없는 것으로 받아들이지는 않습니다. 성직자 계층의 대부분, 게다가 강력하고 광범위하게 결속하여 깊이 뿌리를 뻗은 성직자들은 민간에 널리 퍼져 있는 기독교 신앙으로부터 금품을 우려낼 뿐입니다.

아무리 어리석고 잘못된 교의라 해도, 그것을 주장하는 사람을 고문하고 투옥하는 것은 너무 야만적이고 무도한 짓입니다. 그리고 논쟁 중인 의견에 이의를 제기하는 사람을 박해할 경우, 그 잔학함은 더욱 심해집니다. 비할 데 없는 학식, 타고난 통찰력, 깨끗한 미덕을 가진 사람들이 그런 의견에 대해 논전을 벌이고, 목숨을 소모시키다가 결국 그 희생이 되어 죽어갔습니다.

　이슬람교도와 유대교도, 기독교도, 이신론자와 무신론자가 하나의 공동체 안에서 상호 교류에서 생기는 혜택을 동등하게 나누어 가지면서 관용과 형제애의 끈으로 묶여 함께 사는 시대가 빠르게 다가오고 있습니다. 각하께서도 살아 있는 동안에 그 시대의 도래를 보게 되기를 바랍니다. 각하, 당신은 무죄한 사람에게 유죄 판결을 내렸습니다. 그 사람에게 죄는 전혀 없었습니다. 그런데 당신은 그 사람에게 고문과 투옥의 판결을 내렸습니다. 잘못을 저질렀다는 것을 알아주었으면 해서 이 편지를 쓴 것은 아닙니다. 무분별하고 야만적인 자들은 다른 방법이 없었다는 것을 입증하거나, 악덕을 미덕으로 보이기 위해 제멋대로의 억지 이론만 늘어놓는 법입니다. 하지만 나는 목소리가 나오는 한, 당신이 이튼 씨에게 내린 가혹하고 부당한 판결에 계속 이의를 표명하겠습니다. 당신이 사람의 도리를 무시하고 불법으로 침해한 인간의 권리를 주장하기 위하여 내 힘이 닿는 한, 나 혼자가 되더라도 끝까지 항의하겠습니다.

A Vindication of Natural Diet

자연식의 옹호

【이 에세이는 1812년 11월에 런던에서 집필되어 1813년 초에 출간되었다. 이 글은 존 프랭크 뉴턴[1]의 『자연으로의 회귀, 또는 채식의 옹호』(1811)의 영향을 받아 쓰였다. 하지만 채식주의는 이미 일반에 널리 알려져 있었고, 셸리가 뉴턴을 처음 만난 것은 1812년 11월경이지만 셸리는 1812년 3월부터 이미 채식을 시작했기 때문에, 뉴턴을 만난 것이 계기가 되어 채식주의에 흥미를 갖게 된 것은 아니다. 하지만 셸리는 뉴턴을 만나기 전에 그의 『자연으로의 회귀』를 읽었고, 자신의 작품에 이용하기도 했다. 예를 들면 에덴동산 이야기나 프로메테우스의 신화를 채식주의자의 알레고리로 삼는 해석이다.

또한 뉴턴이 셸리에게 소개해준 책도 여러 가지 사용하고 있다. 제임스 몬보도의 『언어의 기원과 발달에 대하여』, 조지프 릿슨의 『도덕적 의무로서 육식을 끊는 것에 관하여』, 토머스 트로터의 『신경질적 기질에 관한 개설』 등이 그것이다. 몬보도는 18세기 후반에 인기가 있었던 지복천년설과 자연회귀주의를 신봉한 사람이다. 릿슨은 채식주의자인데, 육식으로 말미암아 일어나는 동물에 대한 잔학행위는 인간에 대한 잔학함으로 이어져, 태연히 사람들을 학대할 수 있게 된다면서 육식을 부정한다. 트로터는 음주로 인해 여러 가지 해악이 초래된다고 말하고, 당장 금주하는 것 외에 술을 끊을 방법은 없다고 주장한다.】

---

1 존 프랭크 뉴턴(1767~1837)은 영국의 채식주의 운동가.

아아, 이아페토스²의 교활한 아들이여, 너는 기뻐하는구나

불을 훔치고 제우스를 속인 것을.

하지만 그 때문에 큰 재앙이 너와 자손들에게 일어날 것이다.

너희에게 이 불이라는 선물은 슬픈 선물이 될 것이다.

자신의 재액을 소중하게 품고 신이 나서 자만하는 동안.

• 헤시오도스,³ 『노동과 나날』 54~58행

    사람이 육체적으로나 도덕적으로 타락한 것은 부자연스러운 생활습관 탓이라고 생각한다. 사람의 기원은 사람도 그 일부가 되어 있는 우주의 기원과 마찬가지로 불가해한 신비의 베일에 싸여 있다. 몇 세대나 이어져 내려온 인간에게 시작이 있었을까, 아니면 없었을까. 어떤 가설을 지지한다 해도 거의 비슷한 정도의 근거밖에 없다. 그리고 이번에 다룰 문제와는 전혀 관계없는 일이다.⁴ 하지만 대부분의 종교에 부수되는 신화에서 언급되

---

2 이아페토스는 그리스 신화에서 열두 티탄(거인족) 가운데 하나. 뒤이어 나오는 아들은 그가 님프 클리메네를 아내로 맞아 낳은 4형제 가운데 하나인 프로메테우스를 말한다.

3 헤시오도스(기원전 7~8세기)는 고대 그리스의 서사시인. 농경과 노동의 신성함을 서술한 『노동과 나날』과 천지창조에서 신들의 탄생 및 계보 그리고 인간의 탄생에 이르는 과정을 계통적으로 서술한 『신통기』를 남겼다.

4 우주는 창조된 것이 아니라 늘 존재해왔고, 우리가 보거나 경험하는 것은 그 변화에 불과하다고 셸리는 생각했다. 이 견해는 돌바크의 『자연의 체계』에서 영향을 받은 것으로 보인다.

는 바에 따르면, 사람은 먼 옛날 자연이 정한 길에서 벗어나 육체의 순결과 행복을 부자연스러운 식욕에 희생시킨 모양이다. 이런 일이 일어난 시기는 지구의 기후에 어떤 큰 변화가 일어난 시기와 분명히 일치한다. 아담과 이브가 선악과[5]를 먹었기 때문에 자손까지 신의 노여움을 사서 영생을 잃게 된다는 우화는 부자연스러운 식사 때문에 질병과 범죄가 발생했다는 설명이다. 밀턴은 이것을 확실히 알고 있어서, 라파엘[6]을 보내 신을 배신한 결과를 다음과 같이 아담에게 보여준다.

——곧 어떤 장소가 그의 눈앞에 나타났다.
슬프고 후텁지근하고 어두운 나병원 같았다.
그곳에는 온갖 질병에 걸린 자들이 수없이 누워 있었다.
격렬한 경련이나 고문 같은 고통을 수반하는 온갖 질병,
구역질이 나게 하는 심장병의 고통, 여러 가지 열병,
경기, 짜증, 격렬한 카타르, 결석이나 궤양, 산통,
악마에 씐 듯한 정신착란, 몹시 침울해지는 우울증,
달의 영향을 받는 광기, 여위고 수척해지는 위축증,
소모증, 그리고 많은 사람을 덮치는 역병,
수종, 천식, 관절을 병들게 하는 류머티즘.[7]

---

5 구약성서 「창세기」 2장 9절에 나오는 '선악을 아는 나무'의 열매.
6 미카엘(성경에 나오는 대천사)의 잘못. 밀턴의 『실낙원』 11권 99~105행 참조.
7 『실낙원』 11권 477~488행.

그리고 이 무서운 목록에 실려 있지 않은 질병은 또 얼마나 많은가!

프로메테우스 이야기도 일반인에게는 우의적이라고 인정받고 있지만, 만족스러운 설명은 한 번도 이루어지지 않았다. 프로메테우스는 하늘에서 불을 훔친 죄로 코카서스 산정에 쇠사슬로 묶인 채 독수리에게 끊임없이 간을 쪼여 먹힌다. 그 간은 먹히면 다시 자라서 독수리의 허기를 채워준다. 헤시오도스에 따르면, 프로메테우스 이전 시대에는 인류가 고통을 알지 못했다고 한다. 그들은 원기왕성하게 청춘을 구가하고, 이윽고 찾아오는 죽음도 잠처럼 슬며시 다가와 인간의 눈꺼풀을 상냥하게 닫아주었다. 이런 생각은 일반에 널리 알려져 있었고, 아우구스투스 황제 시대의 시인인 호라티우스도 다음과 같이 쓰고 있다.

> 대담무쌍하게도 모든 것을 견디고
> 인류는 차례로 나쁜 짓에 손을 댄다.
> 대담무쌍하게도 프로메테우스는
> 불길한 간계로 인류에게 불을 가져다주었다.
> 일단 불이 하늘의 거처에서 도둑맞은 뒤에는
> 병약과 무서운 열병의 무리가 대지를 습격했고,
> 아득히 먼 곳을 천천히 걷고 있던 죽음은
> 그 걸음을 빨리했다.[8]

---

8 『서정시집』 제1권 제3가 7~8연.

얼마나 알기 쉽게 말하고 있는가. (인류의 표상인) 프로메테우스는 인간의 자연스러운 상태에 커다란 변화를 가져왔고, 불을 요리에 사용했다. 이리하여 끔찍한 도살 현장을 보아도 기분이 나빠지지 않는 편리한 방법을 생각해낸 것이다. 이때부터 인간의 몸을 이루는 모든 기관은 질병이라는 독수리에게 게걸스럽게 먹히게 되었다. 질병은 여러 가지 꺼림칙한 방법으로 인간의 몸을 좀먹고, 인간은 기력이 떨어져 젊은 나이에 죽거나 변사하는 경우도 있었다. 건전한 순수함을 상실했기 때문에 온갖 악덕이 생겨났다. 폭정과 미신, 상업과 불평등은 그때 비로소 알려지게 되었고, 초조하게 방황하는 감정을 이성이 올바로 인도하려 해도 소용이 없었다. 이 문제를 매듭지을 때 나는 뉴턴 씨의 『자연으로의 회귀』를 인용하고 싶다. 이 프로메테우스 신화에 대한 해석을 그에게서 빌려왔기 때문이다.

"이 고대 신화가 전하고자 하는 중요한 진실이 잊힌 뒤, 시간이 흐르면서 이 우화의 사건 순서가 바뀌었을 가능성이 있다는 것을 고려해도, 이 이야기의 취지는 대체로 다음과 같다고 생각한다. 사람은 처음 만들어졌을 때 영원한 젊음을 선물로 받았다. 즉 인간은 지금의 우리들처럼 질병으로 괴로워하는 생물이 아니라, 타고난 건강을 누리며 질병이나 고통을 모른 채 어머니인 대지의 품으로 천천히 돌아가도록 만들어졌다. 프로메테우스는 최초로 동물의 고기(프로메테우스가 최초로 소를 죽였다)와 불을 사용하는 법을 가르쳐주었다. 이것은 소화를 돕고 맛을 좋게 하기 위한 것이었다. 제우스는 이 발명이 초래할 결과를 예견하고,

최근에 만들어진 생물의 근시안적 궁리를 재미있어하거나 초조해하면서 그 슬픈 결과를 사람이 고스란히 받도록 내버려두었다. 고기를 먹으면 반드시 화가 나고(요리하면 질이 손상되는 음식은 아마 먹으면 화가 날 것이다) 갈증을 느꼈다. 그리고 물을 찾았다. 그렇게 사람은 하늘에서 받은 건강이라는 헤아릴 수 없이 귀중한 선물을 잃었다. 사람은 질병에 걸리게 되었고, 불안정한 존재가 되었으며, 천천히 무덤으로 들어가는 것도 이제는 불가능해졌다."[9]

> 하지만 사치에 이어지는 것은 질병뿐이고,
> 모든 죽음은 복수자를 만들어낸다.
> 격렬한 감정이 흘린 피에서 생겨나고
> '인간'은 더 용맹한 야만인이 되어 사람을 덮쳤다.[10]

병에 걸리는 것은 사람과, 사람에게 사육되어 타락하거나 인간 사회에 오염된 동물뿐이다. 야생의 멧돼지나 산양, 들소, 늑대는 병에 걸리지 않는다. 이 들짐승들은 외부의 폭력이나 노쇠에 의해서만 죽는다. 하지만 사람에게 사육된 돼지나 양, 소, 개는 놀랄 만큼 다양한 병에 걸린다. 그리고 이들의 본성을 타락시킨 인간과 마찬가지로, 고통에 시달리는 동물 덕분에 돈을 버는 의사

---

9 (원주) 플리니우스의 『박물지』 제7권 57절. [여기서 셸리는 뉴턴을 정확히 인용하지 않고, 쓸데없는 것까지 덧붙여 쓰고 있다.]
10 알렉산더 포프(1688~1744)의 『인간론』 제3서간 165~168행.

가 필요해진다. 사람이 탁월한 것은 사탄과 마찬가지로 최고의
고통을 맛보기 때문이다. 극빈이나 질병, 범죄를 운명적으로 짊
어진 대부분의 사람들이 역경을 저주하는 것은 당연한 노릇이다.
기분을 표현할 수 있게 된 인간은 이 역경 때문에 자기는 다른
동물보다 우월한 존재라고 생각하게 되었다. 하지만 사람이 지금
까지 걸어온 길을 취소할 수는 없다. 모든 인간과학은 하나의 문
제로 집약된다 ──지성과 문명이 가져오는 혜택과 자연 생활이
가져오는 자유와 기쁨을 어떻게 하면 조화시킬 수 있을까? 우리
각자가 씨실과 날실이 되어 짜내는 지금의 사회제도에서 좋은
점은 받아들이고 나쁜 점은 거부하려면 어떻게 해야 좋은가? 이
중요한 문제의 해결에 가장 유효한 수단은 동물 고기나 알코올
음료를 피하는 것이라고 나는 믿고 있다.

　비교해부학에 따르면 사람은 모든 점에서 과일을 상식하는 동
물과 비슷하고 육식동물과는 전혀 비슷하지 않다. 사람에게는 사
냥감을 잡기 위한 발톱도 없고, 생물의 몸을 잡아 찢기 위한 날카
롭고 뾰족한 이빨도 없다. 중국의 고관대작은 손톱을 5센티미터
나 기르고 있지만, 그것만으로는 산토끼조차 잡을 수 없다는 것
쯤은 아마 알고 있을 것이다. 수소나 수양은 많이 먹기 때문에 온
갖 구실을 붙여 부자연스럽고 비인도적인 수술로 거세된다. 그
결과, 탄력이 없어진 몸은 가혹한 자연에 대한 저항력이 약하다.
죽은 짐승 고기를 사람이 씹어서 소화할 수 있게 되려면 고기를
요리하여 부드럽게 하고 외관을 속일 필요가 있다. 이렇게 함으
로써 피가 뚝뚝 떨어지는 날고기의 끔찍한 광경을 견디지 못하

고 혐오감이나 구역질을 느끼는 것을 피할 수 있게 된다. 육식을 지지하는 사람을 대상으로 육식이 사람에게 적합한지 어떤지를 조사하는 결정적인 실험을 억지로라도 해보라. 플루타르코스[11]가 권하고 있듯이 그런 사람에게 살아 있는 새끼양을 이빨로 물어뜯어 갈기갈기 찢게 하고, 그 내장 속에 얼굴을 들이밀어 김이 나는 피를 마셔서 갈증을 채우게 해보라. 그리고 그 끔찍한 행위를 막 끝냈을 때, 육식을 혐오하는 저항하기 어려운 본래의 본능으로 돌아가게 하고, '자연'은 이런 일을 하도록 우리를 만들었다고 말하게 해보라. 그러면 적어도 그때만은 그 사람도 육식을 부정할 것이다.

인간은 어떤 육식동물과도 비슷하지 않다. 세포질 결장을 갖는 것은 초식동물이라는 규칙이 있고, 인간도 예외는 아니다.

오랑우탄의 이빨 개수와 배치는 인간과 똑같다. 오랑우탄은 과일밖에 먹지 않는 유인원 중에서 인간과 가장 비슷하다. 이 정도의 유사성은 다른 어떤 종류의 동물에서도 찾아볼 수 없다.[12] 과일을 상식하는 많은 동물의 경우, 그 엄니는 인간처럼 뾰족해서 송곳니라는 것을 금방 알 수 있다. 또한 인간의 위는 다른 어떤 동물보다 오랑우탄의 위와 비슷하다.

---

11 플루타르코스(46~120)는 고대 그리스의 철학자·작가. 저작으로는 유명한 『영웅전』 외에 『도덕론』이 있는데, 이 책에 실린 「육식에 대하여」에서 우주의 조화로운 질서라는 개념을 근거로 동물을 죽이는 희생제와 육식을 비판하고 있다.

12 (원주) 퀴비에의 『비교해부학 강의』 제3권 169, 373, 448, 465, 480쪽. [조르주 퀴비에(1769~1832)는 프랑스의 동물학자. 동물계의 분류표를 만들었으며 고생물학을 창시했다.]

그리고 인간의 창자도 초식동물과 마찬가지로 흡수를 잘하기 위해 표면적이 넓고 주름이 많은 세포질 결장으로 되어 있다. 또한 맹장도 짧기는 하지만 육식동물의 맹장보다 크다. 이런 점에서도 오랑우탄은 인간과 비슷하다. 이런 이유로 인간의 신체 구조는 주요한 모든 항목에서 채식에 적합하다. 물론 오랫동안 육식의 즐거움에 친숙해진 사람은 의지가 약한 사람일수록 육식을 그만두고 싶지 않은 마음이 강해서 그것을 거의 극복할 수 없다. 하지만 나는 육식을 편들 생각은 없다. 항해 중에 선원이 한동안 새끼양에게 고기를 먹이자 그 새끼양이 항해가 끝날 무렵에는 본래의 초식을 거부하게 되었다. 말이나 양, 소, 심지어는 산비둘기까지도 육식을 익히면 결국에는 본래의 초식을 싫어하게 된 예가 수없이 많다. 어린아이는 분명 짐승 고기보다 파이나 오렌지, 사과 같은 과일을 좋아한다. 하지만 소화기관의 기능이 차츰 약해져서, 채소를 너무 많이 먹으면 일시적으로 심각한 사태를 일으키게 된다. '일시적'이라고 말한 것은 알코올과 고기를 끊고 깨끗한 물과 채소를 먹으면 궁극적으로는 체액이 온화하게 조정되어 건강한 몸이 되기 때문이다. 그리고 지금의 식습관으로는 쉰 명에 한 명도 갖고 있지 않은 밝고 유연한 마음을 되찾을 수 있다. 독한 술을 좋아하도록 아이를 가르치기는 어렵다. 대다수 사람들은 포트와인을 처음 마셨을 때 얼굴을 찡그린 것을 기억하고 있다. 때 묻지 않은 순수한 본능은 절대 틀리는 법이 없지만, 강제로 고기를 먹어서 식욕이 왜곡된 사람에게 육식의 옳고 그름을 결정하게 하는 것은 범죄자에게 자신의 죄를 재판하게 하는 거나 마찬가지이고, 술에 취한 주정뱅이에게 브랜디가 건강에 도움이 되는지 어떤지를 묻는 것보다 더 쓸데없는 짓이다.

　동물로서의 인간이 질병에 걸리는 원인은 무엇일까? 우리가 마시는 공기 탓은 아니다. 자연 속에서 우리와 함께 사는 주민들도 우리와 같은 공기를 마시지만 아무런 지장이 없기 때문이다. (사람이나 사람의 발명품으로 물이 오염되지 않았다면[13]) 우리가 마시는 물 탓도 아니다. 동물도 물을 마시기 때문이다. 우리가 걷는 대지 탓도 아니다. 숲이나 초원, 광대한 하늘이나 바다 같은 자연의 맑고 눈부신 풍경 탓도 아니다. 숲에 사는 동물들은 병에 걸리지 않는다. 따라서 그들과 우리가 공유하고 있는 숲은 우리가 걸리는 병과는 아무 관계도 없다. 그렇다면 우리가 그들과 다른 점, 즉 불로 음식을 변질시키는 습관이 병의 원인인 것이다. 따라서 우리의 식욕은 그 만족감이 적절한지 아닌지를 올바로 판단하는 수단은 되지 않는다. 다른 모든 동물은 본래 먹어야 할 음식과 먹으면 안 되는 음식을 분간하는 본능을 갖고 있지만, 인간의 경우에는 어린아이를 제하고는 그 본능의 흔적이 남아 있지 않다. 우리 인류의 이성을 가진 어른은 이 본능이 완전히 사라졌기 때문에, 인간의 일상식은 본래 과일이라는 점을 증명하

13　(원주) 무언가의 방법으로 물을 정화할 필요가 있다. 문명국가의 물이 오염되어 질병이 발생하는 것은 명백하다. 램 의사의 『암에 관한 보고』를 참조할 것. 나는 물을 마시는 것 자체가 부자연스럽다고 말하는 것은 아니고, 본래의 미각을 잃지 않았다면 질병에 걸릴 만한 물은 마시지 않을 거라고 말하고 있는 것이다. [윌리엄 램(1765-1847)은 영국의 외과의사이며 채식주의의 선구자.]

기 위해 비교해부학에 따른 고찰을 필요로 하게 되었다.

범죄는 광기다. 광기는 질병이다. 질병의 원인이 분명해지기만 하면, 오랫동안 지구에 그림자를 던져온 온갖 악덕이나 비참한 사건들의 병근이 도끼날 앞에 모습을 드러내게 된다. 그때부터 인간의 온갖 노력은 인류에게 분명히 이익을 가져다주는 방향으로 향할 거라고 여겨진다. 건전한 신체를 가진 건전한 정신은 실제로 범죄를 저지를 마음을 먹지 않는다. 성질이 격렬하고 눈에 핏발이 서고 혈관이 도드라진 인간만이 사람을 죽이기 위해 칼을 드는 법이다. 소박한 식사로 바뀌었다고 해서 유토피아적인 이익이 약속되는 것은 아니다. 이 식습관은 사람의 마음가짐의 문제이고, 격해지기 쉬운 성질이나 나쁜 버릇이 고쳐지기 전에는 단순히 법률을 개정하여 억지로 강요한다고 해서 해결될 문제는 아니다. 채식주의가 되면 모든 악을 근절할 수 있지만, 국가만이 아니라 작은 사회나 가족, 개인까지 모두 참여해야 비로소 성공하는 실험이다. 채식주의로 돌아가는 것은 조금도 해롭지 않고, 대부분의 경우 유익한 변화를 동반하는 것은 분명하다. 철학자 로크가 모든 지식의 원천을 감각작용에까지 더듬어 올라갔듯이, 로크 같은 천부적 재능을 가진 의사가 있다면 그 의사는 우리의 건강 상태가 나빠지거나 정신착란이 일어나는 원인을 부자연스러운 식습관에까지 더듬어 올라갈 게 분명하다. 광물이나 식물에 포함되어 있는 독소라 해도, 질병을 박멸하기 위해 사용되어온 것은 질병을 퍼뜨리는 원인일 리가 없다! 얼마나 많은 사람이 술을 마시고 살인자나 도둑, 편협자, 가정의 폭군, 방탕하고 파렴치한 사기꾼이 되었는가! 그들이 산의 개울물만으로 갈증을 달랬다면, 장수를 누리면서 정상적인 감정을 갖는 행복을 많은 사람들에게 퍼뜨렸을 것이다. 얼마나 많은 터무니없는 의견이나 어리석은 제도가 술주정뱅이나 방탕자들에게 널리 인정되지 않고 끝나버렸는가? 파리의 민중이 센 강 수원지의 깨끗한 물을 마시고[14] 식탁에 언제나 채소를 올려 굶주림을 견뎠다면, 잔인하게도 로베스피에르[15]가 만든 처형자 명부에 찬성하자고 누가 주장했겠는가? 부자연스럽고 자극적인 음식 때문에 감정이 뒤틀리지 않으면, 화형에 처해지는 이단자를 누가 냉정하게 지켜볼 수 있겠는가? 근채류를 먹고 상냥한 마음을 갖게 된 사람이 유혈이 낭자한 스포츠를 즐긴다는 걸 믿을 수 있겠는가? 네로는 절제된 생활을 한 사람인가? 인류에 대한 증오를 억누르지 못하고 벌겋게 달아오른 그의 볼에서 온화한 건강을 찾아볼 수 있을까? 물레이 이스마엘[16]의 맥박은 정상이었을까? 그의 피부는 투명하고, 눈은 건강과 거기에 수반되는 쾌활함과 상냥함으로 빛나고 있었을까? 역사는 이런 의문에 어떤 대답도 내놓지 않지만, 어린아이는

---

14 18세기 파리에서는 대개 센 강에서 퍼올린 물을 사용했다. 하지만 하수도 설비가 부족해서 하수가 센 강으로 흘러들었고, 게다가 많은 세탁선이 센 강에서 빨래를 했기 때문에 강물은 도저히 음용수로 사용할 수 있는 상태가 아니었다. 그 때문에 외국에서 온 여행자는 파리에 도착하면 설사나 복통에 시달렸다고 한다.

15 막시밀리앙 로베스피에르(1758~1794)는 프랑스 혁명기의 정치가. 자코뱅파의 지도자로 왕정을 폐지하고 1793년 6월 독재체제를 수립하여 공포정치를 행하였으나, 1794년 테르미도르의 쿠데타로 타도되어 처형되었다.

16 물레이 이스마엘(1672~1727)은 모로코의 술탄이다. 잔인한 정복자였기 때문에 피에 굶주린 자라고 불렸다.

주저하지 않고 '아니오'라고 대답할 수 있을 것이다. 확실히 짜증으로 벌게진 나폴레옹 보나파르트의 볼, 주름진 이마, 누레진 눈, 끊임없는 신경 계통의 과민 반응을 보면, 그의 살육이나 승리만이 아니라 지칠 줄 모르는 야심까지 잘 알 수 있다. 그가 채식주의자 집안이었다면 부르봉 왕가의 왕자에까지 올라갈 마음을 먹거나 권력을 손에 넣지도 않았을 것이다. 전제정치에 대한 욕망이 한 개인의 마음속에 일어나는 것은 거의 있을 수 없는 일일 것이다. 확실히 사회 자체가 술에 취해서 이상해지거나 병에 걸려 무력해지고 사려분별을 잃지 않는 한, 전제군주의 권력이 한 개인에게 위임되는 일은 없을 것이다. 인체에 관한 한, 본능을 버리는 것은 헤아릴 수 없는 재난을 수반한다. 문명화한 생활에 숨어 있는 수많은 질병의 원인을 산술로 헤아리거나 이성으로 추측하는 것은 아마 불가능할 것이다. 얼핏 보기에는 무해해 보이는 물도 인구가 많은 도시의 오물로 더러워지면 치명적이고 방심할 수 없는 파괴자가 된다.[17] 『성서』에서 인간을 미덕으로 이끌어가기 위해 신이 직접 말씀하신 모든 이야기가 유모의 이야기보다 재미없다 해도, 또한 불관용이나 분노를 명확히 조장하는 교의만이 중요하게 여겨진다 해도 누가 놀라겠는가? 기독교도들이 날마다 지키고 있는 습관은 신에게 버림받은 아들들, 게다가 '만인의 아버지'의 사랑을 듬뿍 받은 아이들을 질병이나 범죄에 감염시키는 습관과 같기 때문이다. 전능한 신 자신도 이 원초적

---

[17] (원주) 램의 『암에 관한 보고』.

이고 보편적인 죄의 결과에서 인간을 구해줄 수는 없었다.

　식사로 채소와 깨끗한 물만 먹는 이 시도가 잘되면 모든 육체적·정신적 질병을 확실히 억제할 수 있다. 쇠약했던 몸이 차츰 기력을 되찾고 환자였던 사람이 건강해진다. 족쇄가 채워진 미치광이의 헛소리에서 가정생활을 지옥처럼 만드는 성급하고 비이성적인 행동에 이르기까지 혐오스러운 온갖 광기가 온화하고 사려 깊고 차분한 기질로 바뀐다. 이 기질만이 장래에 사회도덕의 개선을 확실히 약속할 수 있다. 자연스러운 식습관을 갖게 되면 노화가 유일한 마지막 질병이 되고, 우리의 수명은 늘어난다. 자신의 인생을 즐기고, 남들이 인생을 즐기는 것을 방해하지 않는다. 모든 감각적 기쁨은 어디까지나 세련되고 완벽한 것이 되어 간다. 그렇게 되면 지금은 청춘의 짧은 순간에만 맛볼 수 있는 느낌, 살아 있다는 그 실감이 언제까지나 사라지지 않고 끊임없는 기쁨이 된다. 인류에게 우리의 신성한 희망을 걸고, 행복과 진리를 사랑하는 사람들이 채식주의에 진지하게 도전해주기를 바란다. 채식에 대해 이치로 설명해도 소용없다는 것은 명백하고, 실제로 6개월만 체험해보면 그 뛰어난 효과가 언제까지나 안정되게 지속되리라는 것을 알게 될 것이다. 채식주의가 최고로 훌륭하다는 데 이의를 제기하는 사람은 없지만, 식욕을 희생하고 편견을 극복하면서까지 여기에 맞붙어주는 것은 계몽되고 자애로운 사람들뿐일 것이다. 근시안적인 환자는 섭생법으로 고통을 미리 방지하기보다 약으로 통증을 누그러뜨리는 쪽을 택한다. 어떤 계급에 속해 있든 저속한 자들은 예외 없이 감각적으로만 사물을 판단할 수 있고 남의 말에 귀를 기울이지 않는다. 하지만 채식주의의 이점이 과학적으로 증명되고 자연 생활을 하면 요절하지 않는다는 것이 명백해지면, 주정뱅이도 짧고 고통스러운 인생보다는 길고 편안한 인생을 좋아하게 될 것이다. 60명이 있다면, 3년 동안 평균 4명이 죽는다. 1814년 4월에는 채소와 깨끗한 물만 계속 섭취한 60명이 한 명도 죽지 않고 3년 넘게 살면서 매우 건강하다는 보고가 이루어질 것이다. 현재 2년이 넘게 지났는데 아무도 죽지 않았다. 임의로 60명을 골라서 조사해도 이런 예는 찾아볼 수 없다. 제각기 나이가 다른 17명(램 의사와 뉴턴 씨[18]의 가족)이 7년 동안 이 식사법을 실천했는데, 그동안 아무도 죽지 않았고 가벼운 병에 걸린 사람도 없었다. 그 가운데 몇 명은 유아였고 한 명은 천식으로 고통받고 있었지만 지금은 상당히 회복되었다는 것을 고려하면, 이 도시에서 새롭게 임의로 17명을 골라 실험해보아도 분명 같은 결과가 나올 것이다. 이 대략적인 에세이를 읽고 지금까지 옳다고 여겨진 식습관에 의문을 품은 분은 뉴턴 씨의 계도적이고 거침없는 저서[19]를 읽어보시라. 그 책에서, 그리고 그 책을 쓴 저자와의 대화에서 나는 지금 여기서 여러분에게 말하고 있는 내용의 자료를 손에 넣었다.

이런 증거들이 세간에 정확히 공표되고 산술을 알고 있는 모든 사람에게 제대로 알려지면, 유해함이 실제로 입증된 음식은 아

---

18 뉴턴은 램에게 채식주의와 증류수를 이용한 치료법을 배웠다.
19 (원주) 『자연으로의 회귀, 또는 채식의 옹호』(카렐, 1811).

마 일반적으로 먹지 않게 될 것이다. 채식주의로 전향하는 사람이 늘어날수록 올바른 증거로서의 무게도 늘어날 것이다. 그리고 채소와 깨끗한 물만 먹고 살아가는 사람이 1천 명이 되고 노쇠 이외의 어떤 질병도 두려워하지 않게 되면, 동물 고기와 술은 느리기는 하지만 확실히 효과가 있는 독이라는 점을 세상 사람들도 인정하지 않을 수 없을 것이다. 식습관의 간소화로 생겨나는 정치경제적 변화는 특기할 만한 것이다. 오로지 동물 고기만 먹는 사람이 한 끼 식사에서 무려 1에이커 상당의 목초에 필적하는 고기를 먹고 제 몸을 망치는 일은 사라질 것이다. 또한 많은 빵이 부지런히 일하는 농부의 아이, 언제나 배를 주리고 있는 그 아이의 입으로 들어가지 않고 얼마 안 되는 흑맥주나 진으로 모습을 바꾸어 통풍이나 정신이상, 뇌졸중의 원인이 되는 일도 없어질 것이다. 육우를 살찌우기 위해 영양분 많은 채소가 많이 소비되지만, 소를 개입시키지 않고 사람이 그 채소를 대지에서 직접 먹으면 영양가를 낮추지 않고 병에도 걸리지 않는 음식을 충분히 공급하게 된다. 현재 지구상에서 사람이 살고 있는 곳 가운데 가장 비옥한 지역에서는 실제로 동물을 위해 땅이 경작되고, 헤아릴 수 없이 많은 식량이 낭비되고, 인간에 대한 식량 공급은 정체되어 있다. 죽은 동물의 고기에 대한 부자연스러운 욕망을 지금도 실컷 채우고 있는 것은 부자들뿐이다. 그들은 그 특권의 비싼 대가를 쓸데없는 질병에 걸리는 것으로 지불하고 있다. 그런데 이 식습관 개선이라는 위대한 개혁에 앞장서는 국민의 정신은 서서히 농경적인 것으로 바뀔 것이다. 다양한 악, 이기주의나 부패를 낳는 상업도 차츰 쇠퇴한다. 자연스러운 식습관을 갖게 되면, 그에 따라 남을 배려하는 태도가 생겨날 것이다. 그리고 지나치게 복잡해진 정치 교섭은 단순해지고, 왜 사람은 조국을 사랑하고 조국의 번영에 개인적인 관심을 기울이는지, 그 이유를 누구나 느끼고 이해하게 될 것이다. 예를 들면 잉글랜드가 생필품을 모두 국내에서 조달하고 사치품을 갖는 것을 경멸하게 되면, 무엇 때문에 외국 지배자의 변덕에 의존하겠는가? 또한 그런 지배자에게 군량 공격을 당하고, 그들에게 복종할 수밖에 없는 사태가 어떻게 일어날 수 있겠는가? 이 섬나라의 넓고 비옥한 지역을 아무 쓸모도 없는 목초지에 할당하는 것을 그만두면, 양모 제품을 팔아서 얻는 수입이 없어지겠지만, 그래 봤자 그게 뭐 그리 중요하겠는가? 자연스러운 식습관을 갖게 되면 인도에서 향신료를 수입할 필요도 없고, 포르투갈이나 스페인, 프랑스나 마데이라 제도에서 포도주를 수입할 필요도 없어진다. 또한 많은 사치품을 찾아 지구 구석구석을 약탈하며 돌아다니고, 사람과 사람 사이에 치열한 경쟁을 만들어내고, 또한 국가 간에 비참하고 피비린내 나는 분쟁까지 일으키는 일도 없어진다.

현대사에서는 무력하고 사악한 지도자들의 야심만이 아니라 상업적 독점욕으로 도처에 불화가 생기고, 내각은 잘못을 저질러도 완강하게 그것을 인정하지 않고, 우쭐해진 자들은 남의 말에 귀를 기울이지 않게 된 것 같다. 상업은 직접 영향을 주어, 빈부 격차를 더욱 벌려서 도저히 메울 수 없게 만들고 있다는 것을 명심해야 할 것이다. 그리고 상업은 인간의 성격 중에서 정말로 가치있고 훌륭한 모든 것의 적이라는 사실도 명심해두는 게 좋을 것이다. 구역질이 날 만큼 많은 재산을 가진 귀족층은 기사도정신이나 공화주의의 좋은 점을 모두 파괴하고 쌓아올려진 것이다. 그리고 사치는 거의 돌이킬 수 없는 야만상태에 빠지는 전조다. 인간이 진정한 행복을 가져오는 데 모든 에너지를 쏟아 붓는 사회를 실현하는 것은 불가능한 일일까? 확실히 (모든 정치적 고찰의 목표인) 이런 훌륭한 사회를 어느 정도 실현할 수 있으려면, 사회가 소수의 탐욕과 야심을 쓸데없이 자극하지 않고 다수의 자유와 안전과 평안을 지키는 내부 조직을 가질 수밖에 없다. 권력(돈이 최고의 권력이지만)은 전체의 이익을 위해서만 사용하겠다고 맹세하지 않는 자에게는 권력을 위임해서는 안 된다. 하지만 동물 고기를 먹거나 술을 마시는 것은 평등해야 할 인간의 권리에 직접 영향을 준다. 농민은 제 가족을 굶기지 않고는 상류층의 이런 욕망을 만족시킬 수 없다. 무서운 기세로 인구를 줄이는 질병이나 전쟁이 없으면, 도저히 개간할 수 있을 것 같지도 않은 황무지까지 목초지로 만들어야 할 것이다. 일가족을 부양하는 데 필요한 노동은 일반적으로 생각하는 것보다 훨씬 적어도 된다.[20] 농민이 일하는 것은 자신과 가족만이 아니라 귀족과 군인,

---

20 (원주) 북웨일스의 제방 건설 현장에서 필자가 직접 본 경험에 토대를 두고 있다. 여기서는 경영자가 노동자에게 임금을 지불하지 못해서 급료를 받지 못한 몇몇 노동자는 달빛 아래서 척박한 밭뙈기를 경작하여 대가족을 부양하고 있었다. 새뮤얼 잭슨 프랫의 시 「빵이냐 가난이냐」에 붙어 있는 주에 어느 부지런한 노동자 이야기가 있는데, 그 노동자는 하루 일을 시작하기 전과 일을 끝낸 뒤에 작은 텃밭을 경작하여 남들이 부러워할 정도의 자립을 이룩했다.

제조업자들을 위해서이기도 하다.

식습관 개선은 다른 어떤 개선보다 큰 이익을 가져올 게 분명하다. 이것으로 악을 근절할 수 있다. 법률을 악용하는 성향을 고치지 않고 법률을 악용하는 짓만 그만두게 하는 것은 곧 결과를 제거하면 원인도 없어질 거라고 상상하는 거나 마찬가지다. 하지만 이 식습관이 효과를 발휘할지 어떨지는 각 개인이 채식주의로 전향하느냐 마느냐에 달려 있다. 또한 공동체에 이익을 가져올지 어떨지는 그 구성원의 식습관이 완전히 달라지느냐 아니냐에 달려 있다. 몇 가지 특수한 사례에서 보편적인 것으로 착실히 나아가는 것이 반대의 경우보다 유리한 점은 한번 실패해도 그 이전의 모든 과정이 허사가 되지는 않는다는 것이다.

하지만 채식주의에 지나친 기대를 품으면 안 된다. 우리들 가운데 가장 건강한 사람이라도 유전성 질병에는 걸린다. 아무리 균형 잡힌 늠름한 몸을 갖고 장수를 누린 사람도 조상의 부자연스러운 식습관에 따른 질병이나 장애를 일으키는 소인이 축적되지 않았던 경우에 비하면 훨씬 뒤떨어지는 몸을 갖고 있었다고 말할 수 있다. 생리학 비평가에 따르면, 완전한 문명인의 표본 같은 사람도 여전히 무언가가 결여되어 있다. 하지만 문명인이 자연으로 돌아갔다고 해서, 몇 세대에 걸쳐 소리도 없이 천천히 뿌리를 내려온 소인이 당장 사라질까? 이것은 분명히 무리다. 내가 말하고 싶은 것은 부자연스러운 식습관을 그만둔 순간부터 새로운 질병은 하나도 생기지 않는다는 것, 유전성 질병에 걸릴 소인도 지금까지와 같은 공급이 없어지기 때문에 차츰 소멸해간다는 것뿐이다. 폐결핵, 암, 통풍, 천식, 나력[21] 같은 질병의 경우에도 채소와 깨끗한 물만 먹는 식사는 반드시 같은 효과를 발휘한다.

이 에세이를 읽고 진지하게 채식주의에 도전할 마음이 내킨 사람은 우선 그렇게 마음먹은 날을 개시일로 삼아주기 바란다. 지금까지의 해로운 식습관을 당장 단호하게 그만둘 수 있느냐 없느냐에 모든 게 달려 있다. 트로터 의사[22]는 어떤 술꾼도 주량을 조금씩 줄여서 술을 끊을 수는 없다고 단언한다. 동물 고기가 인간의 위에 주는 영향은 술과 비슷하다. 그 작용 방식에 정도의 차이는 있지만 같은 종류의 것이다. 채식주의로 전향하는 사람은 근육의 힘이 일시적으로 약해지는 것을 미리 각오해둘 필요가 있다. 이런 현상이 일어나는 것은 강한 자극 물질을 섭취하지 않기 때문이라고 설명해두면 충분할 것이다. 하지만 이는 극히 일시적인 현상이고, 그 이후에는 전과 똑같이 근육을 쓸 수 있게 된다. 게다가 지금까지보다 훨씬 안정된 힘을 발휘하게 된다. 특히 전과 똑같은 일을 하고 있어도 호흡이 흐트러지는 일이 줄어든다. 별로 높지 않은 산이라도 서둘러 올라가면 대부분의 사람은 숨이 차서 헐떡거리는 고통을 맛보지만, 그런 헐떡거림도 놀랄 만큼 줄어든다. 소박한 식사를 하면, 식후에도 식전과 마찬가지로 몸이나 머리를 쓸 수 있다. 종래의 식사에 따라다니는 최면작

---

21 목이나 귀밑, 겨드랑이 등의 임파선에 단단한 멍울처럼 생기는 만성 종창. 결핵성 경부림프선염.
22 (원주) 트로터의 『신경질적인 기질』을 참조. [토머스 트로터(1760~1832)는 영국의 해군 군의관으로서 의학 개혁에 힘썼다.]

용은 없어질 것이다. 걸핏하면 화를 내는 성질은 심신을 피곤하게 하는 자극이 직접적인 원인이기 때문에, 자연스럽고 부드러운 자극의 힘 앞에서는 그런 성질도 사라져버릴 것이다. 또한 그 무기력한 권태감, 죽음보다 무섭고 어떻게도 할 수 없는 인생의 피로감으로 초췌해지는 일도 없어진다. '신'에 관한 해로운 생각에 사로잡혀 "사제나 할머니가 만들어내는 지옥의 존재를 믿는" 광기에 전염되는 일도 없어진다. 누구나 제 자신에게 맞는 신을 만들어내는 법이다. 예를 들면 소박한 식습관을 가진 사람이 숭배하는 신에게는 피조물의 행복이 가장 기쁜 제물이 될 것이다. 이 신을 믿는 사람은 신에 대한 사랑 때문에 남을 증오하거나 박해할 수는 없을 것이다. 또한 소박한 식사야말로 진정한 미식가의 식사라는 것을 깨닫게 될 것이다. 만족감을 얻기 위해 존재할 터인 각 기관의 작용을 끊임없이 약화시키고 망가뜨리는 일도 없어진다. 감자, 강낭콩, 완두콩, 순무, 상추 요리에 사과, 구스베리, 딸기, 건포도, 라즈베리, 겨울에는 귤과 사과, 배를 디저트로 맛보는 즐거움은 상상을 초월한다. 이 담박한 음식에 공복이라는 소스가 쳐질 때까지 기다렸다가 먹는 사람은 일부러 시장이 주최하는 연회에 참석하여 즐거운 식사에 트집을 잡는 위선적인 쾌락주의자와 동석하는 일도 없어질 것이다. 솔로몬[23]은 천 명의 첩을 거느리면서도 모든 것이 덧없고 허무하다고 절망을 고백했

---

23 솔로몬은 이스라엘 왕국의 제3대 임금(기원전 971?~932? 재위). 왕궁과 신전을 세우고 행정을 개혁하고 군비를 강화하여 이른바 '솔로몬의 영화'를 누렸다.

다.[24] 마음씨 고운 한 여인과 함께 사는 데에서 행복을 느끼는 남자는 이 존경할 만한 도락가의 낙담을 이해하기 어려울 것이다.

나는 젊은 정열가, 진실과 미덕의 신봉자, 아직 세간의 악습에 물들지 않은 순수하고 정열적인 도덕가에게만 호소하는 것은 아니다. 물론 이런 젊은이들은 심오한 진실, 아름다움, 소박함, 널리 퍼지는 은혜에 대한 기대 때문에 이런 식습관을 받아들여줄 것이다. 유독한 음식을 먹는 습관이 몸에 배어 있지 않는 한, 사냥의 잔인한 기쁨을 그는 본능적으로 혐오할 것이다. 이 세상에서 가장 상냥하고 동정심 넘치는 존재가 될 수 있는 인간이 빈사상태에 놓인 동물의 단말마의 고통과 최후의 경련을 즐긴다는 것은 분별 있는 젊은이의 마음을 공포와 환멸로 가득 채울 것이다. 젊은이만이 아니라 노인에게도 나는 호소하고 싶다. 젊은 시절에 섭생을 잘하지 못한 게 탈이 되어 몸을 망가뜨린 노인, 얼핏 보기에는 절도 있는 생활을 해왔지만 고통을 수반하는 온갖 질병에 시달리고 있는 노인도 유독하고 위험한 약을 쓰지 않고 증상이 호전되는 것을 보면, 채식주의에서 가치를 찾아내줄 것이다. 아이에게 일어나기 쉬운 질병이나 원인을 알 수 없는 죽음에 대한 끊임없는 불안은 어머니에게는 어떻게 할 수도 없는 불행의 원인이다. 하지만 채식주의가 되면 어머니는 아이들이 항상 건강하고 자연스럽게 뛰노는 모습을 보면서 만족감을 맛볼 수 있을 것이다.[25] 가장 가치있을 터인 많은 생명이 약으로 잠시 증상을 완

---

24 구약성서 「전도서」 1장 2절 참조.

화시키기도 어려운 불치병으로 날마다 스러지고 있다. 인간은 잠시도 방심할 수 없고 집념이 강한 영원한 적인 죽음이라는 대식가에게 앞으로 언제까지 제 목숨을 싸게 팔아버릴 것인가?

건강을 바라는 나머지, 소박하고 자연스러운 식사로 전향하는 사람은 개심한 순간부터 다음 규칙에 주의를 기울여야 한다.

'한때 살아 있었던 것은 무엇이든 결코 위 속에 넣으면 안 된다.'

'증류하여 본래의 순수함을 되찾은 물 이외의 액체는 마시면 안 된다.'

보유

채식하는 사람들은 놀랄 만큼 장수했다. 초기의 기독교도들은 금욕주의자였기 때문에 동물 고기를 먹지 않았다.

1) 올드 파: 152세, 2) 메리 패턴: 136세, 3) 헝가리의 양치기: 126세, 4) 패트릭 오닐: 113세, 5) 요셉 엘킨스: 103세, 6) 엘리자베스 뒤 바르: 101세, 7) 아우랑제브: 100세, 8) 성 안토니우

---

25 (원주) 뉴턴 씨의 책을 참조. 그의 아이들은 생각할 수 있는 최고의 아름다움과 건강을 타고났다. 딸들은 조각가에게 최고의 모델이었고, 아주 상냥하고 온화한 성격이다. 이것은 그녀들이 다른 점에서도 분별 있는 취급을 받고 있다는 것과 관계가 있을지 모른다. 그 아이들이 태어난 뒤 5년 동안 18,000명의 아이가 태어났고, 그 가운데 7,500명이 다양한 질병으로 죽었다. 또한 살아남은 아이들 대다수가 금방 죽을 정도는 아니지만 질병에 시달리고 있다. 죽은 고기를 먹으면 모유의 질도 떨어지고 양도 상당히 줄어든다. 아이슬란드 근처에 있는 섬에서는 채소를 전혀 구하지 못해서 아이들은 생후 3주 이내에 파상풍으로 죽어버리고, 섬의 인구는 본토에서 건너오는 사람들로 유지되고 있다. 조지 매켄지의 『아이슬란드의 역사』 참조.

스: 105세, 9) 은둔수사 야코브: 104세, 10) 아시니우스: 120세, 11) 성 에피파니우스: 115세, 12) 시메온: 112세, 13) 롬발드: 120세.[26]

뉴턴 씨의 장수에 관한 생각은 독창적이고 납득할 만한 것이다. "올드 파는 야생동물처럼 건강하여 152세까지 살았다. 모든 사람은 야생동물처럼 건강해질 가능성이 있다. 따라서 모든 사람은 152세까지 살 가능성이 있다."[27] 이 결론은 매우 조심스러운 것이다. 올드 파가 조상의 부자연스러운 식습관의 누적에 따른 질병을 물려받지 않았다고는 생각할 수 없다. 파의 수명을 줄였을 터인 온갖 상황을 고려하면 사람의 수명은 무한히 늘어날 것으로 예상된다.

필자와 아내는 채소만 먹기 시작한 지 8개월이 되었다는 것을 여기에 기록해둔다. 위에서 말한 건강과 기질의 개선은 필자 자신이 직접 체험한 결과다.

---

26 이들 가운데 앞의 일곱 인물에 대해서는 셸리가 출전을 밝히고 있다. 1) 조지 체인의 『건강론』 62쪽, 2) 『젠틀먼스 매거진』 제7호 449쪽, 3) 『모닝 포스트』 1800년 1월 28일자, 4) 루소의 『에밀』 제1권 44쪽, 5) 그는 노섬벌랜드 주 쿰에서 죽었다. 6) 『스콧 매거진』 제34호 696쪽, 7) 아우랑제브는 왕위 찬탈 때부터 엄격하게 채식주의를 지켰다.
27 (원주) 뉴턴의 『자연으로의 회귀』에서.

A Refutation of Deism

이신론에 대한 반박

[이 에세이의 집필은 1812~1813년에 이루어졌고, 1814년에 익명으로 출간되었다.

셸리가 1811년 3월에 옥스퍼드 대학에서 퇴학당한 뒤 2년 동안 쓴 편지들은 종교와 형이상학과 과학에 관한 저서들을 열정적으로 읽고 인생에 대한 그 나름의 철학을 형성해가는 모습을 보여준다. 그는 도덕과 사회 문제에 대해 운문과 산문으로 야심적인 글을 쓸 계획을 세운다. 그중 하나가 장편 철학시 「매브 여왕」인데, 여기서 그는 문명을 향한 인류의 느린 전진에 교회와 국가가 미치는 악영향을 보여주려고 애쓴다. 또 다른 작품은 「이신론[1]에 대한 반박」인데, 여기서 셸리는 당시 유행하고 있던 철학적 신학인 이신론이 옹호될 수 없다고 지적한다. 「무신론의 필연성」에서 기독교의 뿌리를 공격한 셸리는 이제 기독교도 이신론도 사실과 이성에 확고하게 근거를 두고 있지 않은 반면 무신론은 충분한 근거가 있다는 것을 입증하여 모든 유신론의 토대를 무너뜨리려 한다.

「이신론에 대한 반박」은 '머리말'과 '에우세베스와 테오소푸스의 대화'로 이루어져 있는데, 이 책에 실린 부분은 에우세베스의 첫 번째와 마지막 반론을 발췌한 것이다. 이 발췌에서 셸리는 군주제와 교회에 의해 유지되고 있던 당시의 지배적인 사회 질서에 의문을 제기하고, 그가

---

1 신을 세상의 창조자로 인정하지만, 이를 세상일에 관여하거나 계시하는 인격적인 존재로는 인정하지 않고, 기적 또는 계시의 존재를 부정하는 이성적인 종교관.

'초자연적 지성'이라고 부르는 것에 대해 기존 사회 질서가 요구하는 바를 문제 삼고 있다. 또한 그 체제 안에서 질서와 무질서의 충돌을 고찰하고, 질서를 지지하는 '힘'과 무질서를 지지하는 또 다른 '힘'에 대한 요구를 고찰한다.

그는 질서가 악을 좋아하는 경향을 갖고 있는지, 그리고 무질서가 선을 암시하고 있는지를 묻고, 질서와 무질서는 세계에 대한 우리의 인식, 그리고 세계와 우리의 관계에 대한 우리의 해석이라고 대답한다. 또한 질서와 무질서가 보편적일 수는 없다고 지적한다. 질서와 무질서를 판단하는 기준은 그 기준을 만들어내는 사람들의 '의견과 감정'이 다양한 만큼 다양하고 편견에 물들어 있기 때문이다. 선과 악은 사실상 상대적이고, 그보다 더 중요한 것은 사람들과 외부 세계에 대한 그들의 인식의 관계에서도 상대적이라는 것을 그는 입증하고 있는데, 바로 이 부분이 이 글에서 가장 강력한 대목이다.

이 작품의 등장인물 가운데 에우세베스(Eusebes)라는 이름은 '경건한, 의로운'이라는 뜻이고, 테오소푸스(Theosophus)는 '신에 대해 잘 알고 있는'이라는 뜻이다.]

※

머리말

다음 '대화'의 목적은 이신론 체계가 논리적으로 성립되지 않는다는 것을 증명하는 것이다. 무신론과 기독교 외에는 선택의 여지가 없고, 신이 존재한다는 증거는 신의 계시로만 도출할 수 있다는 것을 보여주려는 시도다.

저자는 신지학적[2] 기독교도에 의한 변호 방식 때문에 자연 종교나 계시 종교의 의의가 얼마나 손상되어 왔는지를 보여줄 작정이다. 이 '대화' 속에서 필자가 자신의 의도를 어느 정도까지 달성할 수 있었는지는 세상 사람들이 최종적으로 결정할 일이다.

이 졸저의 출판 형태는 내용이나 분량을 생각하면 너무 비싸게 여겨질지도 모른다. 확실히 일반적인 지식을 전하기에는 부적절하다는 것은 인정하지만, 이번에 이런 출판 형태를 선택한 것은 신기함 때문에 오해받기 쉬운 이 작품의 논법이 일반 대중에게 폐해를 초래하지 않도록 하기 위해서다.

에우세베스와 테오소푸스의 대화

에우세베스

테오소푸스여, 나는 전부터 자네가 이상한 생각에 열중한 나머지 자네의 오성이 흐려진 것을 오랫동안 지켜보면서 있었네. 자네가 무모하게도 회의론에 기울어 우리 조상이 쌓아올린 가장 존경할 만한 제도를 짓밟고, 마지막에는 죄 많고 신앙심 없는 세

---

2 우주와 자연의 불가사의한 비밀, 특히 인생의 근원이나 목적에 관한 여러 가지 의문을 신에게 맡기지 않고 깊이 파고들어가, 학문적 지식이 아닌 직관에 의하여 신과 신비적 합일을 이루고 그 본질을 인식하려는 종교적 학문.

상 사람들을 위해 신의 독생자가 스스로 주신 구원까지 부정하는 것을 보고 몹시 불안하게 느끼고 있다네. 사람의 오성이 끝내는 이렇게까지 오만해질 수 있을까. 자신을 '전지전능'과 비교하고, '불가지'(不可知)의 의도를 파헤치려 하다니!

이 끔찍하고 중대한 문제를 자네는 아직 피상적으로만 생각하고 있는 건 아닐까. 역설을 좋아하고 별난 체하고 싶어 하는 기분, 또는 이성의 교만함 때문에 자네는 불신앙이라는 어두운 불모의 길로 잘못 들어가버렸네. 자네는 냉담하고 억지스럽고 완고해져 있기 때문에 진실이 보이지 않게 되어버린 게 분명해.

지금까지 신이 자신의 뜻을 분명히 밝히기 위해 보여준 여러 가지 증거에 대해 자네는 아무런 주의도 기울이지 않았나? 자고 이래 메시아의 탄생을 예언한 서적들, 신의 진실이 분명히 입증되는 수많은 기적들, 온갖 고난을 견디며 신의 옳음을 증명한 순교자들에 대해 자네는 전혀 주의를 기울이지 않았나? 있을 수 있는 일이라고 강력하게 믿을 수밖에 없는 문제에 대해 자네는 수학적인 증명을 요구하고 있는 것 같아. 그런 것을 요구하면, 구세주에 대해 우리가 가져야 할 신앙의 가치가 완전히 없어져버릴 걸세. 훨씬 명백한 것을 신뢰하는 게 뭐가 곤란하다고 말할 텐가? 의심할 여지가 없는 것만 믿는 사람이 어떻게 보상을 받을 수 있다는 건가?

기독교의 기적을 증언하는 사람들이 자기 증언의 진실성을 보여주기 위해 고난과 위험과 고통 속에서 살고, 수많은 사람들이 고문을 당하고 화형과 교수형을 택했다는 충분한 증거가 있음에도 불구하고, 단지 남을 속이고 싶은 마음 때문에 그들이 그런 행동을 했다고 주장할 셈인가? 기독교도는 이 세상을 계발한 순수한 교양을 가르치는 것만 목표로 삼는 위선자이고, 아무런 보상도 명성도 기대하지 않는 순교자라는 건가? 이런 바보 같은 의견을 진지하게 주장하는 궤변가는 제멋대로이고 도저히 변호할 수 없는 완고함 때문에 죄를 짓고 있는 게 분명하네.

기독교는 수많은 기적에 의해 탄생하여 세상에서 인정을 받았네. 그 역사 자체가 기적의 증거, 논란의 여지가 없는 확실한 증거라네. 기독교의 역사는 그것 자체가 하나의 위대한 기적일세. 소수의 겸허한 사람들이 적대하는 세계와 맞서서 기독교를 만들었네. 수에토니우스, 플리니우스, 타키투스, 루키아노스[3] 등이 증언했듯이, 50년도 채 지나기 전에 놀랄 만큼 많은 사람들이 기독교에 귀의했지. 그 후 얼마 지나지 않아 수천 명의 기독교도가 과감하게 이교의 제단을 무너뜨리고, 사제를 죽이고, 사원을 불태우고, 분노에 떠는 이교도들에게 순교의 속죄를 소리 높여 요구했다네. 메시아가 도래한 지 3세기가 지날 때까지는 메시아의 성스러운 종교는 로마제국의 모든 제도 속에 받아들여지지도 않았고 사람들에게 지원을 받지도 못했네. 오랫동안 전능하신 주님 외에는 누구의 도움도 받지 못한 채, 기독교는 믿기 어려운 탄압에도 굴하지 않고 널리 퍼지면서, 아무런 희망도 없는 최악의 절망적인 상황에서도 새로운 기력을 찾아냈다네. 인간의 경험 영

---

3 이 대목에 나온 인용문을 셸리는 부록으로 처리했다. 이 책 말미의 '부록 ①'을 볼 것.

역에서 유례없는 초기의 확장세를 보인 종교를 이성적인 인간이 도대체 어떤 궤변을 써서 부정할 수 있다는 말인가?

기독교의 도덕성은 독특하고 숭고하네. 동시에 그 기적이나 신비는 다른 어떤 조짐과도 다르다네. 부당한 취급이나 폭력에 대한 인고의 묵종, 군주들의 의지에 대한 무저항의 복종, 이 하찮은 세계에 인류를 정서적으로 묶어놓았던 굴레에 대한 무관심, 그리고 겸손과 신앙은 다른 어떤 종교와 비교해도 독특한 교의일세.[4] 우정, 애국심, 관대함, 남을 배려하는 마음, 단호한 실행력, 천부적인 재능, 학식, 용기는 인류에게 존경심을 품게 해온 특질이지만, 기독교에서는 그런 것은 눈부신 아름다움으로 사람을 현혹시키는 악덕이라고 가르치고 있지.

유신론자가 왜 알렉산드로스 대왕에 대한 역사적 기술보다 예수 그리스도에 대한 역사적 기술에 의심을 품는지 나는 모르겠네. 속죄의 복음 가운데 어디가 특별히 추악하고 의심스럽다는 건가? 신의 계시가 인류에게 유익하다는 것은 논란의 여지가 없을 걸세.[5] 기독교 계시의 토대라 해도, 우주의 커다란 수수께끼를 명쾌하게 설명하거나 신의 속성을 만족스럽게 설명할 수 있다고는 말하기 어렵겠지. 유대인을 제외한 고대 철학자들이 깊은 무지에 빠진 것을 생각해보게. 또한 에피쿠로스, 플리니우스, 루크레티우스, 에우리피데스,[6] 그 밖에 눈부신 재능이나 거짓된 미

---

4 (원주) 윌리엄 페일리의 『기독교의 내적 증거』를 참조. 페일리의 『기독교의 증거에 관한 개설』 제2권 27쪽도 참조.

5 (원주) 페일리의 『기독교의 내적 증거』 제1권 3쪽.

덕으로 이름난 수많은 사람들이 불손하게도 무신론을 신뢰한다고 감히 공언한 것을 생각해보게. 그리고 아낙사고라스, 피타고라스, 플라톤 같은 유신론자들이 세상의 창조자이자 수호자인 전능하신 신의 존재를 철학자들에게 믿게 하려고, 그런 엄청난 목적에는 전혀 어울리지 않는 인간의 이성을 사용하여 무모한 시도를 한 것을 생각해보게. 대중이 참으로 어처구니없을 만큼 우상숭배적이라는 것, 지배자들이 무신론자는 아니라 해도 신의 존재를 난해하고 흥미를 가질 수 없는 공론으로 간주하고 있었다는 것을 생각해보게.[7] 게다가 메시아가 강림할 무렵 인류를 황폐하게 했던 수많은 전쟁이나 압제도 생각한다면, 신은 겉만 번드르르한 해로운 속임수로 인류를 더욱 무서운 미신의 미로로 끌어들였다기보다 인류의 타락이 급속히 진행되는 것을 막기 위해 개입했다고 말하는 편이 더 신뢰할 수 있지 않을까. 물론 신은 인간을 불사신으로 만들지 않았고, 신의 빛나는 목적지를 영원히 숨긴 채로 두지도 않으셨네. 만약 기독교가 가짜라면 우주의 윤리적 통치자에 대한 신앙이나 우리의 불사에 대한 희망을 어떤 토대 위에서 파악하면 좋을지 알 수 없게 되어버릴 걸세.

이렇게 이 문제의 명백한 근거와 문명 세계의 찬성 의견이 합쳐지고, 게다가 논란의 여지가 없는 신앙의 권유도 있으니, 지금까지 쓸데없이 부당하게 공격당해온 그 체계를 확고한 것으로

---

6 이 대목에 나온 인용문도 셸리는 부록으로 처리했다. 이 책 말미의 '부록 ②'를 볼 것.
7 (원주) 키케로의 『신들의 본성에 대하여』를 참조.

만들 수 있네. 하지만 인간 이성의 결론이나 세간의 도덕적 교훈이 세부적인 점에서 신의 계시와 모순된다는 사실이 밝혀졌을 때, 우리는 어느 쪽을 따르면 좋을까? 사용할 때마다 잘못을 저지르는 인간의 이성이 아니라 잘못을 저지를 수 없는 신의 계시를 따라야겠지. 아무것도 하는 일이 없는 철학의 단명한 체계가 아니라 영원히 남는 신의 말씀을 따라야겠지.

테오소푸스여, 자네가 부정하는 종교가 진실이라고 생각해보게. 자네는 그 구원의 힘을 믿으면 얻을 수 있는 은혜를 놓치고 있네. 따라서 신의 마음이 흘러들어간 교회가 특히 불신자들에게 거는 저주에 무관심해서는 안 되네. 그 저주는 결코 꺼지지 않는 업화이고, 결코 죽지 않는 구더기일세. 나를 구해주실 거라고 믿는 신이 그럴 의도도 없는 형벌로 자신이 창조한 피조물에게 겁을 주리라고는 생각할 수 없네. 하지만 아마 불신이라는 배은망덕은 전능하신 신이라도 자신의 정의를 굽히지 않고는 은총을 베풀 수 없는 유일한 죄일 걸세. 인간의 마음은 도대체 어떻게 의심이라는 무서운 생각을 절망하지 않고 견딜 수 있을까. 바라건대, 사람들의 의견이 서로 부딪치는 혼돈 상태를 안심하고 내려다볼 수 있는 그 견고한 망대[8]로 돌아가고 싶네. 자네의 창조자이자 수호자인 신에게 돌아가는 거야. 오직 신만이 자네의 영원한 적의 끊임없는 간계로부터 자네를 지켜줄 수 있다네. 인간이 만든 제도라는 것은 그 기본이 되는 원리가 신의 목소리와 경쟁

---

8 구약성서 「시편」 61편 3절.

할 수 있을 만큼 믿음직스러운 것일까. 신앙은 이성을 이기네. 창조자가 피조물을 이기는 것과 마찬가지로. 양자가 일치하지 않을 때는 신앙이 아니라 이성이 권하는 생각을 의심해봐야 하네.

자네를 파멸로 유혹하는 잘못의 추한 참모습을 내가 분명히 밝히게 해주게. 정직하게 말해주게. 악령이 자네의 오성을 속인 일련의 궤변을 말해보게. 자네의 불신의 근저에 있는 생각을 털어놓게. 자네의 지적 질병의 치료약을 내가 처방하게 해주게. 그런 꺼림칙한 생각이 나에게 감염되는 것을 나는 두려워하지 않네. 자네가 우쭐해서 경솔하게 그것을 믿은 경위를 전부 다 털어놓을 때까지 내 인내가 계속될 수 있을지, 그것만이 걱정일세.

(…중략…)

에우세베스

설계를 생각한 이를 추론하기보다 설계 자체를 증명하는 게 먼저일세. 논해야 할 것은 우주에 설계가 존재하느냐 아니냐지. 의심스러운데도 불구하고 그것을 당연한 근거로 삼고, 거기에서 논의해야 할 문제를 추론하는 것은 당치도 않네. 고안, 설계, 적응 같은 것이 우주 안에 어떤 식으로 드러나 있는지 확실히 모르는데, 그런 낱말만 슬며시 사용하고, 그 결과 고안이나 설계를 생각한 이가 존재한다고 마치 그게 옳은 것처럼 말하는 것은 흔히 있는 궤변이고, 여기에는 조심할 필요가 있네.

마찬가지로 모든 움직임이 정신에 의한 것이고, 물질에는 의지가 없고, 모든 조화가 지성에서 생겨났다는 주장도 논제를 멋대로 억측한 데 불과하네.

왜 우리는 사람이 고안한 기계를 누군가가 설계했다고 생각하는가. 그것은 단지 사람의 기술이 만들어낸 수많은 기계를 기억하고 있기 때문이고, 그런 기계를 만들 수 있는 사람들을 알고 있기 때문이 아닐까. 하지만 만약 그런 기술을 미리 알지 못한 채 시계가 땅에 떨어져 있는 것을 우연히 발견했다면, 그 시계는 저절로 생겼다고 생각하는 게 당연하겠지. 이것은 우리가 모르는 곳에서 생긴 것이 조합된 결과라고 생각하고, 어떤 식으로 그 출처를 설명하든 추론의 영역을 넘지 못하고 납득할 수 없는 설명이 될 걸세.

자네는 인간의 기술로 고안된 물건과 우주의 다양한 사물이 서로 비슷하다고 말할 작정인 모양이지만, 그것은 받아들일 수 없네. 이런 고안이 틀림없이 인간의 지성에 의한 것이라고 말할 수 있는 것은 인간에게 그런 능력이 있음을 원래부터 알고 있기 때문일세. 만약 모른다면 그 견해 자체가 성립되지 않네. 따라서 우리가 신의 본성을 아무것도 모른다는 점을 생각하면, 인간의 기술과 신의 창조물을 동일선상에 나란히 놓으려 해도 중요한 점에 무리가 있음을 알 수 있을 걸세.

우주는 신이 창조했다고 주장하기 위해, 그 밖에 어떤 논리가 남아 있는가? 자네가 내세운 논리는 한치의 오차도 없이 다양한 현상을 만들어내는 훌륭함, 모든 요소가 완전히 조화를 이루는 모습, 불변의 법칙이 가져오는 우주적 조화, 즉 세상의 모든 구조가 미리 정해진 것처럼 순환하고, 다 썩어 문드러진 벌레의 림프액 속에서 꿈틀거리는 미생물의 혈관에도 피가 흐르게 하는 법칙이 가져오는 조화일세. 이런 것 때문에 우주에는 지성을 가진 창조자가 있다고 자네는 주장했네. 왜냐하면 우주는 다양한 작용을 초래하면서 존재하고 있고, 그런 작용을 산출하기에 아주 적합하도록 만들어져 있기 때문에, 우주에는 지성을 가진 창조자가 존재한다는 논리일세.

자, 이제 자네 주장의 핵심에 도달했네. 즉 이런 것일세. "어떤 작용을 산출하면서 존재하는 것은 무엇이든 창조자가 있을 것이고, 그 작용을 산출하기에 적합하다는 것이 분명할수록 그것은 영원히 존재하는 게 아니라 지성을 가진 창조자가 만들어냈다는 이야기가 될 것"이라고 자네는 말하고 싶은 걸세.

하지만 이 주장이 우주에는 적용되는데 신에게는 적용되지 않는다는 것은 어찌된 일인가. 우주가 그 목적에 적합하다는 이유 때문에 자네는 지성을 가진 창조자의 존재를 필연으로 보고 있지만, 그만큼 명백하게 우주가 그 작용을 산출하기에 적합하다 해도 그 우주를 만든 창조자 자신에게 우주를 만들어내는 훌륭한 적합성이 있다는 것을 보여줄 필요가 있지 않을까. 우주의 뛰어난 구조를 보고 그것이 영원히 존재하고 있다고 생각하기는 어렵기 때문에, 그 어려운 문제를 해결하기 위해 창조자라는 존재를 생각해냈다고 하세. 그러면 이 창조자를 존재토록 하기 위해서는 창조자의 완벽함을 훨씬 능가하는 면밀함과 정확성으로 그 창조자를 창조하지 않으면 안 되네.

창조하는 신이 동시에 누군가에 의해 창조된다고 생각하면, 지성을 가진 하나의 신을 만들어내기 위해서는 그 신 자신보다 더욱 뛰어난 지성을 가진 신이 필요해지고, 그런 신이 끝없이 무수히 존재하게 되겠지. 이것이 자네가 말한 전제에서 직접 도출되는 결론일세. 우주가 설계에 의해 생겨난 것이라면, 신을 창조할 수 있고 또한 자신도 창조되는 신이 얼마든지 존재한다는 이야기가 되고, 그것은 너무나 어이없는 일일세. 철학은 경험이나 감정보다 사색을 우선하기 때문에, 학문적인 오류에 적당한 조치를 취하는 것은 도저히 불가능하네.

우주는 누군가에 의해 창조되었다고 확신할 수 없는 한, 영원히 존재하고 있다고 생각하는 편이 이치에 맞네. 두 가지 가정이 정반대일 경우, 사람은 알기 쉬운 쪽을 택하게 마련이지. 우주는 영원히 존재하고 있다고 생각하는 편이 영원한 존재인 누군가가 우주를 창조했다고 생각하는 것보다 쉬워. 하나의 생각이 무거워서 정신이 깊이 가라앉아 있는데, 그 무게를 더욱 늘려서 무거운 짐을 경감할 수 있다는 건가?

사람은 자기가 지금 존재하고 있다는 것만이 아니라 자기가 존재하지 않았던 때도 있다는 것을 알고 있네. 그러니까 존재하려면 어떤 원인이 있을 걸세. 하지만 우리는 결과를 보고, 그 결과에 어울리는 원인을 추론할 뿐일세. 어떤 힘이 존재하고, 그 힘이 특수한 도구를 사용하여 물건을 만들어낸 것은 확실하네. 하지만 그 힘이 도구 자체에 원래부터 갖추어져 있다는 것을 우리는 증명할 수 없고, 그 반대의 가설을 세워도 역시 증명할 수는 없네.

물건을 만들어내는 힘이 우리의 이해력이 미치는 범위를 넘어서는 것은 인정하겠네. 하지만 영원하고 전지전능한 존재에 의해 같은 결과가 산출되었다고 말해버리면, 역시 원인은 흐릿해져버리고 더욱 이해할 수 없는 게 되어버리지.

우리는 결과를 보고, 그 결과에 어울리는 원인을 추론할 수 있을 뿐일세. 다시 말하면 수없이 다양한 결과에는 수없이 다양한 원인을 생각할 수 있지만, 철학자가 결과에서 추론할 수 있는 것 이상의 관계나 일치를 원인에서 찾는 것은 잘못일세. 뱀을 만들어내는 힘과 양을 만들어내는 힘이 같을 리가 없지. 곡식을 말라 죽게 하는 병충해와 곡식을 영글게 하는 햇빛을 같은 힘이 만들어낼 리가 없네. 분명히 모순되는 이런 결론이 나타나면, 정확하기 이를 데 없는 우리의 철학 정신이 모욕당하게 되지.

우주의 가장 큰 움직임은 가장 작은 움직임과 마찬가지로 필연이라는 엄격하고 불가피한 법칙에 따르고 있네. 이 법칙이란 바로 우주 안에서 우리 눈에 보이는 결과로 이끌어가는 눈에 보이지 않는 원인일세. 눈에 보이는 결과가 우리의 지식이 미치는 경계이고, 우리는 경계라는 호칭으로 우리의 무지를 표현하는 것일세. 경계 너머에 또는 경계 위에 어떤 존재를 상정하려 하면, 이미 운동의 법칙이나 물질의 속성으로 설명되어 있는 것에 대해 다시금 새삼스럽게 쓸데없는 설명을 하게 되지. 이런 법칙의 본질도 이해하기 어렵다는 것은 인정하겠네. 하지만 신의 존재라는 가설을 세우면 이야기를 쓸데없이 어렵게 할 뿐일세. 가설은 불가해한 것을 해명하기 위해 세워야 하는데, 해명하기는커녕 가설 자체가 모순되어 있어서, 그 모순을 설명하기 위해 또 새로운 가설이 필요해지기 때문이지.

인력과 반발력의 법칙, 좋아함과 싫어함의 법칙으로 정신세계와 물질세계의 모든 현상을 설명할 수 있네. 어떤 물건에 대해서든, 그 속성을 정확히 알기만 하면 행동 양식을 알 수 있게 되지. 수학자에게 포탄의 무게와 부피, 발사할 때의 속도와 방향을 첨부하여 부탁해보게. 그는 포탄의 탄도를 정확히 알아맞힐 수 있을 테고, 그 포탄이 어떤 기세로 과녁에 부딪힐 것인가를 계산할 걸세. 누구한테든 마음을 움직일 동기를 주어보게. 그러면 그 동기에 따른 행동이 보일 걸세. 천문학자에게 혜성의 부피와 속도를 가르쳐주면, 천문학자는 구심력과 원심력이 서로 끌어당기거나 반발하는 힘을 정확히 계산하여 혜성이 다시 돌아올 때를 정확하게 알아맞힐 걸세.

천체는 변칙적인 운동, 즉 속도가 일정하지 않고 종종 궤도를 벗어나는 운동을 하지만, 그 운동을 일으키는 것도 인력이고 그것을 수정하는 것도 역시 인력일세. 저 유명한 라플라스[9]도 말했듯이, 달이 지구에 접근하고 지구가 태양에 접근한다는 것도 가장 멀리 떨어질 때와 가장 가까이 접근할 때가 있을 뿐, 아주 긴 시간 동안 일어나는 차이에 불과하네. 즉 이 우주 전체는 단지 물리적인 힘으로 움직이고 있을 뿐일세. 사물의 필연성이 세계를 지배하고 있네. 사물의 현상을 해명하기에 가장 적합한 설명이

---

9 피에르 시몽 라플라스(1749~1827)는 프랑스의 수학자이자 천문학자.

있는데, 아직도 다른 원인을 찾으려 하는 것은 시시한 철학일세. "나는 가설을 세우지 않는다. 이 세상의 현상에 기초를 두지 않는 것은 모두 가설이 되기 때문이다. 형이상학적인 것이든, 형이하학적인 것이든, 은비학(隱祕學)적인 것이든, 역학적인 것이든, 가설은 실험 철학에 자리를 가질 수 없다."[10]

동물의 신체 구조, 어떤 종류의 동물이 어떤 환경에 적합한 것, 무언가를 지각하는 기관과 지각되는 것의 관계, 살아 있는 모든 것과 그것을 살리려고 하는 것의 관계, 이런 것들을 보면 이 세상에는 설계가 있다는 것을 알 수 있다고 자네는 주장하네. 눈이 보이지 않고 위가 음식을 소화하지 못하면 인간의 몸은 그대로의 모습으로 살아갈 수 없는 건 확실하네. 하지만 그와 동시에 몸을 이루고 있는 각 부분은 지금과 같은 형태로는 살아갈 수 없어도 다른 형태로는 살아갈 수 있네. 그리고 새로 조합되어 이루어지는 것은 살아갈 수 있는 한 환경에 순응함으로써 거기에 적합한 방법으로 살아가게 되지.

따라서 어떤 생물이 어떤 기능을 수행하면서 존재하고 있다고 해서, 다른 누군가가 그 기능을 수행하기에 적합하도록 그것을 창조했다고 말할 수는 없네. 전에도 말했듯이 이런 성급한 결론은 불합리에 봉착할 뿐이고, 다음 견해와 비교해보면 점점 더 의심스러워질 걸세. 즉, 윤리학과 물리학이 아직은 불완전해도, 현재 알려져 있는 물질과 운동의 법칙만 사용하여 여러 가지 어려

---

10 아이작 뉴턴의 『프린키피아』에서 인용. 원문은 라틴어로 쓰여 있다.

운 문제를 해명할 수 있는데, 일부러 신의 존재라는 가설을 세워서 설명할 필요 따위는 없지.

비활성 물질, 즉 아무런 특성도 갖지 않은 물질이 동물이나 나무를 만들어낼 수는 없고, 무생물인 돌도 만들어낼 수 없네. 하지만 특성이 없는 물질은 추상 개념이고, 그런 추상적인 것에는 형태를 부여할 수 없다네. 우리가 눈으로 보는 물질은 비활성이기는커녕 오히려 매우 활발하고 예민하다네. 빛, 전기, 자기력이 약해졌다 강해졌다 하면서 변화하는 모습은 마치 사람의 생각과 같고, 때로는 운동의 원인이 되거나 결과가 되거나 하는 점도 사람의 생각과 비슷하네. 우리가 익숙해진 다른 모든 물질과는 달리 비물질적임에도 불구하고 무의미하게 구별되어 있다는 점에서도 역시 사람의 생각과 비슷하다네.

우주에서 일어나는 모든 현상, 또는 현상 사이의 관계를 설명하고 싶으면, 운동의 법칙과 물질의 속성을 보면 충분하네. 어떤 종류의 동물이 어느 지역에 살고 있는 것은 그 신체가 그곳의 환경에 적합하기 때문일세. 시험 삼아 그곳의 환경을 어느 정도 바꾸어보게. 그러면 거기에 사는 동물의 몸은 각 부분이 새로운 관계를 갖게 될 걸세. 이 변화는 이전의 환경에 순응했을 때와 마찬가지로 우주를 지배하는 절대 법칙에 의해 일어나는 것일세.

위가 음식을 소화하는 것은 인간의 신체 구조를 생각하면 당연한 일일세. 동물의 고기는 인간이 본래 먹어서는 안 되는 음식인데, 그것을 탐욕스럽게 먹은 결과 몸이 병에 걸리거나 기력이 떨어지거나 하지. 하지만 어느 경우에도 수단을 목적에 맞추어 이해하려고는 하지 않네. 이 경우, 육식이라는 부자연스러운 행위와 그것에 의해 생겨나는 악습이 수단이고 여러 가지 무서운 질병에 걸리는 것이 목적이 되는 것이지만, 세상을 창조한 신이 그런 목적을 위해 육식이라는 수단을 사용했다거나 신이 인간에게 육식 따위는 하지 말라고 일부러 경고했는데 인간의 잘못된 생각 때문에 그것을 어겼다고 생각하는 것은 너무 어리석은 일일세. 이런 일은 인체 구조의 특성에 기인하여 일어나는 일이라네. 따라서 양은 인간에게 도살당해 먹히기 위해 태어났다고 말하는 것은 아주 해괴한 사고방식일세. 비교해부학을 그저 조금 알 뿐인 사람도 금방 알 수 있듯이, 인체는 그 구조로 판단하면 초식동물로 분류되어야 하네.[11]

동물이 존재하려면 그 설계를 생각하는 이가 필요하지만, 그와 마찬가지로 동물이 살아가기 위한 수단도 누군가가 생각지 않으면 안 되네. 동물이 살아가려면 그 생명을 유지하는 수단이 있어야 하네, 이 세상은 "모든 것이 변하지만 아무것도 사라지지 않으니까"[12] 유기체는 끊임없이 무언가를 소비하고, 그 무언가를 몸에서 분리해야만 살아갈 수 있다네. 그리고 그것은 물질 사이의 관계에서 생겨나는 불변의 법칙에 의해서만 일어난다네. 모든 현상은 아무리 희귀한 것도 사소한 것도 복잡한 것도 모두 운동의 법칙과 물질의 속성으로 설명할 수 있는데, 인간이 무지해서

11 (원주) 조르주 퀴비에의 『비교해부학 강의』 제3권 169~373, 448, 465, 480쪽; 리스의 『백과사전』 '인간' 항목을 참조.
12 오비디우스(로마의 시인)의 『변신 이야기』에서 인용.

모를 뿐일세. 따라서 "모든 것은 운동하지만 서로 영향을 주지 않는"[13] 세상을 창조한 영적 존재를 생각하는 것은 이성의 제1원리에 대한 모욕이 되어버리네. 이것은 뉴턴의 기계론에서는 필요 없는 가설이 될 테고, 베이컨의 귀납적 논리의 무의미한 발전밖에 되지 않을 걸세.

그러면 자네가 말하는 조화나 질서는 무엇인가? 그런 것을 가져오려면 초자연적인 지성적 존재가 필요하다고 자네는 말하지만, 그 후 조화가 계속되어가는 단계에서는 그런 존재가 필요없다고 자네는 말하지. 하나의 원인이 눈에 보이는 우주의 질서를 가져온다면, 같은 정도의 작용이 명백한 무질서에도 또 다른 원인이 있을 걸세. 질서와 무질서라는 것은 우리와 외계 사물의 관계를 파악하는 시점을 바꾸는 것에 불과하고, 실제로는 같은 것일세. 질서에는 훌륭한 요소가 있다는 이유로 선한 힘이 작용한다고 인정한다면, 이와 마찬가지로 무질서의 악에도 사악한 힘이 작용하는 증거가 있을 걸세. 질서가 끊임없이 악에서 선을 만들어내고 있는 것과 마찬가지로, 무질서도 끊임없이 선에서 악을 만들어내고 있다는 이야기가 되지.

상상력이 가능성이라는 애매한 영역에까지 개입하는 것을 인정하면, 우리 한 사람 한 사람의 정신 상태에 의해 정도의 차이는 있지만, 무질서도 어느 정도는 순수한 선으로 이어지는 경우도 있다거나 질서도 어느 정도는 교묘한 악으로 가득 차 있다고 상

13 돌바크 남작의 『자연의 체계』에서 인용.

상해버리지. 하지만 어느 쪽 생각도 극단적이고 근거가 없기 때문에 철학자의 동의를 얻을 수는 없을 걸세. 요컨대 질서도 무질서도 우리에게 유해한지 아니면 유익한지, 또는 우리와 아주 비슷한 형태를 갖고 있기 때문에 공감을 느끼는 생물에 유해한지 아니면 유익한지에 따라 표현에 차이가 생길 뿐, 실제로는 같은 것일세.[14]

아름다운 영양이 호랑이한테 붙잡혀 괴로워하는 모습이나 수소가 저항도 못하고 도살자의 도끼에 맞아 신음하는 모습을 보면, 고결하고 순수한 마음의 소유자는 당장 동정심을 품을 걸세. 하지만 그와 동시에 정의라는 이름으로 비난하는 목소리에도 인간애라는 이름의 가르침에도 마음이 움직이지 않고, 수천 명이나 되는 사람을 죽이고 기쁨과 긍지를 느끼는 자가 많이 있다네. 그런 자들은 냉혹한 짓에 조금만 실패해도 세상의 구조에 문제가 있다고 믿어버리지. 질서와 무질서를 만들어내는 사람들의 의견과 감정이 다양하듯이, 그 기준도 사람에 따라 다르다네.

인구가 많은 도시가 지진으로 파괴되거나 전염병으로 황폐해질 때가 있네. 야심 때문에 도처에서 수백만 명이나 되는 사람들이 무수한 참화에 희생될 때도 있네. 미신이 다양한 형태를 취하여 인간을 잔인한 야수로 변화시키거나 타락시키거나, 항변의 목소리 한 번 내지 못하고 어떤 폭군의 압정도 견디어내는 노예로 만들기도 하지. 이것은 모두 관념적으로는 선도 아니고 악도 아

---

14 (원주) 윌리엄 고드윈『정치적 정의』제1권 449쪽을 참조.

닐세. 선악이란 그것과의 만남이 기쁨을 가져오느냐 고통을 가져오느냐에 따라 달라지는, 그때만의 관점을 가리키는 말에 불과하기 때문이지. 다른 것과의 관련을 모두 배제하면, 선과 악이라는 말은 의미를 잃어버린다네.

지진은 그 타격을 받은 도시에는 참사지만, 그 도시의 번영 때문에 장사가 잘되지 않았던 상인에게는 고마운 일이고, 멀리 떨어져 있어서 지진의 영향을 받지 않은 사람들에게는 아무래도 좋은 일일세. 기근이 일어나면 가난한 사람에게는 재난일 테지만 곡물장수는 만세를 부를 걸세. 그리고 재산이 남아도는 사람에게는 아무래도 좋은 일이지. 야심은 그것이 깃들어 있는 불안정한 마음에는 악일세. 파렴치한 짓에 대한 야심의 무자비한 갈증에 질질 끌려가다가 결국 온갖 고통을 겪게 되는 수많은 희생자들에게도, 야심 때문에 인구가 줄어드는 나라의 주민들에게도, 그리고 야심에 발목이 잡혀 진보가 지체되는 인류에게도 야심은 악일세. 야심은 우주의 구조에는 아무 관심도 없고, 정복자의 뒤를 따르는 독수리나 재칼 같은 자들, 그리고 정복자가 남기고 떠난 폐허에서 잔치를 즐기는 구더기 같은 자들에게만 이로울 뿐이지. 요컨대 우리의 느낌만으로 달라지는 것을 기준으로 삼으면 보편적 체계에 관해 논의할 수 없네.

자네는 신이 존재한다는 생각을 주장하지만, 그것은 누구나 신의 존재를 믿고 있기 때문일 뿐일세.

야만인의 미신과 유럽 문명인의 종교를 이용하면, 제1원인으로서의 신의 존재를 증명할 수 있다고 자네는 생각하는 것 같아.

하지만 그런 생각이 조금이라도 지지를 받은 적이 있다면, 그것은 신의 계시가 있었다는 증거가 제시되는 경우뿐이라고 나는 말하고 싶네.

무지하면 할수록 무엇이든 가볍게 믿고 그 노예가 되어버리는 것은 인간의 본성에 관한 원리에 완전히 들어맞는 일일세. 어리석은 자나 어린애나 야만인에 대해 공통적으로 할 수 있는 말이지만, 그들은 생명이 없는 물건이 행운을 가져오거나 해악을 준다고 정열이나 편애를 갖고 굳게 믿고 있다네.[15] 즉 행운을 가져오는 무생물은 신이 되고 해악을 주는 무생물은 악마가 되지. 그래서 기도와 제물을 바쳐서 신의 은혜를 확보하고 악마의 악의를 누그러뜨리려고 한다네. 이런 자들은 지금까지도 애원이나 복종을 통해 강대한 적의 분노를 피하고 선물을 주어서 이웃의 도움을 받아왔네. 무찌른 상대가 필사적으로 목숨을 구걸하는 꼴을 보고 제 자신의 분노가 사라지는 일도 있었고, 남의 도움을 받고 고맙게 생각할 때도 있었네. 그래서 사람들은 만물이 자신의 맹세에 귀를 기울여준다고 믿고 있지. 사람은 동료를 사랑하거나 미워하고, 그 애증을 바탕으로 상대에게 친절을 베풀거나 상처를 준다네. 사람이 잘못을 저지르는 원인은 명백하네. 바람이나 파도나 대기가 사람의 의도를 방해하거나 도와주는 것을 보고, 은혜를 입은 상대에게는 친절을 베풀고 상처를 준 상대에게는 복수하고 싶어 하는 사람의 심리 작용이 자연 현상에도 있다고 믿

---

15 (원주) 로버트 사우디의 『브라질의 역사』 255쪽을 참조.

고 있네. 깊은 숲속에 살고 있는 미개인은 완고해서, 자신과 다른 속성을 가진 존재 따위는 상상도 못하지. 실제로 자기가 우주의 중심도 아니고 본보기도 아니고, 실제로 우주를 구성하고 있는 수많은 생물 가운데 하나에 불과하다고 생각하게 되려면 과학을 상당히 공부하고 교양을 쌓고 시야를 넓힐 필요가 있네.

신의 속성을 나타내려면 인간 정신의 열정이나 힘을 토대로 한 표현이 되거나 아니면 인간 정신을 부정한 표현이 되거나, 둘 중 하나일세. 전지, 전능, 편재, 무한, 불변, 불가해, 비물질성은 모두 신의 속성과 힘을 나타내는 말이지만, 그것을 부정함으로써 신의 유한성을 물리치고 신의 무한성을 드러낼 수 있게 되지.[16]

인간은 헤아릴 수 없을 만큼 많은 잘못을 저지른다는 것을 알고 있는 사람이라면, 신이 흔하게 믿어지고 있다는 이유만으로 신이 존재한다는 주장이 성립된다고는 말하지 않을 걸세. 재능이 있고 과학에 정통한 사람들 중에서만 무신론자를 발견할 수 있는데, 그 사람들만이 무지하고 저속한 자들이 빠지기 쉬운 잘못에 대해 혐오감을 품고 있다네.

신의 존재를 정말로 믿는 사람은 얼마나 적은가. 그와는 반대로 일이 바빠서 신에 대해 진지하게 생각할 여유가 없는 사람은 수천 명쯤 되고, 나비나 뼈다귀, 깃털, 원숭이, 표주박, 뱀 따위를 숭배하는 사람은 수백만 명이나 있지. 신이라는 말은 다른 추상

---

16 (원주) 돌바크 남작의 『자연의 체계』를 참조. 이 책은 무신론을 가장 설득력 있게 옹호하는 책 가운데 하나다.

개념과 마찬가지로 어떤 개념의 존재를 나타낸다기보다 몇 가지 명제 가운데 합의할 수 있는 부분을 보여주는 것일세. 온 세상 사람들이 신을 믿고 있으니까 신은 존재한다고 말한다면, 그건 속이 뻔히 들여다보이는 궤변에 속고 있다는 이야기가 되네. 신이라는 말이 원숭이와 뱀, 뼈다귀와 표주박, 또는 삼위일체와 유일신을 동시에 의미할 수는 없네. 따라서 그런 것을 믿는 것은 보편적이라고는 말할 수 없지. 그것은 모든 시대의 깊은 지성과 무결한 덕성을 가진 사람들이 반대해온 바일세. "자연 철학자, 즉 자연 속에서 진리를 탐색하고 추구해온 사람들이 진리의 증거를 얻으려고 악습에 물든 사람들의 마음에 의지하는 것은 수치스러운 행위가 아닐까?"**17**

　다음은 흄이 한 말이고, 어느 철학자나 납득하고 있지만, 인과관계란 사물의 안정된 관계에서 생겨나는 사고방식이고, 하나의 사물에서 그 결과로 다른 사물을 추론할 수 있다는 것을 의미하네. 우리가 어떤 현상을 다른 현상의 원인이라고 부를 수 있는 것은 다른 현상이 일어나기 전에 원인이라고 불리는 현상이 거의 예외 없이 일어나는 것을 우리 눈으로 보기 때문일세. 따라서 우주가 존재하니까 신도 존재한다는 단순한 논리는 받아들이기 어렵네. 설령 이런 논리에 따라 창조하는 신과 창조되는 신의 관계가 영원히 계속되고, 새로운 신은 이전의 신을 웃도는 창조자를 필요로 한다는 터무니없는 결론에 도달하지 않더라도, 그것은 도

---

17 키케로의 『신들의 본성에 대하여』 제1권에서 인용.

저히 받아들일 수 있는 논리가 아닐세.

'힘'이 이미 존재하는 사물의 속성이라면,[18] 그 사물이 그 힘에 의해 생겨날 수는 없네. 하나의 사물이 무언가의 원인인 동시에 결과일 수는 없지. 힘이라는 말은 어떤 것이든 무언가가 존재하거나 행동할 수 있는 능력을 가리키네. 인간의 마음은 무언가를 경험하면 곧바로 그것이 어떤 것이든 그것 자체에 힘이 있다고 믿어버리지. 힘이 그것의 속성이라는 것을 부정하면 그것 자체의 존재를 부정하게 되어버리기 때문일세. 하지만 힘이 어느 사물의 속성이라고 해버리면 신이라는 가설 자체가 무의미하고 근거 없는 것이 되어버리네.

자네는 지성이야말로 신의 속성이고, 그 지성이 우주에 나타나 있다고 말하지만, 지성은 동물적 존재의 한 가지 기능으로만 알려져 있네. 그리고 생물의 속성인 감각이나 인식력과 분리하여 지성을 생각할 수는 없네. 따라서 신은 지성적이라고 말하는 것은 신도 여러 가지 관념을 갖고 있다는 이야기가 되네. 로크가 증명하는 바에 따르면 관념은 감각에서 생겨나는 걸세. 감각은 이 세상의 생물한테만 갖추어져 있는 것이고, 생물이라면 당연히 그 능력이나 기능에 한계가 있지. 그렇다면 신지학파가 주창하는 신은 막강한 힘을 가진 현명한 생물이라는 이야기가 되어버리네.

자네는 운동을 시작하는 힘은 사고나 감각과 마찬가지로 마음

---

18 (원주) 이 주제에 관한 심원한 논고에 관해서는 윌리엄 드러먼드의 『학문상의 문제들』 제1장을 참조할 것.

의 속성이라는 것을 근본 전제로 삼고 있네.

마음은 무언가를 창조할 수 없고 인식할 뿐일세. 마음은 감각 기관에서 만들어진 인상을 받아들이는 곳에 불과하네. 외부로부터의 작용이 없으면 우리는 마음이 존재하고 있다는 것도 전혀 모를 테고, 그뿐만 아니라 무엇에 대해서도 알 수 없을 걸세. 그러니까 마음은 무언가의 운동을 일으키는 원인이라고 생각하기보다 그 결과라고 생각하는 편이 적절하네. 저절로 떠오르는 것처럼 보이는 관념도 사실은 우리가 놓인 상황에 따라 생겨나는 것이고, 이것이 생각을 만드는 요소가 되고, 그 요소가 여러 가지로 조합되어 감정이나 의견이나 의지가 필연적으로 생겨나는 것일세.

무한한 것에는 반드시 유한한 것이 포함되어 있네. 그래서 우주와 그 우주를 떠받치는 것을 구별하는 것은 완전한 잘못일세. 신이라는 말을 만들어내어 그 낱말로 우주 체계의 일부를 표현해도 철학의 진정한 목적을 달성할 수는 없네. 이성의 언어에서 신과 우주는 동의어일세. "모든 것은 신의 힘에 의해 일어난다. 자연이란 다른 이름을 가진 신의 힘이고, 우리가 신의 힘을 모르는 것은 자연을 모르는 것과 마찬가지다. 따라서 신의 힘인 자연의 힘을 모르는데, 어떤 사건을 신의 힘 탓으로 돌리려 하는 것은 정말 어리석은 짓이다."[19]

---

19 (원주) 스피노자의 『신학-정치론』 제1장 14쪽. [바뤼흐 스피노자(1632~1677) 는 네덜란드의 철학자. "모든 것이 신이다"라고 하는 범신론 사상을 역설하면서도 유물론자·무신론자였다. 그의 신이란 기독교적인 인격의 신이 아니고, 신은

자네는 이성이 이 논쟁을 최종적으로 판정하는 데 적합하다고 말했지만, 그것은 너무 경솔하지 않을까? 이성의 법칙에 비추어 보면, 신이 존재한다는 주장, 누구나 자주 말하는 그 주장은 전혀 의미가 없다는 것을 나는 지금까지의 논의에서 보여주었기 때문일세. 또한 지성이 우주에 나타나는 결과를 만들어낸다는 생각도 얼마나 어처구니가 없는지, 그리고 설계라는 생각에 바탕을 둔 주장에도 잘못이 숨어 있다는 것을 보여주었네. 질서란 필연적인 원인의 작용을 생각하는 하나의 방식에 불과하고, 마음은 운동의 원인이 아니라 결과라는 것, 힘은 어떤 존재의 속성이고, 존재를 만들어내는 게 아니라는 것도 지금까지 줄곧 보여주었네.

내 진정한 기분과는 다른 주장을 하고, 선량한 사람이라면 누구나 평생 간직할 신앙과는 정면으로 엇갈리는 결론에 도달할 만큼 내가 열심히 말하는 것을 보고 자네도 알았을 거라고 생각하네. 나는 나와 같은 종교를 믿는 사람들이 이성만을 사용하여 신의 존재를 증명한 것처럼 호들갑을 떠는 게 싫어서 견딜 수 없네. 신의 존재 증명으로서의 천계, 즉 하늘이 내리는 계시의 필요성이 경시되게 된 것은 기독교 편인 척하는 배신자들 탓일세. 놈들은 신의 존재라는 숭고한 신비와 영혼의 불멸성을 천계 자체가 아니라 다른 곳에서도 찾아낼 수 있다고 주장하지.

에피쿠로스, 베이컨, 뉴턴, 로크, 흄이 심취한 철학의 원칙에 입각하여 생각하면, 신의 존재는 괴상한 도깨비가 된다는 걸 나는

즉 자연이었기 때문이다.]

증명해왔네.

그러면 전능하신 신의 힘으로 이 세상이 창조되고, 섭리에 따라 유지되고, 악인을 벌하고 선인에게 상을 주는 미래를 올바로 결정했다고 흔들림 없이 믿고 있는 것은 기독교뿐이라는 이야기가 되네.

자, 그러면 테오소푸스여, 무신론과 기독교 중에서 어느 쪽을 택할지 결정하게. 이 문명사회와의 유대 관계를 단절하더라도 자기가 믿는 것을 관철할 것인가, 아니면 "세상에 평화를, 만인에게 선의를!"이라고 선언하는 종교의 굴레를 감수하고 받을 것인가. 어느 쪽을 택할 것인가?

On the Punishment of Death

사형에 대하여

［이 단편은 1840년에 메리 셸리가 펴낸 『해외에서 쓴 에세이와 편지들』에 처음 발표되었지만, 집필 시기는 1813~1814년이다. 1814년 3월 16일 셸리가 친구인 호그에게 보낸 편지에서 사형폐지론의 효시라고 할 이탈리아의 체사레 베카리아[1]의 『범죄와 형벌』을 읽고 있다고 말했기 때문이다.

18세기 프랑스 계몽사상의 사형폐지 운동의 주된 이유는 사형의 남발이었지만, 베카리아는 완전 폐지론자였다. 이런 베카리아에 대해 셸리는 그런 명성을 얻을 만한 글은 아니라고 평했는데, '사형이란 무엇인가'라는 관점에서 고찰했기 때문일 것이다. 셸리는 우선 선과 악은 상대적이라고 말하고, 상대적인 선악의 세계에서 사형을 부과하는 것은 의미가 없다고 논한다. 공개 처형을 보는 관중에 대해서도 범죄를 억제하는 효과는 없다는 주장을 전개한다. 영국에서 사형이 전면적으로 폐지된 것은 셸리의 시대로부터 150년 이상이 지난 1970년이다.］

❦

---

1 체사레 베카리아(1738~1794)는 이탈리아의 경제학자이자 법학자. 『범죄와 형벌』(1764)은 프랑스 계몽사상의 영향 아래, 잔혹한 형벌제도를 비판하고 형벌권을 사회계약으로 규정함으로써 근대 형법학의 기초를 세웠다.

중대한 정치적 변화가 일어날 때 한 사람의 개혁자로서 제안하거나 지지하기에 어울리는 첫 번째 법률은 사형 폐지안이다.

　복수, 보복, 보상, 속죄 등이 사형의 동기라는 것은 문명사회의 어떤 정치체제에서도 받아들일 수 없는 것이지만, 인간관계가 좁은 세계에서는 이런 것들이 수많은 비극의 주요 원인인 것은 말할 나위도 없는 명백한 사실일 것이다. 입법 정신이 지금까지보다 철학적 원칙에 따라 모든 제도를 만들고 있는 것처럼 보였다 해도, 몇몇 형사 사건에서는 극히 일부에서만 입법 정신이 보이고 그나마도 겉치레 정도에 불과했던 것도 분명하다. 또한 적어도 본인이 가담하고 확실히 이익을 얻었다는 결론이 나오지 않는 이상 그 사람에게 어떤 벌도 주지 않는다는 최선의 판결과, 범죄자가 위해를 가했을지도 모르는 피해자 또는 위해를 가했다고 생각하는 피해자를 만족시키기 위해 범죄자를 고문하는 최악의 판결, 이 둘 사이의 타협안을 입법 정신이 제공해온 데 불과한 것도 명백한 일이다.

　하지만 본질과는 무관한 이런 사색은 그만두고, '사형'이란 무엇인가를 생각해보자. 사형이란, 판별하기 어려울 만큼 지극히 애매한 범죄가 사형 말고는 어떤 형벌도 적합하지 않다고 여겨지는 중죄의 어떤 정도와 성격을 넘어설 경우 곧바로 법으로서 적용되는 처벌을 말한다.

　첫째, 사형은 선인가 악인가, 형벌인가 보복인가, 혹은 사형은 이런 것들과 전혀 무관한 것인가. 여기에 대해서는 아무도 책임지고 이렇다 저렇다 단정할 수 없다. 우리 안에 있는 사고와 감각은 몸이 죽은 뒤에도 여전히 사고와 감각을 갖는다는 것이 대체로 일반적인 견해다. 그리고 근대 아카데미라고 불러도 좋지 않을까 싶은 정밀한 철학에서는 우리가 감각의 원인과 본질에 대해 얼마나 깊고 넓은 영역에서 무지한가를 보여주어, 이 일반적인 견해를 뒷받침해준다. 사고와 감각이 죽음으로 끝난다는 정반대의 생각은 실로 하기 어렵다. 원자 이론을 바탕으로 많은 사람들은 죽음이 사고와 감각의 종말을 의미한다고 주장하지만, 이 논리는 사물들 사이의 관계에 관한 우리의 인식에만 들어맞기 때문에, 사물의 존재 자체라든가 사물의 매체나 그릇인 본질에는 들어맞지 않는다.

  사람들 사이에 널리 퍼져 있는 종교 제도[2]는 죽은 뒤에 영혼이 생전의 결단에 따라 고통이나 기쁨을 맛본다고 시사하고 있다. 이 신조에서 파생한 다양한 지엽적 사고방식이 얼마나 우스꽝스럽고 유해한지를 인정한다 해도, 거기에는 전혀 어이없다고 말할 수도 없는 유사점이 존재한다. 그것은 고인이 생전에 고결했는지 방종했는지, 신중했는지 경솔했는지 등 외면적 행위에서 일어나는 결과와, 죽은 뒤 그 사람의 상황에 영향을 미치는 내면적 사고, 자제와 분별에서 일어난다고 여겨지는 결과 사이에 존재하는 유사점이다. 하지만 그 사고방식이 간과하고 있는 것은 예상치 못한 뜻밖의 질병, 성품, 조직, 환경 등이고, 그것들과 함께 개개인의 생각과 행동, 행복 등에 영향을 미치고, 의지의 결단을 낳

---

2 기독교를 말한다.

고, 판단을 수정하고, 그 때문에 상당히 비슷한 성격 중에도 완전히 정반대의 효과를 낳는 수많은 개개의 작용이다. 자칫 우리는 이것들이야말로 자연 전체의 질서 속에서 일어나고 있는 작용이고, 이 작용은 우리의 독자적 본성이 종속되어 있는 무언가 중요한 목적을 향해 움직이고 있다고 믿는 경향이 있다. 그리고 죽은 뒤에 갑자기 이런 본성의 작용이 종속되어 있는 목적에서 벗어난다고 믿을 이유도 없다. 철학자는 우리의 과거가 현재 상태에 영향을 주었는지 어떤지 판단할 수 없고, 또한 실제로 현재 상황이 미래의 우리에게 영향을 줄지 어떨지 판단하는 것도 삼가고 있다. 죽은 뒤에도 우리가 계속 존재할 수 있다면, 우리가 현생에서 쌓은 경험을 고찰함으로써 얻은 추론이나 추단에 의해서도 우리 존재의 성질을 해명할 수 없는 것은 분명하다. 우리 내부에 깃들인 생명력은 그것이 어떤 형태로 존속하든 인간의 생명을 특징짓는 한계를 가진 개체로서의 의식을 잃을 게 분명하고, 우주에 질서와 생명을 주는 존재, 우주의 운행과 사고의 광대한 집합체, 즉 신이라고 불리는 존재의 일부가 될 게 분명하다는 생각은 어느 쪽으로도 치우치지 않은 공평한 사고방식이라고 생각한다.

이 세상에 살고 있는 사람이 두려워하거나 희망하거나 잊어버리는 사항에 관하여 죽은 사람이 알 수 있는 것을 우리에게 모두 다 억지로 알리려 하거나, 죽은 뒤에 기다리고 있는 기쁨이나 고통 속에 우리를 몰아넣거나, 예측할 수도 없고 생각할 수도 없는 방식이나 정도로 처벌하거나 보상하거나, 개개인에게 자연이 입히고 있는 선악[3]의 피륙을 갑자기 벗겨버리거나, 이런 것이야말로 죽음의 운명을 우리에게 부과하는 것이다.

대개 사형은 어느 정도의 고통과 공포를 수반한다. 그 정도는 수형자들의 성품과 견해의 다양한 차이에 따라 천차만별이다. 엄밀히 형벌에 관한 법안으로 생각해도, 또는 수형자의 감각에 미치는 효과로 관중을 떨게 하여 같은 범죄를 저지르지 않도록 하기 위해 공개 처형을 해도, 사형은 지극히 불충분하다.

그 첫 번째 이유는 정치범 수형자들에게서 볼 수 있듯이, 진취적인 성품, 강인함, 사심이 없는 공정한 정신, 나라의 힘과 안녕을 강고히 할 수 있는 요소를 여러 가지 갖고 있어서, 설령 그것이 요점에서 벗어나 혼란스럽다 해도 활력이 넘치는 사람들은 죽음을 악이 아니라 선으로 보이게 하기 때문이다. 동기가 어떠하든 현 정권을 파멸시키려 한 이른바 반역자의 사형은 죄인에 대한 경고일 뿐만 아니라 고뇌하는 미덕의 승리를 공개하는 기회이기도 하다. 이런 볼거리를 공개하는 법률을 관중은 공황 상태에 빠져 용인하면서도, 형장을 떠나기보다는 오히려 연민과 찬양과 동정을 느낀다. 관중 가운데 특히 너그러운 사람들은 제 마음속에 일어나는 흥분을 느끼면서 그런 고양감을 만들어내는 사람이 되고 싶어 하기까지 한다. 직접 보고 느낀 것에 감명을 받는 관중은 범죄자를 괴롭혀 범행을 저지르게 한 동기와, 재판관이

---

3 셸리는 선악에 관하여 절대적인 것은 어떤 것도 있을 수 없다고 믿고 있었다. 선악은 상대적인 표현이고, 모든 사람 속에 혼재해 있다는 것이다.

악이라고 판단하여 범죄자에게 판결을 내린 행위를 범죄자가 선으로 바꾼 영웅적 용기와, 그런 범행의 본래 목적(그 목적이 두드러지게 사악한 것이었다 해도) 사이의 차이를 일일이 구별하지는 않는다. 이 경우 법률은 법률의 주된 목적으로서 반드시 확보해야 하는 대중의 공감을 잃게 된다. 즉 사회가 구성되어야 할 목적을 최대한 달성하기 위해 사회의 각 부분을 하나로 묶고 있는 권위를 유지할 때 법률의 주된 버팀목인 대중의 공감을 잃어버리는 것이다.

둘째, 활력이 왕성한 사람들은 공동선의 목적을 위해 모든 정력을 쏟을 수 있도록 철학적 방책이 마련되어 있지 않은 사회에서는 극악무도한 범죄를 저지르고 싶은 유혹에 빠지기 쉽고, 또한 실제로 그런 범행을 저질렀을 때의 위험을 무시하는 경향이 있다. 살인, 강도, 약탈 등이 이런 부류의 사람들이 하는 행동이고, 이들에게는 사형 판결이 내려지고 있다. 이처럼 방자한 범죄를 저지르는 자들에게 특유한 제도의 열악함은 공포나 고통에 대한 둔감함과 비례한다는 것을 대개는 알고 있다. 수형자들이 겪는 고통은, 무지한 자들이 종종 멀리서 에워싸고 보듯이 관중이 공포를 느끼며 보았을 것으로 여겨지는 그 처형 사건 자체를 잘 고찰해보면 별로 큰 사건이 아니라는 기분을 같은 범죄를 저지를 가능성이 높은 관중에게 품게 한다. 그런데 관중의 대다수는 사회의 이해관계, 관습의 굴레에 완전히 얽매여 있어서 사형 판결이 내려질 만한 극악무도한 범죄를 저지를 만큼 강한 유혹에 사로잡힐 일도 없다. 관중 가운데 권력이 있고 유복한 사람들 ─ 그리고 그들보다 더 권력 있고 부유한 사업가와 고용주들 ─ 은 자신들에게 피해를 입힌 죄가 무엇이든, 거기에 형벌로서 부과된 처형이 자신들의 피해를 어느 정도는 보상해주었거나 자신의 권리가 확보되었다고 간주한다. 살해나 토막살인 사건의 경우라면 이 감정은 거의 누구나 다 갖고 있다. 그래서 공개 처형을 보고 죄인에 대한 동정심도 품지 않고 범죄를 억제하는 형법에 의문도 품지 않는 사람들 사이에서는 공개 처형이 정치적 사회가 내거는 순수한 목적과 서로 용납하지 않는 감정을 낳게 된다. 공개 처형은 문명이 첫 번째 목적으로서 영원히 소멸시키려하고 있는 이런 감정을 부추긴다. 이런 감정이 없어져야만 사람들이 지금 악정을 펴고 있는 제도보다 훨씬 나은 제도를 바랄 수 있지만, 사람들은 원한이 풀렸다거나 많은 점에서 자신들과 비슷한 동포의 말살과 고뇌에 의해 안전이 확보되었다고 생각하는 것이 현재 상황이다. 사람들은 날마다 일을 하면서 무엇을 생각해도 판에 박은 듯한 생각을 갖게 되고, 자신들의 우위와 남들이 당하는 사형과 고문을 밀접하게 결부지어버린다. 하지만 정상적인 정부 조직의 목적은 분명 이것과는 정반대이고, 이성에 입각한 법률 아래에서는 일반 대중은 누구나 안전과 이익을 해치는 자들의 갱생과 위반자들에 대한 엄격한 규제를 결부지어 생각하는 데 익숙해져 있다.

복수의 정념은 원래 가해자가 받는 고통이야말로 앞으로 범죄 재발을 막는 예방책이 된다는 습관적인 생각일 뿐이다. 이 생각은 야만적인 상황, 또는 문명에 충분히 익숙해지지 않은 일부 사회에서는 전형적인 것이다. 미신에 접목되고 관습에 의해 뿌리를 내린 복수심은 애당초 이 감정이 원인이 되었다고 여겨지는 유일한 목적을 결국에는 잃어버리게 되고, 격렬한 정열이 되어 본래 지향했던 목표를 망치더라도 어떻게든 끝까지 해내지 않으면 안 되는 의무가 되어버린다. 선이든 악이든 다른 정열, 즉 탐욕과 회한, 사랑과 애국심 따위도 마찬가지다. 인간성 속에 깃들어 있는 유난히 저속한 것이든 고상한 것이든 노리는 목표가 있으면 도를 넘어서 공격하는 것이 정신의 본령이기는 하지만, 고상한 것을 함양하고 저속한 것을 소멸시키는 것이 입법자의 진정한 기량이다.

무엇보다 확실한 것은 범법자들의 갱생과 범죄 재발 억제에 필수불가결하다고는 생각되지 않는 형벌, 특히 사형이 우리의 비인간적이고 비사회적인 우발적 충동을 결정적인 것으로 만들고 있다는 것이다. 형법이 유난히 느슨한 나라에서는 범죄 건수가 다른 나라보다 현저하게 적다는 것이 속설처럼 말해지고 있다. 하지만 이 사례는 모호하다고 인정하지 않으면 안 된다. 잔인한 행위와 사회적 유대에 대한 멸시가 인명 경시와 밀접한 관계에 있다는 고찰을 통해 좀 더 결정적인 논증을 얻을 수 있다. 야만적인 제도와 폭력으로 정치를 펴고 있는 정부는, 아마 다소 예외는 있겠지만, 그 전제적인 행태에 비례하여 잔학하고, 정부의 방침에 공감하도록 국민의 태도를 조장한다.

공개 처형에 아무런 혐오감도 품지 않고 오히려 우월감과 복수심에 만족감을 느끼는 관중은 분명 심상치 않은 정신 상태이고,

터무니없이 불행한 감정에 빠져 있다. 그런 자들이 먼저 생각하는 것은 환경 때문에 신세를 망친 범인보다 자기가 더 훌륭하다는 생각이다. 비열하기 짝이 없는 인물조차도 처형당한 자와 비교하여 우월감을 느끼고 도취한다. 이런 인물은 실로암 탑[4]도 무너뜨리지 못한 자들 가운데 하나이고, 사마리아[5] 전역에서도 예수 그리스도가 찾지 못한 자이고, 간음하다 붙잡힌 여자에게 맨 먼저 돌을 던지는[6] 자다. 이 나라에 널리 퍼져 있는 종교에는 내가 방금 인용한 아름다운 생각을 가진 저 유명한 인물의 이름이 붙어 있다. 이 사람의 가르침을 덮어 가리고 있는 평소의 낯익은 베일을 벗어던진 자라면 누구나 그의 가르침의 정신이 이 자들의 감정과 얼마나 서로 용납하지 않는지를 알 수 있을 것이다.[7]

---

4 신약성서 「누가복음」 제13장 4절 참조. 실로암은 예루살렘에 있는 못으로, 예수가 이 못물로 장님을 눈뜨게 했다고 한다.
5 기원전 890년경 북이스라엘 왕국의 수도로 건설된 도시. 그 후 여러 강대국의 침탈을 받으면서 혈통과 신앙의 순수성을 잃어버렸고, 남쪽의 유대 사람들과 적대시하게 되었다. 그러나 예수는 친히 사마리아를 찾아가 복음을 전했고, '착한 사마리아인의 비유'를 통해 당시 종교인들의 위선을 꾸짖기도 했다.
6 신약성서 「요한복음」 제8장 1~11절 참조.
7 셸리가 평생 품고 있었던 예수와 기독교에 대한 생각이다. 1812년에 『발췌 성서』를 편찬할 때는 예수의 가르침에서 신비와 불사를 제거했다. 1812년 2월 27일 히치너(「권리 선언」 역주 1 참조)에게 쓴 편지에서 셸리는 "예수의 도덕적 가르침은 신비와 불사에서 발췌하면 매우 도움이 될 거"라면서, "이것이 내가 지금 염두에 두고 있는 작품"이라고 말했다.

An Address to the People
on the Death of the Princess Charlotte

샬럿 공주의 죽음과 관련하여
인민들에게 보내는 글

[1817년 11월 11일, 셸리는 정치 팸플릿 「샬럿 공주의 죽음과 관련하여 인민들에게 보내는 글」을 집필하기 시작했다. 이튿날 완성하여 출판업자 찰스 올리어에게 보내고 즉각 인쇄해달라고 부탁했다. 이 팸플릿을 집필한 계기는 같은 달 9일자 『이그재미너』[1]에 보도된 두 가지 사건이었다. 하나는 샬럿 공주[2]의 죽음이고, 또 하나는 더비셔에서 폭동 지도자 세 명이 처형된 사건이다. 정치 팸플릿으로는 같은 해 3월에 출간된 「연합왕국 전역의 선거법 개정 실시안」에 이어 두 번째다. 이 팸플릿들은 '말로의 은자'라는 필명으로 작성되었다.

1817년 11월 6일, 영국 왕실의 샬럿 공주가 출산하다가 사망했다. 섭정 조지[3]와 왕비 캐럴라인의 외동딸 샬럿은 1816년 5월 독일 귀족 작센-코부르크-잘펠트 가문의 레오폴드 공[4]과 결혼하여, 이듬해에 대

---

[1] The Examiner. 1808년에 리 헌트(1784~1859, 시인·비평가)가 형 존 헌트와 함께 창간한 주간지로, 급진적이고 자유주의적인 입장을 견지했다. 1826년에 올버니 폰블랑크(1793~1872)가 인수했고, 그 후에도 여러 사람의 손을 거치면서 1886년까지 발간되었다.
[2] 샬럿 오거스타(1796~1817)는 조지 4세의 맏딸로, 서로 깊이 사랑한 남편 레오폴드와의 관계는 나중에 빅토리아 여왕과 부군 앨버트의 관계와 자주 비교되었다.
[3] 조지 4세(1820~1830년 재위)는 영국 하노버 왕가의 네 번째 국왕. 왕비 캐럴라인과는 결혼할 당시부터 사이가 좋지 않았다. 그는 이 결혼과는 별도로 많은 여자 문제를 일으켰고, 방탕과 낭비로 부왕 조지 3세의 골칫거리가 되었다. 하지만 예술에 대한 조예가 깊고, 회화를 많이 수집하고, 뛰어난 건축물을 남겼다는 점은 따로 평가할 필요가 있을 것이다.
[4] 레오폴드 공(1790~1865)은 나중에 벨기에의 초대 국왕(레오폴드 1세, 1831~

를 이을 왕자의 탄생이 기대되고 있었다. 하지만 11월 5일 오후 6시에 공주는 아들을 사산했다. 한밤중에 공주의 용태가 급변하더니 이튿날 새벽에 세상을 떠났다. 21세의 젊은 나이였다. 국왕 조지 3세[5]는 섭정 조지의 여러 가지 소행에 마음 아파하며, 왕실의 장래를 손녀 샬럿에게 기대하고 있었다. 공주는 국민에게 사회 개혁의 희망이었던 만큼, 모두 그녀의 죽음을 애석하게 여겼다.[6]

공주가 죽은 이튿날(11월 7일), 영국 중부의 더비셔에서 일어난 폭동의 지도자[7] 세 명이 반역죄로 처형되는 사건이 일어났다. 이들은 의회 개혁을 요구하는 급진주의 운동이 고조되는 사회 불안 속에서 혁명적 행동을 취했다는 이유로 체포되어 극형에 처해진 것이다. 공주의 죽음과 노동자의 처형이 『이그재미너』에 보도된 11월 9일, 셸리와 아내 메리는 런던을 방문하여 리 헌트를 만나고 있었다. 셸리 부부는 그 자리에 함께 있었던 윌리엄 고드윈과 출판업자 찰스 올리어 등과 이런 보도를 화제로 삼았을 게 분명하다. 『이그재미너』는 1면 톱으로 공주의 죽음을 보도하는 한편, 부당한 유혈사태가 일어난 날 공주에 대해 국가적 조의를 표하는 것은 부적절하다고 정부를 비난했다. 신문의 후속 지면에는 3명이 교수형과 참수형을 당한 전모가 상세히 보도되어 있었다. 샬럿 공주의 장례식은 같은 달 19일 세인트조지 성당에서 거행되었다.

1865년 재위)이 되었다.
5 조지 3세(1760~1820년 재위)는 영국 하노버 왕가의 세 번째 국왕. '애국왕'으로 사랑을 받았지만, 재위 중에 종종 정신질환을 앓아서 왕세자 조지가 섭정을 맡았다.
6 1824년, 윈저 성의 세인트조지 성당 안에 있는 예배당에 샬럿 공주를 추모하는 대리석 기념상이 세워졌다. 일반 시민 1인당 1실링의 모금으로 실현되었다.
7 제러마이아 브랜드레스, 윌리엄 터너, 아이잭 러들램. 이들에 대해서는 역주 17 참조.

이 두 가지 사건이 일어난 1817년은 나폴레옹 전쟁이 끝난 뒤 오랫동안 지속된 보수반동의 시대였다. 윌리엄 코벳[8]을 비롯한 급진주의자들이 의회 개혁을 요구하며 노동자들을 정치운동으로 내몰고 있었다. 국채 남발로 경제가 파탄 난 상태였다. 넓은 토지를 소유한 종래의 귀족에 더하여 산업혁명으로 공채를 소지한 신흥 귀족이 새로 생겨나, 민중은 이중의 귀족을 부양하느라 빈곤에 허덕이고 있었다. 실업자가 넘쳐나고 민중 사이에 불안과 불만이 점점 거세지고 사회적 심각성이 팽배하는 가운데, 영국 중부와 북부의 노동자들이 변혁을 요구하며 움직이기 시작했다. 민중은 자유선거제도를 큰 소리로 요구했다. 6월 9일 더비셔에서 일어난 '펜트리치 폭동'은 그런 일련의 운동의 정점이었다. 토리당 정부는 첩자를 고용하여 그들을 선동하고 반정부운동을 폭동으로 발전시켜 그들에게 탄압을 가했다. 1817년 인신보호법이 정지되었다. 집회는 진압되고, 많은 급진주의자가 투옥되었다.

셸리는 올리어에게 팸플릿 인쇄를 의뢰했지만, 올리어가 출간했다고 여겨지는 팸플릿은 오늘날 한 부도 발견되지 않는다. 당시 언론 출판 관계자는 항상 고발당할 위험이 있었다. 신중한 올리어는 셸리의 출판 의뢰를 사절했을 가능성이 높고, 토머스 로드의 복각판이 출간된 1843년 이전에 팸플릿이 인쇄되었다는 확증은 전혀 없다. 현존하는 팸플릿의 타이틀 페이지에는 출판업자의 이름이 없고, 뒤 페이지에는 '토머스 로드의 복각판, 그레이트뉴포트 가 2번지'라는 문구가 있을 뿐이다. 또 이 복각판에는 '저자 셸리는 이 팸플릿을 20부밖에 인쇄하지 않았다'는 메

8 윌리엄 코벳(1763~1835)은 영국의 저널리스트이자 정치인.

모가 남아 있다. 이 판은 로드 본인이 인쇄한 것이라고 하는데, 그는 신변 안전을 위해 복각판이라는 말을 덧붙여 위장한 게 아닐까 여겨지고 있다.

　이 팸플릿은 11장으로 이루어져 있고, 셸리는 공주의 죽음과 노동자의 죽음을 대비시켜 노동자 계급의 현실을 분석하면서 사랑과 죽음, 전제정치와 혁명, 개혁에 대해 논의를 전개하고 있다. 사회개혁자 셸리가 이 팸플릿에서 자유 경제를 파탄 낸 정부에 제안하고 있는 것은 의회 개혁의 필요성, 즉 개혁의 최선책으로서 국민을 주체로 하는 선거법 개정이었다. 선거법 개정을 통해 국민이 자유를 획득하고 민주적 공화제가 수립되는 것에 대한 희망이고, 거기에는 철두철미 셸리의 인간 해방 사상이 흐르고 있다. 셸리가 이 팸플릿을 집필한 뒤에도 급진주의 운동에 대한 정부의 탄압은 계속되었고, 선거법 개정안은 셸리가 죽은 뒤인 1832년에야 비로소 의회를 통과했다.]

✍

"우리는 깃털을 아쉬워하지만, 죽어가는 새에 대해서는 잊어버린다."⁹

• 말로의 은자¹⁰

9　토머스 페인의 『인간의 권리』에 나오는 구절이다. 이 책은 에드먼드 버크의 『프랑스 혁명에 대한 성찰』에 대한 반론으로 썼는데, 버크는 이 책에서 마리 앙투아네트(프랑스 왕 루이 16세의 왕비)와 귀족계급('깃털')에 대해서는 연민을 보였지만 민중('죽어가는 새')에게는 무관심했다고 페인은 지적했다.

10　셸리는 이 팸플릿을 런던에서 썼지만, 당시 그는 말로(영국 버킹엄셔 주에 있는

1

샬럿 공주가 세상을 떠났다.[11] 이제 더 이상 움직이지도, 생각
하지도, 느끼지도 않는다. 흙덩이처럼 생명이 없는 몸이 되어버
렸다. 불과 며칠 전까지만 해도 생명과 희망에 가득 차 있었던 공
주가 이제 썩어가는 송장이 된 것을 생각만 해도 오싹 소름이 끼
친다. 젊고 순진무구하고 아름다운 여성이 가정적인 평온함의 품
속에서 갑자기 끌려나와, 누구나 죽을 때 남기는 허무감을 남기
고 죽었다.

2

이렇게 샬럿 공주의 죽음은 수많은 여성들의 죽음과 많은 공통
점이 있다. 얼마나 많은 여성이 출산하다가 죽는가.[12] 그러면 유
가족 — 어머니를 여읜 아이들과 아내를 잃은 남편 — 은 괴로운
죽음을 가슴에 감추고 기력을 잃은 채 살아가야 한다. 건강하고
활기찬 여성들이 얼마나 많이 목숨을 잃었는가. 온화하고 다정하
고 현명해서, 그 생활은 사슬처럼 이어져 행복하고 화목한 나날
을 보내고 있었는데 그만 세상을 떠나 사슬이 일단 끊어지면, 남
은 가족은 이루 말할 수 없는 비통한 탄식으로 슬퍼하며 애석해

소도시로, 런던에서 서쪽으로 50킬로미터쯤 떨어져 있다)에 살고 있었다. 이곳에
서 셸리는 금욕적이고 고독을 즐기는 생활을 했다.

11 샬럿 공주는 1817년 11월 6일 오전 2시 반에 사망했다.
12 셸리의 아내인 메리의 어머니이자 여권신장론자였던 메리 울스턴크래프트도
1797년에 딸 메리를 낳은 지 11일 뒤에 산욕열로 사망했다.

하고 있다. 가난과 치욕 속에서 죽어버린 사람들도 있다. 고아가 된 젖먹이는 남들에게 경멸과 무시를 당하고 희생당하면서도 겨우 목숨을 부지해왔다. 남편들은 죽어가는 아내의 머리맡에서 아내를 뚫어지게 바라보고, 임종을 알리는 불쾌한 소리가 목구멍에서 들리면, 눈치 없는 유모의 무릎 위에서 잠들어 있는 장밋빛 볼의 아이가 있는데도 불구하고 미칠 것처럼 되어버린다. 평정을 잃은 남편이 의사의 얼굴에서 아내의 죽음을 알아차리면 절망이 그의 가슴속 깊이 가라앉는 것을 옆에서 보는 사람도 알 수 있다. 예나 지금이나 아무것도 변한 게 없다. 사람들은 들뜬 기분으로 이 대도시의 거리를 돌아다니고, 이런 광경이 주변의 도처에서 일어나고 있다고는 생각지도 않는다. 또한 얼마나 많은 어머니가 출산하다가 목숨을 잃었는지에 대해 생각하는 일도 없다. 파멸이라 해도 이렇게 심한 파멸은 없을 것이다. 질병, 노화, 전쟁의 경우에는 죽음이 여기가 제 집인 양 다가온다. 하지만 목숨이 목숨을 이어받고, 가족이 모여 이제 곧 태어날 어린 생명을 환희와 희망 속에서 기다리고 있는 바로 그때, 가족 모두에게 사랑받는 어머니가 죽어버리다니. 하지만 형언할 수 없을 만큼 심각한 빈곤에 시달리고 있는 수천 명의 극빈자들은 실제로 이런 고통을 겪고 있다. 이들에게는 애정이 없단 말인가. 심장이 고동치지 않는단 말인가. 눈에서 눈물이 넘쳐흐르지 않는단 말인가. 인간의 피가 통하지 않는단 말인가. 하지만 이들을 위해 눈물을 흘리는 사람은 아무도 없다. 애도하는 사람도 없다. 관이 무덤으로 옮겨질 때는 모두 옆으로 피하고, 이들이 뒤에 남기고 온 슬픔에 대해서는 말하려고도 하지 않는다.

3

아테네 사람들은 용기와 지혜로 나라를 이끌고 타고난 능력으로 그것을 보여준 사람들의 죽음에 대해 거국적으로 애도하고, 그 뜻을 참으로 훌륭하게 표현했다. 사람이 죽은 자를 애도하는 것은 당연하다. 그것은 우리가 나 이외의 사람을 사랑한다는 증거다. 친구가 죽어서 티끌로 돌아가는 것을 보고, "나그네가 한번 가서 돌아오지 않는 저 세계"[13]로 죽은 자를 태연히 보낼 수 있는 사람은 비정한 마음의 소유자일 게 분명하다. 국가에 공헌한 사람들을 애도하는 것은 깊은 사랑을 키우기에 더 어울리는 존경심을 표하는 습관이다. 밀턴[14]이 죽었을 때 영국 국민 모두가 엄숙한 검은 옷으로 몸을 감싸고 어느 도시에서나 조종 소리가 울려 퍼진 것은 대단한 일이었다. 프랑스 국민은 루소와 볼테르가 죽었을 때 사회 전체가 애도의 뜻을 표해야 마땅했다. 우리는 죽은 사람이 누구든, 특별히 친한 사람이 아닌 한 진심으로 슬퍼할 수 있는 것은 아니다. 하지만 우리가 넓은 마음을 갖고 있으면, 사회 전체의 사랑과 칭송과 감사를 받았던 사람이 죽었을 때는 무언가가 신변에서 떠났다고 느끼는 법이다. 설령 그것이 죽음은 아니라 해도, 어떤 사회적 불행이 조국이나 세계를 덮치면 거

---

13 셰익스피어의 『햄릿』 제3막 제1장 89~90행의 변형.
14 존 밀턴(1608~1674)은 혁명의 실패와 실명의 고난을 이겨내고 굳건하게 살았다.

기에 대해 애도하는 것도 당연하리라. 이것으로 사람 사이의 관계가 유지될 수 있고, 모든 인간을 하나의 전체로 생각하는 데에도 도움이 되고, 사회생활의 유대가 생기는 법이다. 착한 사람이라면 누구나 진심으로 슬퍼할 수밖에 없는 일이 일어났을 때는 사회 전체가 슬퍼하는 것이 당연하다. 예컨대 국내외에서 폭군의 지배, 사회적 신뢰의 악용, 시대에 뒤떨어진 법률을 비틀고 왜곡하여 무고한 사람을 죽이는 일, 이런 일에 대해서는 국민 전체가 개탄해야 마땅하다. 따라서 만약 혼 투크나 하디[15]가 반역죄 판결을 받았다면 누구나 슬픔과 분노로 가슴이 미어졌을 테고, 분노를 겉으로 드러낸다 해도 당연했다. 프랑스 공화정[16]이 소멸했을 때 세계는 애도해도 좋았을 것이다.

4

하지만 인간의 감정에 대한 이런 제언은 그럴 가치도 없는 자들에게 경솔하게 이루어지면 안 된다. 그런 방식은 비옥함을 가져오는 강물처럼 흘러나가는 애도의 감정을 헛되게 할 수도 있

---

15 둘 다 급진주의자. 존 혼 투크(1736~1812)는 성직자였지만 정치에 관심을 가졌고, 미국 독립운동과 프랑스 혁명을 지지했다는 이유로 체포된다. 토머스 하디 (1752~1832)는 '런던통신협회'를 설립하여 의회 개혁을 추진하다가 체포된다. 두 사람은 1794년에 반역죄로 고발당했지만, 나중에 방면되었다.
16 1789년 7월에 일어난 프랑스 혁명으로 루이 16세의 부르봉 왕조가 붕괴했다. 나폴레옹이 승리하여 1804년에 황제에 즉위할 때까지 프랑스 공화정 기간에 국민공회는 체계화된 헌법을 갖지 못한 채 잠정법령으로 의회를 운영했다. 1795년에 성립된 헌법 아래 분권 구조의 총재 정부가 수립되었지만, 오래지 않아 통령 정부로 바뀌었다.

다. 사회 전체가 애도하는 것은 그 감정을 충분히 표현하는 기회가 되어야 한다. 모든 사람이 애도하는 이 엄숙한 행위는 누구나 납득할 수 있는 광범위하고 커다란 불행을 표현할 때만 이루어져야 한다. 게다가 조국이나 인류를 애도하는 사람들도 그렇게 느낄 수 있는 불행이어야 하고, 이런 특징은 특수한 것이 아니라 보편적인 것이어야 한다.

5

샬럿 공주가 죽었다는 소식과 브랜드레스, 러드램, 터너가 처형당했다는 소식[17]이 거의 같은 무렵에 들려왔다. 아름다움과 젊음, 순진무구함, 상냥한 태도, 가정을 사랑하는 덕행이 영원히 사라져버렸을 때 대중들이 슬퍼하는 게 당연하다면, 이 흥미로운 귀부인에 대해서도 모두 애도하는 것이 당연할 것이다. 공주는 마지막 왕족이고 최고의 왕족이었다. 하지만 개인적인 탁월함에서 공주만큼 뛰어나면서, 희망을 품은 채 젊은 나이에 죽어간 사람은 많이 있었다. 우연히 공주로 태어났다고 해서 그녀의 삶이 더 고결해진 것도 아니고, 공주의 죽음이 다른 사람들의 죽음보다 더 애도할 만한 것도 아니다. 공주는 민중을 위해 무언가 좋은 일

---

17 제러마이아 브랜드레스, 아이잭 러드램, 윌리엄 터너는 '펜트리치 폭동'의 주모자로서 반역죄로 체포되었다. 재판에 회부된 35명 가운데 23명이 유죄 판결을 받았고, 이들 가운데 6명은 금고형, 3명은 14년 유배형, 11명은 종신유배형, 그리고 주모자 3명은 교수-참수형(목을 매달아 죽인 뒤 머리와 사지를 절단하는 형벌)에 처해졌다. 브랜드레스는 더비의 양말 제조공으로서 러다이트 운동에 참여하고 있었다. 러드램은 채석장 소유자이자 감리교회 설교자였고, 터너는 석공이었다.

을 한 것도 아니고 나쁜 짓을 한 것도 아니었다. 공주가 받은 교육 덕분에 포괄적으로 말해서 선이나 악을 행할 능력도 갖고 있지 않았다. 그녀는 공주로 태어났다. 사람을 통치할 운명에 있는 사람들은 그 영지와 자신을 다스리기 위해 필요한 경험조차도 손에 넣지 못한다. 샬럿 공주는 제인 그레이나 엘리자베스 여왕[18] 처럼 다방면에 걸쳐 깊은 학식을 갖춘 여성은 아니었다. 공주는 자신이 통치하도록 정해진 사람들의 행복과 관련된 정치 문제에서도 이룩한 게 아무것도 없었고, 그것을 바라지도 않았고 이해하지도 못했다. 하지만 이것은 비난할 일이 아니라 가엾게 여겨야 할 일이다. 고인을 헐뜯는 일은 그만두자. 이것이 왕족의 불행이고, 이것의 왕족의 무력함이다. 왕자들은 태어났을 때부터 모든 것을 보장받지만, 모든 사람의 칭송이나 충정에 버금가는 최고의 보장을 받을 만한 가치가 있는 사람은 되지 못한다.

6

브랜드레스, 러드램, 터너의 처형은 샬럿 공주의 죽음과는 성질이 전혀 다른 사건이다. 이들은 눈앞에 다가온 꺼림칙한 죽음

---

18 에드워드 6세(영국 튜더 왕조의 세 번째 왕, 1547~1553년 재위)가 죽은 뒤, 제인 그레이(1537~1554)는 왕위 찬탈을 계획한 시아버지 존 더들리(1502~ 1553)에게 여왕으로 추대되어 왕위 계승 선언을 했지만, 정당한 왕위 계승자인 메리 튜더(메리 1세, 1553~1558년 재위)에게 패했다. '9일의 여왕'으로 알려져 있다. 조숙한 제인은 여섯 살 때 성서를 읽고, 그리스어와 라틴어, 프랑스어, 이탈리아어에 능통했다. 열 살 때 제인은 헨리 8세의 여섯 번째 왕비인 캐서린 파의 저택에서 네 살 위인 엘리자베스(나중에 엘리자베스 1세)와 궁중 예법을 배우며 함께 생활했다.

과 영원히 계속될 지옥의 공포를 마주한 채, 소름 끼치는 지하감옥에 몇 달이나 갇혀 있었다. 그리고 마지막에는 처형대로 끌려가 교수형을 당했다. 그들도 가족에 대한 사랑이 있었고, 미덕을 실천하는 데에도 뛰어났다. 아마 사회적 신분이 낮았기 때문에, 신분이 높은 사람들에게는 불가능한 애정을 키울 수 있었을 것이다. 그들에게는 사랑해주는 아들과 형제자매와 아버지가 있었다. 그 사랑은 왕실 형편[19] 때문에 공주가 언제나 떨어져 지내고 있는 사람들로부터 받고 있는 사랑보다 강했다. 공주에게는 남편이 아버지이자 어머니였고 형제자매이기도 했다. 러드램과 터너는 성숙한 어른이었고, 풍부하고 강한 애정을 가진 남자들이었다. 이들 수형자가 느낀 것에 대해 이야기하는 사람은 아무도 없을 것이다. 하지만 그들의 가족이 오랫동안 겪은 고통이 어떤 것이었는지는 에드워드 터너를 보면 짐작할 수 있을지 모른다. 에드워드는 형이 죄인용 썰매에 실려 끌려 다니는 것을 보았을 때 비통한 나머지 비명을 지르며 쓰러져버렸고, 그래서 두 남자에게 송장처럼 끌려갔다. 사랑하는 가족의 얼굴이 몸뚱이에서 절단되었음을 군중의 비명 소리를 듣고 알았던 그날, 꾹 참고 있던 고통은 얼마나 지독했을까. 목이 잘리고 일그러진 표정의 얼굴이 하늘 높이 걸린 것을 알고, 공포에 떨며 몰려드는 수많은 발소리, 신음 소리, 야유하는 소리를 들었다. 수난자들은 죽었다. 죽음

---

19 샬럿 공주는 부왕인 조지 4세와 적대 관계에 있었다. 왕은 왕비 캐럴라인과 이혼하고 싶어 해서 그녀를 왕실에서 소외시키고 있었기 때문에 샬럿 공주는 어머니와 억지로 갈라져 있는 상태였다.

이란 무엇인가. 죽은 뒤에 찾아오는 최후의 심판을 도대체 누가 감히 입에 올린단 말인가. 브랜드레스는 냉정해서, 우리가 저지른 잘못의 결과는 그 무서운 최후의 심판으로 제동이 걸린다고 분명히 믿고 있었다. 러드램과 터너는 신이 자기를 영원한 지옥 불 속에 던지지나 않을까 공포에 떨고 있었다. 성직자인 피커링 씨는 브랜드레스가 잘못된 확신 때문에 미래의 지배자와 화해할 수 있는 기회를 놓치지나 않을까 하고 분명히 걱정하고 있었다. 죽음이 무엇인지는 아무도 몰랐고, 아무도 알 수 없다. 하지만 희생자들의 현재와 미래의 고통을 거의 알지 못하고 생각해보지도 않았던 타인에 의해 그들은 무자비하게 바닥모를 심연으로 내던져지고 말았다. 이유가 무엇이든 남의 목숨을 빼앗는 것만큼 무서운 일은 없다. 다른 어떤 참사에도 해결책이나 위안은 있다. 우리를 살리고 있는 그 '힘'이 자기가 준 목숨을 부양하지 않게 되었을 때, 슬픔과 고통, 그리고 참고 견뎌야 할 무거운 짐이 생긴다. 이런 비애야말로 정신을 높이는 것이다. 하지만 남의 피를 흘리면, 복수와 증오, 끊임없이 이어지는 처형, 암살, 추방이 먼 후세까지 이어질 것이다.

7

이상이 이들 세 사람의 죽음과 관련된 개인적인 생각과 세간의 일반적인 생각의 일단이다. 하지만 아무리 한탄스러워도 그것이 단순히 개인적이고 흔히 있는 슬픔이라면, 사람들은 사회 전체로서 공적으로 애도하면 안 된다. 하지만 문제는 그런 게 아니다.

그 불운한 남자들을 죽음에 이르게 한 사건은 사회적인 불행이다. 나는 세 사람에게 반역죄로 유죄 판결을 내린 배심원단에게 책임을 지울 생각은 없다. 아마 법률이 세 사람의 죄를 그런 종류의 죄로 단죄하도록 요구하고 있을 것이다. 설령 압제자가 배심원단을 부추겨 이번의 파멸로 몰아넣었다 해도 폭력에 대한 해결책을 폭력에서 찾을 수 있다고 굳게 믿고 있는 그런 분별없는 자들은 다소의 자제력을 갖게 해야 한다. 배심원들은 악의 앞잡이지만, 그들을 교묘히 조종하는 고용주만큼 죄가 무겁지는 않으니까 경고를 주는 것만으로도 충분하다. 하지만 교수-참수형을 당한 세 사람의 죽음과 그 죽음이 특이하고 중대하다는 사정 때문에, 영국 국민이 아무리 한탄해도 그 슬픔을 가라앉힐 수 없을 만큼 커다란 불행이 생겨났다.

8

어느 시대에나 국왕과 장관들이 다른 사람들과 다른 점은 낭비벽과 호전성이 두드러진다는 것이다. 이 나라에는 미국 전쟁[20]이 일어날 때까지 이 서글픈 경향에 대해 아주 조금이기는 하지만 매우 융통성 있는 제어장치[21]가 있었다. 미국이 공화제를 선언할 때까지 영국은 아마 지구상에 존재하는 가장 자유롭고 가장 빛나는 나라였을 것이다. 국가로서 마땅히 지녀야 할 본연의

---

20 미국 독립전쟁(1775~1783)을 말한다.
21 셸리는 1786년의 '감채 기금' 제정에 대해 언급하고 있다. 국채를 회수할 계획을 제시한 것처럼 여겨지지만, 실제로는 국채를 늘리는 핑계가 되었다.

모습에는 이르지 못했지만, 국가가 자립하지 않은 단계에서는 이룰 수 있는 것이 모두 이루어져 있었다. 하지만 근본적인 결함[22]의 결과는 곧 분명해졌다. 우리의 대표자로 이루어진 불완전한 정치체제 때문에 얼마 안 되는 귀족의 수중에 쥐어져 있는 정부가 윌리엄 3세의 장관들이 고안한 수법, 즉 공채에 의한 세입을 예측하고 미리 사용하는 수법을 수정한 결과, 막대한 부채를 안게 된 것이다.[23] 이 정책은 프랑스 공화국과 전쟁을 하고 있는 동안에도 계속되었고, 지금은 국가가 안고 있는 공채의 '이자'만 해도 상비군, 왕실, 연금수급자, 관리들을 부양하기 위해 국가가 지출하고 있는 정부 자금의 2배가 넘는다. 이 부채는 사회적 결속과 문화적 생활의 기반을 무너뜨리는 생활 수단의 불평등한 분배를 낳게 되었다. 귀족은 지금까지도 충분히 성가신 부담이었지만, 그 귀족이 두 배로 늘어났고,[24] 두 배로 늘어난 이들에게 부지런하고 가난한 사람들이 생산한 물건으로 사치스럽고 나태하게 살 수 있는 특권을 주고 있다. 귀족에게 특권이 주어져 있는 것은 그들이 다른 사람들보다 현명하고 그런 보수를 받을 만한 가치가 있기 때문도 아니고, 여가를 사용하여 공공의 이익이 될 만한

---

22 이 근본적인 결함에 대해 셸리는 「개혁에 관한 철학적 고찰」에서 "선거권을 동등하게 할당하는 것은 도저히 불가능하다"고 말하고 있다.
23 윌리엄 3세(1689~1702년 재위)의 치세에 일어난 전쟁을 지원하기 위해 1694년에 부채를 안은 채 영국은행이 설립되었다. 부채는 증세를 통해 해소하도록 되어 있었다. 1797년 금본위제를 그만두었기 때문에 부채는 급속히 팽창했다.
24 넓은 토지를 소유한 종래의 귀족과 산업혁명 이후 공채를 소유하게 된 신흥 귀족을 말한다.

기획을 하거나, 지성과 상상력을 발휘하여 나라를 고상하고 매력적인 나라로 만들어내기 때문도 아니다. 지금의 귀족은 '두려움도 더러움도 모르는' 긍지와 명예를 갖고 있었던 옛날 귀족과는 달리, 국채에 투자하거나 정부를 추종하거나 수상쩍은 거래를 하고, 공적 채권자라는 칭호를 가질 권리를 얻은 속 좁은 자, 시간을 탐하는 노예근성의 소유자다. 그들은 "세련된 사회의 코린트식 기둥머리"[25]가 아니라 그 조각품의 좁은 틈새에 그 호화로운 장식을 망치듯 무성하게 퍼져 있는 잡초다. 이런 사회 체제에서는 일용 노동자는 전에 8시간 일해서 얻은 것을 지금은 16시간 일하지 않으면 얻을 수 없다. 이것을 가장 간결하고 알기 쉽게 설명해보자. 땅을 경작하거나 천을 짜는 노동자는 처자식이 기다리는 집에 가져갈 급료 중에서 사치를 부리고 쾌적하게 지내는 자들을 위해 연간 4400만 파운드의 부담을 국민의 의무로 짊어지고 있다. 전에는 노동자가 군대와 연금수급자, 왕실, 지주를 떠받치고 있었다. 이것은 괴로운 책무지만 감수할 수밖에 없었다. 압제에서 생기는 폐해는 다양하지만, 이것은 그 전형이다. 한 사람이 어느 계급에 속하는 다른 사람을 위해 일해야 한다는 것은 인간을 계급으로 구별하기 때문에 필요 없을 뿐만 아니라 지나친 부정으로 사회 질서를 유지하는 중요한 기반 자체를 모두 위험에 노출시키게 된다. 또한 자유의 적이고 악정의 자식인 동시에

---

25 에드먼드 버크가 『프랑스 혁명에 대한 성찰』에서 프랑스 귀족을 수식한 표현. 토머스 페인이 혁명에 반대하고 귀족을 지지하는 버크의 편견을 비판한 데에는 특히 이 비유가 결정적인 근거가 되었다.

비난자이기도 한 무질서를 초래하게 된다. 국민은 두 심연의 가장자리에서 비틀거리며, 위험과 곤궁이 계속되는 가운데, 그 결과로 생겨난 비참한 상황에 지치기 시작했다. 민중은 큰 목소리로 국민에 의한 자유 대의제라는 선거제도를 요구했다. 그들은 인간에 의한 다른 어떤 정치체제도 다가오는 어려움에 잘 대처할 수 있을 것 같지 않다고 느끼기 시작했다. 국가의 필요 경비를 한없이 초과하는 연간 4400만 파운드의 지출에 대해 어떤 해결책이 있는지, 이 문제에 대처할 수 있는 것은 국민뿐이다. 지금까지보다 더 숭고한 정신이 세상에 널리 퍼지고, 자유를 사랑하는 마음과 애국심, 그리고 이런 빛나는 감정에 수반되는 자존심이 사람들의 마음에 되살아났다. 정부는 절체절명의 곤경에 내몰린 것이다.[26]

9

영국의 공업지대에는 오랫동안 불평불만이 만연해 있었다. 이것은 앞에서 이미 언급한 원인[27]으로 생겨난 이중의 귀족제도가 낳은 결과다. 공장 노동자들은 사치를 위해 노예가 되어 있고, 이 제도가 그들의 애정과 건강도 해치고 그들을 여전히 굶주림에 시

---

26 셸리가 설명하고 있듯이, 하층계급 사람들을 폭력으로 몰아넣고 개혁은 할 가치가 없다고 생각하게 하는 것이 정부의 목적이었다. 중산계급은 폭력을 두려워하여 눈을 돌리고, 시골에서 빈둥거리며 살고 있는 귀족계급은 침묵을 지킬 거라는 노림이 있었다.

27 국채가 생기면 공채를 소지하는 귀족도 생겨난다.

달리게 하고 있다. 빈곤이 초래하는 불안감이 만들어낸 사회 혼란과 낭비의 악습을 없애는 교육을 받을 여유도 없고 기회도 없다. 여기 영국에는 목적이 무엇이든 소수의 무학자들을 위법적인 폭력행위로 내몰고 싶어 하는 모사꾼들에게 더할 나위 없이 좋은 토양이 있었다. 아무런 협박이나 편견을 당하지 않으면 자유 대의제를 원하는 사람들의 요구가 받아들여진다는 것을 확실히 알자마자, 잔인하기 이를 데 없는 음모가 배후에 줄줄이 대기하고 있었다. 정부 고관들이 그 악마의 앞잡이 같은 범죄행위에 얼마나 깊이 관여하고 있는지는 알 수 없다. 음모를 꾸미는 정부 고관의 수가 얼마나 되고, 지금까지 어느 정도의 활동을 해왔는지, 또는 어떤 거짓된 기대를 품게 하여 무지한 민중을 선동하고, 이제 그들을 단두대나 교수대로 보내고 있는지도 알 수 없다. 하지만 민중이 의회 개혁을 요구하는 목소리를 내면 곧바로 첩자[28]를 내보낸 것만은 분명하다. 첩자는 가장 질이 나쁜 천박한 자들이고, 이런 자들이 굶주림에 시달린 무학의 노동자들 속에 풀려났다. 불만을 가진 사람이 없으면 불평분자를 만들어내는 것이 그들의 임무다. 정당한지 부당한지는 문제가 아니고, 희생양을 찾아내는 게 그들의 임무다. 국민이 자유를 획득하고, 우리를 괴롭히는 빚이나 세금의 부담을 줄이려는 모든 시도가 잘 되어갈 것

---

28 급진주의자나 노동자 계급의 운동에 대한 정부의 탄압이 엄격해지고 모든 저항이나 항의 방법이 봉쇄되자 대중 운동은 지하로 숨어들어 무력 투쟁을 계획하게 되었다. 그래서 정부는 첩자를 보냈고, 운동 지도자에게 접근하여 그들을 기만하는 것이 첩자의 임무였다.

처럼 보이면, 아사 직전의 군중이 의회로 몰려들어 모든 질서와 계급, 관습과 법률을 혼란에 빠뜨리고 사회 전체가 황폐하다는 인상을 대중에게 주는 것이 그들의 임무다. 그들은 독재 권력이 영원하다는 것을 앞잡이들에게 주입하도록 명령받고 있었다. 이 유익한 인상을 만들어내기 위해 그들은 아무 죄도 없고 의심할 줄도 모르는 순박한 사람들을 속여서 범죄로 내몰고, 역겨운 죽음이라는 형벌을 받게 하는 것이다. 굶주리고 무지한 몇 명의 공장 노동자가 유혈 사태를 꾀하는 냉혹한 자들의 그럴 듯한 약속에 현혹되어 국가에 모반을 일으키려고 집결했다. 모든 준비가 갖추어졌을 때, 기다리고 있던 18명의 기병이 놀란 희생자들을 지하감옥으로 끌고 가서 사형집행인의 손에 그들을 넘긴 것이다. 공장 노동자를 파멸로 몰고 간 잔혹한 선동자들은 은퇴하여, 극악무도한 생활로 벌어들인 거액을 손에 넣고 좋아하고 있다. 민중의 목소리는 겁쟁이나 이기적인 자들에게 압살되었다. 선동자는 민중의 의견을 재는 저울에 공포라는 추를 투입했다. 그리고 의회는 행정부에 새롭게 훨씬 강력한 권한[29]을 주었다. 그 권한은 결코 타도되지 않을지도 모른다. 타도하려고 하면 유혈 사태가 일어날지 모르고, 국민이 정기적으로 집회를 열어서 정부의 손에서 억지로 빼앗지 않으면 안 될 정도다. 우리가 선택해야 할 길은 전제냐 아니면 혁명과 개혁이냐, 둘 중 하나다.

---

[29] 인신보호 영장이나 선동적 집회금지법을 가리킨다. 두 법안은 1817년 5월 의회에서 가결되었다.

10

11월 7일, 브랜드레스, 터너, 러드램은 처형대에 올랐다. 브랜드레스는 사람을 죽였으니까, 그에게는 동정을 느끼지 않는다. 하지만 누가 살인을 하도록 브랜드레스를 부추겼는지 생각해보라. 브랜드레스의 말에 따르면, 어떤 남자가 최후의 말로 "나를 이런 꼴로 만든 것은 올리버[30]다. 그놈이 아니었으면 나는 그런 곳에 가지 않았을 것이다"라고 말했다고 한다. 러드램과 터너가 아들과 형제자매와 함께 무릎을 꿇고, 얼마나 간절히 고통스러운 기도를 드렸는지도 생각해보라. 지옥이 그들의 눈앞에 있고, 죄를 회개하지 않거나 의도적으로 죄를 지은 자는 영원한 지옥불에 타버릴 운명이 아닐까 하는 두려움에 떨면서 평정을 잃었다. 무서운 형벌이 눈앞에 다가와 있고, 터너는 진실을 모두 말했기 때문에 무서운 처벌을 받고 "사형집행인이 그의 목에 올가미를 감고 있는 동안" 큰 소리로 "이것은 모두 올리버와 정부 탓이다"라고 외쳤다. 터너는 무언가를 더 말하고 싶었는지 모르지만, 우리는 알 수 없었다. 사제가 더 이상 발언하지 못하게 방해했기 때문이다.[31] 날카롭게 번득이는 칼을 든 기병들이 이 꺼림칙한 공

---

30 윌리엄 올리버(1774?~1827)는 영국 북부에서 첩자 활동을 한 악명 높은 인물. 각지를 돌아다니며, 중앙에서 활동하는 혁명적 당파의 대표를 자칭하여 사람들을 안심시킨 뒤 개혁자 그룹에 접근하는 것이 그의 수법이었다. 그런 다음 그들을 교묘하게 선동하여 불법적인 사건을 일으키게 하고, 그 지도자를 체포케 하는 것이다.

31 사형수에게는 죽음을 앞두고 최후 진술을 할 권리가 있다. 하지만 이번에 정부가 그것을 성가신 일로 규정하여 사형수의 권리를 부정했다고 『이그재미너』는 풀이하고 있다.

개 처형을 보려고 모여든 군중을 에워쌌다. "도끼의 일격이 가해지자 군중 속에서 공포의 외침 소리가 터져 나왔다. 사형집행인이 잘린 목을 들어 올린 순간 무시무시한 비명 소리가 일어나고, 군중은 광란의 충격에 사로잡힌 듯이 사방으로 흩어져 달아났다. 겨우 정신을 차린 사람들은 욕을 퍼부으며 야유를 보냈다."[32] 어떤 목적이 있든, 목적이 무엇이든, 인간의 피와 고통을 그렇게 많이 쏟아부어야만 그 목적을 달성할 수 있는 음모를 승인하는 자들이 우리를 지배하게 놔두는 것은 국민적 재난이다. 게다가 그 목적이 우리의 권리와 자유를 영원히 짓밟는 것, 우리에게 무질서냐 압제냐 둘 중 하나를 택하라고 강요하는 것, 놀란 국민이 압제를 받아들이면 의기양양해서 우쭐대거나, 방대한 상비군을 유지하기 위해 이미 반대할 수 없다는 것을 알면서도 해마다 나라빚을 늘리거나 할 때, 우리가 어떻게 분개하지 않을 수 있겠는가. 그 부채를 떠받치고 있는 망상이 무너지면 돌봄을 받지 못한 빈곤층에 기아와 영락의 참상과 혼란을 초래해왔듯이, 이번에는 사회의 모든 계층에 그에 못지않은 참상과 혼란을 초래하게 될 것이다. 또한 지배자를 화나게 한 가난한 자들을 마음대로 투옥하거나 비난하게 될 것이다. 설령 이런 일이 목적은 아니라 해도 음모의 결과일 때, 우리가 어떻게 분개하지 않을 수 있겠는가.

---

32 (원주) 이 부분은 『이그재미너』(11월 9월 일요판)에서 발췌한 것이다.

11

그러니 영국 인민들이여, 애도하고 슬퍼하라. 엄숙하게 상복을 입어라. 조종을 울리자. 죽어야 할 운명과 세상의 무상함을 생각하고, 고독과 성스러운 슬픔의 수의를 몸에 걸쳐라. 만인의 슬픔을 마음껏 표현하라. 울고 —— 애도하고 —— 슬퍼하라. 대도시, 그 드넓은 들판을 비탄과 탄식의 메아리로 가득 채우자. 아름다운 공주가 세상을 떠났다. 공주는 가장 사랑하는 나라의 여왕이 될 수 있을 터였다. 그리고 공주의 후손이 영원히 이 나라를 다스릴 수도 있을 터였다.[33] 공주는 나라에 애정을 품고, 나라를 장식하는 예술과 나라를 지키는 용기를 소중히 여겼다. 사랑스러운 분이었고, 현명해질 수 있었을 것이다. 하지만 젊었다. 그리고 한창 젊은 나이에 강탈자가 왔다. '자유'는 죽었다. '노예(죽음의 신)'여, 나는 너에게 명령한다. 우리의 깊고 엄숙한 비탄을 저속한 슬픔으로 방해하지 마라. 이 나라를 다스릴 터였던 공주 같은 분이 젊고 순진무구하고 사랑스러운 '자유'와 마찬가지로 사라졌다면, 그분을 없앤 힘은 신이라는 것, 그리고 그 죽음은 사적인 슬픔이라는 것을 알아야 할 것이다. 하지만 '자유'를 죽인 것은 '인간'이다. 사람이 다쳐서 지금 당장이라도 목숨이 끊어지려 하고 있을 때는 누구나 죽음을 저주하는 애도의 기분이 모든 사람의 머리와 가슴에 갑자기 찾아왔다. 우리의 영혼을 묶어버리고, 쇠보

---

33 조지 4세의 외동딸 샬럿 공주와 다음에 왕위를 물려받을 후계자가 죽었기 때문에, 왕위는 동생 윌리엄 4세를 거쳐 조카인 빅토리아 여왕(1837~1901년 재위)으로 넘어갔다.

다 무거운 족쇄가 우리를 억압하고 있다. 우리는 질퍽질퍽한 좁은 우리보다 더 악성 전염병이 발생하기 쉬운 감옥 속을 여기저기 돌아다니고 있다. 대지가 그 감옥의 바닥이고, 하늘이 그 감옥의 지붕이기 때문이다. 죽어버린 '영국의 자유'의 주검을 뒤따라가 천천히 경의를 표하고 그 무덤까지 동행하자. 영광에 가득 찬 '환영'이 나타나 부러진 칼과 홀과 왕관으로 만들어진 옥좌를 산산이 부숴버리면, 우리는 말하자. '자유의 영혼'이 무덤에서 되살아났고, 천하고 죽음을 면치 못할 모든 것은 거기에 벗어던지고 왔다고. 그리고 우리 함께 그 영혼 앞에 무릎을 꿇고 우리의 '여왕'으로 숭모하자.

On Love

사랑에 대하여

[『킵세이크』[1](1829)에 처음 발표되었고, 그 후 『애서니엄』[2](1832)에 다시 실렸지만, 집필 시기는 확실치 않다. 다만 『셸리 산문집 ── 예언의 나팔소리』를 편집한 데이비드 클라크는 1814~1815년에 썼을 것으로 짐작하고 있다.

당시 셸리는 결혼생활에 문제를 안고 있었고, 아내인 해리엇을 설득하기 위해 이 에세이를 썼다고 여겨지기도 한다. 사랑을 공감의 행위로 파악하고 자신과 비슷한 사람을 찾는다는 생각은 당시 철학자들 사이에서 유행한 것이었다.]

꩜

사랑이란 무엇인가. 이렇게 묻는 것은, 살아 있는 사람에게 삶이란 무엇인가, 신을 숭배하는 사람에게 신이란 무엇인가 하고 묻는 것과 마찬가지다.

나는 다른 사람들의 마음이 어떤 요소로 구성되어 있는지 모른다. 또한 지금 내가 말을 걸고 있는 당신의 마음에 대해서도 전혀 모른다. 몇 가지 외면적 속성에서는 그들도 나와 비슷할 거라

---

1 The Keepsake. 1828~1857년에 영국 런던에서 발간된 연간 문예지. 해마다 크리스마스 때 호화 장정으로 발간되어 선물용으로 판매되었다.
2 The Athenaeum. 1828~1921년에 영국 런던에서 발간된 주간 문예지.

고 생각하지만, 내가 그 외관에 속아서 공통된 무언가에 호소하고 그들에게 내 깊숙한 내면의 영혼을 숨김없이 드러냈을 때, 나는 내 말이 먼 미개지에 사는 사람처럼 오해된 것을 알았다. 그들이 나에게 경험할 기회를 많이 주면 줄수록 그들과 나의 간격은 그만큼 넓어지는 것처럼 여겨지고, 양쪽이 공감하는 점의 거리는 그만큼 멀어져버렸다. 이런 결과를 견디지 못하는 마음을 가진 나는 그 마음의 온기 속에서 가늘게 떨면서 도처에서 공감을 구했지만 거절과 절망을 얻었을 뿐이다.

그대는 사랑이란 뭐냐고 묻는다. 그것은 우리가 자신의 상념 속에서 채워지지 않는 공허한 틈을 느끼고, 모든 존재물 속에서 우리 안에 있는 정신적 체험과의 교섭을 구할 때, 우리가 상상하고 두려워하고 자신의 능력을 초월하여 바라는 모든 것에 마음이 강하게 끌리는 것이다. 이성을 작동시키면 우리는 남에게 이해받기를 바란다. 상상을 작동시키면 우리 마음이 낳은 환상이 남의 마음속에도 새로 태어나기를 바란다. 감정을 품으면 남의 신경도 우리의 신경과 함께 떨리고, 남의 눈빛도 바로 불타서 우리 자신의 눈빛과 한데 섞여 융합하고, 심장의 가장 뜨거운 피로 불타며 떨리는 입술에 응하는 것이 얼음처럼 차가운 입술이 아니기를 바란다. 이것이 '사랑'이다. 이것은 사람과 사람뿐만 아니라 사람과 존재하는 모든 것들까지 연결하는 끈이고 관례다. 우리는 생명을 받아서 이 세상에 태어난다. 그러면 태어나는 순간부터 우리 마음속에 그 유사물을 강하게 갈망하는 무언가가 생겨난다. 젖먹이가 엄마 젖을 빠는 것도 아마 이 관례에 따른 것이겠지만, 이 성향은 우리의 삶이 전개됨에 따라 점점 강해져간다.[3] 우리는 자신의 지적 본성 속에서 자아 전체의 축도(縮圖) 같은 것을 어렴풋이 보게 되는데, 그것은 우리가 모욕하고 경멸하는 것은 전혀 포함하지 않고, 인간성에 속한다고 여겨지는 탁월하고 사랑스러운 모든 것의 이상적인 전형이다. 우리의 외면적 존재의 모습만이 아니라, 우리의 본체를 구성하고 있는 가장 작은 분자들의 집합체이다.[4] 그것은 순수와 광명의 모습만 표면에 비추는 거울이고, 고통도 비애도 악덕도 침입하지 못하도록 본래의 낙원 주위에 둥근 고리를 둘러친, 우리 영혼 안에 있는 영혼이다. 우리는 모든 감정의 근원을 오로지 여기에서 구하고, 그것들이 이것과 유사하고 조화를 이루기를 갈망한다. 이 전형의 짝을 발견하는 것, 우리 자신을 명확하게 평가할 수 있는 인식을 만나는 것, 우리가 가슴에 감추고 은밀히 나타나는 섬세하고 미묘한 특성을 음미하고 파악하는 상상력을 만나는 것, 하나의 즐거운 노랫소리에 맞추어 연주되는 두 개의 미묘한 수금처럼 우리 마음속의 진동과 함께 떨리는 신경의 실을 가진 존재를 만나는 것, 그리고 안에 있는 전형이 구하는 열망과 조화를 이루고 이 모든 것이 결합된 존재를 만나는 것, 이것이 바로 '사랑'이 지향하는 목표다. 그 목표는 눈에 보이지도 않고 도달하기도 어렵다. 이 목표에 도달하기 위해 사랑은 인간의 모든 능력을 몰아대고, 그것의 가장 희

---

3 18세기에 유행한 생각이었다.
4 (원주) 이런 말은 공허하고 은유에 불과하다. 대부분의 말이 그런 것이지만, 어쩔 도리가 없다.

미한 그림자까지도 붙잡으려 든다. 이것을 붙잡을 수 없다면, 사랑이 지배하는 사람의 마음에는 잠시의 휴식도 짬도 주어지지 않는다. 따라서 우리가 고독할 때, 또는 우리가 사람들에게 둘러싸여 있으면서도 동정도 받지 못하고 버려진 상태에 있을 때, 우리는 꽃이나 풀이나 물이나 하늘을 사랑한다. 그때는 봄의 새싹 자체의 움직임 속에서, 푸른 하늘 속에서, 우리 마음과의 은밀한 교류를 느낄 수 있다. 말없는 바람 속에 웅변이 있고, 흐르는 개울과 그 개울가에 무성하게 우거진 갈대 잎의 바스락거림 속에 멜로디가 있지만, 그것들은 영혼 안에 있는 것과 상상하기 어려운 관계를 가짐으로써 숨막힐 것처럼 황홀한 춤으로 정신을 눈뜨게 하고, 신비롭고 상냥한 눈물이 눈에 고이게 한다. 그것은 승리를 향한 애국적 열정과도 비슷하고, 당신만을 위해 노래하는 연인의 목소리와도 비슷하다. 스턴[5]은 말한다. 쓸쓸한 황무지에 버려졌다면 사이프러스 나무조차도 사랑할 거라고. 이 욕구, 이 힘이 사라지면 인간은 당장 제 자신의 산송장이 되고, 아직 남아 있는 것은 한때 그 사람이었던 존재의 단순한 껍데기에 불과하다.

---

5 로렌스 스턴(1713~1768)은 영국의 소설가. 대표작으로 『트리스트럼 샌디』와 『감상적인 여행』 두 작품을 남겼는데, 『감상적인 여행』 '18. 칼레의 거리에서' 부분에 다음의 구절이 있다: "만약 내가 사막에 있었다면, 무언가 사랑을 쏟을 것을 찾을 것이다. 달리 이렇게 할 게 없으면 귀여운 도금양이라도, 애처로워 보이는 사이프러스 나무라도 진심으로 사랑할 것이다."

On Life

생명에 대하여

【1832년 9월 29일자 『애서니엄』에 발표되었지만, 집필 시기는 확실치 않다. 클라크는 1812~1814년에 썼을 것으로 짐작하고 있지만, '노턴 비평판'에서는 「개혁에 관한 철학적 고찰」(1819년부터 집필)의 원고를 쓰고 있던 노트 뒤쪽에 이 글이 쓰여 있었다는 점을 근거로 「개혁에 관한…」과 가까운 시기에 집필했을 거라고 생각하고 있다. 실제로 이에세이에 전개되어 있는 설은 「개혁에 관한…」의 첫 부분에서 발전한 것이다. 당시 셸리는 버클리[1]의 유심론을 지지하고 있었고, 로크와 흄의 유물론과 타협하려고 이 글을 쓴 것으로 여겨진다.

해석의 어려움은 대부분 '정신', '생각(사고)', '창조하다', '존재하다'처럼 함축적인 낱말들의 사용 또는 오용에 있다. 로크와 흄의 철학에서 정신은 본질적으로 두뇌의 수동적인 지각 기능이고, 상상은 두뇌의 창조적인 '능력'이다. 버클리는 생각과 그 대상을 둘 다 '비물질적'인 것으로 동일시하고 있다. 셸리는 이따금 버클리의 입장을 받아들이는 것 같지만, 감지할 수 있는 세계를 이해하는 정신 능력에 관한 흄의 회의론은 버클리의 유심론의 진실성에 대해 의문을 제기한다. 셸리는 이른 시기에 조잡하고 유치한 형태의 유물론을 받아들인 적이 있었지만, 버클리의 책을 읽은 뒤 그 유물론을 버리고 좀 더 창의적인 견해를 받아들이게

---

[1] 조지 버클리(1685~1753)는 영국의 철학자이자 성직자. 17~18세기 영국 고전경험론을 대표한다.

되었다. 하지만 이 글을 쓸 당시에는 버클리의 개념이 충분히 만족스럽지 않다고 생각하고 있었다.]

꽃

생명과 세계, 또는 우리가 존재하고 느끼는 것을 무어라고 부르든, 그것은 경이로운 것이다. 친숙함이라는 안개 때문에 우리 눈은 흐려져 우리 존재의 경이로움을 제대로 보지 못한다. 우리는 존재의 일시적인 변화에 놀라서 눈을 크게 뜨지만, 존재 자체가 위대한 기적이다. 제국들의 변천과 왕조들의 붕괴, 그것들과 그것을 떠받치는 사상의 관계는 어떤 것일까? 종교제도와 정치제도의 탄생과 사멸은 생명과 어떤 관계가 있을까? 우리가 사는 지구의 회전과 그것을 구성하는 요소의 작용, 그것들은 생명과 어떤 관계를 갖고 있을까? 우리가 사는 지구를 포함한 별과 항성들이 반짝이는 우주와 그 운행과 운명, 그것들은 생명과 어떤 관계가 있을까? 생명, 그 위대한 기적 ─너무 기적적이기 때문에 우리는 그것을 찬양하지 않는다. 너무 확실하고 너무 헤아리기 어려운 것에 익숙해져서, 경이감으로부터 우리가 이렇게 지켜지고 있는 것은 좋은 일일 것이다. 그렇지 않다면, 경이감을 느끼는 우리의 기능은 그 경이감에 삼켜져 위압당해버릴 것이기 때문이다.

어떤 예술가가 태양과 별과 행성들을 만들어낸다고는 말할 수 없지만, 마음속에서 구상하고 밤하늘의 장관을 말로 표현하거나 화폭에 그려내고 천문학 지식으로 설명했다면, 우리는 크게 찬

탄할 것이다. 그가 산과 바다와 강 같은 지상의 풍경, 풀이나 꽃,
숲의 나뭇잎 모양, 일출과 일몰의 색깔, 어지럽거나 평온한 대기
상태의 다양한 변화를 지금까지 세상에 존재하지 않았던 것처
럼 상상했다면, 우리는 진심으로 놀라고 그런 예술가에 대해서는
"'신'과 '시인'은 아니지만 '창조자'라는 이름으로 부를 만하다"[2]
라는 말이 허풍으로 여겨지지는 않을 것이다. 하지만 오늘날에는
그런 것들을 경이의 눈으로 바라보는 경우는 거의 없고, 강렬한
기쁨으로 그것을 의식하는 것은 세련되고 비상한 인간으로 여겨
지는 사람뿐이다. 많은 사람들은 그런 데 주의를 기울이지 않는
다. 그런 것을 전부 포괄하는 인생에 대해서도 마찬가지다.

　생명이란 무엇일까? 여러 가지 생각이나 느낌이 생겨나지만,
우리의 의지를 동반하는 것도 있고 동반하지 않는 것도 있다. 우
리는 그것들을 표현하기 위해 말을 사용한다. 우리는 세상에 태
어나지만 탄생에 대한 기억은 없다. 어릴 적 기억은 있어도 단편
적일 뿐이다. 우리는 계속 살지만, 그러는 동안 생명에 대한 이해
를 잃어버린다. 말이 우리 존재의 신비를 꿰뚫어본다고 생각하는
것은 얼마나 소용없는 일인가! 말을 올바로 사용하면 우리 자신
에 대한 우리의 무지가 분명해진다. 이것만으로도 대단하다. 우
리는 무엇 때문에 이 세상에 있는 것일까? 우리는 어디서 와서
어디로 가는 것일까? 탄생은 우리 존재의 시작이고 죽음은 존재
의 끝인가? 탄생과 죽음은 무엇인가?

2　이탈리아 시인 타소(1544~1595)의 명언으로 전해진다.

논리적 추상을 최대한 순화시켜가면 하나의 인생관에 도달하게 되는데, 그 인생관이란 이해력을 놀라게 하는 일은 있어도, 실제로는 논리의 결합을 되풀이하여 생겨난 습관적 감각이 우리 안에서 마멸되어버린 것이다. 그것은 말하자면 다양한 사물의 장면에서 다채로운 막을 제거하게 된다. 나는 인식되는 것 외에는 아무것도 존재하지 않는다고 주장하는 철학자들[3]의 결론에 동조하는 사람 가운데 하나라고 고백하고 싶다.

이 결론은 우리가 품고 있는 모든 신념에 강하게 반대하는 것으로서, 외계의 사물로 이루어진 단단한 세계가 "꿈을 만들 수 있는 소재"[4]라고 확신할 때까지 우리는 오랫동안 죄를 짊어지지 않으면 안 된다. 정신과 물질에 관한 통속 철학의 놀랄 만한 불합리성, 그것이 도덕에 미치는 치명적인 결과, 만물의 기원에 관한 과격한 독단론, 이런 것들이 일찍이 나를 유물론으로 이끌었다. 이 유물론은 젊고 피상적인 정신에는 매혹적인 체계다. 유물론은 그 신봉자들에게 논쟁을 허용하는 대신 사색을 면해준다. 하지만 나는 유물론이 가르치는 견해에 만족하지 않게 되었다. 즉 인간은 고상한 것을 동경하는 존재이고, "앞을 보고 뒤를 보고"[5] 그 "사상은 영원 속을 헤매고",[6] 덧없음과 썩어 없어짐의 관계를 거부하며, 제 몸이 절멸하리라고는 도저히 생각할 수 없는 존재다.

---

3 조지 버클리와 그의 후계자들을 말한다.
4 셰익스피어의 『폭풍우』 제4막 제1장 156~158행.
5 셰익스피어의 『햄릿』 제4막 제4장 37행 참조.
6 밀턴의 『실낙원』 제2권 148행 참조.

인간은 미래와 과거에만 존재한다. 현재의 존재가 아니라, 과거의 존재이자 미래의 존재다. 그의 진실하고 궁극적인 목표가 무엇이든, 그 안에는 무(無)와 필멸과 싸우는 정신이 존재한다. 이것이 모든 생명과 존재의 특성이다. 인간은 각자가 중심인 동시에 원주(圓周)이며,[7] 모든 것이 관련된 한 점이고, 모든 것을 포함하는 한 선이다. 이런 사색을 유물론과, 정신과 물질에 관한 통속철학은 금하고 있다. 그것들은 지적 체계와 동조할 뿐이다.

이런 논의를 장황하게 되풀이하는 것은 어리석은 짓이다. 그것은 탐구심이 왕성한 사람들에게는 친숙한 것이고, 심원하고 난해한 주제를 다루는 작가만이 그런 사람들에게 말하는 것을 상상할 수 있다. 그리고 이 지적 체계를 가장 명석하고 강력하게 서술한 경우는 아마 윌리엄 드러먼드[8]의 『철학의 여러 문제』에서 찾아볼 수 있을 것이다. 그런 해설이 세상에 나온 이상, 본래의 활력과 적절함을 희생하면서까지 다른 말로 바꾸는 것은 나태한 짓이다. 한 점 한 점, 한 마디 한 마디를 조사해보아도, 가장 분별있는 지력을 가진 사람도 그 논리가 전개되는 도중에 필연적으로 결론과 결부되지 않는 사상을 하나도 찾아내지 못했다.

이렇게 인정한 결과는 어떤 것일까? 그것은 어떤 새로운 진리도 확립하지 않는다. 또한 우리의 숨겨진 본성, 그것의 작용과 그것 자체에 대해 무언가 새로운 통찰을 덧붙이지도 않는다. 철학

---

7 「시의 옹호」에 "시는 지식의 중심인 동시에 원주이기도 하다"라는 구절이 나온다.
8 윌리엄 드러먼드(1770~1828)은 영국의 학자 · 외교관 · 시인.

은 무언가를 확립하려고 안달하지만, 시대의 성장에 대한 선구자로서 해야 할 많은 과제를 남기고 있다. 그것은 이 목적을 향해 한 걸음씩 나아가, 잘못과 잘못의 근원을 파괴한다. 그것은 정치와 도덕의 개혁자가 너무나도 자주 의무로서 남기는 것, 즉 덧없음을 남길 뿐이다. 만약 정신 스스로가 창조한 도구인 말과 상징을 오용하지 않았다면, 정신에는 반드시 자유롭게 활약할 수 있는 마당이 주어졌을 것이다. 상징이라는 말을 넓은 의미로 이해해달라. 상징에는 그 말이 통상적으로 의미하는 것과 내가 특별히 의미하는 것이 둘 다 포함된다. 특별한 의미에 있어서는 자신과 관계가 깊은 일상적인 것은 거의 다 상징이어서, 그것 자체를 표시하는 게 아니라 다른 것을 표기하고, 하나의 사상을 시사하면 그것이 일련의 사상으로 이어질 수 있다. 이렇게 우리 인생의 모든 것은 잘못에 대한 교육이라고 말할 수 있다.

어린 시절의 감각을 생각해보라. 세계에 대해, 즉 자기 자신에 대해 우리는 얼마나 확실하고 강렬한 이해력을 갖고 있었던가. 지금은 우리를 둘러싸고 있는 사회생활의 많은 것들이 별로 중요하지 않게 되었지만, 당시의 우리에게는 그것이 아주 중요했다. 하지만 여기서 내가 주장하고 싶은 것은 이런 비교의 문제가 아니다. 당시 우리는 보거나 느끼는 모든 것과 자신을 지금처럼 구별하는 습관을 갖고 있지 않았다. 그것들은 말하자면 하나의 집단을 구축하고 있는 것처럼 여겨졌다. 이 점에서 언제까지나 어린아이로 남아 있는 사람이 몇 명 있다. 환상이라고 불리는 상태에 빠지기 쉬운 사람들은 마치 그들의 본성이 주위 세계에 녹

아드는 듯한, 또는 주위 세계가 그들의 존재 속에 빨려드는 듯한 느낌을 품는다. 그들은 양자의 구별을 의식하지 않는다. 그리고 이것이 생명의 이상을 강렬하고 생생하게 이해하는 것에 앞서거나 그것에 수반되거나 또는 그 뒤에 일어나는 상태다. 사람이 성장함에 따라 이 이해력은 약해지고, 사람들은 기계적이고 습관적인 꼭두각시 인형이 된다. 이처럼 감정과 추론은 서로 뒤얽힌 사상의 덩어리와 반복에 의해 마음에 새겨진 일련의 인상이 결합하여 생긴 결과다.

지성적 철학의 가장 순화된 연역에 의해 제시된 인생관은 통합의 인생관이다. 인식되는 것 외에는 아무것도 존재하지 않는다. 관념과 외적 사물이라는 이름으로 통속적으로 식별되는 두 종류 사상의 차이는 단순히 명목상의 차이에 불과하다. 같은 추론의 실을 더듬어가면 그 본성을 지금 찾을 때 사용하는 명확한 개인 정신의 존재도 역시 환상에 불과하다는 사실을 알게 될 것이다. '나', '너', '그들'이라는 말은 이렇게 지시된 사색의 집합체 사이에 존재하는 현실적인 차이를 나타내는 기호가 아니라, 유일한 정신의 다양한 표현법을 나타내는 부호일 뿐이다.

이런 주의주장을 피력했다고 해서, 지금 글을 쓰고 생각하는 인간인 내가 이 유일한 정신 그 자체라는 터무니없는 자부를 하고 있다고 상상하지는 말아달라. 나는 단지 그 일부에 불과하다. '나', '너', '그들'이라는 말은 단지 정리를 위해 발명된 문법상의 고안에 불과하고, 통상적으로 그런 말에 주어져 있는 강렬하고 배타적인 의미는 전혀 갖고 있지 않다. '지성적 철학'이 우리에게 전해 내려온 미묘한 개념을 표현하기에 적절한 용어를 찾아내는 것은 어려운 일이다. 지금 우리는 말이 아무 도움도 되지 않는 벼랑가에 서 있다. 그래서 우리는 거의 알 수 없는 어두운 심연을 내려다보고 눈이 핑핑 돌지만, 그게 뭐가 이상하겠는가.

'사물들'의 관계는 어떤 방법을 따르더라도 항상 불변이다. '사물들'이라는 말은 생각의 모든 대상, 즉 구별의 인식을 갖고 다른 모든 생각을 사용할 때 기초가 되는 생각의 모든 대상을 의미한다고 이해해달라. 이들의 관계는 불변이고, 지식의 소재란 이런 것이다.

생명의 원인은 무엇인가? 그러니까, 생명은 어떻게 해서 만들어졌는가? 또한 생명과는 다른 어떤 힘이 일찍이 생명에 작용했고 지금도 작용하고 있는가? 유사 이래 모든 세대의 인류는 이 의문에 대한 해답을 생각해내려고 급급하다가 지쳐버렸다. 그리고 그 결과가 '종교'였다. 하지만 만물의 근원은 통속 철학이 말하는 정신은 아니라는 건 충분히 명백하다. 정신은 그 특성에 대해 우리가 경험한 바로는──경험을 초월하여 논의하는 것은 아무 소용이 없지만──창조할 수 없는 것이고, 단지 인식할 수 있는 것에 불과하다. 정신 자체가 원인이라고 말하기도 한다. 하지만 원인이란 두 가지 상념이 서로 관계를 갖는다고 이해한 경우 그 관계 방식에 대한 인간 정신의 어떤 상태를 나타내는 말일 뿐이다. 이런 큰 문제에 대해 통속 철학이 얼마나 불충분하게 대처하고 있는지를 알고 싶은 사람은 다양한 상념이 자신의 정신 속에서 펼쳐질 때 그 전개 방식을 아무런 편견 없이 차분하게 생각

해볼 필요가 있다. 정신을 낳은 원인, 즉 존재의 원인이 정신 자
체와 비슷하다는 것은 전혀 있을 법하지 않은 일이다.

On a Future State

내세에 대하여

[메리 셸리가 1840년에 펴낸 『해외에서 쓴 에세이와 편지들』에 처음 나온다. 언제 집필했는지는 알려져 있지 않지만, 글 속에 담긴 착상들은 셸리가 1811~1813년에 보낸 편지들 곳곳에서 발견된다.

셸리는 스피노자와 돌바크와 흄을 근거로 삼아 영혼이나 사고 원리 (정신)가 내세에도 존재한다는 믿음에 대한 다양한 주장을 객관적으로 기술하고 있는데, 특히 돌바크 남작의 『자연의 체계』 제1부 제13장('영혼 불멸, 내세의 교리, 죽음의 공포에 대하여')의 영향이 보인다.]

∾

어느 시대에나 또는 어느 나라에서나 대다수 사람들은 우리가 죽음 ─ 감각 기능과 지적 기능이 모두 명백하게 정지됨 ─ 을 맞은 뒤에도 계속 산다고 믿어왔다. 철학자들 중에는 존재의 씨가 있다고 주장하는 사람이 있는데, 그것은 생물의 몸을 이루는 각 부분을 구성 요소에 이르기까지 분해하여 더 이상 작아질 수 없을 만큼 작은 분자로 만든 것이다. 하지만 인류는 아무도 이 생각에 만족하지 않았다. 그들은 다음과 같은 생각을 고집해왔다. 즉, 정신과 물질에 관한 몇 가지 명칭을 사용하여 감각과 사고를 죽음의 대상에서 떼어내고, 그 성질상 분해되거나 부패하기 어려운 것으로 간주한 것이다. 육체는 분해되어 원소가 되지만, 그 육체에 활력을 주는 원리는 영원히 변치 않고 남는다는 사고방식이다. 한편, 다른 철학자들이나 자연과학의 영역에서 훌륭한 발견을 한 사람들은 지성이 물질의 분자 속에 있는 조합의 결과에 불과하다고 생각한다. 이런 생각을 가진 사람들 가운데 죽은 뒤에도 삶이 계속된다고 믿는 사람은 초자연적인 힘의 개재에 의지하려 한다. 초자연력에 의해 모든 물질은 본래의 조합을 넘어서 일단 뿔뿔이 흩어진 뒤 다른 것에 흡수된다고 생각하는 것이다.

이 두 가지 사고방식에 이르는 논의의 줄기를 더듬어가면서, 지극히 중대한 문제에 관해 우리가 무엇을 생각해야 할 것인지 살펴보자. 논의의 표적이 되어 있는 신념을 만들어낸 이념과 감정을 분석하고, 주의 깊게 말과 생각의 구별을 확실히 하자. 경험과 사실에 비추어 이 문제를 생각해보자. 우리의 본성을 구석구석까지 검토하고, 우리의 구성 요소에 대한 올바르고 폭넓은 견해에서 어떤 빛이 오는지 자문해보자. 그러면 우리가 죽은 뒤에도 살아남을지에 대해 확신을 가지고 말할 수 있게 될 것이다.

이 주제를 검토할 때는 인간의 상식에 달라붙어 있는 모든 부속물을 제거할 필요가 있다. 신의 존재, 내세에서 주어질 보상과 징벌은 이 주제와는 이질적인 것이다. 세계가 신성한 힘의 지배를 받고 있다는 게 증명되었다 해도, 거기에서 내세에 유리해질 만한 추론이 반드시 도출되는 것은 아니다. 실제로 선과 정의는 신의 속성으로 간주되어왔기 때문에, 신은 틀림없이 생전에 괴로워하고 고민했던 고결한 자에게는 보상을 주고, 상처받기 쉬운 자는 모두 벌을 받는 게 온당치 않기 때문에 영원한 행복을 줄

거라고 주장해왔다. 하지만 이런 견해는 따분해서, 굳이 발전시켜 공표할 정도는 아니다. 아무도 납득시킬 수 없고, 우리가 지금 풀려고 하는 매듭을 잘라버릴 뿐이다. 게다가 우주의 운행을 통제하는 신비로운 원리에는 지성도 감성도 없다는 게 증명되어봤자, 초자연적인 개입자와는 무관한 법칙에 따라 육체와 먼저 결합하여 육체에 활력을 준 힘은 육체가 죽은 뒤에도 살아남는다고 생각해도 모순은 없다. 또한 내세의 존재가 명확하게 증명되어봤자, 내세의 삶이 반드시 보상이거나 징벌이라고는 할 수 없다.

우리는 '죽음'이라는 말로써 우리 자신과 비슷한 것이 과거의 상태로는 존재하지 않게 된다는 것을 표현한다. 죽은 자는 말하지도 움직이지도 않는다. 그들이 감각과 이해력을 갖고 있었다 해도, 이제 더는 우리와 함께 살 수 없다. 인체의 외부 기관이나 내부의 섬세한 조직이 없으면 살 수도 없고 생각할 수도 없다고 우리가 여기는 것이 죽은 사람의 경우에는 뿔뿔이 흩어져 있다. 주검은 땅속에 묻히고, 일정한 기간이 지나면 형태의 흔적조차 남지 않게 된다. 이것을 생각하면 정말 우울해지고, 그 그림자가 세계를 어둡게 한다. 보통 사람은 주검을 보면 충격을 받고 침울해진다. 죽은 사람이 생존을 멈춘 것은 무덤을 보면 알 수 있을 텐데, 보통 사람은 헛되이 거기에 거스르려 한다. 발밑의 주검은 자기 운명의 예언이다. 먼저 죽어버린 사람의 상냥한 목소리, 따뜻하고 미묘한 감촉, 앞을 가리키는 손길, 이런 것들을 다시 만날 일은 없다. 감각 기관은 파괴되고, 거기에 의존하는 지성의 작용도 그 원천과 함께 소멸했다. 그런데 어떻게 주검이 보거나 들을 수 있겠는가. 그 눈은 침식당하고, 심장은 검게 변하여 움직이지 않는다. 썩은 살과 바스러진 뼈로 이루어진 두 덩어리가 어떤 교류를 가질 수 있겠는가. 시든 꽃에 선명한 색깔이 머무르고 부서진 수금에서 음악이 흘러나오는 것을 볼 수 있다면, 죽음에서 삶을 찾아보라. 죽음을 보고 불안에 사로잡혀 무서워하면서 이런 식으로 생각하는 것이 보통 사람이다. 하지만 일반 종교는 이 생각을 사람들이 마음속에서 인정하는 것을 금지할 때가 많다.

죽음이라는 사건으로 모든 사람이 똑같이 품는 감정에 더하여, 자연 철학자는 죽음과 함께 감정과 사고의 소멸이 일어난다고 확신한다. 정신력은 체력의 증감과 함께 변화하고 신체의 작은 변화에도 반응한다는 것을 자연 철학자는 알고 있다. 잠은 활력과 지성의 원리가 되는 많은 기능을 일시적으로 정지시킨다. 술에 취하거나 병에 걸리면 일시적이거나 영구적으로 많은 기능이 손상된다. 광기와 백치는 가장 섬세하고 뛰어난 기능을 완전히 정지시킨다. 노인이 되면 정신은 점점 쇠퇴한다. 정신은 신체와 함께 성장하고 강해지지만, 신체와 함께 쇠퇴해간다. 이것은 신체 기관이 죽음의 법칙 아래 놓이자마자 감각과 지각과 인식력도 종말을 맞는다는 사실에 확실한 설득력을 준다. 우리가 사고(思考)라고 부르는 것은 실제로 존재하는 게 아니라 우주를 구성하는 무한히 변화하는 집합체의 부분적인 상호관계에 불과하다. 그 관계는 각 부분이 서로의 위치를 바꾸면 존재하지 않게 된다. 이처럼 색깔, 소리, 맛, 향기는 오로지 상대적으로만 존재한다. 하지만 사고는 특별한 물질이고, 생물 속에 가득 차 있는 활력의 원천이라고 생각해보면 어떨까. 왜 그 물질만 다른 것과 본질적으로 다르고, 다른 물질이 벗어날 수 없는 법칙을 따르지 않아도 되는 것일까. 확실히 사고는 다른 모든 것과 다르다. 전기와 빛과 자력, 그리고 대기와 대지를 구성하는 것이 제각기 다른 것과 마찬가지다. 이것들은 제각기 변화하고 쇠퇴하여 다른 형태로 변이해간다. 하지만 빛과 대지의 차이는 삶과 불 사이에 존재하는 차이와 같다. 빛과 대지는 다르다는 것이 빛이나 대지 가운데 어느 한쪽이 우리가 맨 처음 그것을 인지했을 때의 형태 그대로 영원히 존재한다는 논리적 근거가 되는 것은 아니다. 삶과 불은 이질적이라는 것이 왜 삶과 불의 존재가 명백한 종말을 맞이했을 때 한쪽의 생존만 연장시키는 논리적 근거가 되는가. 불은 불로서의 특성, 즉 빛과 열 따위를 명시하지 않아도 존재할 수 있다느니, 삶의 원리는 의식이나 기억, 욕구나 동기가 없어도 존재할 수 있다고 주장하는 것은 무리한 언어 왜곡이고, 이 논의를 받아들이기 어렵게 한다. 삶의 원리는 다양한 형태를 가진 것들의 분포에 있다고 주장하는 것은 진위를 증명할 수 없는 주장이다. 하지만 삶의 원리가 정말로 분포에 있다면, 죽은 뒤에도 존재할 수 있다는 희망이 모두 사라지게 된다. 어쨌든 죽음은 인간의 희망과 공포에 관련된 문제다. 그렇기는 하지만 지성과 활력의 원리는 우리에게 이미 알려져 있는 다른 모든 물질과는 근본적으로 다르다고 상정해보자. 즉, 다른 모든 물질에서 볼 수 있는 유사점을 지성과 활력의 원리는 갖고 있지 않다고 생각해보는 것이다. 이런 양보를 해봤자, 생명은 불멸이라는 주장이 도대체 어떻게 가능해질까. 우리가 눈으로 보거나 알고 있는 것은 모두 소멸하고 변화한다. 물론 생명과 사고는 다른 것과는 다르다. 그렇다고 해서 같지 않거나 다르다는 것이 생명과 사고가 우리 경험상 도저히 있을 수 없을 만큼 오래 살아남는다는 것을 증명하는 수단이 되는 것은 아니다. 아마 살아남을 거라고 우리가 추측하거나 상상하고 싶은 것뿐이다.

우리는 태어나기 전에 존재하고 있었는가? 이 가능성을 생각하기는 어렵다. 동식물의 발생 원리에 따르면, 주위에 있는 물질을 그것과 비슷한 물질로 바꾸는 힘이 작용한다. 즉, 물질의 기본적인 각 부분의 관계는 변화하여 새로운 형태로 결합하는 데 있다. 우리가 '원리', '힘', '원인' 따위의 말을 사용할 때는 실제로 존재하는 것을 표현하는 게 아니라, 아주 비슷한 일련의 현상을 이런 용어로 분류하고 있을 뿐이다. 하지만 이 원리는 화학자나 해부학자가 관찰할 수 없는 실체를 갖고 있다고 상정해보자. 물론 그런 상정도 가능하긴 하다. 그렇기는 하지만, 그런 사고방식이 가능하다고 해서 그 원리의 진실성이 증명된다고 말하는 것은 전혀 논리적이지 않다. 원리는 감각을 만들어내는 기관과 결부되기 전에 보거나 듣거나 느낄 수 있을까? 감각만이 전할 수 있는 관념을 사용하지 않고도 원리가 논리적으로 생각하고 상상하고 이해할 수 있을까? 우리가 이 세상에 태어나기 전에 존재하지 않았다면, 즉 사고와 생명이 기대고 있는 우리 몸의 각 부분이 만들어졌다고 여겨지는 시기에 사고와 생명도 만들어졌다면, 요컨대 우리의 존재가 분명히 시작되기 전에 우리가 존재하고 있었다고 생각할 이유가 발견되지 않으면, 우리의 존재가 분명히 사라진 뒤에도 계속 존재한다고 생각할 근거가 사라진다. 사고와 생명에 관한 한, 태어나기 전과 마찬가지로 죽은 뒤에도 우리에게는 똑같은 일이 일어난다.

현재의 우리로서는 상상도 할 수 없는 방식으로 인간이 계속 존재할 가능성이 있다고 말하는 사람도 있다. 이건 그야말로 터무니없는 억측이다. 인간은 계속 존재하지 않는다는 것은 영혼 소멸설을 신봉하는 자에게 증명하게 하면 되고, 영혼 불멸설을 뒷받침하는 주장 따위는 전혀 존재하지 않는다. 이 문제는 인간의 오성이 경험으로 판단할 수 있는 범위를 넘어선다. 아무도 모르는 것에 대해 가설을 세우고 모순되지 않을 정도로 앞뒤를 맞추면, 반론을 억누르는 것은 간단하다. 날뛰는 상상의 세계에서 생각한 것이라도 충분히 일어날 수 있다고 의기양양하게 옹호할 수 있게 된다. 이런 가설은 이미 알려져 있는 자연법칙에 모순되거나 경험의 한계를 넘어서기 때문에, 검증하면 그 오류나 부적절성이 금세 드러난다. 그것으로 충분하다. 이런 가설은 설득당하고 싶어 하는 사람만 설득하면 된다.

영원히 지금의 자신 그대로 있고 싶다는 소망, 즉 경험하지 못한 격심한 변화는 겪고 싶지 않다는 마음은 우주의 모든 생물과 무생물의 집합체에 공통된 것이고, 실제로 내세에 관한 다양한 의견을 만들어내는 은밀한 신념이기도 하다.

On the Revival of Literature

문예 부흥에 대하여

【1832년 11월 24일자 『애서니엄』[1]에 처음 발표되었지만, 셸리가 이 글을 언제 썼는지는 확실치 않다. 이 에세이는 학문의 부활이나 르네상스에 대한 간략한 기술이고, 그리스 사상의 불꽃이 암흑시대를 지나는 동안 이교 철학과 기독교 철학의 우스꽝스러운 혼합으로 완전히 꺼지지 않고 어떻게 그 빛을 드러냈는지에 대한 고찰이며, 모든 진보의 적인 미신이 그리스 철학을 배우며 성장한 정신 속에서 어떻게 차츰 사라질 것인가에 대한 통찰이기도 하다.】

෴

서기 15세기에 새로 일어난 놀랄 만한 대사건[2]이 유럽을 분발시켜 무기력 상태에서 벗어나게 하고, 현재의 탁월함으로 통하는 길을 준비했다. 13세기 단테의 작품이나 14세기 페트라르카의 작품은 명성의 언덕을 오르려다 도중에 해가 저문 나그네들에게 앞길을 비추어주는 문예 지식이라는 이름의 빛나는 등불이었다. 하지만 콘스탄티노폴리스가 함락[3]되었을 때 갑자기 새로운 빛이

---

1 The Athenaeum. 1828~1921년에 영국 런던에서 발간된 주간 문예지.
2 르네상스를 말한다.
3 1453년 5월 29일, 동로마(비잔티움) 제국의 수도였던 콘스탄티노폴리스가 오스만 제국의 침공을 받고 함락되었다. 비잔티움 제국의 종말과 함께 중세가 끝나고

나타났다. 무지의 먹구름은 멀리 사라지고, 유식한 수도사들이 파괴된 도시에서 학식의 보고인 필사본들을 잔뜩 들고 유럽으로 몰려들었다. 터키인들은 콘스탄티노폴리스에 정착했지만, 그리스인들의 여러 악습 외에는 아무것도 받아들이지 않았다. 그들은 그리스의 오랜 학문의 유물을 모조리 무시했다. 하지만 그 유물은 이교 철학이나 기독교 철학과 무질서하게 섞여서 여러 가지가 제거되거나 변질되어 있었다. 그래도 유럽의 손에 넘어가자 서서히 전 세계에 지식의 빛을 펼칠 만한 밝기가 있다는 것이 증명되었다.

이탈리아, 프랑스, 영국에는 —독일은 주변 국가들보다 몇 세기나 문명화가 늦은 상태로 머물러 있었다 —유식한 수도사들이 몰려들고 수도원도 늘어났다. 그때까지는 미신이 성(聖)과 속(俗)의 종류를 불문하고 사람에게 압력을 가하여 움직임을 둔화시키고 땅에 묶어서, 재능이 하늘 높이 날아오르는 것을 방해하고 있었다. 하지만 인간의 모험심과 그 효과에는 원래 헤아릴 수 없는 무언가가 있다. 자연이 만들어낸 것은 물질적이고 손으로 만질 수 있다. 우리는 그것들을 불완전하게나마 꿰뚫어볼 수 있고, 대개의 경우 자연이 작용한 효과를 확실히 예측할 수도 있다. 그 구체성과는 반대로, 정신은 가시적이고 실제적인 수단도 없이 세계를 지배하고 있다. 언제 생겨났는지는 모른다. 그 작용이나 영향을 지각할 수도 없다. 그리고 정신은 영원히 존재하는 것처럼 여

르네상스 시대가 열리면서 근세가 시작되었다.

겨진다. 이것을 생각해보면, 인간적이고 철학적인 정신의 소유자에게 미신이 얼마나 지성의 발전을 늦추고, 그 결과 인간의 행복을 얼마나 방해해왔는지 생각하는 것만큼 슬픈 일은 없다.

수도원의 수도사들은 시시하고 어리석은 논쟁만 벌이고 있었다. 그들은 자기네 종파의 도그마를 가르치는 데 만족했고, 부랴부랴 대학과 강당으로 달려가 성스러운 체하는 겉모습과는 별로 어울리지 않는 신랄하고 비열한 태도로 논쟁을 벌였다. 하지만 수도사의 상황은 잔학 행위를 고안해낸 것을 자랑스럽게 여기는 완고한 신앙조차도 그보다 더 부자연스러운 상황은 상상할 수 없을 정도로 부자연스러웠다. 그들의 악행은 자신들이 편안하게 살 수 있도록 세상 사람들을 노예로 삼은 오만하고 이기적인 몇몇 주교들의 의지와 욕망이 낳은 결과라면 용서받을 수 있을지도 모른다.

수도사들이 만든 학파의 토론은 거의 대부분 스콜라 철학[4]의 방식이었다. 그것은 언어에 대한 논의였고 도덕과는 무관했다. 도덕 — 인간의 위대한 수단과 목적 — 이 어느 한 권의 책[5]에 수백 페이지에 걸쳐 쓰여 있다고 그들은 단언한다. 한편 그 책은 순교자가 죽을 때 남긴 마지막 말을 긁어모아서 세상에 강요한 데 불과하다고 생각하는 사람도 있었다. 세련된 스콜라 철학에 따르

---

4 중세 유럽에서 기독교 신앙을 체계적으로 정리하고 이를 이성적인 사유를 통해 논증하고 이해하려 했던 철학으로, 중세 사람들의 사유와 삶에 큰 영향을 끼쳤으며 이후의 사상 발달에도 중요한 역할을 했다.
5 성서를 말한다.

면 세계는 조금 남아 있는 진정한 지혜마저 상실할 위험이 있는 모양이다. 수도사들의 토론에서 가치가 있는 것은 오로지 아리스토텔레스학파 철학자들의 체계를 발전시킨 것뿐이다. 가장 현명하고 심원한 플라톤, 가장 인간적이고 너그러운 에피쿠로스는 완전히 무시되었다. 플라톤은 신성한 것에 관한 수도사 특유의 사고방식에 방해가 되었다. 또한 에피쿠로스는 인간에게는 쾌락과 행복을 얻을 권리가 있다고 주장했는데, 이것은 수도사들의 어둡고 비참한 도덕률과는 정반대의 매혹적인 이론이 되어버린다. 그렇기는 하지만 성직자들도 한가할 때는 금지되어 있던 에피쿠로스를 숭배하며 즐겼다. 또한 소수가 온갖 권리를 독점하고, 모두의 권리를 주장하는 철학을 모독했다는 말을 듣고 있다. 즉, 자연법칙은 불변임에도 불구하고 인간은 자연법칙을 한번 버린 다음 미궁 속에서 다시 그것을 찾아 즐기려 하는 것이다.

쾌락은 솔직하고 무해해 보이기 때문에, 어떤 기묘한 논법은 그것을 악덕이라고 부른다. 하지만 인간은 (필연의 사슬에 단단히 묶여 있고, 자기 존재의 목적을 달성하고자 하는 저항하기 어려운 욕구를 갖고 있기 때문에) 어떤 대가를 치르고라도 쾌락을 추구하려 한다. 인간은 쾌락을 얻기 위해서는 위선자도 될 수 있고, 아무리 신랄한 비난에도 맞설 수 있다.

그리스 문학 ── 인간이 만들어낸 최고의 것 ── 은 마침내 부활했다. 시간에 따른 황폐와 고트족의 약탈,[6] 그리고 더욱 야만적인

6 서기 410년 8월 24일 서고트족이 서로마 제국의 로마를 침공하여 시내를 약탈한

터키인의 약탈을 모면한 필사본들을 통해 우리는 그리스 문학의 형태와 방식을 알았다. 알렉산드리아 도서관[7]이 불타버린 것은 커다란 재난이었다. 이 도서관은 엄선된 그리스 작가들의 서적을 많이 소장하고 있었다고 한다.

사건을 말한다.

[7] 기원전 3세기에 프톨레마이오스 왕조에 의해 설립된 도서관이자 박물관. 고대 세계에서 최대 규모로 약 70만 권의 장서를 소장했다. 기원전 48년에 율리우스 카이사르가 실수로 불을 질렀다고 한다. 플루타르크의 『영웅전』은 당시 상황을 이렇게 설명하고 있다: "카이사르는 적들이 바다를 통한 교신을 막으려 하자 항구에 정박 중인 자신의 함대에 불을 지를 수밖에 없었는데, 이 불길이 부두를 태우고 번져 도서관까지 태우기에 이르렀다."

Speculations on Metaphysics

형이상학에 대한 단상

【메리 셸리가 1840년에 펴낸『해외에서 쓴 에세이와 편지들』에 처음 나온다. 셸리가 남긴 여러 단편을 메리가 모아서 「형이상학에 대한 단상」이라는 제목을 붙여 정리한 것이다.】

～

I. 정신

우리가 지각할 수 없는 것에 대해 생각할 수가 없다는 것은 정신 철학에서 하나의 공리다.[1] 생각할 수 없다는 것은 곧 무언가를 상상하거나 추리하거나 기억하거나 예측할 수 없다는 것을 의미한다. 놀랄 만큼 훌륭한 시의 구성이나 치밀한 논리학이나 수학적 연역도 지성이 자신의 법칙에 따라 만들어내는 감각의 조합에 불과하다. 정신이 만들어내는 다양한 관념과 그것을 가능한 수정한 것을 모은 목록은 백과사전적인 우주의 역사가 된다.

하지만 여기엔 다음과 같은 반론이 제기될 것이다. 즉, 우리 태양계와 다른 태양계의 다양한 행성에 사는 주민들은 감각의 대

---

1 모든 지식의 기원을 경험에 두는 영국 경험론의 입장으로, 진정한 지식은 이성에 의해 얻어진다는 합리론과 대치되는 사고방식이다.

상이 아니었고, 우리가 원인이라고 부르는 것과 결과라고 부르는 것이 인과관계를 갖고 있듯이 우리가 지각하는 것이나 우리 자신과 인과관계를 갖고 있는 어떤 '힘'의 존재도 결코 감각의 대상이 아니었지만, 정신의 법칙은 거의 보편적으로 그들의 존재를 각자의 다양한 기질에 따라 추측하거나 납득하거나 확신한다는 것이다. 대답은 간단하다. 그런 생각도 존재하는 것의 목록에 포함된다. 생각은 다양한 관념을 조합하는 방식을 말한다. 위에서 말한 반론은 지각과 사고의 한계 너머에는 아무것도 존재할 수 없다는 결론에 설득력을 갖게 할 뿐이다.

상념, 관념, 개념, 무엇이든 마음대로 불러도 좋다. 이것들은 종류가 다르다기보다 갖고 있는 위력이 다르다. 일반적으로 다른 많은 생각이 지나가는 가운데 규칙적으로 머리에 떠오르고 많은 사람에게 영향을 미치는 명확한 생각은 '실재하는 대상' 또는 '외적 대상'이라고 불리는데, 이것들은 더 어렴풋하고 불명료한 환각이나 꿈, 광기에 의한 관념처럼 소수의 사람에게만 영향을 미치고 불규칙하게 머리에 떠오르는 것과는 전혀 다른 종류의 것이다. 이런 관념들 가운데 어떤 하나 또는 어떤 무리 사이에 존재하는 본질적 차이는 각각의 본질에 대한 정확한 관찰에 기인한 것이 아니라, 어떤 생각이 인생의 안전과 행복에 가장 변함없이 이바지할 수 있는가 하는 고찰에 기인한 것이다. 그리고 그 차이 때문에 더 이상은 아무것도 보여줄 수 없을 때 철학자는 자신의 말을 안심하고 대중의 언어와 합해도 좋을 것이다. 하지만 그들은 진실에 근거를 두고 있지 않음에도 불구하고 본질적인 차이가 있는 척한다. 그리고 그 차이는 보편적인 본질과 관련하여 협의의 잘못된 개념을 만들어내고, 사변에서 가장 치명적인 오류의 근원이 되고 있다. 정신이 만들어내는 다양한 생각에 명확한 차이가 있는 것은 사실 정신이 다양성과 수를 지각하기 위한 법칙이 초래하는 필연적인 결과다. 하지만 일반적이라거나 본질적이라고 불리는 차이도 완전히 자의적인 것이다. 어떤 생각도 사람이 생각해냈다는 점에서는 같거나 비슷하다. 또한 생각에 의해 마음에 떠오르는 계기가 다양하고 불규칙하다는 점에서는 차이가 있다. 어떤 시점에 서면 모두 같아지고, 다른 시점에 서면 모두 다르다. 이것은 '전부냐 전무(全無)냐'를 선택하는 것과 같다. 윤리나 경제에 관한 의제에서 다양한 생각이 제기되었다면, 각각의 생각이 갖는 설득력에 따라 차이를 두는 것이 중요하다. 하지만 이것은 완전히 다른 문제다.

모든 지식은 지각의 제한을 받고 있지만, 지각은 무한의 조합으로 작동한다고 생각하는 것이고, 자연에 관한 개념은 복잡하고 편향된 보통의 고찰 방법에 따르기보다 훨씬 장대하고 단순하며 본격적이다. 이런 포괄적이고 종합적인 관점에서 우주에 대해 숙고하면, 우주의 변화와 그 부분들에 관한 상세한 분석을 배제하는 일은 없어진다.

* * *

관념의 강도, 지속성, 관련성, 유용성을 어떤 비율로 조합하고, 그 정도에 따라 눈금을 새긴 저울을 만들어 판단 기준으로 삼을 수 있다면, 모든 관념을 측정할 수 있을지도 모른다. 그렇게 하면, 미미한 감각적 인상에서 명확한 조합에 이르기까지, 즉 감각적 인상의 지극히 단순한 조합에서부터 우리 자신의 본성을 포함하여 우주라고 불리는 것을 구성하는 지식의 집합체까지, 차이에 정확한 음영이 생긴 사슬이 끊이지 않고 이어지는 상황을 관찰할 수 있게 된다.

우리는 우리 자신의 존재를, 그리고 우리 마음에 연속적으로 떠오르는 관념들의 결합을 직관적으로 의식하고 있고, 그것을 우리의 정체성이라고 부르고 있다. 또한 우리는 다른 사람의 마음의 존재도 의식하고 있지만, 직관적으로 의식하는 것은 아니다. 타인의 마음의 존재에 관한 증거는 매우 복잡하게 관련된 관념에 근거를 두고 있지만, 거기에 관한 분석은 이 논문의 목적이 아니다. 이 관계를 만들어내는 기초가 된 것이 정기적으로 마음에 떠오르는 수많은 관념인 것은 의심할 여지가 없고, 그것이 어떤 특정한 방향으로 나아가는 것을 제한하거나 저지할 만한 힘을 우리의 자유의지는 갖고 있지 않다. 또한 불완전하게 되풀이하여 마음에 떠오를 뿐인 관념을 거절할 수도 없다. 저항하기 어려운 사고 법칙에 따라 우리가 실제로 품는 관념의 한계는 우리가 품을 수 있는 관념의 한계와는 다르다고 억지로 믿어버린다. 이런 연역적 추론을 도출하는 법칙은 유추라고 불리고, 유사성이 계속되는 한, 어떤 관념에서 다른 관념으로 추측해가는 토대가 되고 있다.

우리는 나무, 집, 들판, 우리와 같은 모습의 생물들, 그리고 우리 자신과 다소나마 유사한 형태의 생물들을 본다. 이것들은 우리와의 관계 속에서 끊임없이 존재 양식을 변화시킨다. 그 존재 양식의 차이를 표현하기 위해 '우리가 움직인다'거나 '그것들이 움직인다'고 말한다. 그리고 이 움직임은 한결같지는 않지만 끊임없기 때문에, 그 진행에 관한 차이를 나타내기 위해 '움직였다', '움직이고 있다', '움직일 것이다'라고 표현한다. 이런 차이는 다양한 사건이나 대상에도 존재하고, 인간의 정체성과 관련지어 생각하면 인간 정신의 존재에 필수불가결해진다. 외적 우주의 작용에 의해 생겨난 불평등은 인간의 지각력에 의해 평준화된다. 또한 움직임이나 측정 방법, 시간이나 공간에 의해 생긴 간격이 메워져버리면, 인간 정신을 구성하는 감각이나 상상이 작용하지 않게 되어버린다. 정신은 순정하다고 할 수 없다.

II. 형이상학이란 무엇인가

우리는 마음속을 오가는 것에 충분한 주의를 기울이지 않는다. 지금까지 몇 번이나 조합되어온 말을 또다시 조합하고 있다. 마음속에서 자신의 의견을 정리하고, 그 의견을 표현할 때 이론을 세워서 어구를 나열해간다. 그때 표정이나 감정을 나타내는 방법은 너무나 진부한 표절이다. 말은 죽었고, 사고는 차가운 차용물이 되어 있다.

* * *

형이상학은 인간의 내적 본성에 속하는 것들이나 내적 본성과 관련된 것들에 관한 탐구라고 정의할 수 있다.

정신은 동작을 만들어낸다고 한다. 어쩌면 동작은 정신을 만들어낸다고 말하는 편이 나았을지도 모른다.

낱말들의 조합, 또는 정신이 낱말에 상대적으로 부과하는 개념과는 다른 외적 사물에 대한 기억을 암시하는 것 이상으로…. 언어는 이런 개념과 관련된 것이다. 언어는 항상 독자의 주의를 환기시키고, 그 지적 본질에 대해 생각하게 한다. 이른바 물질적인 우주의 구조에 의해 일어난 사건을 정신은 그냥 받아들여 정리하기만 하는 것은 아니라고 언어 덕분에 독자들은 느끼고 있다.

이 세상의 풍경을 장식해온 가장 완벽한 지성의 소유자들이 생득권으로서 갖고 있는 것을 (손이 닿는 범위 안에 있기 때문에) 우리도 손에 넣으려고 하지는 않을까. 모든 주장이나 표현을 주의 깊게 엄격히 의심하고, 인간의 신비로운 본성에 세심한 주의를 기울이면 그것을 획득할 수 있다.

사실에 대해 숙고해보자. 되풀이 말하지만, 자기 자신을 진지하게 연구하려면 정신에 대해 엄밀히 조사해야 한다고 자신에게 들려줄 필요가 있다. 정신 작용에 관한 법칙이나 정신에 영향을 주는 것에 관한 법칙에 대해 다양한 학문의 다양한 사실을 세심하게 모아보자.

형이상학은 정신 현상에 관한 탐구를 나타내는 말로 오랫동안 사용되어왔기 때문에, 다른 말을 사용하는 것은 이상하게 여겨진다. 하지만 어원적으로 생각해보면 형이상학은 정신에 관한 학문을 표현하기에는 부적절한 말이다. 이 말은 정신세계와 물질세계의 구별을 주장하고 있는데,[2] 사실 이 구별은 가정하는 것조차 우스꽝스럽다. 형이상학은 우리가 알고 느끼고 기억하고 믿는 모든 것에 관한 학문이라고 정의할 수 있을지도 모른다. 왜냐하면 지식이나 감각, 기억이나 신념이 인간의 정체성과 관계가 있다고 여겨지는 우주를 구성하고 있기 때문이다. 논리학, 즉 언어의 학문은 이제 더 이상 형이상학, 즉 사실의 학문과 혼동되지 않는다. 말은 정신의 도구이고, 그 다양한 잠재력에 대해 형이상학자는 정확하게 알아두어야 한다. 하지만 말은 정신이 아니고, 정신의 일부도 아니다. 언어학에서 혼 투크[3]의 몇 가지 발견은 그 자신이 주장하듯 형이상학에 빛을 던지지는 않는다. 더 정확하게 지각하기 위해 필요한 도구를 주고 있을 뿐이다. 아리스토텔레스와 그 제자들, 로크와 그 밖의 많은 현대 철학자들은 논리학에 형이상학이라는 이름을 주었다. 베이컨의 귀납법에 최대의 경의를 표하는 데 익숙해져 있는 사람들조차 그 논법의 규칙에 충분한 주의를 기울이지 않았다. 그들은 실제로 논란의 여지가 없는 사실에서 결론을 도출했다고 공언해왔다. 도대체 왜 이런 사실들 대부분이 논란의 여지가 없다고 말할 수 있는 것일까? 어떤 대응관계가 인정되어 삼단논법이 성립된다고 말할 수 있는 것일까? 모든 체계를 사실로부터 도출하겠다는 그들의 약속은 언제나 가짜 진실을 도출하기 위해 대중의 완고한 편견에 호소하는 것으로, 또

---

2 근대 심리학이 철학으로부터 독립하여 성립된 것은 19세기 후반의 일이다.
3 존 혼 투크(1736~1812)는 영국의 성직자·정치가·언어학자. 「샬럿 공주의 죽음과 관련하여 인민들에게 보내는 글」의 역주 15 참조.

는 사물에 터무니없이 잘못된 이름을 붙이는 것으로 이루어져 왔다.

정신의 학문은 그것이 가져오는 결론의 확실함이라는 점에서 다른 모든 학문을 능가한다. 그것을 완벽하게 발전시키기 위해 필요한 것은 사실에 대해 적확하고 세심한 주의를 기울이는 것뿐이다. 어떤 주장이든, 권위를 갖기 위해서는 모든 연구자가 자신이 가진 다양한 보증서와 대조해보는 게 좋다. 그러기 위해 필요한 것은 승인이 끝난 것과 결부시켜 완전한 신뢰를 얻는 것, 자의적인 인상에 불과한 것과는 주의 깊게 구별하는 것이다…[4]

우리 자신이 바로 우리가 고찰하는 주제의 증거를 보관하는 창고다.

III. 인간의 마음을 분석하는 일의 어려움

사람이 자신의 과거 기억이 남아 있는 최초의 순간부터 충실하게 이야기할 수 있다면, 온 세상 사람들이 지금까지 생각해보지도 않은 묘사를 할 수 있을 것이다. 자신의 기억을 볼 수 있는 거울이 모든 사람 앞에 놓인다면, 어렴풋한 배경 속에서 그림자 같은 희망이나 공포를 —— 백일하에 드러낼 수는 없지만, 별로 보고

---

4 (원주) "신앙심이 깊은 자들은 실제로 신의 도움을 받지 않고 이런 터무니없는 일을 모두 믿었다." 프랜시스 베이컨, 『과학의 위엄과 진보에 관하여』 제6권 13장에서.

싫지 않은 것, 굳이 보고 싶은 것, 너무 보고 싶은 것을 모두 볼 수 있다. 하지만 사고는, 쉽지는 않지만 그 거처인 복잡하게 얽혀 있고 꼬불꼬불 구부러진 여러 개의 방들을 찾아갈 수 있다. 그곳은 마치 급류가 되어 끊임없이 흘러 나가는 강 같다. 또는 유령이 출몰하는 건물 사이를 서둘러 달려가 겁에 질린 나머지 뒤를 돌아보지도 못하는 사람 같기도 하다. 마음의 동굴은 어슴푸레한 그늘이 되어 있다. 또는 빛이 퍼지고 참으로 아름답게 빛나지만, 빛은 입구에서 밖으로 새어나가지 않는다. 우리가 전에 있던 곳에 실제로 살아서 존재할 수 있다면 ─ 거기에 있을 때, 과거의 경험이 낳은 결과를 명확히 보여줄 수 있다면 ─ 감각에서 성찰로, 즉 수동적인 지각 상태에서 자발적인 성찰로 이행하는 것이 어지럽게 동요하는 게 아니라면 그리 어려운 시도는 아니다.

IV. 어떻게 분석해야 할까

철학자의 오류는 대부분 인간을 너무 상세하고 한정된 시점에서 고찰하기 때문에 생긴다. 인간은 도덕적이고 지적일 뿐만 아니라 특히 상상력이 풍부한 존재이기도 하다. 자신의 정신이 자신의 법칙이기도 하다. 인간에게는 자신의 정신이 전부다. 실용적인 결론에 이르는 데 도움이 되는 지식에 도달하고 싶으면, 인간의 정신과 우주가 사변 대상의 전부라고 가정할 필요가 있다. 철학자는 특히 언어 사용에 관한 논의를 오랫동안 해왔지만, 여기서는 그것을 옆으로 제쳐놓아야 한다. 사고가 사고의 대상과 구별되느냐 아니냐를 탐구하는 데에는 거의 의미가 없다. '외적' 또는 '내적'이라는 말을 쓰는 것은 이것을 구별하기 위해서지만, 이것이 지금까지 많은 논쟁의 상징이자 근원이었다. 이것은 단순히 언어의 문제이고 논의되어야 할 문제라고 말해봤자, 사고 대상에 대해 말할 때 사실은 사고 형식의 하나에 대해 말하고 있을 뿐이다. 또한 사고 자체에 대해 말할 때는 존재하는 우주의 체계에 대해 이해하려 하고 있을 뿐이다. 위대한 철학자들 가운데…

V. 꿈의 현상 일람, 잠과 깸에 관해서

1. 어린 시절을 생각하고, 잠이라는 행위에 관련된 것을 더듬어보자.

우선 잠에 관한 나 자신의 특이한 성질을 표현해보겠다. 모든 사람이 나를 모방하면, 각 개인에게 특유하다고 여겨지는 많은 상황 속에서도 모든 사람과 아주 비슷한 것이 발견되거나 특유한 현상과 일반적인 현상의 관계를 보여줄 수 있을 것이다. 나는 내가 말하는 사실에 충분한 주의를 기울여 거짓이나 과장이 없게 하겠다. 하지만 그것은 기껏해야 내 꿈의 성질을 해명할 뿐이다. 내가 얼마나 타인과 비슷한지 또는 다른지에 대해 나는 결코 정확하게 의식하고 있는 것은 아니다. 하지만 특정한 사례에서 일반적 추론을 도출하는 것은 그만두는 게 좋다고 독자들에게 주의를 주는 것만으로 충분하다.

열에 들떠 있거나 착란에 빠져 있을 때의 망상은 생략하겠다. 마찬가지로 단순한 꿈도 생략한다. 이 주제에 관한 상세한 것은 아무리 흥미로운 이야기라도 언급하지 않기로 하겠다.

잠과 깸의 관계는 무엇일까?

2. 나는 2, 3년 정도의 간격을 두고 똑같은 꿈을 세 번쯤 꾼 것을 분명히 기억하고 있다. 그것은 일반적으로 꿈이라고 불리는 것과는 전혀 달랐다. 나와 같은 학교에서 교육을 받은 어느 젊은 이의 모습이 다른 사람들의 모습과는 관계없이 내 꿈속에 나타났다. 몇 년이나 지난 지금도 그의 이름을 들으면 언제나 꿈속에 그의 모습이 또렷이 나타난 세 곳이 생각난다.

3. 꿈속에서 이미지는 꿈 특유의 연상을 획득한다. 그래서 어떤 특정한 집의 모습이 꿈속에서 두 번째로 나타나면, 꿈에 처음 나타났을 때 보았던 그 집의 모습과 관련하여 어떤 이미지가 머리에 떠오르지만, 깨어 있을 때 보거나 생각한 그 집의 모습과는 전혀 다른 모습으로 떠오르는 것이다.

4. 내 성질 가운데 나 자신도 잘 모르는 부분과 밀접하고 설명하기 어려운 관계를 가진 다양한 경치를 본 적이 있는데, 모두 견딜 수 없을 만큼 인상적이었다. 내 사고에 아무런 이상한 영향도 미치지 않는 경치도 본 적이 있다. 몇 년이나 지난 뒤, 다음과 같

은 곳을 꿈에 보았다. 그곳은 내 기억에 계속 남아서, 애정이 배어든 추억의 기념물에 집착하듯 이따금 머리에 떠오른다. 나는 다시 같은 장소를 찾아갔다. 그 꿈은 그 풍경에서 떼어낼 수 없고, 풍경도 꿈에서 떼어낼 수 없다. 또한 꿈과 풍경이 결부되어 불러일으키는 감정도 떼어낼 수 없다. 하지만 이런 종류의 일로서 매우 두드러진 사건이 나에게 5년 전에 옥스퍼드에서 일어났다. 이 도시의 근교를 나는 한 친구와 함께 걸으면서 흥미로운 대화에 몰두해 있었다. 우리는 갑자기 오솔길 모퉁이를 돌았다. 그러자 그때까지 높은 둑과 울타리에 가려져 있던 어떤 경치가 모습을 드러냈다. 질퍽거리는 목초지의 한 귀퉁이에 돌담으로 둘러싸인 풍차가 서 있는 풍경이었다. 우리가 서 있는 길과 돌담 사이에는 울퉁불퉁한 땅이 있었다. 풍차 너머에는 길고 완만한 언덕이 있고, 잿빛 구름이 저녁 하늘을 가득 뒤덮고 있었다. 시들기 시작한 물푸레나무의 가느다란 가지에서 마지막 잎이 갓 떨어진 계절이었다. 그 장면은 확실히 흔한 장면이었다. 그 계절과 시간은 불법적인 생각을 불붙이려고 계산된 것은 아니었다. 그것은 늘 보아서 익숙한 사물을 긁어모은 재미없는 것이었고, 진지하고 고리타분한 이야기에서 벗어나 저녁 난롯가의 과일 디저트와 포도주에서 피난처를 찾는 것과 같았다. 그 광경이 나에게 어떤 영향을 줄지는 예상할 수 없었다. 오래전에 어떤 꿈속에서 그것과 똑같은 장면을 본 것이 갑자기 생각났다.[5]

---

5 (메리 셸리의 주) "여기서 나는 두려운 나머지 펜을 놓지 않을 수 없었다." 1815년

에 쓴 이 단편은 이 문장으로 끝나 있다. 나는 셸리가 집필을 그만두고 나에게 왔을 때를 생생히 기억하고 있다. 창백한 얼굴로 부들부들 떨면서, 무서운 감정에서 도망치기 위해 이야기를 하러 온 것이다. 이 단편이 말해주고 있듯이 셸리만큼 감수성이 예민한 사람도 없다. 그의 신경질적인 기질은 격렬할 정도의 감수성 때문에 건강을 해쳤고, 그의 활발한 정신이 무언가에 대해 오랫동안 숙고하고 감정적으로 결론을 도출하는 동안 그의 공상은 더욱 활발해져서 이윽고 공상과 사고가 혼연일체가 되고, 그것이 하나가 되어 거기에 열중하고, 미친 듯이 날뛰고, 신체적 고통까지 일으키는 것이다.

Speculations on Morals

도덕에 대한 단상

[이 작품도 메리 셸리가 1840년에 펴낸『해외에서 쓴 에세이와 편지들』에 처음 나온다. 셸리가 남긴 여러 단편을 모아서 메리가「도덕에 대한 단상」이라는 제목을 붙여 정리한 것이다.

『셸리 산문집』을 편찬한 클라크에 따르면, 셸리는 이 글을 도덕에 관한 광범위한 논문으로 쓸 작정이었고, 앞의 형이상학에 관한 부분은 도덕에 관한 자신의 생각을 강조하기 위해 쓴 것으로 보고 있다.

이 어수선한 자료에서 완성된 작품이 어떤 모습이었을지를 알아내기는 어렵다. 하지만 그것이 비록 단편적이라 해도 그의 인생에서 매우 중요한 시기였던 당시에 셸리의 철학이 어떠했는지에 대해 상당한 통찰을 얻을 수 있다.]

❧

I. 도덕론의 계획

인간 정신의 속성과 작용에 관한 위대한 학문은 일반적으로 '도덕'과 '형이상학'으로 나뉜다. '형이상학'은 단순히 분류법에 관한 것이고, 다양한 관념에 제각기 다른 이름을 할당한다. '도덕'은 최대의 가장 안정된 행복을 만들어내기 위해 각각의 관념을 어떻게 배열할 것인가의 결정과 관계가 있다. 고결하거나 도덕적인 행위란 그 행위에 관련된 문제나 그것이 초래할 결과를 모두 고려한 뒤, 감성을 가진 최대 다수의 사람들에게 최고의 기쁨을 주기에 어울리는 행위이다. 감성을 가진 모든 사람이 모든 기쁨을 똑같이 느끼는 일은 없기 때문에 자발적으로 기쁨을 나누어주는 사람이 필요하다. 그가 기쁨을 나누어줄 때 따라야 할 법칙에 대해서는 다른 장에서 다루기로 하겠다.

이 졸고에서는 도덕의 기본 원리의 발전에 관해서만 쓸 작정이다. 이 목적과 관련하여, 형이상학은 단순히 부정적 진실의 근원으로만 다루겠다. 한편 도덕은 긍정적 결론을 도출할 수 있는 학문으로 간주하기로 한다.

인간의 잘못 인식된 상상 때문에, 형이상학적 탐구가 도덕 철학에 직접 부여한 주요 임무는 '진실이 아닌' 것을 확인하는 것으로 되어 있다. 도덕 철학 자체는 감정을 가진 사회적 존재로서의 인간이 자발적으로 취하는 행위에 관한 학문이다. 이 자발적 행위는 마음속에서 생각한 것에 좌우된다. 하지만 매우 개명된 사람조차 믿고 있는 의견부터 진위를 확인하는 것이 우리의 책무라는 의견까지, 수많은 대중적 의견이 있다. 후자의 의견에 대해서는 진위를 확인한 뒤에야 비로소 자신이나 동포를 규제하기 위해 취해야 할 행위에 대해 확실한 결론을 도출할 수 있다. 또한 행위와 연결되는 다양한 생각을 하나로 묶는 기본 법칙을 사전에 확인해둘 필요도 있다.

* * *

인간 사회의 통치 형태가 갖는 목적은 그 형태의 공동체에 사는 사람들의 행복이다. 그들의 행복이 어느 정도로 추진되어 있는가에 따라 그 통치 형태가 충분한지 아닌지를 판단할 수 있다.

목적으로 삼아야 할 것은 단순히 감각적 존재로서 개개인이 누릴 수 있는 행복의 양이 아니라 사회적 존재로서 사람들에게 행복을 분배하는 방식이다. 어느 개인이나 계급의 사람들만 최고의 행복을 누리는 한편, 다른 개인이나 계급의 사람들은 걸맞지 않을 정도의 곤궁을 참고 견디는 상황이 생겨났다면 아직 충분하다고는 말할 수 없다. 당연한 일이지만, 모두 노력하여 만들어내고 모두 주의를 기울여 유지해온 물질적 행복은 각 개인의 정당한 요구에 따라 분배되어야 한다. 그러지 않으면 산출된 행복의 양이 같다 해도 사회가 지향해야 할 목적이 실현되지 않는다. 산출되는 행복의 양, 그 분배 방식의 정합성, 사회적 존재로서 인간의 기본적인 감정, 이것들을 결합시키는 방식에 따라 목적 달성도가 달라진다.

이 목적을 추진하려는 사람의 의향을 미덕이라고 부른다. 미덕을 구성하는 두 가지, 즉 선의와 정의는 인간의 모든 자발적 행위가 참된 목적으로 삼는 유일한 것과 두 가지 점에서 관련되어 있다. 선의란 선을 행하고자 하는 마음이고, 정의란 선을 행하려면 따라야 할 방식을 생각해내는 것이다.

선의와 정의는 인간 정신의 기본적인 법칙에서 생겨난다.

* * *

다음 인물들의 표현에서 볼 수 있는 진보적 탁월함에 관한 시론: 솔로몬, 호메로스, 비온, 그리스의 일곱 현인, 소크라테스, 플라톤, 테오도로스, 제논, 카르네아데스, 아리스토텔레스, 에피쿠로스, 피타고라스, 키케로, 타키투스, 예수 그리스도, 베르길리우스, 루카누스, 세네카, 에픽테토스, 안토니누스… 술피키우스, 세베루스, 무함마드, 장로들, 아리오스토, 타소, 페트라르카, 단테, 아벨라르, 토마스 아퀴나스 ─ 스콜라 철학자들. 종교개혁자들, 스피노자, 벨, 파스칼, 로크, 버클리, 라이프니츠, 말브랑슈, 프랑스의 철학자들, 볼테르, 루소, 독일인들 ─ 일루미나티,[1] 흄, 고드윈 ─ 일반 사회의 상태.

제1장 미덕의 본질에 대하여

제1절, 미덕의 본질과 목적에 대한 개관. 제2절, 정신의 기본 원리에 입각한 것으로서 미덕의 기원과 바탕에 대하여. 제3절, 정신의 본질에서 생겨나, 정신의 기본 원리를 인간의 행위에 응용하는 것을 규제하는 법칙에 대하여. 제4절, 미덕, 인간의 속성이 될 수 있음에 대하여.

우리는 나 자신과 같은 많은 사람들 속에서 살고 있고, 우리의 행위가 그들의 행복에 영향을 미치고 있음은 분명하다.

이 영향을 규제하는 것이 도덕 철학의 목적이다.

알다시피 고통과 기쁨의 강도와 지속성은 다양하지만, 괴롭다

---

1 계몽주의가 대두하던 1776년 프로이센에서 조직된 비밀결사. 신 중심의 중세 질서에 반대하고 가톨릭 체제의 불평등에 저항했다.

거나 기쁘다는 느낌을 우리는 금방 받아들인다. 기쁨을 가져다 주는 것은 선이라고 불리고 고통을 초래하는 것은 악이라고 불린다. 이것들은 지나친 고통이나 기쁨을 가져오는 다양한 종류의 원인에 대해 쓰이는 일반적인 명칭이다. 하지만 인간이 적극적으로 행복을 만들어 퍼뜨리기 위한 도구가 되려고 할 때, 그 목적에 대해 가장 유용한 원리는 이른바 미덕이다. 그리고 선을 행하고 싶다는 욕구, 즉 선의는 정의, 즉 그 선이 어떻게 행해져야 할 것인가를 생각해내는 것과 결부되어 미덕이 된다.

하지만 왜 인간은 자비롭고 올바르게 행동해야 하는가? 특히 완전히 자연스러운 상태에 있을 때는 남에게 고통을 주고 부당하게 지배하려고 하는 것이 인간 본래의 감정이다. 남이 굶어 죽어도 자기 창고에 넘쳐날 만큼 식량을 쌓아두려고 한다. 남을 무자비하게 예속시키면서 자신의 자유는 조금도 침해당하지 않도록 열심히 지킨다. 인간은 집념이 강하고 오만하고 이기적이다. 이런 성향을 무엇 때문에 억제해야 하는가.

인간은 행복을 얻으려고 노력해야 한다거나 남에게 고통을 주면 안 된다고 요구하는 것은 어떤 이유 때문인가. 어떤 행동 규범을 받아들일 필요성을 증명하기 위해 그 근거가 필요할 때, 그 규범을 도입하는 데 반대하는 자는 무엇을 요구할까. 그 행동 규범이 인류의 행복을 가장 효과적으로 촉진할 수 있다는 증거를 요구한다. 이를 논증하는 것이 도덕에 존재 이유를 주게 되고, 그것이 미덕의 목적이 된다.

문자로 되어 있는 표현에서 은유적 표현을 악용하는 많은 궤변과 마찬가지로, 일반적인 궤변은 큰 혼란을 만들어내고 도덕 이론에도 영향을 주고 있다. 도덕을 소홀히 해도 처벌을 받지 않는다면, 아무도 친절하고 올바르게 행동하려 하지 않게 되어버린다. 의무는 책무이고, 강제력이 없는 의무 따위는 있을 수 없다. 미덕은 법이고, 그 법을 정한 사람은 우리가 거기에 따르기를 바라고 있지만, 따르지 않아도 처벌을 받지는 않는다면 아무도 따르지 않게 되어버린다. 이 이치가 노예제도²와 미신을 떠받치고 있다.

실제로, 속박하거나 강제하려면 어떤 권력이 필요하고, 그게 없으면 사람을 속박하거나 강제할 수 없다. 손발이 묶인 사람을 보면, 누군가가 묶었다는 것을 알 수 있다. 하지만 많은 사람에게 은혜를 베푸는 행위를 한 뒤 만족스러운 기분으로 돌아가는 사람을 보면, 그 사람이 지옥의 고통을 예상하거나 천국에서의 보상을 기대하고 마지못해 자신을 희생했다고는 생각지 않는다. … [원고한 장 빠져 있음.]

… 미덕의 기본이 되는 감정이 어떻게 인간의 마음속에 생겨나는지는 아직 기술되지 않았다. 인간의 마음속에 미덕이 생겨나는 법칙은 무엇인가. 미덕이 인간의 속성이라는 것을 정신의 원리는 얼마나 인정하는가. 그리고 끝으로, 미덕이 모든 사람을 위해 조직적인 행위를 하는 동기라고 인류를 설득할 가능성은 얼마나

---

2 영국에서는 1807년에 노예무역이 폐지되고 1833년에 노예제도가 폐지되었다.

되는가.

선의

우리가 본능적으로 피하려 드는 종류의 감정이 있다. 인간의 원초적 상태로 간주되는 존재, 즉 생후 1개월 된 아기는 자기와 아주 비슷한 성질을 가진 다른 존재를 거의 의식하지 못한다. 아기는 끊임없이 자신을 덮쳐오는 고통을 제거하는 데 모든 에너지를 쏟아붓는다. 꽤 시간이 지난 뒤에야 비로소 아기는 자기와 비슷한 감정을 가진 다른 생물에 둘러싸여 있다는 것을 알게 된다. 어린아이가 이것을 알려면 상당한 시간이 걸린다. 심한 고통에 시달리는 유모나 어머니를 보고도 아이가 아무런 감정도 보이지 않으면, 그것은 아이가 냉담하기 때문이 아니라 무지하기 때문이다. 고통을 호소하는 말투나 몸짓이 거기에 나타나 있는 감정과 결부되어야 비로소 고통이 없어지면 좋겠다는 기분이 보는 사람의 마음속에 생겨난다. 이렇게 고통 자체가 악으로 인식되기 때문에, 고통의 존재를 지각하기 위해 필수불가결한 것은 무엇인가를 마음에 물어볼 필요는 없다. 우리가 본래 타고난 감각의 성향으로 자신을 유지하고 보존하는 것이 목적임은 확실하다. 하지만 그것은 수동적이고 무의식적인 것이다. 정신이 능동적인 힘을 갖게 될수록 이런 성향의 지배 영역은 차츰 한정될 것이다. (남의 고통을 동정할 때 자신의 고통을 일시적으로 잊을 수 있다. 이것은 누구나 경험하는 일이다.) 미개인에 고독한 짐승인 아기는 이기적이다. 자신과 비슷한 생물이 겪고 있는 고통의 본질을 정확히 이해하지 못하기 때문이다. 문명이 고도로 발달한 사회에서 사는 사람은 문명이 별로 발달하지 않은 사회에서 사는 사람에 비해 타인의 고통이나 기쁨을 더 민감하게 공유할 수 있다. 시와 철학을 즐기고 늘 접촉하며 지적 능력을 높여온 사람이 육체노동처럼 별로 세련되지 않은 일에 종사해온 사람보다 공감하기가 더 쉽다.

상상을 단련하면 악을 지각하고 꺼리는 습관을 들일 수 있다. 개인적으로 직접 경험하고 알 수 있는 감각의 영역에서 그 악이 아무리 먼 곳에 있다 해도, 상상으로, 즉 예언적으로 사물을 마음속에 그릴 수 있는 정신력은 진보의 모든 단계를―그 진보가 아무리 작은 변화라 해도―밀고 나아갈 수 있는 인간의 능력이다. 고통이나 쾌락을 자세히 분석하면 사전에 그것을 예측할 수 있게 된다. 이기적인 사람과 도덕적인 사람의 유일한 차이는 전자의 상상은 좁은 범위에 한정되어 있는 반면에 후자의 상상은 폭넓은 상황을 파악할 수 있다는 데 있다. 이런 의미에서 지혜와 미덕은 불가분의 관계에 있고, 각각 서로의 판단 기준이 된다고 말할 수 있을지 모른다. 따라서 이기심은 무지나 잘못에서 생기는 것이고, 분별 없는 아기나 고독한 미개인에게서 찾아볼 수 있지만, 힘든 노역이나 사악한 일에 종사하여 둔감해져버린 사람에게서도 볼 수 있다. 공평무사한 선의는 세련된 상상이 만들어내는 것이고, 사회적 존재인 인간에게 명예나 위엄, 힘이나 안정을 가져다주는 다양한 기술과 깊은 관계에 있다. 따라서 미덕은 세련된 문화적 생활 그 자체이고, 인간 정신이 만들어내는 것이라기보다 인간 정신 속에 있는 기본적인 규칙에 따라 인간 사이의 관계가 만들어내는 감정의 조합이다.

인간성을 개선하고 드높이는 모든 이론, 또는 인간의 잘못이나 악을 줄이기 위한 도구로 고안된 이론은 공평무사라는 기본적인 감정에 바탕을 두고 있다. 이 감정은 인간을 위엄있는 존재로 만든다고 우리는 느끼고 있다. 고대 공화국에 있었던 애국심은 개인적인 손익을 계산한 것으로 여겨져왔지만, 결코 그렇지 않다. 제 팔을 활활 타오르는 장작불에 내민 무키우스 스카이볼라,[3] 카르타고로 돌아간 레굴루스,[4] 곧 죽을 것을 알면서도 고문의 고통을 견디고 공모자의 이름을 밝히지 않은 에피카리스[5] ─ 이런 걸출한 인물들은 개인적인 이익 따위는 거의 고려하지 않았다. 그들은 죽은 뒤의 명성이 탐났을 뿐이라 해도, 선을 위해 불명예 따위는 아랑곳하지 않은 사람들의 존재를 증명하는 예는 역사를 보면 그 밖에도 얼마든지 있다. 하지만 이기적인 명성에 대해 세간은 큰 오해를 하고 있다. 개인적인 만족을 얻는 수단으로 명성을 추구하는 사람은 분명히 있다. 하지만 명성에 대한 애착은 자기 기분을 남들이 인정해주고 해설해주고 공감해주기를 바라는

---

3 무키우스 스카이볼라는 로마 건국 신화에 등장하는 인물로, 적에게 잡혔을 때 자신의 오른손을 불 속에 넣어 손이 타들어가는 고통도 아랑곳하지 않는 용기를 보여주었다.

4 마르쿠스 레굴루스(미상~기원전 250)는 로마의 장군으로, 제1차 포에니 전쟁(기원전 264~241) 때 처음엔 승리했으나 이후 패하여 포로가 되었고, 나중에 휴전 교섭을 위해 로마로 보내졌으나 다시 카르타고로 돌아가 포로로서 사망했다.

5 폭군으로 유명한 네로 황제에 대한 암살 음모에 가담한 로마 여성.

마음에 불과한 경우도 많다. 이런 점에서 명성을 추구하는 기분은 자기를 자신 밖으로 끌어내는 것과 관련된다. 그것은 "고귀한 마음의 마지막 약점"[6]이다. 기사도는 똑같이 자기희생의 이론 위에 성립된다. 사랑은 인간의 마음에 대해 터무니없이 강한 힘을 갖고 있다. 그것은 전적으로 공평무사한 인간의 자연스러운 성향과 결부되어 있기 때문이다. 이런 성향 자체는 주거나 받는 기쁨을 상상하지 못하면 별로 의미가 없다. 애국심, 기사도, 감상적인 사랑은 터무니없는 재난의 원인이 된다 해도, 그것이 부정되어서는 안 된다. 정신의 기본 원리에 따르면, 인간은 선 자체를 위해 선을 원하고 또한 추구할 수 있다는 명제를 확립할 수 있다.

정의

이처럼 선을 행하고 싶은 성향은 인간 정신에 내재해 있다. 우리는 남을 행복하게 해주고 싶은 충동에 사로잡혀 남을 행복하게 해주고 만족을 느낀다. 모든 생물은 쾌락과 고통에 민감하다. 우리는 사람을 차별 없이 대하라고 하면서 선을 행하고 싶은 성향에 이끌린다. 하지만 열심히 주의를 끌려고 하는 사람을 편애하는 성향도 있다. 인간은 무분별하고 맹목적이기도 하다. 막판에 혜택이 기다리고 있어도 고통을 주는 것을 피하려 한다. 또한 막판에 재난이 기다리고 있음을 생각지 않고 기쁨을 주려고 한다. 인간은 많은 희생을 치르고서야 겨우 하나의 혜택을 손에 넣

---

6 존 밀턴의 『리시다스』(1637)에서.

는다.

 인간 정신에는 선의를 행동 원리로 적용하려는 감정이 있다. 이것이 정의감이다. 정의는 선의와 마찬가지로 인간성의 기본 법칙이다. 기쁨을 안겨주는 재물을 선의에서 다른 사람에게도 주고 싶다고 생각했을 때, 필요로 하는 사람 수에 따라 평등하게 나누어주려는 것은 정의라는 행동 원리다. 열 명의 남자가 난파하여 무인도에서 살게 되면, 남아 있는 물건을 모두 골고루 나누어 갖는다. 가령 여섯 명이 공모하여 나머지 네 명에게 분배하지 않으면 그것은 부정한 행위라고 불린다.

 인간 정신은 고통의 존재를 불만이 있는 상황으로 간주하고, 고통을 없애기를 바란다. 한정된 사람만 누리고 있는 혜택을 모든 사람이 골고루 누리기를 바라는 것도 역시 인간 정신의 본질이다. 이 명제는 논란의 여지가 없는 사실에 근거한 증거로 뒷받침되고 있다. 한 사람의 즐거움을 위해 많은 사람이 희생되고 있는 이야기를 숨기지 말고 밝혀보라. 인간 본래의 감정을 해치는 그런 사악한 제도를 위해 일하는 사람은 대답이 궁해져버린다. 서로 초대면인 두 사람에게 상대가 가진 물건들 가운데 자기한테 도움이 되는 것을 각자 요구하게 해보라. 그러면 두 사람은 평등한 청구권이 있다고 느낀다. 둘 다 감성을 가진 사람이면, 기쁨과 고통은 똑같은 영향을 준다.

제2장

습관이나 광신에 대한 진부한 반론에 대해 논하는 것은 간결한 논증에 방해가 되고, 이 소론이 다루는 범주를 넘어선다. 하지만 논해야 할 것이 두 가지 있다. 하나는 모든 정치적 잘못의 근저에 있는 것, 또 하나는 종교적 잘못에 관한 원인과 결과다. 이것들을 논박하는 것은 유익하게 여겨진다.

우선 탐구해야 할 것은 "사람은 왜 선의롭고 정의롭지 않으면 안 되는가?" 하는 것이다. 이 의문에 대한 대답은 제1장에 제시되어 있다.

왜 인간은 인류의 행복을 촉진하지 않으면 안 되는가. 이 탐구에 구애되면 도덕적 행동에 수학적이거나 형이상학적인 근거를 요구하게 된다. 이 회의주의는 수학적이거나 형이상학적인 사실에 도덕적 근거를 요구하는 것보다 분명히 더 불합리하지만, 양쪽 다 현실에서 일어나고 있다. 하나의 원의 반지름은 어디서나 같은 길이라는 것, 인간의 행위는 반드시 동기에 의해 결정된다는 것을 인정하지 않는 사람이 있어서, 이런 반지름이나 행위가 반드시 최대의 선을 가져온다는 것을 증명할 수 있다면 인정해 주겠다고 말했다면, 이성이 부족한 이 사람의 변덕스러운 사고방식에 누구나 놀라게 될 것이다.

* * *

내가 생각하기에, 인간의 지성이 진보한 지금 시대에는 철학 논문을 쓰는 사람이 이런 논객을 상대할 필요는 없어졌다. 만약 그런 사람이 있다면, 다양한 시대와 나라에서 종교라는 이름으로 인류 사이에 퍼진 도덕에 관한 애매한 의견에 바탕을 둔 다양한 체계 가운데 하나는 지지하지만 그 종교의 교리에는 따르지 않겠다고 주장할 것이다. 또한 이런 논객이 주장하듯, 어떤 행위의 결과가 영원한 고통이거나 행복이라면 어떤 행위가 옳고 어떤 행위가 잘못인지를 아는 기준을 도저히 가질 수 없게 된다. 그런 일은 있을 수 없지만, 설령 거짓된 계시를 통해 모든 행위의 일람표를 받았다 해도 무리다. 어떤 행위가 유덕한지 악덕한지는 도덕적 행위를 취한 사람이 이득을 보았는지 손해를 보았는지를 검토하여 결정할 수 있는 것은 아니다. 물론 감히 그런 도덕적 행위를 취함으로써 그 사람을 덮치는 개인적 재난이 크면 클수록 유덕한 행위가 되기는 한다. 선행이냐 악행이냐는 그 행위가 감정을 가진 인간에게 기쁨을 주느냐 고통을 주느냐에 따라 결정되고, 단순히 그 행위의 결과로 본인이 이익을 보았는지 아니면 손해를 보았는지에 따라 결정되는 것은 아니다. 또한 미덕은 행위의 결과보다 오히려 동기에 있기 때문에 이런 사고방식은 미덕의 순수성을 더럽히게 된다. 지옥에서 영원한 고통을 받고 싶지 않아서 인류의 행복을 위해 애쓴다면, 그 사람의 동기에 미덕이라는 이름을 붙이기는 어렵다. 이런 원칙에 따라 행동했을 경우, 천국에서 즐기기 위해서라면 사람들을 고문하거나 투옥하거나 산 채로 불태우는 짓도 마다하지 않으리라는 것이 자연스러운 결과로 도출되기 때문이다.

내 이웃이 권력을 등에 업고 나한테 이래라저래라 명령하고,

내가 그 명령에 따르지 않으면 자기 힘이 미치는 한 제멋대로 벌을 주려고 한다. 그의 협박에 내 행위가 좌우된다면, 내 행위는 미덕과는 거리가 멀어지게 된다. 그는 옳은 행위와 잘못된 행위의 판단 기준을 보여주지 않는다. 왕이나 의회가 어떤 특정한 행위에 형벌을 부과하겠다는 내용의 성명을 발표할 때가 있다. 하지만 그런 형벌이 부과되었다고 해서 그 행위가 부도덕하다고는 말할 수 없다. 미덕이라는 말은 멋대로 악으로 단정된 행위를 삼가는 것을 의미하지는 않는다. 이것은 무엇보다도 명백하다. 어떤 행위 자체가 유익할 경우, 미덕이란 그 실행을 삼가는 게 아니라 뒤따르는 결과에 기죽지 않고 맞서는 것이다.

초자연적 에너지를 억지로 손에 넣은 자는 지구 전체를 지배하려고 한다. 그런 자는 참으로 무서운 고통을 수반하는 형벌을 부과하기 위해 전대미문의 새로운 수단을 손에 넣을지도 모른다. 희생자들의 고통은 막심하고 영원히 계속될지도 모른다. 하지만 그 '입법자의 의지'가 올바른 행위와 잘못된 행위에 관한 명백한 판단 기준이 되는 것은 아니다. 폭정의 도구가 되기를 거부하는 사람들이 미덕을 보일 기회가 늘어나게 될 뿐이다.

II. 도덕 철학은 사람들의 유사점이 아니라 차이점을 고찰하는 데 있다

… 다양한 행위를 본질적으로 선행 또는 악행으로 수정하는 것

은 행위의 원천인 정신 구조에서 유래하는 내적 영향력이다.

  이런 구별의 중요성을 이해하기 위해, 상상력을 동원하여 어느 도시에서 일어난 사건을 살펴보자. 그곳에 사는 많은 사람들을 머리에 떠올리고, 각각의 계급에 속하는 사람들의 행위를 생각해보자. 보고 있는 한, 사람들의 행위는 분명히 획일적이다. 인간 사회의 안정은 사회 구성원이 자신에 대해서나 타인에 대해서나 획일적인 행위를 취하면 충분히 유지되는 것 같다. 노동자는 일정한 시간에 일어나 부과된 일과 씨름한다. 정부나 법원의 관리는 각자의 관청이나 법정에서 착실히 일을 처리한다. 상인은 장사에 필요한 일련의 행위를 계속하고, 일탈은 하지 않는다. 성직자들은 익숙한 말을 사용하고, 신중하고 온화한 배려를 게을리하지 않는다. 군대는 앞으로 나아가고, 모든 병사가 예정대로 움직인다. 장군은 명령을 내리고, 그 명령은 각 부대에 차례로 하달된다. 가정에서 남자들이 하는 행위는 대개의 경우 겉보기만으로는 다른 곳에서 하는 행위와 구별되지 않는다. 결혼, 교육, 우정 등 일반적인 명칭으로 분류되는 행위는 끊임없이 이어지고, 표면적으로는 모두 같아 보인다.

  하지만 사물의 진실을 보고 싶다면 기만으로 가득 찬 획일적인 껍데기를 벗겨내지 않으면 안 된다. 실제로 각자의 행위를 유심히 관찰하면 다른 사람과 본질적으로 유사한 사람은 하나도 없다. 우리가 고찰하고 있는 거대한 집단을 구성하는 개개인은 제각기 고유한 정신 구조를 가지고 있다. 사람들이 하는 행위의 대략적인 특징만 보면 비슷한 것처럼 여겨지지만, 각자의 얼굴 생김새를 세세한 데까지 관찰하면 저마다 독특한 낯색을 갖고 있다는 것을 알 수 있다. 따라서 전체적으로 보면 어떤 사람의 인생은 다른 사람의 인생과 비슷하지만, 세세한 점까지 보면 상당히 다르다. 그리고 행위를 더욱 세분하면, 즉 타인이나 자신의 행복에 결정적인 영향을 미치는 행위를 보면 다른 사람과의 행위 차이가 차츰 선명해진다.

"사소하고, 이름도 없고, 기억에 남을 만한 것도 아닌, 친절과 사랑에서 나온 행위"[7]

이런 행위는 눈빛이나 말에 의한 모욕, 또는 드물긴 하지만 얼굴에 감정을 드러내지 않고 심한 모욕을 가하는 행위와 마찬가지로 습관적인 행위보다 마음속 깊은 곳에 있는 근원에서 생겨난다. 앞에서 이미 말했듯이, 습관적인 행위는 외적인 근원에서 생긴다. 어떤 행위도 지금의 삶의 모습을 형성하는 동시에 모든 선악의 근원이 되고, 인생의 표면을 구석구석까지 뒤덮고 있다. 사소한 거라고 말하지만, 이런 행위의 중요성을 평가하지 못하는 사람들이 무지의 정도에 따라 그렇게 생각할 뿐이다. 각자의 행위 특성이 초래하는 일반적인 효과를 올바로 이해하는 것, 그리고 각자의 행위가 상황에 따라 초래하는 경향에 대해 올바른 지식을 배워 익히는 습관을 기르는 것, 그것이 도덕 철학의 가장 중

---

[7] 윌리엄 워즈워스의 『틴턴 수도원보다 몇 마일 상류에서 쓴 시』(1798) 35~36행.

요한 부분이다. 이 광대하고 수많은 동굴[8]의 가장 깊은 곳을 우리는 찾아갈 필요가 있다.

인간이 사회적이냐 개인적이냐에 따라 생기는 차이가 있다. 사회적이냐 개인적이냐를 명확히 구별할 수 있다고는 생각되지 않고, 다른 사람과 비교하여 그것이 어떤 사람의 독특한 특징이 된다고도 말할 수 없다. 오히려 이 구별은 모든 사람이 어느 정도 공유하고 있는 두 가지 힘의 작용을 보여주고 있다. 실제로 그 힘은 모든 사람에게 영향을 미치고, 인간 존재의 표면에 작용하여 각자의 행위에 명확한 외관을 부여한다. 모든 표면적 행위는 인류의 과거 감정을 일반적으로 대표하는 사람들로 구성된 입법부에 따르고 있다. 정부나 종교나 가정의 관습에서 볼 수 있듯이, 다양한 이유 때문에 이 입법부는 불완전한 존재다. 입으로는 따르지 않는다고 말하는 사람도 실제로는 같은 권력에 따르고 있다. 사람들의 행위가 지닌 외견적 특징은, 바람의 흐름에서 구름이 달아날 수 없듯이 이 입법부의 영향력에서 벗어날 수 없다는 데 있다. 자기 의견은 편견이나 속악함에 물들지 않도록 냉정하게 정리된 거라고 생각하는 사람도 있겠지만, 잘 조사해보면 그것은 그 사람이 격렬하게 반대한 관습 자체에서 불가피하게 생겨난 두드러기에 불과하다는 것을 알 수 있다. 마음속에서는 모든 사람이 제각기 다르게 움직인다. 각자의 움직임의 유효성, 본질, 활발함은 외적 요인과는 아무 관계도 없는 것이 특징이다. 마

---

8 인간 정신을 말한다.

치 식물이 토양 때문에 각각의 크기나 형태가 다르거나 병에 걸리거나 비뚤어지거나 너무 크게 자라거나 하는 일이 있어도, 다른 식물과는 전혀 다른 특징을 계속 갖는 것과 마찬가지다. 어떤 곳에서 자라도 독미나리는 계속 유해하고, 제비꽃은 계속 향기를 내뿜는다.

우리는 자신의 성질을 너무 표면적으로만 보고 있다. 남들과 비슷한 점밖에 보지 않고, 그 유사점이 도덕적 지식의 재료라고 생각하고 있다. 사실 그 재료는 차이점 속에 있다.

.

Essay on the Literature, the Arts,
and the Manners of the Athenians

아테네 사람들의 문학과 예술과 풍속에 관한 시론

[이 작품은 메리 셸리가 1840년에 편집해서 펴낸 『해외에서 쓴 에세이와 편지들』에 실려 있지만, 셸리가 이 에세이[1]를 집필한 것은 1818년이었다. 그해 8월 16일에 피콕[2]에게 쓴 편지에서 셸리는 이렇게 말하고 있다: "나는 『향연』[3]이 다루고 있는 주제에 대한 담론을 쓰고 있습니다. 그 주제를 다룸에 있어서 그리스인과 근대 국가들 사이에 존재하는 정서적 차이를 고려하면서 작업을 진행하고 있습니다."

이에 앞서 셸리는 1818년 7월 9일 『향연』을 번역하기 시작하여 7월 17일 작업을 끝냈다. 16일에 기즈번[4]에게 보낸 편지에 따르면 "그것은 단지 연습으로, 아테네 사람들의 풍습과 감정을 메리에게 조금이나마 알려주려는 시도일 뿐"이었다.

어쨌든 이 번역 작업이 계기가 되어 셸리가 사랑에 대한 에세이를 쓰

---

1 셸리가 원래 붙인 제목은 '사랑을 주제로 살펴본 고대 그리스인들의 풍속론(A Discourse on the Manners of the Ancient Greeks Relative to the Subject of Love)'이었다.
2 토머스 러브 피콕(1875~1866)은 영국의 시인이자 소설가. 셸리의 절친한 친구로, 서로 영향을 주고받았다.
3 플라톤의 전기(前期) 저작의 하나. 소크라테스를 비롯하여 그리스의 일류 문화인들이 한곳에 모여 사랑을 주제로 이야기를 나눈 대화록이다.
4 마리아 기즈번(1770~1836)은 셸리의 장인인 윌리엄 고드윈의 여자친구. 고든윈의 아내 메리 울스턴크래프트(1759~1797, 여권론자)가 1797년 8월 메리를 낳고 11일 뒤에 사망하자 기즈번은 메리를 자기 집에 데려가 키웠고, 이런 기즈번에게 고드윈은 청혼을 하기도 했다(거절당했지만). 이런 인연 때문에 셸리 부부는 기즈번과 가까운 사이였고 편지 왕래도 많았다.

기 시작한 것은 분명했다. 서론은 아테네 사람들의 문학과 예술과 풍속에 대한 찬양이지만, 본문은 사랑에 대한 고대인과 현대인의 서로 다른 개념을 주제로 삼고 있다.]

≈

페리클레스가 태어난 해부터 아리스토텔레스가 죽은 해까지[5]의 시대는 그 시대만을 독립시켜 고찰하든, 그 시대가 후세 문명인의 운명에 미친 영향과 관련시켜 고찰하든, 의심할 여지없이 세계 역사상 가장 기억할 만한 시대였다. 이 시기에 그리스 사람들은 모든 문학과 예술에서 비할 데 없는 진보를 이룩했는데, 어떤 도덕적·정치적 상황의 결합이 그런 진보를 가져왔을까. 또한 그렇게 급속도로 그렇게 끊임없이 이루어진 진보가 그렇게 빨리 저해를 받고 쇠퇴하게 된 것은 무엇 때문일까. 이는 후세 사람들에게 놀라움과 억측을 불러일으키는 문제다. 예민하고 심원한 정신이 남긴 폐허와 단편들은 볼 만한 조각상의 잔해처럼 어렴풋하게나마 파괴되기 전의 장엄함과 완벽함을 우리에게 암시한다. 그들의 말조차도 ─ 그 언어를 이해하는 것이 창조와 형상화의 한 유형이지만 ─ 다양함과 소박함, 유연함과 풍부함에서 서구 세계의 다른 모든 언어를 능가한다. 그들의 조각상은 억측으로 판단하면 이상적인 진리와 아름다움의 표본으로 상정할

---

5 기원전 495년(?)부터 기원전 322년까지.

수 있고, 근대 예술가들 가운데 조금이나마 거기에 필적할 수 있
는 형태의 예술을 창작한 사람은 아무도 없다. 플리니우스와 파
우사니아스[6]에 따르면, 그들의 회화는 멋과 조화로 가득 차 있었
다. 그중 일부 회화에는 강한 비애감까지 흐르고, 아름다운 음악
이나 비극시처럼 저항하기 어려운 정서를 불러일으킬 정도다. 우
리는 16세기 화가들[7]이야말로 회화 예술을 가장 완성된 영역으
로 가져간 사람들이라고 생각하는 습관이 있지만, 그것은 아마
고대 회화가 한 점도 보존되지 않았기 때문일 것이다. 모든 창작
예술은 서로 공감하는 관계를 유지하면서 개인이나 사회의 서로
다른 환경에 따라 변화하는 내면적인 힘의 다양한 표현에 불과
하기 때문이다. 그 시대의 회화는 아마 그 시대의 조각이 그 이후
의 모든 조각에 대해 갖고 있었던 것과 똑같은 관계를 가지고 있
었을 것이다. 그들의 음악에 대해서도 우리는 별로 아는 게 없지
만, 그 음악이 낳았다고 전해지는 효과는 연주자의 솜씨 때문인
지 아니면 청중의 감수성 때문인지는 몰라도 우리가 현대 음악
에서 체험하는 어떠한 효과보다 훨씬 박력이 있다. 그리고 실제
로 그들의 가곡의 선율이 근대 유럽의 어느 나라의 선율보다 더
온화하고 섬세하여 듣는 사람의 마음을 달래주는 것이었다면, 음
악 예술에서 그들의 탁월성은 경탄할 만한 것이고 상상을 초월

---

6 플리니우스(23~79)는 로마의 작가이자 정치가로, 『서한집』(11권)이 전해진다. 파
  우사니아스(2세기에 활동)는 그리스의 여행자이자 지리학자로, 『그리스 여행기』
  (10권)를 남겼다.
7 레오나르도 다빈치, 미켈란젤로, 라파엘로 등 르네상스 시대의 미술가들을 말한다.

하는 것이었을 게 분명하다.

그들의 시도 근대의 시에 비해 다른 것만큼 불균형하지는 않다 해도 훨씬 높은 지위를 유지하고 있는 듯하다. 셰익스피어는 그 천재의 다양함과 포용력 때문에 우리에게 지금 전해지고 있는 가장 위대한 개인적 정신의 표본으로 여겨진다. 아마 단테는 고대 그리스 문학에서 찾아볼 수 있는 그 어떤 것보다도 위대한 아름다움과 박력을 지닌 상상적 작품을 창작했을 것이다. 아마 페트라르카의 숭고하고 기사도적인 감수성에 필적할 만한 것은 그리스 서정시인이 남긴 단편들 속에서는 하나도 발견되지 않을 것이다. 하지만 시인으로서의 호메로스가 진실과 조화, 끊임없는 장엄함, 마음을 충족시킬 만큼 완전한 이미지, 그 이미지가 나타내려는 것과 속해 있는 것의 정확한 합치 등에서 셰익스피어를 능가한다는 것은 인정하지 않을 수 없다. 또한 단테는 각색, 구상, 천성, 다양성, 절제 등에 결함이 있기 때문에, 그의 터무니없는 허구의 바다, 짙은 안개가 낀 어두운 바다로 사람을 꾀어서 끌어낼 만한 황금 열매가 주렁주렁 열리는 행복의 섬들이 없었다면, 이런 고대 그리스 시인들과 비교되지도 못했을 것이다.

하지만 일반적인 결론을 끌어낼 수 없는 개별적 정신의 비교를 그만둘 때, 그들의 시에 담긴 정신과 그 모습은 다른 어떤 시대의 것보다 얼마나 뛰어난 것이었을까. 그러므로 만약 다른 모든 점에서 세계를 빛낸 가장 위대한 천재에 필적하는 천재가 그 시대에 나타났다면, 그 사람이야말로 이런 환경 때문에 모든 사람보다 뛰어난 존재가 되었을 것이다. 즉, 그의 상념은 더욱 조화롭고 더욱 완벽한 모습을 취했을 것이다. 그 시대의 시인이 창작한 작품들이 모두 최대한의 조화와 완벽함을 갖추고 있는 것은 주목할 만한 일이기 때문이다. 예를 들면 어느 연극이 재능 없는 시인의 작품이었다 해도, 그 연극은 균질하고 균등하며 그 자체로 일관성을 갖춘 하나의 통일체였다. 위대한 재능을 가진 시인의 작품은 철두철미 그 위대함의 지속적인 특질을 갖고 있었다. 연이어지는 시대의 시에서는 기대만이 이카로스[8]의 날개를 타고 날아올랐지만, 모조리 추락하여 망각의 바다에 떨어졌고 기억도 이름도 잃어버리는 데 실망할 뿐이었다.

자연과학에서 이미 아리스토텔레스와 테오프라스토스[9]는 ── 자신들이 비판한 선학들의 업적에서 도움을 받았지만 ── 과학의 원숙이라는 이름에 어울릴 만큼 그 지식을 발전시켰다. 기하학의 놀랄 만한 발명 ── 인간이 자연을 지배하게 하고, 그 무지의 경이 앞에서 미래를 예견하게 하는 등, 말하자면 자연의 신비의 문을 열었다고도 말할 수 있는 그 일련의 발견은 이미 위대한 완성의 영역에까지 도달해 있다. 형이상학, 즉 인간의 내면을 다루는 학문과 이 학문의 근본 원리나 기초 원리인 논리학의 확고한 토대를 쌓은 것은 페리클레스 시대 후기의 철학자들이었다. 지극히 정밀한 우리의 철학은 모두 이 위대한 사람들의 업적에 토대를

---

8 그리스 신화에 나오는 인물. 밀랍으로 만든 날개를 달고 하늘로 올라갔지만 태양 열로 날개가 녹는 바람에 바다에 떨어져 죽었다.
9 테오프라스토스(기원전 371~287)는 그리스의 철학자이자 과학자. 아리스토텔레스에게 배웠으며, 아리스토텔레스가 개설한 리케이온(학원)의 후계자가 되었다.

두고 있으며, 우리가 형이상학적 사변에 사용하고 있는 많은 술어도 그들이 자신의 사색에 정확성과 체계성을 주기 위해 창작한 것이었다. 윤리학, 즉 인간의 자유의지에 따른 행위를 다루는 학문도 이 시대에 시작되었다. 이 위대한 사람들의 신조는 최근에 가장 존경받고 있는 모럴리스트들의 저서에 침투해 있는 소심한 주의주장에 비하면 이루 말할 수 없이 대담하고 순수했을 것이다. 그 차이는 계속 그들의 영향을 받으면서 자신을 단련한 포시온, 에파미논다스, 티몰레온[10] 등과 우리 현대의 애처로운 영웅들의 차이만큼이나 크다.

그들의 정치제도와 종교제도를 다른 시대의 제도와 비교하는 것은 더욱 어려운 일이다. 그 정치제도와 종교제도의 영향 아래 생겨난 행복과 지성의 높낮이 정도를 주시하면 그 제도의 가치에 대한 대강의 개념을 얻을 수 있을 것이다. 고대 그리스에서 인류의 진보에 걸림돌이 되었던 많은 제도와 사상이 근대 국가에서는 폐지되었지만, 반면에 근대 국가에서는 빈틈없는 탐욕과 폭정의 정신이 해로운 미신을 얼마나 많이 만들어냈으며, 악정을 둘러싼 모략이나 사회의 악폐 등이 뒤얽힌 전례없는 혼란은 또 얼마나 많은가!

근대 문명국가의 사람들은 자신들이 쌓아올린 경험에서 얻은 이익이 있음에도 불구하고 그들이 여전히 그 거장에 필적할 수

---

10 포시온(기원전 403~317)은 아테네의 장군이자 정치가. 에파미논다스(?~기원전 362)는 테베의 장군이자 정치가. 티몰레온(기원전 411~337)은 코린토스의 장군이자 정치가.

없다는 말을 듣는 도덕적 탐구나 지적 탐구에 있어서는 말할 나위도 없고, 그들이 이미 그 거장을 능가한 자연과학에서도 자신들이 이룩한 진보와 발전이 이른바 문예부흥에 힘입었다고 생각한다. 즉, 그들은 자신들의 진보와 발전이 페리클레스의 치세에 앞서거나 그 뒤에 이어지는 시대에 활동한 작가들의 연구, 또는 그들의 화수분에서 솟아나는 강이라고 말해야 할 후세 작가들의 연구에 힘입고 있다고 생각한다. 그리고 만약 우리가 지금 말하고 있는 그리스 시대의 지적 자원을 그렇게 조화롭고 균형 잡힌 것으로 만든 환경과 유사한 환경이 다시 생겨난다면, 그 지적 자원을 포착하여 영구화하고, 그 결과를 다시 평등하고 광범위하게 영속적으로 인간 조건의 개선에 바칠 거라는 원리가 근대 세계에도 있는 것처럼 여겨진다. 또한 인간 사회의 정의와 진정한 의의는 설령 그리스 시대만큼 정확하지는 않다 해도 그 시대보다 더욱 넓게 이해되고 있을 것이다. 그리고 아마 더 많은 것이 알려져 있고, 그 결과 수량적으로는 증대해 있을 것이다. 하지만 이 원리가 실제로 행동에 옮겨진 적은 한 번도 없으며, 따라서 현존하는 제도를 광범위하게 경이적으로 변화시킬 것이 요구된다. 근대사 연구는 군주와 자산가와 정치가와 사제에 대한 연구다. 고대 그리스사의 연구는 입법자와 철학자와 시인에 대한 연구이고, 근대사는 칭호(title)의 역사인 반면에 그리스사는 인간의 역사다. 고대 그리스인들이 도달할 수 있었던 것은 단순한 약속이 아니라 실현이었다. 그리고 우리의 현재 상황과 희망은 말하자면 그 영광스러운 시대 사람들의 감화력과 영감에서 유래한다.

고대 그리스인들은 우리에게 아주 많은 이익을 가져다주었고, 아마 신뢰할 수 있는 기록을 남겨준 가장 완전한 인간의 표본일 것이다. 그래서 그들의 풍속과 사상을 더욱 깊이 밝히는 것은 헤아릴 수 없는 가치가 있다. 그들의 오류와 약점, 일상적인 행동과 대화에 눈을 돌리자. 그리고 그들 사회의 기조를 파악하자. 그리고 일찍이 형성된 가장 칭찬할 만한 사회조차도 각자의 가슴속에 가득 차 있는 어떤 활력에 의해 추진되어 인간 사회가 도달하는 그 완벽한 상태에서는 아주 멀리 떨어져 있었다는 것을 알 때, 우리의 희망은 얼마나 커지지 않으면 안 되는가. 또한 우리는 얼마나 열심히 노력하지 않으면 안 되는가. 페리클레스 시대의 그리스인들은 우리와는 많이 달랐다. 근대 작가들 가운데 어느 누구도 지금까지 그리스인들의 모습을 있는 그대로 정확하게 묘사하려 하지 않은 것은 개탄스러운 일이다. 바르텔미[11]가 부지런하고 체계적인 것을 칭찬하지 않을 수는 없지만, 그는 자신이 기독교도이고 프랑스인이라는 것을 결코 잊지 않는다. 빌란트[12]는 즐겁게 읽을 수 있는 소설 속에서 상당히 교묘하게 이교도를 묘사했지만, 그는 너무나 많은 정치적 편견을 안고 있었을 뿐만 아니라 근대 유럽인의 공감을 얻을 수 있을 것 같지 않은 감정을 묘

---

11 장-자크 바르텔미(1716~175)는 프랑스의 작가. 『아나카르시스의 그리스 여행기』(4권, 1787)를 썼으며, 셸리는 이 책을 1813년에 읽었다.
12 크리스토프 마르틴 빌란트(1733~1813)는 독일의 시인이자 작가. 『아가톤의 이야기』(1767), 『압데라의 사람들』(1776) 등의 작품을 썼으며, 그의 작품들을 셸리는 1813~1814년에 읽었다.

사하여 자기 소설의 흥미가 깨지는 것을 막으려 하고 있다. 그리스인들의 모습을 있는 그대로 묘사한 책은 한 권도 없다. 현대의 서적에서는 현대의 풍속이 저해되거나 방해받지 않도록, 우리 현대의 풍속과 심하게 모순되는 관습이나 감정을 기술하지 않도록 주의를 기울이고 있고, 모든 것이 마치 아동용으로 쓰인 것처럼 여겨진다. 하지만 그리스어를 모르는 사람도 많이 있으니까, 이 사람들에게 인간의 역사에 대한 정확하고 광범위한 지식을 주는 것을 이런 방식으로 방해해서는 안 된다. 왜냐하면 인간의 과거와 미래의 상황에 대한 지식이 없이는 다소라도 더 현명하고 더 너그럽고 더 공정해질 수는 없기 때문이다.

고대 그리스의 풍속과 근대 유럽의 풍속의 중요한 차이점 가운데 하나는 남녀관계에 관한 제도와 감정이다. 이 차이가, 인류는 절대적으로 무조건 평등하다고 주장한 예수의 교리에서 받은 불완전한 영향에서 유래하는지, 또는 기사도 제도에서 유래하는지, 또는 켈트족에 존재하는 신체적 본성에 대한 어떤 근본적인 차이에서 유래하는지, 또는 이런 원인들의 전부 또는 일부가 서로 작용하고 결합한 것에서 유래하는지, 이는 진지하게 고찰해볼 만한 문제다. 사실 근대 유럽인들은 이런 상황에서 또한 노예제도 폐지에서 인간 사회의 제도들 가운데 가장 결정적인 개선을 이룩했다. 그리고 페리클레스 시대의 모든 미덕과 예지는 근대와는 다른 제도 하에서 일어났다. 물론 법률과 여론이 인정한 노예제도와 여성을 멸시하는 관습이 윤리학과 정치학과 형이상학, 그 밖의 모든 예술과 학문에서 그들의 사상의 우아함과 강함, 넓이와 정확성을 약화시켰을 게 분명하지만.

이처럼 노예 신분이 되어 멸시당한 여성은 당연히 예상된 대로 되었다. 그 여자들은 아주 특별한 경우를 제외하면 노예의 버릇과 성질을 갖게 되었다. 아마 그들이 지극히 아름다운 경우는 없었을 것이다. 적어도 그리스인들 사이에서는 근대 유럽인들 사이에 존재하는 남녀 간의 외형적 매력 차이는 존재하지 않았을 것이다. 그리스 여성은 확실히 도덕적 또는 지적인 아름다움이 결여되어 있었다. 그런 아름다움이 있다면, 그것에 의해 획득된 지식과 육성된 정감은 ──마치 저항하기 어려운 매력을 가진 또 하나의 생명처럼── 그것을 간직한 용모와 몸놀림에 생기를 주지만, 그들의 눈은 마음의 다양한 작용이 낳는 그윽함과 복잡함이 결여되어 있어서, 영혼이 짜내는 미궁에서 심정과 관계를 맺을 수 없었을 것이다.

그리스 남성이 사랑의 정당한 대상을 갖지 못했기 때문에 정서적인 연애를 할 수 없었다고 상상하는 것은 그만두자. 이 정열은 바로 기사도와 근대문학의 소산이다. 이 사랑의 대상, 즉 그 원형은 사람의 마음속에 항상 존재하는 것이고, 마음은 그것과 비슷한 것 중에서 자신과 가장 비슷한 것을 고른다. 상상력이 구름의 모양이나 화염의 형태를 우연히 머리에 떠오른 동물이나 건물의 모습에 비유하여 보완해가듯, 마음은 불완전한 심상의 간극을 본능적으로 채운다. 인간은 가장 야만적인 상태에서도 사회적인 동물이다. 문명과 교양이 진보함에 따라 더한층 긴밀하고 완벽한 공감에 대한 욕구가 생겨난다. 감각을 만족시키는 것만이 남녀관계에서 요구되는 전부는 아니다. 감각의 만족은 오래지 않아 우리가 사랑이라고 부르는 그 심원하고 복잡한 정서의 아주 작은 일부가 되어버릴 것이다. 사랑은 감각의 교류에 대해서만이 아니라 지성, 상상력, 감수성 같은 우리 인간의 본성 전체의 교류에 대한 보편적인 갈망이다. 그것이 개인 속에서 생겨날 때, 전체적으로든 부분적으로든, 현실에서든 상상 속에서든, 그 욕구가 충족되어야 비로소 만족하는 필연적인 힘이다. 이 욕구는 우리 문명이 진보하면 할수록 강력해진다. 왜냐하면 인간이 사회적인 동물이 아니게 되는 일은 절대로 없기 때문이다. 성적 충동은 이런 욕구들 가운데 유일한 것, 대개는 그 작은 일부일 뿐이지만, 명백하고 외면적이라는 성질을 갖고 있기 때문에 욕구의 대표적인 표현으로서, 하나의 공통된 토대로서, 누구에게나 인정받는 눈에 보이는 하나의 유대로서의 역할을 맡고 있다. 성적 충동은 항상 그것을 둘러싸고 있는 부수적인 조건에서 그 자체의 것이 아닌 힘을 끌어내는 욕구이고, 인간성이 만족을 갈망하는 욕구이기도 하다. 이것을 판단하기 위해서는 동물 수컷이나 야만인 남성이 암컷이나 여성에게 보이는 사랑의 강렬함과 지속력을 관찰하면 된다. 그리고 문명인의 사랑이 야만인의 사랑 이상으로 지속적이고 강렬한 것은 다른 원인에 기인한다는 것을 인정하는 게 좋다. 외면적인 감각의 쾌감 정도는 특별히 다룰 만큼 중대한 차이는 없을 것이다.

고대 그리스인들 사이에서는 인류의 절반을 차지하는 남성이 최고의 수양을 쌓고 교양을 지니고 있었다. 한편 여성은 지성이라는 면에 한정하면 노예로 교육받고 있었기 때문에, 도덕과 지성의 탁월함이라는 점에서는 야만인의 상태 이상으로 그것을 갈고 다듬는 일은 없었다. 인간 사회의 발전은 이 점에서 서서히 개선되어왔음을 보여준다. 로마 여성들은 그리스 여성들보다 사회적으로 높은 평가를 받고 있었고, 가정에서 경제적으로 살림을 꾸려나가거나 자녀 교육에 있어서도 남편들과 거의 대등한 상대로 여겨지고 있었다. 근대 유럽의 관습이나 관례는 계발된 지능을 가진 사람이 인류가 장차 도달해야 할 목표로 희구하는 상태에서는 한참 동떨어진 것이라고는 해도, 고대 그리스나 로마보다는 본질적으로 다르고, 비교가 되지 않을 만큼 폐해가 적다.

A Defence of Poetry

시의 옹호

[런던의 출판업자인 찰스 올리어는 1820년에 『문학 잡필』이라는 문예지를 발간했는데, 이 잡지에 실린 마지막 평론은 셸리의 친구인 피콕이 쓴 「시의 네 시대」였다. 셸리는 올리어가 보내준 잡지를 읽은 뒤 1821년 1월 20일 그에게 편지를 썼다(이 무렵 셸리는 이탈리아 피사에 정착해 살고 있었다): "나는 『문학 잡필』에 홀딱 빠졌습니다. 특히 마지막 평론은 나의 논쟁적 기질을 맹렬히 자극해서, 나는 안염이 낫자마자 거기에 대한 답변을 시작할 작정입니다. …그 작품은 아주 재기 넘치는 글이지만, 내 생각에는 완전히 엉터리입니다." 2월 15일에는 피콕에게 직접 편지를 썼다: "시에 대한 당신의 저주 자체는 나에게 거룩한 분노를 불러일으켰습니다. …나는 나의 뮤즈인 우라니아[1]에게 경의를 표하여… 당신과 논쟁을 벌이고 싶은 강력한 의욕을 느꼈습니다."

2월 말에 셸리는 「시의 옹호」를 쓰기 시작했지만, 3월 4일 올리어에게 다시 편지를 써서 그 주제는 "내가 예상했던 것보다 훨씬 많은 분량을 필요로 한다"고 알렸다. 3월 20일에는 이미 제1부가 완성되고 복사되어 올리어에게 발송되었고, 그때 셸리는 올리어에게 "제2부와 제3부를 추가할 계획"이라고 알렸다.

『문학 잡필』이 창간호로 끝나는 바람에 셸리의 글은 발표되지 않았지

---

1 그리스 신화에 나오는 뮤즈 중 한 명으로, 천문을 관장하는 여신이다. '우라니아'는 '하늘'이라는 뜻이다.

만, 피콕은 올리버한테 셸리의 원고를 넘겨받아 『더 리버럴』지에 발표하도록 존 헌트에게 건네주었다. 헌트는 이 원고를 편집하여 「시의 네 시대」에 대한 구체적인 답변은 생략하고 일반적인 시의 옹호론으로 만들었다. 그런데 그럭저럭하는 사이에 『더 리버럴』이 자연사하는 바람에 「시의 옹호」는 메리 셸리가 편집한 유작 산문집 『해외에서 쓴 에세이와 편지들』이 1840년에 출간될 때까지 미발표 상태로 남아 있었다.

「시의 옹호」는 피콕이 「시의 네 시대」에서 농담조로 피력한 시의 무용론에 대한 진지한 답변으로 쓴 것이다.[2] 셸리의 평론은 세 부분으로 나뉘어 있다. 제1부는 시의 본질과 시인의 기능을 규정하고, 제2부는 시의 도덕적 영향을 역설하며, 제3부는 좀 더 발전한 문명 단계에서 시의 가치와 의미를 지적하려고 애쓴다.

셸리는 인간의 정신 작용을 이성과 상상으로 나누고, 이성을 분석과 계량의 도구로, 상상을 종합과 가치 파악의 능력으로 상정한다. 시는 기본적으로 '창조적 상상'의 산물이기 때문에, 그리고 높은 문명 단계는 인간이 직면해 있는 도덕적 문제에 대한 통찰을 통해서만 도달할 수 있기 때문에, 또한 도덕적 삶의 토대는 바로 공감과 사랑이기 때문에, 그리고 끝으로 적극적인 상상만이 사랑과 공감을 일깨울 수 있기 때문에, 셸리가 말하는 넓은 의미에서의 시는 '착한 삶'의 필수조건으로서 필요불가결하다는 결론이 나온다. 그리하여 당시 철학 사조의 주류에 속해 있었고 특히 애덤 스미스와 데이비드 흄의 철학을 지지한 셸리는 상상을 이성의 단계로까지 끌어올린다.

---

2 피콕의 평론 중에서 셸리가 특히 발끈한 대목은 이 책 말미의 '부록 ③'을 볼 것.

셸리는 —필립 시드니³처럼— 시가 인류의 시작과 함께 생겨났다고 주장한다. 시는 자연과 인간, 인간과 인간 사이의 관계를 파악하는 순간, 즉 인간이 자연 속에서 사회를 이루어 살기 시작한 이래 자연히 생길 수밖에 없었다는 것이다. 시는 반드시 문자로 기록된 것만을 뜻하기 이전에, 인간과 자연, 인간과 인간 사이에 친화를 가져온 모든 문화적 창조를 뜻한다. 인간을 위하여 자연을 이용하는 발명가도, 사회 질서를 가져온 법률가도, 음악가와 건축가도 모두 시인인 것이다. 궁극에 있어서 시는 모든 진선미의 근본인 신의 마음의 표현인 셈이다.

신플라톤주의⁴의 신비적 영향을 받은 셸리는 특이한 시의 영감설을 믿는다. 시는 신성한 정신이 인간을 순간적으로 관통하고 지나간 흔적이라고 본 것이다. 시인은 자의대로 시를 지을 수 있는 것이 아니다. 시인은 마치 나팔처럼 그 정신이 그를 휩쓸고 지나갈 때 자기도 알 수 없는 굉장한 소리를 내게 되는 것이다. 그 소리로 말미암아 세상은 더 나은 세계로 발전하므로, 시인은 가위 "세계의 공인되지 않은 입법자"라고 할 수 있는 것이다.]

<hr>

3 필립 시드니(1544~1586)는 영국의 시인·정치가로, 영국의 르네상스 시대를 대표하는 인물이다. 그의 「시의 변호」는 영어로 쓰인 최초의 시론으로, 이 글에서 시드니는 시(즉 문학)가 인류에게 처음으로 문명의 빛을 가져다주었으며, 그 후 나타난 철학·과학·역사 등의 학문은 모두 문학을 모태로 생겨났다고 주장했다.
4 플라톤 철학의 계승과 부활을 내세우며 3~6세기에 로마제국에서 성행했던 철학 사상. 플라톤 철학에 동방의 유대 사상을 절충한 것으로, 신비적 직관과 범신론적 일원론을 주장했는데, 뒤에 독일의 관념론에 영향을 주었다.

인간의 정신 작용을 이성과 상상의 두 종류로 나누어 바라보는 방식에 따르면, 이성이란 상념이 발생하는 유래가 어떠한지는 불문하고 상념 사이의 모든 관계를 고찰하는 정신이라고 생각할 수 있고, 상상이란 이런 상념에 작용하여 그 독자적인 빛으로 물들이고, 자연을 소재로 하듯 이들 상념을 소재로 하여 각각의 상념 속에 그것 자체가 완전한 원리를 포함하는 다른 상념을 만들어내는 정신이라고 생각할 수 있다. 상상이란 '창조하는 것'(τό ποιϊν), 즉 종합의 원리이고, 보편적 자연과 보편적 존재에 공통된 모든 형태를 그 대상으로 한다. 이성이란 '추리하는 것'(τό λογίζειν), 즉 분석의 원리이고, 그 작용은 사물의 관계를 단순히 관계로서만 고찰한다. 즉 상념을 완전한 통일체 안에서 보지 않고 어떤 일반적 관계로 이끌어가는 대수적(代數的) 표기로서 고찰하는 것이다. 이성은 이미 알고 있는 수량을 계산하는 능력이지만, 상상은 이런 수량의 가치를 개별적으로 또한 전체적으로 지각하는 능력이다. 이성은 사물의 차이점에 주목하고 상상은 사물의 유사점에 주목한다. 이성과 상상의 관계는 도구와 사용자의 관계, 육체와 정신의 관계, 그림자와 실체의 관계와 비슷하다.

시는 일반적인 의미에서 '상상의 표현'으로 정의될 것이다. 그리고 시는 인류의 시작과 동시에 태어났다. 인간은 일종의 악기이고, 그것이 안팎의 인상의 흐름에 흔들리는 모습은 아이올로스의 하프⁵ 위를 수시로 변하는 바람이 불 때 하프가 수시로 변하

---

5 바람이 잘 통하는 곳에 놔두면 저절로 소리가 나는 악기. 아이올로스는 그리스 신

는 선율을 연주하는 것과 비슷하다. 하지만 인간의 내면에는, 그리고 아마 감정을 가진 모든 생물 속에는 하나의 원리가 있고, 하프와는 다르게 작용하여 선율(멜로디)을 연주할 뿐만 아니라 이렇게 생겨난 소리나 움직임을 낳은 인상이 내면에서 그 소리나 움직임을 조절하여 화음(하모니)도 만들어낸다. 이것은 마치 가수가 하프 소리에 제 목소리를 맞출 수 있듯이, 그 하프가 현을 울리는 바람의 숨결에 따라 현을 맞추고 그에 상응하는 정해진 가락을 연주할 수 있는 것과 비슷하다. 혼자 놀고 있는 아이는 음성이나 동작으로 자신의 기쁨을 표현한다. 그리고 그 목소리의 억양과 몸짓 하나하나가 그 음성을 내게 하거나 동작을 취하게 한 유쾌한 인상 속에 있는 그와 대응하는 원형과 밀접한 관계를 유지하기 때문에, 그 하나하나는 그 인상을 그대로 비추어낸 영상이다. 그리고 바람이 멈춘 뒤에도 하프가 계속 진동하여 소리를 내듯이, 아이도 음성과 동작으로 그 기쁨을 영속시키고 기쁨의 원인도 오랫동안 의식하려고 한다. 아이의 이런 표현과 아이를 즐겁게 해주는 대상물의 관계는 시와 더 고귀한 대상물의 관계와 같다. 원시인은 (원시인과 시대의 관계가 아이와 나이의 관계와 같으니까) 주변 사물에 의해 제 마음속에 생겨난 정서를 아이와 같은 방식으로 표현한다. 그리고 그의 말과 몸짓은 그림이나 조각의 경우와 마찬가지로 그의 주위에 있는 대상물과 그 대상물에 대한 그의 이해가 결합한 효과의 영상이다. 사회에서 온

화에 나오는 바람의 신.

갖 정열과 기쁨을 갖춘 인간은 다음에는 다른 인간의 정열과 기쁨의 대상이 된다. 어떤 종류의 정서가 더해지면 그만큼 표현도 더욱 풍부해진다. 그리고 언어와 동작과 모방 예술은 표현인 동시에 그 매체가 되어, 붓인 동시에 그림이 되고, 끌인 동시에 조각이 되고, 현인 동시에 화음이 된다. 사회적 공감, 즉 사회를 이루는 구성요소인 모든 법칙은 두 사람이 생활을 함께 하는 바로 그 순간부터 저절로 발달하기 시작한다. 식물이 씨앗 속에 포함되어 있듯이 미래는 현재 속에 포함되어 있다. 그리고 인간이 사회적 동물인 한, 평등과 차별, 일치와 대립, 상호의존 따위는 사회적 존재로서 인간 행위에 대한 의지를 결정하는 동기를 부여할 수 있는 유일한 원리가 된다. 이런 것은 감각에는 쾌락을, 감정에는 미덕을, 예술에는 아름다움을, 추론에는 진리를, 교제에는 사랑을 만들어내는 것이다. 이런 이유 때문에 인간은 사회의 요람기에도 언어와 동작 속에 그 말과 동작이 표현하는 대상물이나 인상이 갖는 질서와는 다른 일정한 질서를 지키고 있다. 이처럼 모든 표현은 그 표현을 낳는 것의 법칙을 따르고 있다. 하지만 여기서는 사회 자체의 원리 규명에까지 미치는 일반적인 고찰은 그만두고, 상상이 사회의 모든 형태에 어떻게 나타나는가에 대해서만 고찰하기로 하겠다.

세상의 청년기에는 사람들이 춤추고 노래하고 자연물을 모방했지만, 이런 행위에서도 다른 행위의 경우와 마찬가지로 일정한 리듬이나 질서를 지키고 있었다. 그런데 춤의 몸짓, 노래의 선율, 언어의 조합, 그리고 각종 자연물의 모방에서 사람은 누구나

이와 비슷한 질서를 지키고 있었지만, 동일한 질서를 지키고 있었던 것은 아니다. 이런 종류의 모방적 표현에는 각각에 고유한 일정한 질서 내지는 리듬이 있기 때문이고, 청중이나 관객은 다른 어떤 것보다 바로 그런 질서나 리듬에서 강렬하고 순수한 기쁨을 얻기 때문이다. 이 질서에 근접할 수 있는 감각을 근대 작가들은 취향이라고 불렀다. 예술의 요람기에 사람들은 모두 이 최고의 기쁨을 낳는 질서에 다소라도 근접한 질서를 지키고 있다. 하지만 아름다움(이 지고의 기쁨과 그 원천의 관계를 우리는 이렇게 부를 수 있을 것이다)에 근접하는 이 능력이 지극히 위대한 경우는 별문제지만, 그 차이는 차이의 정도가 느껴질 만큼 충분히 인지되지는 않는다. 이 능력을 과도하게 갖춘 사람들이 가장 넓은 의미에서의 시인이다. 그리고 그들이 자신의 정신에 미치는 사회나 자연의 영향을 나타내는 표현 양식에서 생겨나는 기쁨은 저절로 다른 사람들에게 전해지고, 공감을 통해 일종의 반복을 불러일으킨다. 시인의 언어는 매우 비유적이다. 즉 그 언어는 지금까지 이해되지 않았던 사물의 관계를 나타내고, 그런 관계에 대한 이해를 영속화하고, 마지막에는 시간이 흐름에 따라 이런 관계를 표현하는 말이 상념의 전체상이 아니라 상념의 몇몇 부분이나 몇몇 종류를 나타내는 부호가 되어버린다. 따라서 새로운 시인이 나타나 이렇게 해체되어버린 연상을 새로 창조하지 않으면, 언어는 인간의 교류라는 지극히 고귀한 목적에 대해 아무런 도움도 되지 않는 '죽은 것'이 되어버린다. 이와 유사한 것 또는 이런 관계를 베이컨은 "세계의 다양한 주제 위에 새겨진, 자연의 동일한 발자국"6이라고 말하고 있다. 또한 그는 이런 관계를 지각하는 능력을 모든 지식에 공통된 원리의 보물창고로 생각하고 있다. 사회의 요람기에는 언어 자체가 시니까, 글을 쓰는 자는 모두 필연적으로 시인이었다. 그리고 시인이라는 것은 참[眞]과 아름다움[美]을 이해하는 것, 한 마디로 말해서 착함[善] ─ 우선 존재와 지각 사이의 관계에 존재하고, 다음에는 지각과 표현 사이에 존재하는 착함 ─ 을 이해하는 것이다. 발생기의 원시적인 언어는 모두 그것 자체가 어떤 서사시에 묘사되는 것과 같은 혼돈 상태다. 방대한 사전이나 문법상의 구별 따위는 후세의 소산이고, 초기에는 시 작품의 단순한 목록이나 형해밖에 존재하지 않는다.

하지만 시인, 즉 이 불멸의 질서를 상상하고 표현하는 자들은 단순히 언어나 음악, 무용, 건축, 조각, 그림의 창조자일 뿐만 아니라 법의 제정자이고, 시민 사회의 건설자이며, 생활 기술의 발명자이고, 또한 눈에 보이지 않는 세계의 섭리, 이른바 종교를 부분적으로나마 이해하고 이것을 아름다움과 참에 다소나마 접근시키는 스승이기도 하다. 따라서 원시 종교는 모두 우의적이거나 또는 우의적일 수 있고, 그래서 야누스7처럼 참과 거짓의 양면을 가지고 있다. 시인은 세상이 처음 시작된 초창기에는 그들이 나타난 시대와 민족의 상황에 따라 입법자나 예언자라고 불렸다.

---

6 (원주) 베이컨의 『학문의 진보에 대하여』 제1장 제3절.
7 로마 신화에 나오는 두 얼굴을 가진 신. 성과 집의 문을 지키며, 전쟁과 평화를 상징한다.

시인은 본래 이 두 가지 성격을 아울러 가지고 그 두 가지를 통합한 존재다. 시인은 현재를 있는 그대로 날카롭게 응시하고, 현재의 사물을 질서 있게 만들고 있는 법칙을 발견할 뿐만 아니라 현재 안에서 미래를 보기 때문이고, 그의 상념은 먼 훗날 꽃이나 열매가 되어야 할 생각의 싹이기 때문이다. 그렇다고 해서 나는, 시인이란 비속한 의미에서의 예언자라느니 사건의 정신을 예지하는 것과 거의 같은 정도로 확실하게 사건의 형태도 예지할 수 있다고 주장하는 것은 아니다. 이런 주장이야말로 미신의 구실이고, 예언을 시의 속성으로 삼기는커녕 오히려 시를 예언의 속성으로 삼는 것이다. 시인은 영원한 것, 무한한 것, 유일한 것에 참여한다. 시인의 시상에 관한 한, 때와 장소와 수는 존재하지 않는다. 최고의 시의 경우에는 시제와 인칭의 구별, 장소의 차이를 나타내는 문법상의 형식을 변경해도 시의 정수(精髓)는 조금도 손상되지 않는다. 그리고 본론에서 인용이 자유롭게 허용된다면, 아이스킬로스[8]의 합창시, 「욥기」,[9] 단테의 「천국편」 등은 다른 어떤 작품보다도 이 사실의 좋은 사례가 될 것이다. 조각, 그림, 음악 등의 작품은 이 사실을 더한층 명백하게 실증해줄 것이다.

언어, 색채, 형태, 그리고 종교적·사회적 행동 관습은 모두 시

---

[8] 아이스킬로스(기원전 525~456)는 그리스의 비극작가. 합창과 낭송만으로 이루어진 초기의 연극을 노래와 대사 및 동작이 어우러진 형태로 끌어올렸다. 주로 운명에 저항하는 인간의 영웅적 태도를 묘사했으며, 작품에 『결박당한 프로메테우스』 등이 있다.

[9] 구약성서의 한 권. 욥이 고난을 겪으면서도 믿음을 가지고 하느님에게 순종하는 내용이다.

의 도구이고 소재다. 결과도 원인과 같은 의미라고 보는 비유적 표현에 따르면, 이런 것도 시라고 부를 수 있을 것이다. 하지만 좀 더 좁은 의미에서의 시는 눈에 보이지 않는 인간성의 내면 깊숙한 곳에 장막을 둘러친 옥좌에 앉아 있는 제왕 같은 능력으로 창조된 언어 배열, 특히 운율적인 언어 배열을 나타낸다. 그리고 이것은 언어의 성질 자체에서 나오는 것이다. 언어는 우리의 내적 생명의 활동이나 정열을 색채나 형태나 동작보다 더한층 직접적으로 표현하는 것이고, 더욱 다양하고 미묘하게 결합할 수 있는 것이며, 창조의 주체인 그 능력의 지배에 더한층 유연하게 순종하는 것이다. 언어는 상상에 의해 마음대로 만들어지고 상념하고만 관계를 갖기 때문이다. 그런데 언어 이외의 다른 예술 소재와 도구와 조건은 모두 상호 관계를 가지며, 그 관계가 시상과 표현 사이에 개재하여 서로를 제한한다. 모두가 빛을 전달하는 매체이기는 하지만, 언어는 빛을 반사하는 거울 같은 매체인 반면 나머지는 빛을 약화시키는 구름 같은 매체다. 그렇기 때문에 이런 예술의 거장들이 지닌 본래의 능력이 언어를 상념의 상징으로 사용해온 이들의 능력에 결코 뒤떨어지지 않는데도, 이제껏 조각가와 화가와 음악가의 명성이 좁은 의미의 시인의 명성에 필적해본 적이 없다. 두 연주자가 같은 기량을 가지고 있어도, 기타를 치는 것과 하프를 켜는 것은 연주 효과가 같지 않은 것과 마찬가지다. 좁은 의미의 시인의 명성을 능가하는 것은 오직 입법자와 종교 창시자의 명성뿐인 듯하다. 그것도 그들이 수립한 제도가 존속하는 동안에 한해서 그렇다. 그렇지만 그들이 대중의 저속한 견해에 아첨하여 얻은 명성을 빼버리면 남는 게 얼마나 될까. 무시해도 될 정도일 것이다.

이처럼 우리는 '시'라는 말의 의미를 가장 친숙하고 가장 완전한 표현인 그 언어 예술의 테두리 안에 제한해왔다. 하지만 그 테두리를 더욱 좁혀서, 운율을 맞춘 말과 그렇지 않은 말을 구별할 필요가 있다. 산문과 운문의 통속적인 구별은 정밀한 원리의 규명에서는 인정할 수 없는 것이기 때문이다.

상념과 마찬가지로 소리도 서로 관계를 갖고, 또한 소리가 표현하는 상념에 대해서도 관계를 갖고 있다. 그리고 소리의 이런 관계의 질서를 지각하는 것은 자연히 상념 사이의 관계 질서를 지각하는 것과도 관련성을 갖는다는 것이 늘 인정되어왔다. 그래서 시인의 언어는 언제나 어떤 일정한 조화가 있는 소리의 반복을 채택해왔다. 이런 소리의 반복이 없으면 시인의 언어는 시가 아닐 것이고, 이런 소리의 반복이 시인의 감화력을 전하는 데 필수불가결한 것은 언어의 독자적인 질서와는 관계없이 언어 자체가 시에 필수불가결한 것과 마찬가지다. 따라서 번역은 부질없는 노릇이다. 시인이 창작한 것을 원래의 언어에서 다른 언어로 바꾸려 하는 것은 제비꽃의 색깔과 향기의 본질적 원리를 발견하려고 제비꽃을 도가니 속에 던져 넣는 것과 마찬가지로 어리석은 짓이다. 제비꽃은 한 번 더 그 씨앗에서 싹을 내지 않으면 안 된다. 그러지 않으면 제비꽃은 꽃을 피우지 못할 것이다. 그리고 이것이야말로 우리가 짊어진 바벨탑[10]의 저주다.

시인의 언어에서 지켜지는 조화의 반복이라는 규칙적인 방식은 그 언어의 음악성과 결부되어 운율, 즉 언어의 하모니를 이루는 전통적 형식을 만들어냈다. 그렇기는 하지만 이 전통적 형식의 진수인 하모니가 지켜지고 있다면 시인이 자신의 언어를 이 형식에 합치시킬 필요는 전혀 없다. 이런 운율을 사용하는 것은 실제로 편리하고 인기도 있으며, 특히 많은 형태와 동작을 포함하는 작품에서 선호된다. 하지만 위대한 시인들은 자신의 독자적인 운율 형식을 구축할 때 선배들의 본보기에 반드시 개혁의 손길을 가하지 않으면 안 된다. 시인과 산문작가를 구별하는 것은 저속한 잘못이다. 철학자와 시인의 구별도 지금까지 논의되어왔다. 플라톤은 본질적으로 시인이었다. 즉 그의 비유의 핍진성과 장려함 그리고 그의 언어의 선율은 생각할 수 있는 가장 강렬한 것이다. 그는 형태와 동작을 제거한 사상 속에 하모니를 가져오려고 했기 때문에 서사시나 극이나 서정시 등의 운율을 거절했다. 그는 또한 일정한 형식 아래 문체의 다양한 리듬을 포함하는 어떤 일정한 운율 형식을 만들어내는 것도 삼갔다. 키케로는 플라톤의 문장이 지닌 리듬을 모방하려 했지만 거의 성공하지 못했다. 베이컨은 시인이었다.[11] 그의 언어는 감미롭고 장중한 리듬을 갖고 있다. 그의 철학이 초인적인 지혜로 사람의 지성을 만족시키는 것과 마찬가지로 그 리듬은 사람의 감각을 만족시킨다.

---

10 구약성서 「창세기」 11장에 나오는 탑. 바벨에 사는 노아의 후손들이 하늘에 닿는 탑을 쌓기 시작하자 신이 노하여 저주를 내리니, 사람들 사이에 방언을 쓰게 되면서 서로 말이 통하지 않아 공사를 마치지 못했다 한다.
11 (원주) 베이컨의 『미궁의 실』, 특히 '죽음에 관한 에세이'를 참조할 것.

그 언어는 일종의 긴장이고, 독자의 정신을 넓힌 다음 파열시켜 독자의 정신이 늘 공감하는 보편적 요소 속에 독자의 정신과 함께 흘러든다. 사상계의 혁명가들이 모두 필연적으로 시인인 것은 그들이 창의적인 사람이라든가 그들의 언어가 진실의 생명에 관한 비유를 통해 사물 사이의 영원한 유사성을 밝히기 때문이라는 이유만이 아니라, 그들의 문장에 하모니와 리듬이 풍부하고, 그 문장 속에 운문의 요소를 포함하고 있으며, 영원의 음악을 반향시키고 있기 때문이다. 이런 뛰어난 시인들도, 그 주제의 형식과 줄거리 때문에 전통적인 운율 형식을 사용했다고 해서, 전통적인 운율 형식을 사용하지 않은 사람들보다 사물의 진리를 인지하고 교시하는 능력이 떨어지는 것은 아니다. (근대 작가에만 한정해보아도) 셰익스피어, 단테, 밀턴 같은 작가들은 최고의 능력을 가진 철학자들이다.

시는 영원한 진리의 모습으로 표현된 삶의 영상 그 자체다. 역사와 시 사이에는 다음과 같은 차이가 있다. 역사는 시간과 장소, 환경, 인과관계 외에는 아무 관련도 없는 고립된 사건 목록에 불과하지만, 시는 다른 모든 사람들의 마음을 비춘 영상인 '조물주'의 마음에 내재하는 인간성의 변치 않는 형식에 따라 줄거리를 창조한 것이다. 역사는 부분적이고, 어떤 특정한 시기나 두 번 다시 일어날 수 없는 사건의 특정한 조합을 다루고 있을 뿐이다. 반면에 시는 보편적이고, 인간성 안에 온갖 변화를 불러일으키는 어떤 동기나 행위와도 관계의 싹을 내포하고 있다. 거기에 마땅히 주어져야 할 시성(詩性)을 빼앗긴 개개의 특정한 사실들을 다룬 이야기는 시간이 흐르면서 그 아름다움과 쓸모를 잃어버리지만, 시간은 시의 아름다움과 쓸모를 증대시키고, 시에 포함되어 있는 영원한 진리의 새롭고 경이로운 적용을 언제까지나 펼친다. 그렇기 때문에 전체의 내용을 간추린 줄거리는 역사의 좀벌레라고 불려왔다. 그것은 역사가 가진 시성을 다 먹어버리기 때문이다. 개개의 사건을 기술하는 역사는 본래 아름다운 것을 흐릿하게 일그러뜨리는 거울 같은 것이지만, 시는 일그러져 있는 것을 아름답게 만드는 거울이다.

작품 전체가 시를 이루지 않아도 그 부분 부분이 시적인 경우도 있다. 단 하나의 문장이라도, 그것이 일련의 동화되지 않은 부분들 한가운데에 놓여 있어도 완전한 하나의 시문으로 여겨질 수 있다. 또한 단 하나의 낱말조차도 번뜩이는 불멸의 사상이 될 수 있다. 이런 의미에서 헤로도토스, 플루타르코스, 리비우스[12] 등도 모두 시인이었다. 그리고 이 작가들 —특히 리비우스— 의 구상은 그들이 시적 재능을 최대한 발휘하는 것을 방해했다고는 하지만, 그들의 주제가 갖는 모든 간극을 생생한 심상으로 메움으로써 그들이 세운 구상에 따른 불리함을 충분히 보완했다.

이상으로 시란 무엇인가, 시인이란 어떤 사람인가를 밝혔기 때문에, 이제는 시가 사회에 끼치는 영향을 헤아려보겠다.

시는 언제나 쾌락을 동반한다. 시가 찾아오면 정신은 저절로

---

12 헤로도토스(기원전 484~425)는 고대 그리스의 역사가로, 서양에서는 '역사의 아버지'로 불린다. 플루타르코스(46~120)는 로마 제정 시대의 그리스 작가로, 『영웅전』을 남겼다. 리비우스(기원전 59~서기 17)는 고대 로마의 역사가.

열려, 시의 기쁨에 섞여 있는 지혜를 받아들이려 한다. 세상의 요람기에는 시인 자신도, 그리고 시를 듣는 청자도 시의 탁월성을 충분히 의식하지 않았다. 시는 의식을 초월하여, 신성하고 이해하기 어려운 방식으로 작용하기 때문이다. 그리고 시라는 원인과 그 결과가 융합하여 생겨난 모든 힘과 빛남 속에서 강력한 인과관계를 바라보고 평가하는 일은 후세 사람들에게 남겨져 있다. 근대에도 살아생전에 명성의 정점에 다다른 시인은 아무도 없었다. 영원불멸인 시인을 판가름하는 재판관은 시인과 어깨를 나란히 할 수 있는 사람들로 구성되지 않으면 안 된다. 많은 세대의 현자들 가운데 가장 엄선된 사람들 중에서 시간에 의해 임명된 사람이 아니면 안 된다. 시인은 어둠 속에서 외로움을 달래려고 아름다운 목소리로 노래 부르는 꾀꼬리다. 시인의 노래에 귀를 기울이는 사람은 모습이 보이지 않는 가수의 멜로디에 황홀해지고 감동을 받으면서도 그 목소리가 어디서 오는지, 왜 그런 기분이 되는지 알지 못하는 사람과 비슷하다. 호메로스와 그의 동시대인들의 시는 고대 그리스의 기쁨이었다. 그들의 시는 후세의 모든 문명을 지탱해온 주춧돌이라고 해야 할 사회제도의 구성요소였다. 호메로스는 당대의 완벽한 이상형을 등장인물들의 모습에 구현했다. 그래서 그의 시를 읽는 독자들이 아킬레우스, 헥토르, 오디세우스[13] 같은 인물이 되려는 야심을 품은 것은 의심

---

13 아킬레우스는 『일리아스』의 주인공인 그리스의 영웅. 헥토르는 트로이의 왕자로, 아킬레우스에게 살해된다. 오디세우스는 『오디세이아』의 주인공.

할 수 없는 일이다. 우정과 애국심, 목적에 대한 불굴의 헌신 등에 보이는 참과 아름다움이 이런 불멸의 인물들 속에 충분히 표현되어 있다. 이 시를 듣는 사람의 감정은 이런 위대하고 사랑스러운 인물들과 공감함으로써 더욱 세련되고 확대되어, 마침내는 찬미에서 모방으로, 모방에서 찬미 대상과의 동화로 발전했을 게 분명하다. 이런 인물들이 도덕적 완벽함과는 거리가 멀고, 따라서 일반인들이 모방할 만한 교훈적 모범은 될 수 없다고 이의를 제기하는 일은 그만두겠다. 어느 시대에나 많든 적든 그럴 듯하다는 이름 아래 그 시대 특유의 잘못을 숭배해왔다. '복수'는 반미개 시대에 숭배한 적나라한 우상이다. 그리고 '자기기만'은 미지의 악을 베일로 감춘 우상이고, 사치와 포만이 그 앞에 엎드려 있다. 하지만 시인은 동시대인들의 악덕을 자신이 창조한 인물들에게 휘감아야 하는 가짜 의상으로 간주하고, 게다가 그 의상이란 것이 그가 창조한 인물들의 아름다움을 덮고는 있지만 그 아름다움의 영원성까지는 감출 수 없다고 생각하고 있다. 서사시나 연극의 등장인물은 고대에는 갑옷을, 근대에는 양복을 몸에 걸치듯 이런 악덕을 영혼에 걸치고 있다고 이해된다. 내적 본성의 아름다움은 가짜 의상에 아무리 깊이 가려져 있어도, 그 아름다운 정신은 저절로 그 가장(假裝) 자체로 전해지고, 옷맵시에서 그 옷 속에 감추어져 있는 참모습을 드러낸다. 당당한 용모와 우아한 몸짓은 가장 야비하고 가장 몰취미한 의상을 몸에 걸치고 있어도 저절로 드러나는 법이다. 최고급 시인이라 해도, 제 시상의 아름다움이 갖는 참됨과 빛남을 그대로 적나라하게 표현하려고 한 경우는 거의 없었다. 옷과 관습 따위를 한데 섞어 사용하는 것이 하늘에서 내려온 이 음악을 사람의 귀에 들리도록 조정하는 데 필요하다는 것은 의심할 여지가 없을 것이다.

하지만 시의 부도덕성에 대한 반론은 모두 인간의 덕성을 개선하기 위해 시가 어떻게 하고 있는가에 대한 오해에서 생겨난다. 윤리학은 시가 창조한 모든 요소를 배열하고, 시민생활과 가정생활의 설계를 제안하고, 그 범위를 제시할 뿐이다. 사람들이 서로 경멸하고 비난하고 속이고 정복하는 것은 찬양할 수 있는 신조가 없기 때문은 아니다. 하지만 시는 이것과 다른 거룩한 방식으로 작용한다. 시는 정신을 아직 이해되지 않은 수없이 다양한 사상의 조합을 받아들이는 수용기로 만들어, 정신 자체를 눈뜨게 하고 확대한다. 시는 숨겨진 세계의 아름다움에서 덮개를 제거하고, 일상적이고 통속적인 것을 마치 신기한 것처럼 보이게 한다. 시는 표현하는 모든 것을 생산한다. 그리고 시의 천국의 빛을 몸에 걸친 인물들은 그들을 한번 관조한 사람들의 마음속에 온화하고 고상한 만족감을 생각나게 하는 존재로서 계속 살아남고, 그 만족감은 그것과 공존하는 모든 사상과 행동 위에 널리 퍼져간다. 도덕의 커다란 비밀은 사랑이다. 즉 우리 자신의 본성에서 벗어나 우리 자신의 것이 아닌 사상과 행동, 인물 속에 존재하는 아름다운 것과 자신을 일체화하는 것이다. 사람이 대단히 착해지려고 하면 상상력을 강렬하고 광범위하게 작동시키지 않으면 안 된다. 그는 다른 한 사람 또는 많은 사람의 처지에 자신을 놓아야 한다. 인류의 괴로움과 즐거움도 자신의 것으로 만들어야 한다. 도덕적 선의 위대한 도구는 상상이다. 그리고 시는 원인인 상상에 작용함으로써 결과인 도덕적 선을 조장한다. 시는 언제나 새로운 기쁨에 가득 찬 상념으로 상상을 채움으로써 그 상상의 원둘레를 넓힌다. 그리고 이 상념에는 다른 모든 상념을 끌어들여 자신의 본성에 동화시키는 힘이 있고, 이 상념이 새로운 간극이나 균열을 만들면 그 빈자리는 신선한 양식을 영원히 갈망해 마지않는다. 운동이 팔다리를 강하게 단련하는 것과 마찬가지로, 시는 인간의 도덕적 본성의 기관인 상상을 강화한다. 그렇기 때문에 시인이 자기가 살고 있는 장소와 시간에 통상적으로 관련되어 있는 그 자신의 옳고 그름에 대한 개념을 그것과는 아무 관계도 없는 그의 작품 속에 표현하는 것은 부당할 것이다. 이렇게 시인이 결과인 선의 해설자라는 열등한 역할을 떠맡으면, 아마 이 역할조차 결국에는 제대로 수행하지 못하고, 게다가 원인인 상상에 참여하는 영광도 잃게 될 것이다. 호메로스든, 다른 어떤 영원한 시인이든, 자신의 역할을 오해하고 가장 광대한 왕국의 옥좌를 잃어버릴 염려는 거의 없었다. 시적 능력이 위대해도 별로 강렬하지는 않았던 시인들, 예를 들면 에우리피데스, 루카누스, 타소, 스펜서[14] 등은 종종 도덕적 목적을 택했기 때문에, 그

---

14 에우리피데스(기원전 480~406)는 고대 그리스의 비극작가로, 작품에 『트로이의 여인』 등이 있다. 마르쿠스 루카누스(39~65)는 고대 로마의 시인으로, 『파르살리아』가 유명하다. 타르콰토 타소(1544~1595)는 이탈리아의 시인으로, 종교적 서사시 『해방된 예루살렘』 등이 있다. 에드먼드 스펜서(1552~1599)는 영국의 시인으로, 영국 르네상스 시대에 셰익스피어와 함께 가장 위대한 시인으로 꼽힌다.

들의 시의 효과는 그들이 독자들의 주의를 이 목적으로 돌리려는 정도에 반비례하여 감소하고 있다.

호메로스나 그를 추종하는 서사시인들 뒤에 한동안 시간을 두고 아테네의 극시인과 서정시인들이 등장했다. 이들은 시적 능력의 유사한 표현들 중에서 가장 완벽한 모든 것, 즉 건축, 그림, 음악, 무용, 조각, 철학, 그리고 시민생활의 여러 가지 형태로 같은 시대에 활약했다. 아테네 사회의 제도는 기사도와 기독교에 존재하고 있던 시성(詩性)이 근대 유럽의 관습과 제도에서 제거되기 전에 존재한 많은 결함 때문에 일그러져 있었다고는 해도, 소크라테스가 죽기 전 1세기 동안만큼 충분한 활력과 아름다움과 덕성이 발달한 경우는 다른 어떤 시대에도 없었고, 맹목적인 힘과 완강한 형식이 인간의 의지에 따르도록 길들여진 적도 없었으며, 그 인간의 의지가 아름다운 것과 참된 것의 명령에 이 세기만큼 저항하지 않은 적도 없었다. 인류 역사상 다른 어떤 시대의 기록이나 단편도 인간의 내면에 있는 신성(神性)의 이미지를 이 세기만큼 확실히 각인한 적은 없다. 그렇기는 하지만 이 시기를 다른 어떤 시대보다 기억할 만한 것으로 만들고 후세가 영원히 본받을 만한 모범의 보고로 만들어온 것은 오로지 형태와 동작과 언어에 내재하는 시성이다. 문자로 쓰인 시는 당시 다른 모든 예술과 동시에 존재하고 있었기 때문이고, 어떤 예술이 빛을 받았는가를 묻는 것은 무익한 탐색일 테고, 모든 예술이 공통된 하나의 초점에서 발산된 것처럼, 그 뒤에 이어진 가장 어두운 암흑시대 위에 빛을 발산해왔기 때문이다. 우리는 사건이 언제나 서로 결합하여 생겨난다고 말할 뿐, 어느 쪽이 원인이고 어느 쪽이 결과인지는 모른다. 시가 인간의 행복과 완성에 이바지하는 다른 모든 예술과 늘 공존해왔음을 알고 있을 뿐이다. 그 원인과 결과를 구별하려면, 내가 앞에서 이미 말한 것을 근거로 삼아주기 바란다.

연극이 탄생한 것도 위에 언급한 시기였다. 그리고 후세의 어느 작가가 오늘날까지 남아 있는 아테네의 극작품들 가운데 두세 편의 위대한 표본에 필적하거나 능가할 수 있었다 해도, 극예술 자체가 아테네에서만큼 그 참된 원리에 따라 이해되고 실천된 적은 결코 없었다. 아테네 사람들은 언어, 동작, 음악, 그림, 무용, 종교 등을 사용하여 정열과 힘의 최고 이상을 표현한다는 공동의 효과를 만들어내려고 했기 때문이다. 예술의 어떤 분야도 가장 뛰어난 재능을 가진 예술가에 의해 완벽한 것이 되고, 또한 서로 아름다운 균제와 통일성을 갖도록 육성되었다. 근대의 무대에서는 시상의 이미지를 표현할 수 있는 요소들 가운데 극히 적은 일부만이 동시에 사용될 뿐이다. 근대의 비극에는 음악과 무용이 사용되지 않거나, 음악과 무용이 있어도 거기에 적합한 최고의 등장인물이 없거나, 두 가지가 갖추어져 있어도 거기에 종교성이나 엄숙함이 없을 때도 있다. 실제로 종교 제도는 일반적으로 무대에서 추방당해버렸다. 가면이란, 배우가 연기하는 극중인물에 어울리는 많은 표정을 틀에 끼워 넣어 변하지 않는 하나의 표정으로 삼는 것이므로, 배우의 얼굴에서 가면을 벗겨버리는 근대극의 방식은 단순히 부분적이고 부조화한 효과를 만들어내는 데 도움을 줄 뿐이고, 이상적인 모방을 연기하는 명배우에게 관객들이 주의를 집중하는 독백 외에는 적합하지 않다. 희극을 비극에 혼합시키는 근대의 수법은 연출할 때 두드러진 폐해를 낳기 쉽지만, 확실히 연극의 영역은 확대된다. 하지만 이 경우의 희극은 『리어 왕』에서 볼 수 있듯이 보편적이고 이상적이며 숭고한 것이 아니면 안 된다. 『오이디푸스 왕』[15]이나 『아가멤논』[16] 또는 이 작품들이 포함된 삼부작과 비교해도 『리어 왕』을 더 뛰어난 작품으로 만들고 있는 것은 아마 이 원리가 관여하고 있기 때문일 것이다. 셰익스피어가 근대 유럽에 널리 퍼져 있던 연극 이론을 전혀 몰랐기 때문에 융통성 없는 조건에 따를 수밖에 없었다고 해도, 『리어 왕』이 이런 비교를 견딜 수 있다면 이것이야말로 세상에 존재하는 극예술 가운데 가장 완벽한 표본이라고 판단해도 좋을 것이다. 칼데론[17]은 종교적인 성찬극(聖餐劇)에서 셰익스피어가 무시한 연극의 고급스러운 조건 몇 가지를 충족시키려고 시도했다. 예를 들면 연극과 종교가 어떤 관계를 갖게 하거나, 연극과 종교를 음악 및 무용과 조화시키려고 한 것 등이다. 하지만 그는 보다 더 중요한 조건들을 빠뜨렸고, 인간적 정열의 진실을 구현한 생생한 인물을 창조하는 대신 왜곡된 미신의 지극히 편협하고 진부한 이상상을 가져왔기 때문에 얻은 것보다 잃은 것이 더 많았다.

이야기가 잠시 옆길로 빠졌다. 「시의 네 시대」를 쓴 저자는 연

---

15 소포클레스의 비극으로, 『콜로노스의 오이디푸스』 『안티고네』와 삼부작을 이룬다.
16 아이스킬로스의 비극으로, 『코에포로이』 『에우메니데스』와 삼부작을 이룬다.
17 페드로 칼데론(1600~1682)은 스페인의 극작가. 작품에 『인생은 꿈』 등이 있다.

극이 인간의 삶과 풍습에 미치는 영향에 대해 논쟁을 신중하게 피해왔다. 그러나 연극이 사회 풍속의 개선이나 타락에 관련되어 있음은 이미 일반에 널리 인정된 사실이다. 바꿔 말하면 가장 완전하고 보편적인 형식인 연극에서의 시성의 유무가 행위와 관습에서의 선악과 관련되어 있다는 것이다. 풍속의 타락은 연극의 결과라 하여 연극이 그 책임을 짊어지게 되었지만, 그 타락은 연극을 제작할 때 사용되는 시성이 없어질 때 시작된다. 한쪽이 번영하는 시기와 다른 쪽이 쇠퇴하는 시기가 도덕적 인과관계의 어떠한 실례 못지않게 정확하게 서로 조응했는지 아닌지에 대해 나는 풍속사에 비추어 대답을 찾는다.

아테네든 다른 어느 곳이든, 연극이 완벽의 영역에 도달한 곳에서는 연극이 그 시대의 도덕적·지적 위대함과 늘 공존하고 있었다. 아테네 시인들의 비극은 거울과 같아서, 이것을 보는 사람은 환경이라는 얇은 베일을 몸에 걸치고 있지만 누구나 사랑하고 찬양하고 닮고 싶어 하는 모든 것의 내적 전형이라고 느끼는 그 이상적인 완성과 활력 외에는 모두 발가벗겨진 자신의 모습을 보게 된다. 상상은 매우 강력한 고뇌와 정열에 공감함으로써 확대되지만, 그 고뇌와 정열은 한번 마음에 품으면 품은 사람의 포용력을 팽창시킬 만큼 강력하다. 착한 감정은 연민과 의분, 공포와 비통함 등에 의해 강화된다. 그리고 이런 감정을 충분히 작동시키면 일상생활의 혼란을 진정시켜주는 숭고한 정적감이 솟아난다. 범죄조차도 인간성의 헤아릴 수 없는 작용의 숙명적 결과로 표현되면 그 공포의 절반은 사라지고 그 감염력은 완전히 제거된다. 이리하여 과실도 그 고의성을 빼앗기고, 사람들은 과실을 스스로 좋아서 만들어낸 것으로서 소중히 마음에 품을 수 없다. 최고급 연극에는 비난이나 증오의 양식이 되는 것은 거의 없고, 오히려 자각이나 자존심을 가르쳐준다. 눈이나 정신도 이 것과 비슷한 것에 비추어지지 않으면 자신의 모습을 볼 수 없다. 연극은 ──시성(詩性)을 표현하는 한 ──프리즘 모양의 다면경 같은 것이어서, 인간성의 가장 빛나는 광선을 한데 모으고, 그것을 분산시키고, 그 결과 생겨난 소박하고 기본적인 형태에서 그 광선을 재생하고, 다시 여기에 장엄함과 아름다움을 첨가하고, 그 거울면에 비치는 모든 것을 배가하고, 그렇게 반영되어 배가된 빛에는 그 빛이 미치는 곳이 어디든 그것과 비슷한 빛을 전파시키는 힘을 준다.

하지만 사회생활의 퇴폐기에는 연극이 그 퇴폐에 감응한다. 비극은 고대의 위대한 걸작의 형식을 모방하고, 연극과 동질적인 모든 예술 사이에 이루어지던 조화로운 협력의 끈을 잘라버린다. 게다가 그것은 왕왕 그 모방하는 형식조차 오해되거나 또는 작가가 도덕적 진리라고 생각하는 몇 가지 신조를 말하려 하는 미약한 시도가 되거나, 둘 중 하나다. 게다가 그 신조라는 것은 대개는 작가까지도 관객과 함께 감염되어 있는 야비한 악덕이나 결함에 대한 그럴 듯한 아첨에 불과하다. 이리하여 고전극이나 가정극이라고 불리는 연극이 탄생한 것이다. 애디슨[18]의 『카토』

---

18 조지프 애디슨(1672~1719)은 영국의 문필가·정치가. 『카토』는 도덕적 의도를

는 고전극의 좋은 예다. 가정극은 예를 들 필요도 없을 것이다. 이런 목적에 시가 봉사하도록 해서는 안 된다. 시는 번개의 검이고, 항상 칼집에서 뽑혀 있어서, 이것을 칼집에 넣으려 하면 칼집을 태워버린다. 따라서 우리는 이런 종류의 극작품이 이상할 만큼 상상력이 부족한 것을 인정한다. 이런 극작품이 불러일으키는 감정과 정열은 상상력을 빼앗긴 변덕과 정욕의 또 다른 이름에 불과하다. 영국 역사에서 연극이 가장 심하게 타락한 시대는 찰스 2세[19]의 치세 때였고, 그때까지 통상적으로 시성이 표현되어 온 모든 형식이 자유와 미덕에 대한 왕권의 승리를 축하하는 찬가가 되었다. 밀턴만이 그에게 어울리지 않는 이 시대를 빛나게 하고 있었을 뿐이다. 이런 시기에는 계산의 원리가 모든 연극 형식에 깊이 스며들어, 거기에 시성이 표현될 수 없게 되어버린다. 희극은 그 이상적인 보편성을 잃고, 재치가 유머를 대신하고, 우리는 기뻐서가 아니라 자기만족과 승리감 때문에 웃는다. 악의와 냉소와 경멸이 공감에서 생겨나는 즐거움을 대신하고, 우리는 진심으로 웃는 일은 거의 없고 그저 미소만 지을 뿐이다. 인생의 신성한 아름다움을 모독하는 외설은, 그것이 걸치고 있는 베일 때문에 혐오감은 줄었을지 모르나, 오히려 더욱 활발해진다. 외설이란 퇴폐한 사회가 영원히 공급하는 새로운 양식을 몰래 탐식

가지고 고전의 형식을 모방한 비극이다.

19 찰스 2세(1660~1685년 재위)는 영국 스튜어트 왕조의 제3대 임금. 청교도혁명이 일어나자 프랑스로 피신했다가, 크롬웰이 사망하고 호민관 정치가 붕괴하자 귀국하여 왕정복고를 실현하고 왕위에 올랐다.

하는 괴물이다.

연극은 다른 어떤 예술 형식보다도 훨씬 많은 시성의 표현 양
식과 결부되기 쉬운 형식이기 때문에, 시와 사회적 선의 결합이
다른 예술 형식에서 볼 수 있는 것보다 연극에서 훨씬 뚜렷하게
인지된다. 그리고 인간 사회의 최고 완성이 최고 연극의 탁월성
과 항상 조응해왔고, 어떤 나라에서 과거에는 번영했던 연극이
퇴락하거나 소멸하는 것은 풍속의 타락과 사회생활의 정수를 지
탱하는 모든 활력의 소멸을 보여주는 증거라는 것은 논란의 여
지가 없다. 하지만 마키아벨리[20]가 정치제도에 대해 말했듯이, 연
극을 본래 모습으로 되돌릴 수 있는 사람들이 나타난다면 그 사
회생활은 유지되고 갱신될 것이다. 그리고 이는 가장 넓은 의미
의 시에도 적용된다. 언어, 제도, 형태는 모두 생겨나는 것만이
아니라 보존되는 것도 필요하다. 시인의 임무와 성격은 창조에
대해서와 마찬가지로 섭리에 대해서도 신의 본성에 참여한다.

내전[21]과 아시아의 침략,[22] 그리고 마케도니아 군대와 그에 뒤

---

20 니콜로 마키아벨리(1469~1527)는 이탈리아의 정치사상가·역사학자. 정치는 도
덕으로부터 구별된 고유의 영역임을 주장하여(마키아벨리즘) 근대적 정치관을
개척했으며, 저서에 『군주론』 등이 있다.
21 기원전 431~404년에 아테네 중심의 델로스 동맹과 스파르타 중심의 펠로폰네
소스 동맹 사이에 벌어진 펠로폰네소스 전쟁을 말한다. 스파르타의 승리로 끝났
으나, 내전에 따른 분열과 국력 쇠진은 고대 그리스 쇠망의 원인이 되었다.
22 기원전 492~448년에 벌어진 페르시아 전쟁을 말한다. 아시아의 오리엔트 지역
을 통일한 페르시아 제국이 세 차례에 걸쳐 그리스를 원정한 것인데, 여기서 승리
한 그리스는 펠로폰네소스 전쟁이라는 내전을 겪었고, 그 후 마케도니아 왕국(필
리포스 2세와 알렉산드로스 대왕)에 정복되었다.

이은 로마 군대의 치명적인 지배 등은 그리스에서 창조력의 소멸 내지는 정체의 상징이었다. 시칠리아와 이집트의 교양있는 참주들에게 비호를 받은 목가시인[23]들은 그리스의 가장 빛나는 시대의 마지막 대표자였다. 그들의 시는 선율이 풍부하고 월하향처럼 감미로워서 사람들의 마음을 압도하고, 오히려 싫증이 나게 한다. 반면에 그 이전 시대의 시는 6월의 목장에 부는 산들바람과 비슷해서, 들판에 피는 풀꽃의 향기를 한데 섞고 시의 가장 큰 즐거움을 지속시키는 능력을 사람들의 감각에 부여하는 듯한 시의 정신, 사람들에게 활력을 주고 조화를 가져오는 시 자체의 정신을 추가했다. 문자로 쓰인 시에서 볼 수 있는 목가적이고 관능적인 우아함은 조각과 음악, 그리고 이것들과 동류의 예술, 풍속과 제도에서도 볼 수 있는 온유함, 지금 언급하고 있는 시대를 특징지은 그 온유함과 관련되어 있다. 그리고 이런 조화가 결여된 원인은 시적 능력 자체나 그 능력의 오용에 있는 것이 아니다. 정욕과 애정의 감화에 대한 이와 같은 감수성은 호메로스나 소포클레스의 작품에서도 발견된다. 특히 호메로스는 정욕적이고 감상적인 이미지를 저항하기 어려운 매력으로 감싸고 있다. 이 두 시인이 앞에서 언급한 후세 시인들보다 뛰어난 것은 인간 본성의 내적 능력에 토대를 둔 상념이 있기 때문이고, 외적 능력과 관련된 상념이 없기 때문은 아니다. 두 시인의 비할 데 없는 완벽함

---

23 목가시는 전원의 한가로운 목부나 농부의 생활을 주제로 한 서정시로, 테오크리토스(기원전 2세기경), 비온(기원전 2세기경), 모스코스(기원전 2세기경) 등이 고대 그리스의 대표적인 목가시인이다.

은 모든 것의 통일성에 바탕을 둔 조화로움에 있다. 관능적인 시인들의 불완전함은 그들이 갖고 있는 것에 원인이 있는 게 아니라, 그들이 갖고 있지 않은 것에 원인이 있다. 그들이 당대의 부패와 관계가 있다고 여겨지는 것은 그들이 시인이었기 때문이 아니라, 시인이 아니었기 때문이다. 그 부패가 쾌감과 정열, 자연 풍경 등에 대한 감수성 ─ 그들에게는 이것이 불완전하다고 비난받고 있지만 ─ 을 그들의 내면에서 소멸시킬 정도의 기세에 도달했다면, 악이 최후의 승리를 거두었을 것이다. 사회의 부패가 다다르는 곳은 쾌감에 대한 모든 감수성의 파괴이기 때문이다. 그렇기 때문에 이것이 부패라고 불리는 것이다. 부패는 열매 속의 단단한 부분에서 시작되듯이 상상과 지성에서 시작되고, 거기에서 마비성 독액처럼 전체에 퍼져 애정을 거쳐 정욕에 도달하고, 마지막에는 온몸이 마비된 고깃덩어리로 변한다. 그 고깃덩어리 속에서는 거의 모든 감각이 살아남지 못한다. 이런 시기가 다가오면 시는 마지막까지 살아남는 능력을 향해 끊임없이 호소하지만, 그 외침소리는 아스트라이아[24]의 발소리처럼 이 세상에서 멀어져간다. 시는 항상 사람들이 누릴 수 있는 모든 쾌감을 전한다. 시는 항상 변함없는 생명의 빛이고, 아름답거나 고상하거나 참된 것을 악의 세상에도 존재하게 하는 원천이다. 시라쿠사[25]나 알렉산드리아[26]의 사치스러운 시민들 중에서도 테오크

---

24 아스트라이아는 그리스 신화에 나오는 정의의 여신.
25 이탈리아 남쪽 끝 시칠리아 섬 동쪽 연안에 있는 도시. 기원전 8세기경 코린트의 식민 도시로 건설되었다.

리토스²⁷의 시를 즐긴 사람들이 다른 사람들보다 덜 냉혹하고 덜 잔인하고 덜 향락적이었던 사실은 쉽게 인정될 것이다. 하지만 시가 없어지기 전에 부패가 인간 사회의 조직을 완전히 다 파괴해버렸을 게 분명하다. 많은 사람들의 정신을 관통하고, 위대한 정신과 연결되고, 그 위대한 정신에서 눈에 보이지 않는 힘을 자석처럼 내뿜고, 당장 만물의 생명을 연결하여 활력을 주고 유지하는 시라는 사슬의 신성한 고리가 완전히 해체되어 뿔뿔이 흩어져버린 적은 이제껏 없었다. 시는 그 자체 안에 자기 혁신과 사회 혁신의 씨를 포함하고 있다. 따라서 목가적이고 관능적인 시의 영향을 듣는 이들의 감수성의 테두리 안에 가두어놓고 논하는 것은 그만두자. 그들도 이런 불멸의 시작품의 아름다움을 단순히 단편이나 고립된 부분으로 인정하고 있었을지 모른다. 좀 더 훌륭한 감각을 타고났거나 좀 더 행복한 시대에 태어난 사람들이라면, 모든 시인들이 위대한 정신들의 상호 협력에서 생겨나는 상념처럼 세계가 창조된 이래 줄곧 쌓아올린 그 일대 시편의 삽화로서 이런 시들을 인정할지도 모른다.

비슷한 혁신이 —범위는 작지만— 고대 로마에서도 일어났다. 하지만 로마에서는 사회생활의 활동과 형태에까지 시적 요소가 완전히 침투해 있었다고는 생각되지 않는다. 로마인은 그리스인을 가장 빼어난 형태의 풍속과 자연의 가장 빼어난 보물창고로 간주하고, 언어와 조각, 음악과 건축에서 세계의 보편적 구성과는 일반적인 관계를 갖게 했지만, 로마인 자신의 상태와 특수한 관계를 갖는 것을 창조하지는 않은 듯하다. 그렇기는 하지만, 우리는 부분적인 증거를 토대로 판단하고 있기 때문에 이는 불공평한 판단일지도 모른다. 엔니우스, 바로, 파쿠비우스, 아키우스[28] 등 위대한 시인들의 작품은 산실되어버렸다. 루크레티우스[29]는 최고의 의미에서, 베르길리우스는 지극히 높은 의미에서 창조자다. 베르길리우스의 우아한 표현은 그의 자연관이 지닌 강렬하고 대단한 진실을 우리한테 감추고 있는 빛의 안개 같은 것이다. 리비우스는 시성(詩性)으로 가득 차 있다. 하지만 호라티우스, 카툴루스, 오비디우스[30] 같은 베르길리우스 시대의 다른 작가들은 인간이나 자연을 그리스의 거울에 비추어보았다. 그림자가 실체보다 선명하지 않듯이, 로마의 제도나 종교도 그리스의 제도

---

28 퀸투스 엔니우스(기원전 239~169)는 고대 로마 초기의 시인으로 '라틴 문학의 아버지'라고 불린다. 마르쿠스 바로(기원전 116~27)는 로마의 학자·문인, 마르쿠스 파쿠비우스(기원전 220~130)는 로마의 비극시인. 루키우스 아키우스(기원전 170~86)는 로마의 비극시인.

29 카루스 루크레티우스(기원전 94~55)는 고대 로마의 시인·철학자. 푸블리우스 베르길리우스(기원전 70~19)는 로마의 최고 시인으로, 로마의 건국을 노래한 서사시 『아이네이스』를 썼다.

30 퀸투스 호라티우스(기원전 65~8)는 고대 로마의 시인으로, 풍자시·서정시로 명성을 얻었으며, 그의 『시론』은 아리스토텔레스의 『시학』과 함께 후세에 큰 영향을 주었다. 카툴루스(기원전 84~54)는 로마 공화정 말기의 서정시인. 푸블리우스 오비디우스(기원전 43~기원후 17)는 로마의 시인으로, 작품에 『변신 이야기』 등이 있다.

나 종교보다 시성이 부족했다. 따라서 로마의 시는 정치생활과 가정생활의 반려자였다기보다 그 추종자였던 것으로 보인다. 로마의 진정한 시성은 그 모든 제도 속에 살아 있었다. 이런 제도들 속에 포함되어 있는 아름다운 것, 참된 것, 장엄한 것은 모두 이런 제도의 토대가 되는 질서를 창조하는 능력에서만 생겨날 수 있었을 것이기 때문이다. 카밀루스[31]의 생애, 레굴루스[32]의 죽음, 칸나이 전투[33] 이후에도 로마 공화국이 한니발과 화평을 맺기를 거부한 일 등은 이런 불멸의 연극을 지은 시인인 동시에 출연 배우이기도 했던 이들에게는 인생극 안에 있는 이런 리듬과 질서에서 생겨난다고 여겨지는 개인적 이익을 충분히 계산한 결과는 아니었다. 이 질서의 아름다움을 간파한 상상은 그 독자적인 이념에 따라 스스로 이 질서를 창조했다. 그 결과가 바로 제국이고, 그 대가가 영원한 명성이었다. 이런 것들은 "이들을 노래할 신성한 시인이 부족했기 때문"[34]이고, 그만큼 시성이 결여되어 있다고는 말할 수 없다. 이것들은 사람의 기억 위에 '시간'이 써 남긴

---

[31] 마르쿠스 카밀루스(기원전 446?~365)는 고대 로마의 정치가·장군으로, 기원전 390년경에 갈리아 군에게 점령당한 로마를 탈환하여 로마 시의 제2의 건립자로 추앙되었다.

[32] 마르쿠스 레굴루스(미상~기원전 250)는 로마의 장군으로, 제1차 포에니 전쟁(기원전 264~241) 때 처음엔 승리했으나 이후 패하여 포로가 되었고, 나중에 휴전 교섭을 위해 로마로 보내졌으나 다시 카르타고로 돌아가 포로로서 사망했다.

[33] 제2차 포에니 전쟁(기원전 218~201) 중 이탈리아의 칸나이 평원에서 벌어진 전투. 카르타고의 장군 한니발(기원전 247~183?)이 5만 병사를 이끌고 8만여 로마군에게 승리를 거두었다.

[34] 호라티우스의 『시집』 제4권 제9번 28행.

역사시의 삽화다. '과거'는 영감을 받은 서사시 낭송자처럼 영원히 계속되는 인생극장을 이런 삽화의 리듬으로 가득 채운다.

마침내 고대의 종교와 풍속의 제도는 그 혁신 주기를 완료했다. 그리고 만약 풍속과 종교의 기독교적·기사도적 제도를 창시한 사람들 가운데 시인이 없었다면 세계는 완전한 무질서와 암흑 상태에 빠져버렸을 것이다. 이 시인들은 전에는 생각할 수도 없었던 사상과 행동의 모든 형식을 만들어내고, 그 형식이 사람들의 상상에 모사되면, 사상의 낭패한 군대를 통솔하는 장군처럼 되었다. 이 모든 제도에서 생겨난 폐해를 언급하는 것은 이 평론의 주요 취지가 아니다. 다만 우리는 이미 세워진 원리를 토대로 이 폐해의 어느 부분도 이런 제도 속에 포함되는 시성 탓은 아니라고 항변하고자 하는 것이다.

모세, 욥, 다윗, 솔로몬, 이사야[35]의 시성이 그리스도와 제자들의 마음에 큰 영향을 주었다고 여겨진다. 이 비범한 인물의 전기를 쓴 복음서 저자들이 우리에게 남긴 단편들은 가장 생생한 시성에 넘쳐흐르고 있다. 하지만 그의 신조는 당장 왜곡된 듯하다. 그리스도의 신조에 바탕을 둔 사상 체계가 널리 유포된 뒤의 어느 시기에, 플라톤이 분류한 바 있는 정신 작용의 세 가지 형식[36]

---

35 모세는 이스라엘의 종교적 지도자이자 민족적 영웅. 욥은 구약성서 「욥기」의 주인공으로, 시련과 인내의 대명사. 다윗(기원전 10세기)은 고대 이스라엘 왕국의 제2대 임금. 솔로몬은 다윗의 아들로 이스라엘 왕국의 제3대 임금. 이사야(기원전 8세기)는 이스라엘의 예언자.

36 플라톤이 『국가』에서 말한 세 가지 영혼으로, 두뇌에 깃들어 있는 합리적인 불멸의 영혼, 심장에 깃들어 있는 고차원적인 필멸의 영혼, 저차원적인 육체에 깃들어

이 일종의 성화(聖化) 작용을 받아서 문명 세계의 숭배 대상이 되었다. 여기에 "빛이 흐려진다"고 말하지 않으면 안 된다.

　까마귀가 시커먼 숲속으로 날갯짓을 한다.
　낮의 선한 것들이 고개를 숙이고 졸기 시작하면
　밤의 검은 무리들이 먹잇감을 찾아 날아오른다.[37]

　하지만 보라, 얼마나 아름다운 질서가 이 무서운 혼돈의 티끌과 피에서 생겨났는가를. 세상이 부활하고 재생한 것처럼 지혜와 희망의 황금 날개에 몸을 의탁하고 시간의 천공을 향해 어떻게 지칠 줄 모르는 비상을 다시 시작했는가를. 들으라, 육신의 귀에는 들리지 않지만, 끊임없이 불어오는 눈에 보이지 않는 바람처럼 힘과 속도를 가지고 그 영원한 비상을 격려하는 저 음악 소리를.
　예수 그리스도의 신조 안에 있는 시성과 로마 제국을 정복한 켈트족의 신화와 제도는 그 발전과 승리에 따르는 암흑의 동란을 극복하고 살아남아, 풍속과 사상의 새로운 조직 속에 짜넣어졌다. 중세 암흑시대가 무지몽매했던 원인을 기독교의 교의나 켈트족의 발호로 돌리는 것은 잘못이다. 그들의 모든 기구에 어떤 해악이 포함되어 있었다 해도, 그것들은 모두 전제정치와 미신이

있는 욕망의 영혼을 말한다.
37　셰익스피어의 『맥베스』 제3막 제2장 50~53행.

만연함에 따라 시적 원리가 소멸한 데에서 기인했다. 사람들은 여러 가지 복잡한 원인 때문에 이미 무감동하고 이기적이 되어 있었다. 그들 자신의 의지는 이미 감퇴해 있었지만, 그들은 자기 의지의 노예이고 따라서 남의 의지의 노예이기도 했다. 색욕, 공포, 탐욕, 잔학, 기만 등을 특징으로 하는 민족에게서는 형식이나 언어나 제도에서 창조력을 가진 사람이 아무도 발견되지 않았다. 사회 상태가 이렇게 뒤틀린 책임을 그것과 직접 관계가 있는 어떤 사건에 돌리는 것은 부당하고, 이런 사회 상태를 재빨리 해소할 수 있는 사건이 우리가 가장 찬양할 만한 것이다. 이런 도덕적 변칙이 대부분 우리 민간 종교와 합체한 것은 언어와 사상을 식별하지 못하는 사람들에게는 불행한 일이다.

기독교 제도와 기사도 제도가 가진 시성의 영향은 11세기에 이르러서야 두드러지게 나타나기 시작했다. 인류의 공통된 기술과 노력이 낳은 쾌락과 권력의 소재를 인류가 분배하는 방식의 이론적 법칙으로서 평등의 원리가 플라톤에 의해 발견되고, 그의 『국가』에 적용되었다. 이 법칙의 적용 범위는 각자의 감수성이나 결과적으로 만인에게 미치는 효용성으로만 결정되어야 한다고 플라톤은 주장했다. 플라톤은 또한 티마이오스와 피타고라스[38]의 설에 따라 인류의 과거, 현재, 미래의 상태를 동시에 포괄하는 도덕적·지적인 이론 체계도 가르쳤다. 예수 그리스도는 이

---

38 티마이오스(기원전 400년경 활동)는 고대 그리스의 철학자로, 플라톤이 저술한 『티마이오스』에 소크라테스의 대화상대로 나온다. 피타고라스(기원전 580?~500?)는 그리스의 철학자·수학자·종교가.

런 사상에 포함된 신성하고 영원한 진리를 인류에게 해명했고, 기독교는 본래의 추상적인 순수함에 있어서 고대의 시성과 지혜에 관한 깊은 뜻을 연구하여 규명한 교의를 만인이 알기 쉽게 표현했다. 켈트족과 피폐한 남유럽 민족의 합체는 켈트족의 신화와 제도에 내재하는 시성의 모습을 남유럽 민족의 마음속에 각인하게 되었다. 그 결과는 이 사건에서 유래하는 모든 원인의 작용과 반작용의 총합이었다. 어떤 민족이나 종교도 다른 민족이나 종교를 대체하려고 하면 반드시 상대 민족이나 종교의 일부를 자신 속에 합체시키지 않을 수 없다는 것은 하나의 금과옥조로 가정할 수 있기 때문이다. 노예제 폐지와 여성 해방은 이런 사건들이 낳은 결과였다.

개인 노예제의 폐지는 사람의 마음이 생각할 수 있는 한 최고의 정치적 희망의 기초다. 여성 해방은 남녀의 사랑을 노래한 시를 낳았다. 사랑은 종교가 되고, 숭배하는 우상은 항상 눈앞에 있었다. 마치 아폴로와 뮤즈의 신상이 생명과 움직임을 부여받아 그들의 숭배자들 사이로 걸어 들어갔기 때문에 지상에는 보다 신성한 세계의 주민들이 살게 된 것 같다. 인생의 일상적이고 통속적인 외관이나 행위도 경이로 가득 찬 것이 되고, 이 세상의 것이 아닌 에덴의 폐허에서 온 듯한 낙원이 창조되었다. 그리고 이 창조된 것 자체가 시인 것처럼 그 창조자들은 시인이었고, 그 언어는 그들의 예술 도구였다. 프로방스의 음유시인[39]들은 페트라

---

39 중세 유럽에서 여러 지방을 떠돌아다니며 시를 읊었던 시인. 각 지역마다 호칭이

르카⁴⁰의 선구자들이었지만, 페트라르카의 운문은 사랑의 슬픔 속에 있는 기쁨의 가장 심오한 마법의 샘을 보여주는 주문 같은 것이다. 이런 샘을 감지하면 우리는 반드시 우리가 관조하는 아름다움의 일부가 되지 않을 수 없다. 이런 신성한 정서와 결부된 정신의 우아함과 고양에 의해 사람들이 얼마나 더 아름다워지고 너그러워지고 현명해지고, 자아라는 작은 세계의 침체된 안개에서 끌어올려지는가를 설명할 필요는 없을 것이다. 단테는 사랑의 비밀을 페트라르카보다 훨씬 더 깊이 이해하고 있었다. 그의 『신생』은 순수한 정서와 언어의 마르지 않는 샘이다. 그것은 그 시대와 그의 생애에서 사랑에 바쳐진 어느 시기를 이상화한 이야기이다. 「천국편」에서 그가 묘사한 베아트리체의 신격화, 그리고 그 자신의 사랑과 그녀의 아름다움의 높은 사다리를 마치 계단을 오르듯 올라가 최고로 높은 신의 옥좌에 이르는 부분은 근대시에서 가장 빛나는 상상의 산물이다. 가장 예리한 비평가들이 「지옥편」과 「연옥편」과 「천국편」에 주는 상찬의 정도에서 통속적인 비평가의 판단을 뒤엎고 『신곡』의 위대한 막의 순서를 거꾸로 한 것은 정당했다. 마지막의 「천국편」이야말로 영원한 사랑의 영원한 찬가다. 모든 고대인 가운데 오직 플라톤만이 사랑을 노래하기에 어울리는 시인이었지만, 그 사랑은 르네상스 이래 가장 위대한 작가들의 합창으로 찬양되었다. 그리고 그 음악은 사

    달랐는데, 남프랑스(프로방스)의 트루바두르, 북프랑스의 트루베르, 독일의 미네젱거 등이 유명하다.
40 프란체스코 페트라르카(1304~1374)는 이탈리아의 시인·인문주의자.

회 구석구석까지 울려 퍼졌고, 그 메아리는 오늘날에도 여전히 무기와 미신의 불협화음을 지우고 있다. 시대를 뛰어넘어 아리오스토,[41] 타소, 셰익스피어, 스펜서, 칼데론, 루소, 그 밖에 우리 시대의 위대한 작가들은 사랑의 지배를 축복하고, 관능과 폭력에 대한 사랑의 숭고한 승리를 기리는 기념비를 사람들의 마음속에 세웠다. 인간을 양분하는 남녀양성이 서로 맺는 진정한 관계는 예전만큼 오해받지 않게 되었다. 그리고 남녀의 차이를 능력 차이로 오해하는 잘못이 근대 유럽의 사상이나 제도에서 조금이나마 인식되고 있었다면, 이것은 기사도를 법도로 여기고 시인을 예언자로 여긴 사랑의 숭배에 힘입은 바가 크다.

단테의 시는 시간의 흐름 위에 걸린, 근대 세계와 고대 세계를 잇는 다리라고 생각할 수 있을 것이다. 단테와 그에 비견되는 밀턴이 이상화한, 눈에 보이지 않는 영계의 것들에 대한 왜곡된 개념은 단지 이 대시인들이 영원 속을 걸을 때 얼굴을 가린 가면이나 몸을 가린 외투에 불과하다. 그들 자신의 신조와 당시 민중의 신조 사이에 있었을 차이 —— 이 차이는 그들의 마음속에 분명 존재했을 것이다 —— 를 그들이 얼마나 의식하고 있었는지를 확실히 알기는 어렵다. 단테는 적어도 베르길리우스가 "가장 정의감이 강한 사람"[42]이라고 부른 리페우스[43]를 천국에 두고, 게다가

---

41 루도비코 아리오스토(1474~1533)은 르네상스를 대표하는 이탈리아의 시인으로, 서사시 『광란의 오를란도』가 유명하다.
42 베르길리우스의 『아이네이스』 제2권 426행.
43 트로이 전쟁에서 전사한 트로이의 용사이며 이단자.

상벌 배분을 지극히 이단적이고 변덕스럽게 함으로써 이 차이를 충분히 보여주려 했던 것처럼 보인다. 그리고 밀턴의 『실낙원』은 그 속에 기독교 체계에 대한 철학적 논박을 포함하고 있지만, 불가사의하게도 그와는 정반대로 해석되는 경우가 흔해서, 오히려 기독교 체계를 지지하는 주요 작품으로 받아들여져 왔다. 『실낙원』에 표현되어 있는 사탄의 힘과 위대함을 이기는 것은 아무것도 없다. 이 사탄이 악의 통속적인 의인화로 묘사되었다고 생각하는 것은 잘못이다. 집요한 증오, 지칠 줄 모르는 교활함, 숙적에게 최대의 고통을 주려고 밤새도록 꾸미는 간계 등은 악이다. 노예라면 용서할 수 있지만 군주라면 용서할 수 없다. 정복당한 자는 그의 패배를 고상하게 하는 것들로 구원받지만, 승자에게는 그의 승리를 불명예스럽게 만드는 모든 것이 오점으로 남는다. 밀턴의 '악마'는 도덕적 인물로서는 그의 '신'보다 훨씬 뛰어나다. 그것은 역경과 고난에 굴하지 않고 훌륭하다고 생각한 어떤 목적을 끈질기게 추구하는 사람이 그에게 언제까지나 적의를 품고 있는 적을 후회하게 만들려는 잘못된 생각에서가 아니라 적을 초조하게 만들고 새로운 고통을 당하게 해주겠다는 확고한 의도를 가지고, 승리는 의심할 여지가 없다고 냉정하게 확신하면서 가장 무서운 복수를 적에게 가하는 사람보다 훨씬 뛰어난 것과 마찬가지다. 밀턴은 그의 신이 윤리적 덕목에서 그의 악마보다 뛰어난 존재라고 주장하지 않았을 만큼 대중의 신조에 거역했다. 그리고 직접적인 윤리적 목적을 이처럼 대담하게 무시한 것이야말로 밀턴의 재능이 뛰어나다는 것을 결정적으로 증명한다. 그는 말하자면 하나의 팔레트 위에서 그림물감을 섞듯이 인간성의 모든 요소를 섞어서 시적 진리의 법칙에 따라, 즉 외적 우주와 지적이고 윤리적인 인간의 여러 가지 활동이 후세 사람들의 공감을 불러일으킬 거라고 여겨지는 그 원리의 법칙에 따라, 한데 섞인 이 요소들을 배열하여 위대한 그림을 구성했다. 『신곡』과 『실낙원』은 근대 신화에 체계적 형태를 주었다. 그리고 시대가 바뀌어, 이 세상에 나타났다 사라진 수많은 미신에 또 하나의 미신을 추가할 때가 오면, 주석자들은 천재의 영원불멸한 각인이 찍혀 있었기 때문에 완전히 망각되지는 않았던 고대 유럽의 종교를 박식한 체하며 해명하는 일에 종사할 것이다.

호메로스는 최초의 서사시인이고 단테는 두 번째 서사시인이었다. 즉 단테의 일련의 작품은 그가 살았던 시대와 그 뒤에 이어지는 시대의 지식과 감정과 종교와 명확한 관계를 갖고, 그 관계 자체도 이 세 가지의 발전과 서로 조응하면서 발전했다. 루크레티우스는 그 신속한 정신의 날개를 감각 세계의 찌꺼기라는 끈끈이에 붙잡혀 꼼짝도 못하고, 베르길리우스는 그 천재에 어울리지 않는 신중함 때문에 그가 모방한 모든 것을 다시 새로 만들었을 때조차 모방자라는 이름에 만족해야 했다. 그리고 아폴로니오스, 퀸토스, 논노스, 루카누스, 스타티우스, 클라우디아누스[44] 등의 앵무새 무리는 비록 그 울음소리는 감미로웠지만, 그들 가운

---

[44] 로도스의 아폴로니오스(기원전 3세기), 칼라브리아의 퀸토스(4세기), 논노스(5세기)는 그리스의 시인. 루카누스, 스타티우스(45~96), 클라우디아누스(370?~404~)는 로마의 시인.

데 시적 진리의 조건을 단 하나라도 충족시키려 한 사람은 아무
도 없었다. 밀턴은 세 번째 서사시인이었다. 최고 의미에서의 서
사시의 칭호가 『아이네이스』에 주어지지 않는다면, 『광란의 오를
란도』나 『해방된 예루살렘』이나 『루지아다스』나 『요정의 여왕』[45]
에도 그 칭호가 인정될 리가 없기 때문이다.

　단테와 밀턴의 마음속에는 문명 세계의 고대 종교가 깊이 침투
해 있었다. 그리고 아직 개혁되지 않은 근대 유럽의 예배 속에 고
대 종교의 여러 가지 형식이 남아 있는 것과 마찬가지로, 고대 종
교의 정신은 그들의 시 속에 존재하고 있다. 거의 같은 정도의 기
간을 사이에 두고 단테는 종교개혁에 앞섰고 밀턴은 종교개혁에
뒤져 있었다. 단테는 최초의 종교 개혁자였다. 그리고 루터[46]는
교황의 횡포를 비난하는 대담함보다 오히려 그 비난이 거칠고
신랄했다는 점에서 단테를 능가했을 뿐이다. 단테는 망연자실해
있던 유럽을 처음으로 일깨운 사람이고, 조화가 부족한 야만적인
혼돈에서 그 자체가 음악적이고 설득력 있는 언어를 창조했다.
단테야말로 문예부흥을 주재한 위대한 이들의 통솔자이고, 13세
기에 하늘에서 내려온 것처럼 공화국 이탈리아에서 어두운 밤의
세계로 나와 빛나기 시작한 별들 중에서도 밝은 별이었다. 그의

---

45 『아이네이스』는 베르길리우스의 서사시. 『광란의 오를란도』는 아리오스토
　　의 서사시. 『해방된 예루살렘』은 타소의 서사시. 『루지아다스』는 카몽이스
　　(1524~1580, 포르투갈의 시인)의 서사시. 『요정의 여왕』은 에드먼드 스펜서의
　　서사시.
46 마르틴 루터(1483~1546)는 독일의 종교개혁가. 1517년 로마 교황청의 면죄부
　　판매에 격분, 95개조의 항의서를 발표하여 종교개혁의 계기를 마련했다.

말 자체에 생기가 넘쳐흐르고, 낱말 하나하나가 끄기 어려운 사상의 섬광, 불타는 원자와 비슷하다. 게다가 많은 언어는 아직도 그것을 낳은 재에 덮여 있고, 아직도 그 전도체를 찾아내지 못한 번개를 머금고 있다. 모든 뛰어난 시는 무한한 것이다. 그것은 그 후의 모든 떡갈나무를 잠재적으로 내장하고 있었던 최초의 도토리와 비슷하다. 베일을 한 꺼풀씩 벗겨가도, 베일 안에 있는 적나라한 아름다움이라고 해야 할 의미는 결코 드러나지 않을 것이다. 위대한 시는 지혜와 환희의 물이 영원히 솟아나는 샘이다. 한 개인 그리고 한 시대가 그 특수한 관계에서 공유할 수 있는 신성한 샘물을 다 퍼내버린 뒤에도 다른 인물과 다른 시대가 차례로 이어지면서 항상 새로운 관계가 전개되고, 예견하거나 예상할 수도 없는 환희의 원천이 되는 것이다.

단테, 페트라르카, 보카치오[47]의 시대에 곧바로 이어지는 시대의 특징은 그림과 조각과 건축의 부활이었다. 초서[48]는 그 신성한 영감을 포착했다. 그리고 영국 문학의 전당은 이탈리아인이 발명한 소재 위에 토대를 놓았다.

하지만 우리는 시의 옹호를 떠나 우리도 모르는 사이에 방향을 잃고 시와 시의 사회적 영향에 대한 비평사로 빗나가는 것은 그만두자. 넓은 의미에서의 시인들이 그의 시대와 그 뒤에 이어지

---

47 조반니 보카치오(1313~1375)는 이탈리아의 작가이자 인문주의자로, 그의 『데카메론』은 근대 소설의 시조가 되었다.
48 제프리 초서(1340~1400)는 영국의 시인. 근대 영시의 창시자로, 『캔터베리 이야기』가 유명하다.

는 모든 시대에 미치는 영향을 지적한 것만으로 충분하다고 해두자.

하지만 다른 이유로 시인들은 영예로운 시민관을 철학자나 과학자들에게 넘겨주라는 도전을 받고 있다. 상상력을 발휘하는 것이 지극히 즐거운 것은 인정하지만, 이성을 행사하는 것은 더욱 유용하다고 주장하는 것이다. 그러면 이 구별의 근거가 된 효용이란 어떤 의미인가를 검토해보자. 보통 의미에서 쾌락이나 선은 감성과 지성을 가진 인간이 의식적으로 추구하는 것이고, 이것을 찾아내면 여기에 만족하고 안도하는 법이다. 쾌락에는 두 종류가 있는데, 하나는 영속적이고 보편적이며 항구적인 것이고 또 하나는 일시적이고 특수한 것이다. 효용이란 이 두 종류의 쾌락 가운데 하나를 만들어내는 수단을 말한다. 전자의 의미에서는, 애정을 강화하고 순화하며 상상을 확대하고 감각에 정신을 더하는 것은 무엇이든 유용하다. 하지만 「시의 네 시대」를 쓴 저자는 '효용'이라는 낱말을 좀 더 좁은 의미에서 쓴 것 같다. 즉 우리의 동물적 본성의 끈질긴 욕구를 배척하는 것, 생활의 안정감으로 사람들을 감싸는 것, 미신에서 생겨나는 지극히 야비한 망상을 없애는 것, 그리고 사적 이익에 기인한 동기와 공존하는 정도의 상호 자제심을 사람들 사이에 만들어내는 것 등으로 이 말의 의미를 한정해서 쓰고 있는 것이다.

이렇게 좁은 의미로 효용을 추진하는 사람들에게도 사회에서 정해진 임무가 있다. 그들은 시인들의 발자취를 따르고, 시인들의 창작품을 일상생활 속의 글에 모사한다. 그들은 공간을 만들고 시간을 준다. 그들이 인간성의 저차원적인 능력에 적합한 임무를 수행할 때, 이것을 고차원적인 능력에 적응한 테두리 안에 머무는 한 그들의 노력은 충분히 가치가 있다. 하지만 회의론자가 야비한 미신을 타파하는 경우는 별도로 하고, 몇몇 프랑스 작가들이 그랬듯이, 인간의 상상 위에 새겨진 영원의 진리까지 파손하는 것은 삼가야 한다. 기계론자는 노동을 단축하고 경제학자는 노동을 결합하지만, 한편으로는 그들의 사색이 상상에 속하는 제1원리와 조화를 이루지 않기 때문에, 근대 영국에서 볼 수 있듯이 사치와 빈곤의 양극단을 동시에 점점 더 조장하는 경향이 없도록 그들에게 주의를 기울여야 한다. 그들은 "가진 자에게는 더 주어서 넘치게 하고, 없는 자에게서는 있는 것마저 빼앗는다"[49]는 속담을 실증했다. 부유한 자들은 점점 더 부유해지고 가난한 자들은 점점 더 가난해졌다. 그리고 국가라는 배는 무정부와 독재정부라는 두 개의 소용돌이 사이로 떠밀려간다. 계산 능력을 멋대로 행사하면, 반드시 그런 결과가 초래된다.

최고 의미에서의 쾌락을 정의하기는 어렵다. 이것을 정의하면 얼핏 보기에 모순되는 많은 것이 포함되기 때문이다. 인간성의 구조에는 무언가 설명할 수 없는 부조화가 있어서 인간성의 저차원적인 부분의 고통이 종종 고차원적인 부분의 쾌락을 수반하기 때문이다. 비애, 공포, 고뇌, 절망조차도 종종 최고선으로의 접근을 나타내는 선택된 표현이 되기도 한다. 우리가 비극적 허구

---

[49] 신약성서 「마태복음」 제25장 29절.

에 공감하는 것은 이 원리에 따른 것이다. 즉 비극은 고통 속에 있는 쾌락을 조금 주어서 우리를 기쁘게 한다. 이것이 가장 감미로운 멜로디와 뗄 수 없는 멜랑콜리의 원천이 된다. 비애 속에 있는 쾌락은 쾌락 자체의 쾌락보다도 감미로운 법이다. 그래서 "초상집에 가는 것이 잔칫집에 가는 것보다 낫다"[50]는 속담이 생겨난 것이다. 그렇기는 하지만, 이 최고의 쾌락이 반드시 고통과 결부되는 것은 아니다. 사랑과 우정의 기쁨, 자연 찬미의 황홀감, 시를 이해하는 기쁨, 그보다도 시를 창작하는 기쁨은 더없이 순수한 것이다.

이 최고 의미에서의 쾌락을 만들어내고 이것을 확보하는 것이야말로 진정한 효용이다. 이 쾌락을 만들어내고 간직하는 사람이 시인이고 시인적 철학자다.

로크, 흄, 기번,[51] 볼테르, 루소[52] 및 그들의 후계자들이 억압당하고 기만당한 인류를 위해 기울인 노력은 인류의 감사를 받을 만하다. 하지만 만약 그들이 세상에 나타나지 않았다면 이 세계가 얼마나 도덕적·지적 개선을 달성했을지는 쉽게 추정할 수 있다. 좀 더 많은 헛소리가 1~2세기 동안 계속되었을 테고, 아마 좀 더 많은 남녀와 아이들이 이단자라는 이유로 화형에 처해졌을 것이다. 우리는 오늘날 스페인의 종교재판 폐지[53]를 축복하지

---

50 구약성서 「전도서」 제7장 2절.
51 에드워드 기번(1737~94)은 영국의 역사가로, 『로마제국 쇠망사』가 유명하다.
52 (원주) 루소를 이렇게 분류했지만, 그는 본질적으로는 시인이었다. 다른 이들은, 볼테르조차도 단순한 이성론자에 불과했다.

않았을지도 모른다. 하지만 만약 단테, 페트라르카, 보카치오, 셰익스피어, 칼데론, 베이컨, 밀턴이 세상에 나타나지 않았다면, 만약 라파엘로와 미켈란젤로가 태어나지 않았다면, 만약 히브리의 시[54]가 번역되지 않았다면, 만약 그리스 문학에 대한 탐구가 되살아나지 않았다면, 만약 고대 조각의 유물이 우리에게 전해지지 않았다면, 그리고 만약 고대 종교 안에 있는 시성이 그 신앙과 함께 소멸해버렸다면, 이 세계의 도덕적 상태는 어떻게 되어 있었을까. 그것은 상상도 할 수 없는 일이다. 이런 자극의 개입이 없었다면 인간의 정신은 더 엄청난 과학의 창조에 눈뜨지 못했을 것이고, 오늘날 창의적이고 독창적인 능력 자체를 직접 표현하는 것보다 더 높이 평가하려는 시도가 이루어지고 있는 분석적 추론을 사회의 탈선에 적용하지도 않았을 것이다.

우리는 어떻게 실행에 옮겨야 할지 모를 만큼 많은 도덕적·정치적·역사적 지혜를 갖고 있다. 과학적·경제적 지식도 그것이 증산한 생산물을 적정하게 분배할 수 있는 양을 초과할 만큼 많이 갖고 있다. 이런 사상 체계 안에 포함되어 있는 시성은 사실과 계산법이 누적되면서 거기에 가려져버렸다. 도덕과 정치, 경제에서 가장 현명하고 가장 좋은 것은 무엇인가. 또는 적어도 오늘날 사람들이 실행하고 인내하는 것보다 더 현명하고 좋은 것은 무엇인가. 이런 것에 대한 지식은 충분하다. 하지만 우리는 "가련한

---

53 종교재판이 처음 폐지된 것은 1808년, 두 번째로 폐지된 것은 1820년, 최종적으로 폐지된 것은 1834년이다.
54 구약성서의 「시편」을 말한다.

고양이처럼 '하고 싶어' 하면서도 '못하겠다'고 말한다."[55] 우리에게 필요한 것은 우리가 알고 있는 것을 상상하는 창조력이고, 우리가 상상하는 것을 행동에 옮길 수 있는 충분한 자극이다. 우리에게 필요한 것은 생명의 시다. 우리의 계산이 우리의 상념을 앞질러버렸다. 우리는 다 소화할 수 없을 만큼 너무 많이 먹어버렸다. 외적 세계에 대한 인류의 지배 범위를 확대해온 이런 과학의 육성은 시적 능력의 결여 때문에 그 확대에 반비례하여 내적 세계의 범위를 축소했다. 그리고 인류는 외적 세계를 예속시키기는 했지만, 여전히 자신도 노예 상태로 남아 있다. 노동을 단축하고 결합하기 위한 온갖 발명을 남용함으로써 인류의 불평등을 격화시킨 원인을, 모든 지식의 기초인 창조력의 존재와는 불균형할 만큼 기계적인 기술을 육성시킨 것에 돌리지 않고 도대체 무엇에 돌려야 할까. 아담이 짊어진 저주[56]를 경감시켜야 마땅한 여러 발견이 오히려 그것을 가중시킨 원인은 바로 이것이다. 이것을 제쳐놓고 달리 어떤 원인 때문에 이런 일이 일어났단 말인가. 시와 이기심 ─돈은 이 이기심의 가시적인 화신이다 ─이야말로 현세의 '신'과 '맘몬'[57]이다.

시적 능력의 기능에는 두 가지가 있다. 하나의 기능에 의해 시적 능력은 지식과 활력과 쾌락의 새로운 소재를 창조하고, 또 하나의 기능에 의해 미와 선이라고 불리는 일정한 리듬과 질서에

---

55 셰익스피어의 『맥베스』 제1막 제7장 44~45행.
56 노동을 말한다. 구약성서 「창세기」 제3장 제17, 19절 참조.
57 부(富)·돈·재물·소유라는 뜻으로, 신과 대립되는 우상 가운데 하나를 이르는 말.

따라 그 소재들을 재생하고 배열하려는 소망을 사람의 마음속에 만들어낸다. 이기적인 계산의 원리가 지나쳐서, 외적 생활의 소재만 인간의 내적 법칙에 다 동화할 수 없을 만큼 너무나 많이 축적되어버린 시대야말로 사람들이 시의 육성을 가장 열망하는 시대다. 이런 시대에 육체는, 거기에 생명을 주는 정신이 이제 와서는 도저히 감당할 수 없는 것이 되어버린다.

시는 참으로 신성한 무엇이다. 시는 지식의 중심인 동시에 원주(圓周)이기도 하다. 시는 모든 과학을 포함하는 것, 모든 과학이 반드시 기반으로 삼지 않으면 안 되는 것이다. 시는 다른 모든 사상 체계의 뿌리인 동시에 꽃이기도 하다. 시는 모든 것을 발생시키고, 그 모든 것을 장식하는 것이다. 그것이 말라버리면 열매도 씨도 달리지 않고, 이런 불모의 세계에서는 생명의 나무를 키울 수도 없다. 시는 모든 것의 완벽하고 원숙한 외피이고 꽃이다. 그것은 장미를 구성하는 요소들 가운데 조직에 대한 향기와 색채 같은 것이고, 분해와 부패의 비밀에 대한 퇴색하지 않는 아름다움의 형태와 빛남 같은 것이다. 시가 하늘 높이 날아올라, 올빼미의 날개를 가진 계산 능력이 날갯짓을 해도 도저히 도달할 수 없는 그 영원한 나라에서 빛과 불을 가져오지 않는다면, 미덕과 사랑, 애국심과 우정 같은 것은 어떻게 될까. 우리가 살고 있는 이 아름다운 우주의 경관은 어떻게 될까. 무덤 이쪽에 사는 우리의 위안은 어떻게 될까. 그리고 무덤 저편에 대한 우리의 동경은 어떻게 될까. 시는 추리, 즉 의지의 결정에 따라 행사되는 능력과는 다르다. 사람은 "나는 시를 짓겠다"고 말할 수 없다. 가장 위대한 시인조차 그렇게 말할 수는 없다. 창조하는 마음이란 꺼져가는 모닥불이 변덕스러운 바람처럼 눈에 보이지 않는 힘의 작용 덕분에 순간적으로 빛나는 것과 비슷하기 때문이다. 이 힘은 내부에서 생겨나, 처음엔 화려하게 피었다가 차츰 시들어갈수록 색이 바래는 꽃과 같다. 그리고 인간의 의식적인 능력으로는 이 힘이 가고 오는 것을 예측할 수 없다. 이 힘이 최초의 순수함과 강렬함을 계속 유지할 수 있다면, 그 결과가 얼마나 위대한 것이 될지는 예측하기 어려울 정도다. 하지만 실제로는 창작이 시작될 때는 이미 영감이 약해지기 시작하고, 일찍이 이 세상에 전해져온 가장 빛나는 시조차 아마 그 시인이 처음에 품었던 상념의 희미한 그림자에 불과할 것이다. 가장 뛰어난 시구가 노력과 연찬의 소산이라고 주장하는 것은 잘못이 아닐까 하고 나는 당대 최고의 시인들에게 묻고 싶다. 시간과 노력을 들여 퇴고를 거듭하라는 비평가들의 권고는 단순히 영감을 받은 순간을 주의 깊게 관찰하는 것, 그 순간에 얻은 몇 가지 암시를 전통적인 표현에 짜맞춰 기교적으로 이어붙이는 것을 의미할 뿐이라고 해석해도 틀림없을 것이다. 이런 것은 시적 능력이 뒤떨어지는 자에게만 필요할 것이다. 밀턴은 『실낙원』을 우선 전체적으로 구상하고, 그런 다음 각 부분을 만들어갔기 때문이다. 게다가 밀턴 자신도 『실낙원』을 "미리 생각한 것이 아니라 천상에서 내려온 노래"를 시의 여신 뮤즈가 그에게 "전수하여 받아쓰게 했다"[58]고 쓰

---

58 밀턴의 『실낙원』 제9권 23~24행.

고 있다. 그리고 이것은 『광란의 오를란도』의 첫 행이 쉰다섯 번이나 고쳐 쓰였다고 주장하는 사람들에 대한 답변이 될 것이다. 이렇게 만들어진 작품과 시의 관계는 모자이크와 그림의 관계와 같다. 시적 능력의 이 본능적 직관은 조각과 그림에서 더욱 뚜렷이 볼 수 있는데, 위대한 조각이나 그림은 마치 태아가 모태 안에서 자라듯 예술가의 능력 아래에서 자란다. 그리고 예술가의 손을 이끌어 작품을 제작하게 하는 정신 자체조차도 그 작품 제작의 기원과 단계와 매체를 자신에게 설명할 수 없다.

시는 가장 행복하고 가장 선한 정신이 가장 행복하고 가장 선한 순간을 기록한 것이다. 때로는 어떤 장소나 어떤 인물과 결부되고, 때로는 우리 자신의 마음에만 결부되는 사상과 감정이 잠깐 찾아오는 것을 우리는 알고 있다. 이런 사상과 감정은 언제나 예고 없이 일어나고 저절로 사라지지만, 말로 표현할 수 없을 정도로 마음을 고양시키고 기쁨을 준다. 따라서 그것이 남기고 간 욕망이나 안타까움 속에도 그 대상의 본질에 실제로 참여하는 쾌락이 반드시 있게 마련이다. 말하자면 더한층 신성한 성질이 우리의 인간성에 침투하는 것이다. 하지만 그 신성한 성질의 발자국은 바다를 지나는 바람의 발자국과 비슷해서, 이윽고 바다가 잔잔해지면 그 발자국은 지워지고, 바닷가 모래 위에 파도 모양으로 약간의 흔적을 남길 뿐이다. 이것들과 거기에 반응하는 생존의 몇 가지 상태는 오로지 가장 섬세한 감수성과 가장 넓은 상상력을 가진 사람들만이 경험할 수 있다. 그리고 이런 경험으로 생겨나는 마음의 상태는 온갖 비열한 욕망과 다툰다. 미덕과 사랑, 애국심과 우정에 대한 열정은 본질적으로 이런 정서와 결부되어 있다. 그리고 이들 정서가 계속되는 한 이기심은 그 본래의 모습, 즉 우주에 대한 하나의 원자로 나타날 뿐이다. 시인들은 가장 정묘한 조직으로 이루어진 정신체로서 이 경험들을 누릴 뿐만 아니라, 그들이 결합하는 모든 것을 이 영묘한 세계의 변하기 쉬운 색채로 물들일 수 있다. 어떤 광경이나 어떤 열정을 묘사하는 한 마디 말과 문장은 마법의 심금을 울려, 이런 정서를 경험한 적이 있는 사람들의 마음속에 잠자고 있는, 차갑게 묻혀 있는 과거의 이미지를 깨어나게 한다. 이리하여 시는 이 세상에서 가장 선하고 가장 아름다운 것을 불멸의 존재로 만든다. 시는 달도 뜨지 않은 인생의 캄캄한 밤에 찾아오는 사라지기 쉬운 영감을 포착하여 그것을 언어나 형태로 감싸서 인류에게 보내고, 같은 영감이 마음속에 살고 있는──살고 있다고 말한 것은 영감이 깃든 영혼의 동굴에서 사물의 세계로 통하는 표현의 문이 없기 때문이다──사람들에게 같은 부류의 기쁨을 예고하는 감미로운 전조를 가져온다. 시는 인간의 내면에서 신성(神性)의 방문을 쇠퇴로부터 구해준다.

시는 모든 것을 아름답게 변화시킨다. 가장 아름다운 것을 더욱 아름답게 하고, 가장 추한 것에도 아름다움을 보태준다. 시는 환희와 공포, 비애와 쾌락, 영원과 변화를 짝짓게 하고, 서로 어울리지 않는 모든 것을 가벼운 굴레에 묶어놓는다. 시는 접촉하는 것을 모두 변질시키고, 그 존재에서 나오는 광채를 받아 움직이는 모든 것을 불가사의한 공감에 의해 시가 숨쉬는 영혼의 화신으로 바꾼다. 시의 은밀한 연금술은 죽음에서 출발하여 생을 관류하는 독약을 불사약으로 바꾼다. 시는 이 세상에서 일상적인 통속성의 베일을 벗기고 세상의 모든 형태의 진수인 잠자는 미녀를 적나라하게 드러낸다.

모든 사물은 지각되는 대로 존재한다. 적어도 지각하는 자에게는 그렇다. "마음은 그 자체의 집이고, 그렇다면 마음은 그것 자체가 나락을 천국으로 바꾸고 천국을 나락으로 바꿀 수 있다."[59] 하지만 시는 우리를 우연한 주위의 인상에 억지로 따르게 하는 저주를 타파한다. 그리고 시가 아름다운 무늬로 장식된 그 자체의 막을 펼치든, 이 세상의 무대에서 인생의 흑막을 벗기든, 모두 똑같이 우리를 위해 우리의 생명 속에 또 하나의 생명을 창조해 준다. 시는 우리를 이 일상 세계를 혼돈으로 여기게 하는 한 세계의 주민으로 만든다. 시는 우리가 그 일부이기도 하고 그 지각자이기도 한 보편적 세계를 재현하고, 우리 존재의 경이를 덮어서 눈에 보이지 않게 하는 일상성의 얇은 막을 우리 마음의 눈에서 벗겨낸다. 시는 반복 때문에 둔해진 인상을 몇 번이나 되풀이함으로써 우리 마음속에서 이미 사라져버린 우주를 새롭게 창조한다. 시는 타소의 대담하고 진실한 말 ─ "신과 시인이 아니면, 창조자라는 이름에 걸맞지 않다" ─ 이 옳다는 것을 증명한다.

시인이란 다른 사람들에 대해 최고의 지혜와 쾌락, 미덕과 영광의 창조자일 수 있도록, 그 자신도 사람들 중에서 가장 행복하

---

59 밀턴의 『실낙원』 제1권 254~255행.

고 가장 선하고 가장 현명하고 가장 빛나는 사람이어야 한다. 시인의 영광에 대해서는 인간 생활의 다른 방면의 창조자들 중에서 그 명성이 시인의 명성에 견줄 수 있는 사람이 있을지, '시간'에 그 판단을 구해보자. 그가 시인인 한, 가장 현명하고 가장 행복하고 가장 선하다는 것도 똑같이 논란의 여지가 없는 일이다. 가장 위대한 시인이란 예로부터 한 점의 오점도 없는 미덕과 가장 완벽한 분별력을 가진 사람이고, 그들 생활의 내면을 들여다볼 수 있다면 가장 행복한 사람이었다. 수준이 높기는 해도 앞에서 말한 시인들보다는 열등한 시적 능력을 가진 사람들은 예외라고 해야겠지만, 이 예외도 깊이 생각해보면 이 법칙에 어긋나기는커녕 오히려 그 옳음을 확증하는 것임을 알 수 있을 것이다. 잠시 부끄러움을 무릅쓰고 대중의 호흡을 중재 재판에 회부하자. 그리고 고발자와 증인, 재판관과 형 집행인이라는 서로 공존할 수 없는 인물들을 모두 통합하여 우리 자신이 그 역할을 찬탈하고, 심리나 증언도 없이 재판 절차도 모두 생략한 채, "우리가 감히 날아오를 수 없는 높은 곳에 앉아 있는"[60] 사람들의 몇 가지 동기를 발칙하다고 판결해보자. 호메로스는 주정뱅이, 베르길리우스는 아첨꾼, 호라티우스는 겁쟁이, 타소는 미치광이, 베이컨은 횡령자, 라파엘로는 방탕아, 스펜서는 계관시인이었다고 가정하자. 현존하는 시인을 예로 드는 것은 우리의 주제에 걸맞지 않다. 어쨌든 지금 말한 위대한 시인들의 이름에 대해서는 후

---

60 밀턴의 『실낙원』 제4권 829행.

세 사람들이 이미 정당한 평가를 내리고 있다. 그들이 저지른 잘못을 저울에 달아보고, 저울 위의 티끌 정도에 불과하다는 것을 알았다. 그들의 죄가 "주홍빛 같을지라도 이제 눈과 같이 희어질 것"[61]이다. 그들은 '시간'이라는 중보자-대속자의 피로 깨끗이 정화되었다. 오늘날 시와 시인에 대한 중상모략 중에는 진짜 범죄와 가짜 범죄가 얼마나 터무니없이 혼돈과 섞여 있는가를 보라. 존재하는 것처럼 보이는 것이 거의 존재하지 않고, 또한 존재하는 것이 거의 눈에 보이지 않는다는 것을 생각하는 게 좋다. 제자신의 동기를 반성해야 한다. "심판을 받지 않으려거든 남을 심판하지 마라."[62]

시는 앞에서 이미 말했듯이 다음과 같은 점에서 논리와 다르다. 즉 시는 정신의 활동력에 지배되지 않고, 시의 발생과 재생은 의식이나 의지와 아무런 필연적 관계도 갖지 않는다. 정신적인 결과가 의식이나 의지와 아무런 관계도 없이 경험되는데, 의식이나 의지가 모든 정신적 인과관계의 필수조건이라고 믿어 의심치 않는 것은 언어도단이다. 시적 능력이 종종 찾아오면, 그 능력 자체의 성질과 그 능력이 다른 사람들의 정신에 미치는 영향과 서로 호응하는 질서와 하모니의 습성이 시인의 정신 속에 생기는 것은 확실히 상상할 수 있다. 하지만 영감과 영감 사이 — 이런 틈새는 오래 지속되지는 않지만 종종 찾아온다 — 에는 시

---

61 구약성서 「이사야서」 제1장 18절.
62 신약성서 「마태복음」 제7장 1절.

인도 보통 사람이 되어, 다른 사람들이 통상적으로 받고 있는 영향력의 갑작스러운 역류에 몸을 맡긴다. 하지만 시인은 다른 누구보다도 섬세한 조직으로 되어 있어서, 자신의 고락은 물론 타인의 고락에도 다른 사람은 상상도 못할 만큼 민감하기 때문에, 시인은 이 민감함의 차이에 걸맞은 열의를 가지고 고통을 피하며 쾌락을 추구한다. 사람들이 보편적으로 추구하거나 피하는 대상이 서로 상대의 옷을 걸치고 변장한 상황을 관찰하는 것을 자칫 소홀히 하면, 시인은 세간의 중상모략을 받기 쉽다.

하지만 이 잘못이 반드시 나쁜 것은 아니다. 따라서 세상 사람들이 시인의 생애에 대해 퍼부은 비난 속에는 지금까지 잔학, 질투, 복수, 탐욕, 그리고 순수하게 사악한 감정 따위는 한 조각도 들어갈 여지가 없었다.

나는 반론의 형식을 지키기보다는 주제 자체를 고찰해가는 동안 내 마음에 떠오르는 순서에 따라 앞에서 말한 것과 같은 평론을 쓰는 편이 오히려 진리의 주장에 바람직한 결과가 된다고 생각했다. 하지만 내 글에 옳은 견해가 포함되어 있다면, 적어도 이 주제의 제1부에 관한 한은 내 평론에 시를 비난하는 사람에 대한 논박이 포함되어 있음을 알 수 있을 것이다. 박식하고 총명한 저자들이 왜 애가 타서 시인들에게 트집을 잡고 있는지, 나는 쉽게 짐작이 간다. 나도 이 저자들과 마찬가지로, 목청 높은 현대판 코드루스들의 『테세이드』[63] 같은 졸작 때문에 귀청이 찢어지고 싶

---

63 코드루스는 로마의 시인 유베날리스(55~140)가 풍자한 삼류시인이고, 『테세이

지는 않다. 바비우스나 마에비우스[64]도 예나 지금이나 마찬가지로 참을 수 없는 자들임이 분명하다. 하지만 혼동하는 것보다는 오히려 식별하는 것이 철학적 비평가의 임무다.

이 평론의 제1부에서는 시의 요소와 원리에 대해 이야기했다. 그리고 거기에 주어진 한정된 지면이 허락하는 한, 좁은 의미에서 시라고 불리는 것이 다른 모든 형태의 질서나 아름다움과 공통된 근원을 갖고 있다는 것을 보여주었다. 인간 생활의 요소들은 그 공통된 근원에 따라 정돈될 수 있고, 그 근원 자체도 보편적인 의미에서는 시라고 할 수 있다.

제2부에서는 이런 원리를 시의 육성 상태에 적용하고, 풍속과 사상의 근대적 형태를 이상화하여 그것들을 상상적 창조력에 종속시키려는 시도를 옹호하는 것을 목표로 삼고 싶다. 왜냐하면 영국 문학은 지금까지 국민적 의지의 위대하고 자유로운 발전과 맞물려 힘차게 발전해왔지만, 이제 다시 태어난 것처럼 소생했기 때문이다. 현대의 가치를 낮게 평가하려는 저열한 사상을 가진 자들의 질투에도 불구하고 우리 자신의 시대는 지적 업적에 있어서 기억할 만한 시대가 될 것이다. 그리고 우리는 시민적 자유와 종교적 자유를 얻기 위한 최후의 국민적 투쟁 이후 나타난 어떤 사람들보다도 비할 데 없이 뛰어난 철학자와 시인들 사이에서 살고 있다. 위대한 국민을 눈뜨게 하고 사상이나 제도에 유

드』는 그가 쓴 비극이다.

64 베르길리우스가 『전원시집』에서 풍자한 삼류시인들.

익한 변화를 가져올 때 가장 신뢰할 수 있는 선구자이고 반려자이며 수행자이기도 한 것은 바로 시다. 이런 시대에는 사람과 자연에 관한 강렬하고 열렬한 개념을 전달하거나 받아들이는 힘이 축적되는 법이다. 이 힘이 내면에 깃들어 있는 사람들이라도, 그들이 가진 본성의 많은 부분에 관한 한, 그들이 봉사하는 선한 정신과 겉보기에는 거의 조응하지 않는 경우가 많다. 하지만 그들이 제 영혼의 옥좌에 앉아 있는 힘을 부정하고 거절하는 동안에도 그들은 좋든 싫든 이 힘에 봉사하지 않을 수 없다. 오늘날의 가장 저명한 작가들의 작품을 읽어보면 그들의 말 속에 불타고 있는 열광적인 생명에 놀라게 된다. 그들은 모든 것을 통찰하는 포용력 있는 정신으로 인간성의 둘레를 재고 그 깊이를 찾는다. 게다가 그 정신이 명백하게 드러나는 것을 보고 아마 그들 자신이 가장 깊이 놀랄 것이다. 거기에 드러난 정신은 그들의 정신이라기보다 시대의 정신이기 때문이다. 시인은 영감의 비의를 해설하는 사제이고, 미래상이 현재에 던지는 거대한 그림자를 비추는 거울이며, 스스로 이해하기 어려운 것을 표현하는 말이고, 사람을 전쟁으로 내몰지만 자신이 어떤 영향을 주고 있는지 모르는 나팔이며, 자신은 움직이지 않고 남을 움직이는 영향력이다. 시인은 세계의 공인되지 않은 입법자다.

The Assassins

어새신

【이 '소설'은 대부분 1814년 8월 하순부터 9월에 걸쳐 집필되었고, 메리 셸리가 1840년에 펴낸 『해외에서 쓴 에세이와 편지들』에 처음 발표되었다. 집필 당시 셸리는 메리와 유럽에서 사랑의 도피 여행을 하고 있었다. 9월 이후 집필을 중단했다가 1815년 4월에 재개했지만, 제4장을 쓰는 도중에 중단하여 미완성인 채로 끝났다.

표제가 되어 있는 '어새신'은 역사적으로 말하면 11~13세기에 페르시아 북부를 다스리고 있던 이슬람교 시아파 가운데 이스마일파(니자리파)를 말한다. 전쟁 때는 흉포하고, 암살을 종교적 행위로 여기는 집단이었다(그래서 보통 '암살교단'으로 번역된다). 셸리가 원시 기독교를 신봉하는 평화적인 집단에 이 일파의 이름을 사용한 데에는 의문이 남지만, 메리에 따르면 어새신은 11세기에 레바논의 깊은 골짜기에 살고 있었던 이슬람교도라니까, 역사상의 어새신과는 무관하다는 이야기가 된다. 레바논은 당시 라시드 앗딘 시난(?~1192)의 지배를 받고 있었는데, 어새신 일파는 그의 지도 아래 암살을 일삼고 있었기 때문에, 유럽에서는 관련성이 없는 두 파를 혼동하는 경향이 있었다고 메리는 설명하고 있다. 따라서 셸리가 그 오해를 풀고 평화적인 어새신의 본래 모습을 묘사했다고도 생각되지만, 제3장부터 등장하는 손님의 성질을 생각하면, 그리고 손님의 영향으로 어새신의 평화주의가 폭력적·배타적으로 바뀐다는 의미에서 오히려 의도적으로 두 파를 혼동했을 가능성도 있다.】

제1장

　예루살렘은 로마에 끊임없이 강탈과 폭력을 당한 끝에 마침내 들고일어나, 서로 반목하던 파벌을 통합하여 공통의 적이자 폭군인 로마에 맞섰다.[1] 자유를 추구하는 불굴의 정신을 제외하면 모든 면에서 적보다 열세였기 때문에, 예루살렘은 도시 주위에 튼튼한 성벽을 두르고 애국심과 신앙심에 내몰린 시민 군단을 신전 앞에 즐비하게 배치하는 정도가 고작이었다. 여인들조차 폐허가 된 나라에서 살아남기보다는 차라리 죽음을 택했다. 거룩한 도시의 성벽에 다가온 로마군은 만반의 준비를 갖추고, 훈련도 잘 되어 있고 수적으로도 압도적인 병력을 자랑하고 있었다, 하지만 적도 예루살렘만은 쉽사리 정복할 수 있는 야만인과는 다르다는 각오가 되어 있었다. 로마군이 진격해오자 시내에 있던 외국인들은 모두 피신해 달아났다.

　동방의 여러 나라에서 예루살렘에 집결한 병력 가운데 기독교도로 이루어진 작은 일파가 있었다. 수적으로도 적고 중요하지도 않은 일파여서, 거기에는 철학자도 시인도 포함되어 있지 않았

1　제1차 유대전쟁에서 벌어진 예루살렘 포위전. 예루살렘 시내에서는 서기 66년부터 유대인 반란군이 농성을 하고 있었지만, 로마의 티투스 황제가 이끄는 로마군이 70년에 예루살렘을 함락했다. 그때 예루살렘 신전이 파괴되었고, 이 참극은 많은 회화나 문학의 모티프가 되었다.

다. 신이 정한 율법 외에는 인정하지 않는 주의였기 때문에, 신의
율법을 실제로 인간에게 어떻게 적용할지는 개개인의 판단에 맡
겨져 있었다. 그리고 그 올곧고 엄격한 태도를 보아도 분명했지
만, 인간이 정한 법을 경멸하고 있었기 때문에 이교도의 관습에
맹종하지도 않고 세속의 미신에 현혹되지도 않고, 성실하고 자신
에게 정직했다. 그들의 견해는 나중에 그노시스주의²라고 불린
일파와 거의 흡사했다. 그들은 인간의 오성을 사람의 행동을 결
정하는 최고의 법으로 존중하고, 아무리 알기 어려운 종교의 본
질도 사고력을 최대한 발휘하면 완전히 이해할 수 있다고 주장
했다. 그들은 만물의 본질에서 도출한 논리로 논박할 수 없는 교
의라면, 그것이 어떤 교의든 사회의 안녕을 해칠 리가 없다고 생
각하고 있었다. 그리스도의 가르침을 가장 순종적으로 지킴으로
써 불굴의 탐구심을 기르고 사람들 사이에 일어나는 다양한 문
제에 어떻게 하면 가장 적절히 대처할 수 있을지를 생각하고 있
었다. 세상에는 성서에 확실히 쓰여 있으니까 신의 뜻에 맞는 일
이라고 말하면서 율법을 내세워 이것저것 지시하는 무리가 있지
만, 이 일파의 사람들은 그리스도가 가르친 자애와 정의를 다양
한 행동의 규범으로 삼고 있었기 때문에, 절대로 그런 자들을 따

---

2 영지주의. '그노시스(gnosis)'란 '지식'을 뜻하는 그리스어지만, 1~2세기에 걸쳐
로마를 비롯하여 그리스 문화의 영향을 받은 서아시아 일대, 즉 유대·이란·시리아
·이집트 등지에서, 이들 지방의 토착종교와 그리스의 철학사상이 서로 만나는 과
정에 종교적 색채를 지니게 되었고, 원시 기독교에 침투하면서 그노시스파를 발생
시켰다.

르지 않았다.

정부와 교회도 그들을 수수한 사색가들의 모임으로 생각하여 상대하지 않았고, 그 덕분에 지금까지는 어떤 박해도 받지 않을 수 있었다. 하지만 이윽고 그 이름이 널리 알려지고 성공을 거두게 되자 부자들이나 권력자들의 적개심을 부추기게 되었다. 예루살렘을 언제 나가느냐가 그들의 운명을 결정하는 갈림길이 되었다. 살 수 있다는 보장도 없는데 이대로 로마 제국 내의 도시에 머무르면 곧 박해의 손길이 뻗어와 그들의 견해나 행동을 억압할 게 분명했기 때문이다. 편견에 가득 차서 자신의 종파를 고집하는 무리들은 규범에 갇히지 않는 그들의 장대하고 훌륭한 신앙을 한시라도 빨리 배제하지 않으면 안 되었다.

착하고 행복한 자들로 이루어진 이 소극적인 집단은 교의상 평화를 사랑하고, 비천한 일반 대중의 쾌락이나 관습을 경멸하고 증오했기 때문에, 레바논의 외딴곳으로 도망쳐 들어가는 길을 택했다. 이 한적한 두메는 장엄하고 장대하다는 점에서 아랍인이나 열성적인 신자에게는 다른 곳에는 없는 매력을 갖고 있었다. 그들은 모두 늑대나 호랑이 같은 폭군을 로마 제국에서 쫓아내고 그 자리에 지성과 덕성을 갖춘 왕국을 건설해야 한다고 생각하고 있었지만, 인간들이 상호 의무를 수행할 때에도 같은 도리를 따라야 한다고 생각했다. 자연신을 믿는 자라면 소박한 생활을 하는 데 많은 노동에 의지하면 안 된다. 병든 문명의 해독 때문에 그들의 신앙이 더럽혀지면 안 된다. 자신들의 존재가 인류의 악이나 공포나 어리석은 행동에 좌우되어서는 안 된다. 그들에게 노동을 명령하는 자는 사랑과 우정과 인류애만으로 이루어지지 않으면 안 된다고 생각했다. 사람은 오직 연인이나 친구를 위해서만 땀 흘려 일하기 때문이다. "하느님은 배고픈 까마귀에게 먹이를 주고, 들에 자라는 백합이 아름답게 꽃을 피우게 해준다. 하지만 솔로몬은 빛나는 영광 속에 있어도 그 어떤 은혜도 입지 못한다."[3]

로마는 이제 흔적도 없어졌다. 웅대하고 아름답게 빛나던 모습은 사라져버렸다. 말기에 등장한 고상한 시인이나 역사가는 로마가 조만간 예속과 타락으로 떨어질 거라고 걱정스럽게 예언했다. 인간의 사고가 붕괴하는 것은 가장 장엄한 사원이 황폐해지는 것보다 훨씬 더 무서운 일로서, 그 황금 궁전에 어두운 그림자를 드리우고 있었다. 그렇기는 하지만 그 그림자는 거칠고 어리석은 자에게는 보이지 않는다. 정말로 분별력 있는 자만이 그것을 감지하여 마음속으로 두려움과 절망을 느끼는 것이다. 예루살렘도 역시 사는 사람도 없고 지키는 사람도 없어진 채, 작열하는 사막에 그 잔해를 드러내고 있었다. 이 저주받은 쓸쓸한 곳을 찾은 사람은 모두 두려움에 사로잡혔다. 전해오는 말에 따르면 불에 타서 무너진 사원의 폐허에 잠시 멈춰 서서 서성거린 사람이 있었다고 한다. 목격자의 말에 따르면, 그는 두 손을 움켜쥐고 폐허를 뚫어지게 바라보았지만, 얼굴은 무서울 만큼 고요하고 평온

---

3 셸리는 신약성서 「누가복음」 제12장 24절과 27절을 혼용하면서 잘못 인용하고 있다.

해서 도저히 인간으로 보이지 않았다고 한다. 국가와 종교의 변천은 군중의 변덕이나 변화무쌍한 민중의 나약한 태도 탓은 아니다. 그런 것은 미미한 요소에 불과하고, 지성이 뛰어난 자가 아니면 확실한 형태로 파악할 수 없다. 이 세상을 바꾸는 자는 그 지배의 법칙을 어둠과 폭풍의 옥좌로부터 배운다. 그래서 인간의 힘은 위대한 것이다.

오랫동안 유랑을 계속한 뒤, 어새신들은 베스자타나이 골짜기[4]에 천막을 쳤다. 이 비옥한 골짜기는 지금까지 줄곧 만년설로 덮인 산속에 있었고, 모험심이 풍부한 자도 발을 들여놓은 적이 없는 곳이었다. 먼 옛날에는 이곳에도 사람이 살고 있었다. 호수 쪽에도 투명한 수면 밑에 장대한 대리석이나 원기둥이 무너져 산더미를 이루고 있다. 그것은 하찮은 인간의 소행이라기보다 장난기와 상상력을 가진 지성이 만들어낸 작품처럼 여겨졌다. 이 쓸쓸한 곳에는 꽃피는 오렌지나무, 봉선화나 향기를 내뿜는 관목이 여기저기 수없이 자라고 있었다. 샘물은 넘쳐흐르고, 그 못에 무성하게 돋아난 풀 사이에는 노란색 뱀이 남몰래 살고 있었다. 이곳에는 호랑이와 곰이 옛날부터 사람들의 보살핌을 받으며 안전하게 살고 있던 가축의 자손을 노리고 찾아온다. 하지만 그래도 소리 하나 들리지 않는다. 맹수도 이 황량한 곳에서는 사냥감을 한 마리도 찾지 못해서, 배를 채우지 못한 채 왔던 길을 되돌아

---

4 허구로 지어낸 지명. 이 골짜기의 묘사는 집필 도중에 들른 스위스의 풍경을 담고 있으며, 나중에는 장시 『알라스토르』(1815년 말에 집필, 1816년 발표)에 비슷한 묘사가 나오기도 한다.

갈 수밖에 없다. 그런 모습이 이 황폐함을 더욱 두드러지게 한다. 들려오는 소리라고는 황새가 소리를 지르며 외따로 서 있는 원기둥 끝에서 푸드득 날아오르는 소리와 배고픈 독수리가 유일한 사냥감을 놓치고 울부짖는 소리뿐이다. 땅바닥에 나뒹굴고 있는 대리석에는 고대의 지혜가 수수께끼 같은 문자로 새겨져 있다. 사람의 손과 정신이 작용하여 가장 심원한 기적을 완성시킨 것이다. 그것은 지성과 진리라는 신을 모신 사원이다. 이슬람의 수장이나 로마의 황제라면 이보다 크고 호화로운 궁전을 아주 간단히 지을 수 있었을 것이다. 하지만 그것은 전제군주가 기획하고 노예가 땀을 흘린 결과일 뿐이다. 베스자타나이는 뛰어난 재능과 분별로 고안되고 만들어졌다. 아름답게 새겨진 문자는 어느 부분을 보아도 깊고 무거운 의미를 내포하고 있다. 이 난해한 언어는 과거에는 아름답고 완벽하며 시와 역사로 가득 차 있었다. 그것은 폐허가 되어도 여전히 신비스러운 의미와 이해할 수 없는 의의를 전하고 있다.

하지만 이 골짜기에서 예술이 가장 번영하고 화려함을 자랑했을 때도 그 자연을 능가하지는 못했을 것이다. 훌륭한 것, 아름다운 것은 모두 인가에서 멀리 떨어진 이곳에 모여 있다. 끊임없이 변화하는 자연도 여기서는 언제까지나 경탄과 환희를 주고 있는 듯하다. 이 행복의 골짜기는 기슭까지 둘로 나뉜 레바논의 산들 사이에 끼여 있다. 사방 어디를 보아도 얼어붙은 산꼭대기의 하얀 끝부분은 새파란 하늘로 우뚝 솟아 있고, 그 울퉁불퉁한 형태는 풍화한 이슬람 사원의 탑이나 무너진 돔이나 원기둥 같았다.

저 멀리 아래쪽에서는 밝은 은빛 구름이 뭉게뭉게 피어올라 넘실거리며 아름다운 모양을 이루고, 비를 내려 골짜기를 끝없이 윤택하게 만들고 있다. 골짜기를 흐르는 강물은 빛나는 무지개처럼 어두운 계곡을 건너 조용한 골짜기로 흘러내리고, 사이프러스와 야자수가 숲을 이룬 어두운 습지에서 속도를 떨어뜨린 뒤 호수로 흘러든다. 눈부신 눈으로 꼭대기를 장식한 험준한 산들은 너무 높아서 해를 감추어버릴 정도다. 어쨌든 가장 하늘 높이 떠올랐을 때도 태양은 깎아지른 듯한 바위를 넘지 못한다. 하지만 햇빛은 다시 성스럽고 부드러운 빛이 되어 얼어붙은 산꼭대기에서 튀어올라 각양각색의 구름을 꿰뚫고 참으로 다양한 빛과 색을 만들어낸다. 초목도 항상 푸르고, 동굴과 숲의 구석진 곳에도 초목이 자라고 있다.

사람의 손길이 닿지 않은 자연은 이런 호젓한 곳에서는 마치 마녀처럼 마력을 발휘했다. 훌륭한 것이나 신성한 것은 모두 전능이라는 이름으로 불리는 자연의 보물창고에서 여기로 모여들었다. 불어오는 바람부터가 건강을 주고 원기를 불러일으키는 것이어서, 젊고 씩씩하고 즐거운 기분을 가져다주었다. 투명한 샘물은 향기로운 꽃들 사이에서 언제나 물결치며 꽃향기를 더욱 싱싱하게 만들고 있었다. 소나무 가지는 섬세한 악기가 되어, 바람이 여러 형태로 불 때마다 새롭게 더욱 아름다운 가락을 빚어내곤 했다. 별똥별은 달빛보다 밝게 구름을 비추고, 소용돌이치는 물에 되비쳐 반짝반짝 빛난다. 바위 아래나 폐허 사이를 기묘한 모양으로 흐르는 푸른 안개는 마치 천천히 엄숙하게 걷는 망령처럼 보인다. 어두운 협곡을 통해 동쪽을 보면, 땅속의 귀중한 광석들이 무수히 빛나는 입구 너머 저 멀리까지 커다란 달이 노란 달빛을 수평으로 쏟아붓고 있었다. 산꼭대기 근처의 추운 곳에는 가을과 봄이 번갈아 찾아왔다. 마른 잎은 떨어지고, 강에 머물러 흐름을 막았다. 차가운 안개가 어느 가지에나 다이아몬드처럼 얼어붙어, 춥고 어두운 밤에는 강풍이 나무들 사이에서 음울한 음악을 연주했다. 멀리 상공에는 겨울의 밤하늘을 왕처럼 지배하는 밝은 별이 또렷이 차갑게 빛나고 있었다. 가라앉기 직전의 석양에 눈이 붉게 물들면서 떨어져, 마치 불타는 유황이 쏟아져 내리고 있는 듯이 보일 때도 있었다. 폭포는 흘러내리는 도중에 얼어붙어 투명한 기둥이 되어, 선반처럼 튀어나온 검은 바위를 떠받치고 있는 듯이 보였다. 때로는 눈발이 차가운 회오리바람에 날려 하늘 높이 올라갔기 때문에, 마치 별똥별과 부딪혀 수증기가 피어오르고 공기가 희박한 캄캄한 밤하늘에 흩어지며 반짝반짝 빛나는 것 같기도 했다.

골짜기는 이 다양한 것들이 어지럽게 뒤섞이면서도 두려움을 불러일으킬 만큼 숭고하고 낯선 광경에 둘러싸여 있기 때문에, 아무한테도 방해받지 않고 기분 좋게 정적에 잠길 수 있었다. 자연 그대로의 이 아름다운 두메가 생긴 것은 위대한 지성과 전능한 신이 이곳을 정화하고 거기에 장엄하고 깊은 신비를 주었기 때문이라는 말을 들어도, 이곳을 실제로 본 사람이라면 아무도 그것을 부정하지 않을 것이다.

이런 광경이 갑자기 눈앞에 펼쳐지면 어떻게 생각할지는 정식 기록에 별로 남아 있지 않다. 하지만 관습의 노예가 된 냉담한 사람이라도 봄의 산들바람을 느끼거나, 저녁 하늘의 얇은 구름을 통해 비쳐 보이는 하얀 달빛을 보거나, 무성하게 돋아난 히스에 새 한 마리가 외로이 앉아서 지저귀는 것을 들었을 때, 자연의 힘을 느낀 순간을 생각해내지 않을 수 없을 것이다. 하물며 베스자타나이 골짜기에 들어온 것은 자연과 자연의 신을 숭배하고 사랑과 고상한 사상과 순수한 정신에 대한 이해를 삶의 양식으로 여기는 아라비아인들이었다. 이리하여 그들은 더러운 세상과는 완전히 인연을 끊고 거룩한 생각에만 전념하고 있었기 때문에, 세상을 어떻게 평가할 것인가 하는 생각은 잊어버렸다. 비열하고 천박한 자들은 대부분 마음의 갈망이나 갈등을 진정시키기 위해 명예를 추구하지만, 그들은 그런 것을 인정하지도 않고 돌아보지도 않았다. 새로운 신성한 불길이 그들의 마음에 타올라 눈 속에서 빛나고 있었다. 신성한 것을 추구하는 마음에는 신성한 영감이 찾아오니까, 그 영감에 의해 어떤 몸짓이나 어떤 방식도, 아무리 사소한 행동도 모두 자애가 넘치고 아름다워졌다. 그 마음을 사로잡는 영감은 다른 사람에게도 쉽게 전해져, 하늘에서 불어오는 바람처럼 빠르게 모든 사람의 마음으로 전해져갔다. 그들은 이미 육체를 떠난 영혼이었고, 이미 천국에 사는 사람들이었다. 산다는 것, 숨쉬고 움직이는 것은 그것만으로도 헤아릴 수 없는 기쁨이었다. 행복하고 열성적인 신자가 제 마음속을 생각할 때마다 기쁨은 더욱 깊어지고, 외계의 사물을 감지하는 마음은 그 사물이 지닌 아름다움이나 성스러움을 구석구석까지 더욱 민감하고 섬세하게 감지할 수 있게 되었다. 사랑하고 사랑을 받으면 그 기쁨을 더욱 추구하게 되고, 그 소망이 너무 커서 온갖 종류의 경이로움으로 가득 차 있는 대우주조차 그 소망을 이루어주기에는 너무나 좁게 여겨질 정도였다.

아아, 이런 영혼의 방문이 금세 사라져버리는 것은 얼마나 슬픈 일인가. 사람의 마음은 생각해낼 수 있는 가장 뛰어나고 강한 것과 순간적으로는 동등해질 수 있지만, 슬프게도 그것은 끝까지 계속되지 않고 커다란 변화에 의해 사라져버린다. 하지만 하늘을 가득 뒤덮은 자줏빛 구름이 만들어내는 봄날의 석양은 순식간에 사라져버려도, 생각지도 않을 때 되살아나 절망이 차지하고 있는 밤하늘에 암흑을 없애는 애수 띤 저녁놀을 펼쳐준다.

확실히 지금은 어새신들의 가슴을 설레게 한 그 몰아적 열정을 더 이상 찾아볼 수 없다. 일상적인 일이나 평범한 생활은 누구나 참고 견디지 않으면 안 되는 무거운 짐이었고, 그 때문에 신성하고 영원한 정열은 사라졌다고까지는 말할 수 없지만 약해져버렸다. 하지만 그래도 그들의 마음에 남은 인상은 영원히 사라지지 않는 것이고, 그 영향으로 만들어진 사회의 특징은 언제까지나 변치 않는 것이었다.

제2장

로마는 붕괴했다. 원로원은 도둑과 거짓말쟁이의 더러운 소굴이 되었다. 장엄한 사원들은 저마다 제 신학을 주창하는 자들이 우열을 다투는 투기장으로 변했고, 그 터무니없는 신념을 퍼뜨리는 전도사가 된 그들은 불과 칼을 무기로 사용했다. 거대 도시 콘스탄티노플은 로마라는 이름을 내걸었다 해도 이미 쇠락하기 시작한 힘으로는 본래의 영광을 미미하게밖에 보여주지 못했고, 그것은 로마인이 쌓은 토대를 이어받은 자들이 얼마나 부도덕하고 취약한가를 말해주고 있었다. 흔들리지 않는 새로운 신앙을 가진 순례자들은 모두 폐허로 변한 예루살렘의 신전에 가서 영원한 신의 무덤 앞에서 울며 기도했다. 대지는 불화와 소란과 폐허로 가득 차 있었다. 친애라는 미덕을 거부한 결과, 문명 세계는 그 미덕을 관장하는 정령에 의해 둘로 쪼개져, 서로 무기를 들고 싸우는 꼴이 되었다. 국민적 자비심도 추악하고 꺼림칙한 신조에 중독되어 시들고 있었다. 오만과 미신과 복수에서는 자연에 대한 사랑도 예로부터 내려오는 신앙도 아무것도 생겨나지 않았다.

4세기 동안 비참하기 이를 데 없는 혁명[5]만 계속되는 세월이 지나갔다. 어새신들은 그동안에도 주위의 동란과는 상관없이 비옥한 골짜기에 살면서 땅을 일구고 있었다. 그들은 원래 보통 사

---

[5] 여기서 '혁명'이란 예를 들면 군인황제 시대에 악정이나 암살 따위가 횡행하고 단명의 황제가 난립한 것을 가리킨다. 실질적으로는 내란 상태인 이 상황이 로마 제국을 약화시켰다.

람과는 다른 뛰어난 자질을 갖고 있었지만, 보기 드문 환경 덕분에 그 자질도 서서히 깊어지고 완전해졌다. 과거에는 대의라는 말은 듣기만 해도 눈앞이 아찔할 정도의 고양감을 안겨주었지만, 지금은 그것도 안정되어 저도 모르는 사이에 인생을 규제하고 뛰어난 자질을 유지해가기 위한 규율이 되었다. 정신이 고상해질수록 그들의 교의도 변해갔다. 그들은 자기가 조금이나마 지성을 가질 수 있었던 것도, 지성을 악의 손에서 되찾을 수 있었던 것도 자비로운 신 덕분이라고 생각하여 신에게 감사하고 있었지만, 지금은 그것도 별로 입 밖에 내지 않고, 말하거나 생각할 때 그것을 화제로 삼는 일도 줄어들었다. 그렇다고 해서 신이 그들의 최고 수호자임을 그만둔 것도 아니고, 마음속에 간직한 생각을 인도해주는 지도자임을 그만둔 것도 아니며, 아무리 사소한 행동에 대해서도 그 옳고 그름을 묻는 재판관임을 그만둔 것도 아니었다. 다만 이 신비의 수호신은 인적이 없는 바위산 속에서 배양된 기쁨이고, 그것은 오색으로 빛나는 저녁놀 속에서도, 동굴 속 깊숙한 곳에서도 찾을 수 있다고 생각하게 되었다. 미래 따위는 이제 하잘것없는 것이 되었고, 현재의 행복한 평화만이 중요해졌다. 시간을 헤아리거나 만드는 것은 사람들의 악이나 불행이고, 행복한 나라에 사는 어새신들은 그런 사람들과는 전혀 달랐고 비교할 수도 없었다. 그들의 영원한 평화는 이때 이미 시작되어 있었다. 죽음의 열린 문에서 암흑은 이미 사라지고 없었다.

이런 신앙과 환경 덕분에 그들이 남에게 보이는 행동은 훌륭하고 마음에 남는 것이었다. 큰 규모의 다양한 인류 사회에서 멀리 떨어져 있었기 때문에 이 외딴곳은 신성한 은둔처가 되었다. 여기서는 모두 일심동체가 되어, 경쟁심이나 파벌싸움으로 분열하는 일도 없었다. 모든 욕구는 하나의 목적을 향하고 하나의 목표를 지향하고 있었다. 누구나 상대의 행복을 위해 노력을 기울이는 것이었다. 이 공화국에서는 모든 사람이 서로에게 선의를 베풀고 있었다. 그것은 장사꾼이 보이는 친절, 즉 마음이 담기지 않은 겉치레뿐인 친절과는 달리, 얼굴이나 동작 하나하나에도 분명히 드러나는 순수한 선의였다. 이 조용한 곳은 산에 둘러싸여 있기 때문에, 그들은 그 너머에 사는 사람들이 갖고 있는 비뚤어진 마음이나 재난 따위는 알 수도 없고 상상할 수도 없었다. 복잡한 문명사회에 현혹되는 일도 거의 없기 때문에, 스스로 노력하지 않고 손에 넣는 행복이나 남이야 어떻게 되든 상관하지 않고 자기만 챙기는 행복을 알 수도 없었다. 그들이 선의와 행복을 이루는 길은 평탄하고 곧게 뻗어 있었다. 그들은 어떤 경우에도 최대의 기쁨을 위한 행동을 우선해야 한다고 생각하고 있었다. 치러야 할 희생의 크기를 생각하여, 가장 크고 가장 순수한 기쁨을 주려고 해도 망설이는 경우가 있다는 것은 그들에게는 생각조차 할 수 없는 일이었다.

이리하여 어새신들의 두드러진 특징이 완성되었는데, 그것이 사람들의 눈길을 끄는 중대한 사건이 되지 않은 것은 그들이 다른 사람들과 단절되어 있었기 때문이고, 다른 사람들이 행동에 나설 때의 동기와 주의가 정의와 선의 이외의 것에 따르는 경우가 많았기 때문이다. 타락하고 비굴한 사람들 속에 있다면 어새신들의 의도는 결국 어떤 결과를 낳을까? 성실하고 순진한 신앙을 가진 그들에게 물어보아도 대답하기는 어려웠을지 모른다. 또한 목적을 이루기 위해 어떤 수단을 사용할 것인가 하는 질문에도 그들은 분명 당혹스러워했을 것이다. 실제로 미래를 위해서라면 지금 이 자리에서 고통과 불화를 주는 방법이 가장 순수한 종교나 철학에서는 자주 쓰인다. 그렇기는 하지만 이 방법은 많은 사람들의 마음속에 사라지지 않는 증오를 심게 된다. 어새신이 우연히 문명사회에 살고 있었다면 좋든 싫든 관계없이 교의상 어쩔 수 없이 타인에게 적의를 품게 되었을지도 모른다. 목적을 이루기 위해서라면 남들이 싫어하는 수단을 쓰지 않을 수 없었을 테고, 그 목적도 자기 혼자만의 것이고 다른 사람들은 그런 목적을 생각해내지도 못할 거라고 생각했을지 모른다. 자신의 사상은 하늘의 빛처럼 흠잡을 데 없이 고상하고 뛰어나다고 믿고 으스대며 안주했다면 남들에게 비방과 박해만 당하게 되었을 것이다. 주위 사람들은 고상한 목적 따위는 이해하지 못하고, 그를 가장 비열하고 잔학한 죄인으로 단정했을 것이다. 그가 누구와도 비교할 수 없을 만큼 위대하기 때문에 오히려 사람들은 그를 이해하지 못하고 경멸했을 것이다. 그는 모든 사람의 행복을 진심으로 바라고 있었기 때문에, 그의 위대한 스승 그리스도와 같은 운명을 더듬어, 이리저리 끌려다니며 사람들의 경멸과 조롱과 비난을 받고 불명예스러운 죽음을 맞이했을 것이다.

잠자는 친구 옆에 다가온 독사를 발견했을 때, 그 독니가 다음에는 자신을 물지 않을까 하고 두려워하는 이기적인 사람이 아닌 한, 독사를 죽이기를 망설이는 사람은 없다. 그러면 그 독을 가진 자가 인간의 형상을 하고 있고 그것이 초래하는 재앙이 독사의 독보다 훨씬 무섭고 광범위하다면 어떨까? 학대받은 자를 구하고 악을 멸하려 하는 자조차 인간은 절대불가침의 생물이라는 미신 때문에 망설이며 뻗었던 손을 도로 당기게 될까? 그렇게 되면 인간의 모습은 어떤 타락이나 악행도 용서받는 특권의 표시가 되지는 않을까? 학대받은 자의 나약함이나 속은 자의 어리석음을 틈타서 권력을 얻으면, 그것만으로 이미 압정을 펴거나 남을 속여도 좋은 권리를 얻은 셈이 되지 않을까?

평범한 정부 관리나 미신적인 종교를 믿는 신도는 이런 질문을 할 용기가 없다. 마지막에 행복을 얻을 수 있다고 생각하면, 악을 만나도 일시적인 것으로 참아버리기 때문이다. 남들이 도덕적으로 타락한 것을 알아도 그들은 역시 꾹 참아버린다. 하지만 어새신이 신봉하는 종교에서는 동포가 압제 아래서 괴로워하거나 자신을 묶고 있는 쇠사슬의 무게도 느끼지 못할 만큼 예속되고 비굴해졌을 때는 그저 참는 것 이상의 미덕을 실천한다. 인간은 다른 동물보다 뛰어나기 때문에 인간이고, 그렇기 때문에 사랑과 판단력을 자연의 신에게 바치면 특권을 얻을 수 있다고 어새신은 믿고 있다. 세상에는 괴팍한 사람도 있고 비열한 사람도 있고 악랄한 사람도 있지만, 그런 자들이 뭐란 말인가? 그런 것은 악령이 보여주는 사악한 환영이 구체적인 형태로 바뀌었을 뿐이고, 자비의 힘이 칼을 휘둘러 이 아름다운 세상에서 쫓아내면 끝나는 일이다. 그것은 빛나는 왕좌에도 역겨운 빈민굴에도 똑같이 죽음과도 같은 참상을 가져오지만, 실제로는 사람이 상상할 뿐 실체가 없는 것이고, 불행과 재난의 망령에 불과하다. 어새신이라면 아무도 악을 보고도 그냥 지나치지 않고, 자비를 베푸는 척만 하고 사실은 허위와 파괴로 가는 징검다리 역할을 하지도 않을 것이다. 문명사회라는 이름의 황야를 걸어가는 그의 길은 독재자와 파괴자의 피로 물들 것이다. 공포를 무기로 백성에게 숭배를 강요하는 폭군도 어새신에게 숨통이 끊기고, 지금까지 용서받아온 수많은 악업을 목숨으로 보상하게 될 것이다.

천연덕스럽게 거짓된 교의를 주창하고, 신묘한 척하면서 사실은 민중을 등치는 자들을 어새신은 신성한 팔로 푹신한 침상에서 끌어내어 차가운 무덤 속으로 던져버린다. 거기에서는 초록빛나는 축축하고 미끈미끈한 지네들이 온종일 악독하고 교활하기이를 데 없는 놈들의 머리를 물어뜯게 된다. 인격이 고결해 보이는 인물은 뭇사람들의 존경을 받기는 하지만, 사실은 약삭빠르게 상냥하고 세련되었을 뿐인 악당이고, 그들이 파는 것은 거짓말과 살인이고, 매일의 식사는 민중의 피와 눈물로 사들인 것이다. 그런 자들은 까마귀의 먹이가 될 것이다. 어새신이 그런 고상한 행위를 실행하면, 땅속의 지렁이나 하늘을 나는 독수리를 살찌우게된다.

하지만 순수한 신앙과 인간애 덕분에, 남들과 어울리지 않는 어새신들은 더할 나위 없이 뛰어나고 자비로운 사람들이 되어있어서 그런 행동을 하지는 않았다. 용기와 덕을 실행하려는 의욕과 악에 대한 분노는 금방이라도 분출하려는, 억누르기 어려운 격정이 되기 쉽지만, 마치 땅속에 갇힌 지진 같기도 하고 황금빛 저녁놀 속에서 가만히 기다리고 있는 번개 같기도 해서 겉으로 드러나는 일은 없었다. 그들은 때 묻지 않은 사람들이지만, 그저 순진무구한 것만은 아니었다. 자신들의 위대한 교의에 대해서는 끊임없이 의식하고 주의를 기울이고 있었기 때문이다. 그들은 이 은둔 생활에서도 자신들의 행복의 원천인 신앙을 잊지 않았다.

이렇게 4세기가 아무 일 없이 지나가고, 사람들은 죽음을 맞이하고 그 죽음에 대해 마땅히 흘러야 할 눈물이 흘러 살아남은 자들의 마음을 치유했다. 사랑으로 맺어진 사람들은 함께 죽어가고, 친구에게는 기쁨으로도 연결되는 슬픔이라는 성스러운 감정을 남기고 갔다. 어머니의 가슴에 매달려 있던 어린애는 어른이 되었다. 그렇게 사람들은 죽고, 그들의 골짜기를 덮은 풀은 버려진 뼈 주위에도 무성하게 자랐다. 그 조용한 생활은 바람이 멎어 잔잔해진 여름 바다에서는 별의 그림자도 아침놀의 색채도 흔들리지 않는 것과 마찬가지였다.

제3장

이렇게 조용한 세계에서는 아무리 사소한 일도 기록되고 기억되는 법이다. 6세기가 끝나기 전에 놀랍고 특이한 사건이 일어났다. 알베디르[6]라는 젊은이가 숲속을 걷고 있을 때 맹금류의 새된 울음소리에 놀라 위를 쳐다보니, 높은 삼나무 가지 사이로 피가 뚝뚝 떨어지는 게 보였다. 나무에 올라가 보니, 거기에는 오싹 소름이 끼칠 만한 광경이 펼쳐져 있었다. 벌거벗은 사람의 몸뚱이가 부러진 나뭇가지에 꽂힌 채 꼼짝도 못하고 있었던 것이다. 그는 몸이 너덜너덜해질 만큼 고통을 받았고, 팔다리가 모두 상처를 입은 채 부자연스러운 각도로 꺾여 있었다. 그저 숨만 쉬고 있을 뿐, 살아 있다고는 도저히 말할 수 없는 지독한 모습이었다. 산속에서 사냥감의 냄새를 맡고 찾아온 거대한 뱀이 그의 살을 뜯어먹고 있었고, 상공에는 굶주린 독수리가 날고 있었다. 독수리도 너무 배가 고파서 참을 수 없을 정도였지만, 그 인간의 눈이 너무나도 당당하고 위엄에 차 있어서 눈알을 파낼 용기를 내지 못하고 있었다. 그보다는 인간 이하의 천한 사냥감이 더 상대하기 쉽다고 생각하여, 그 게걸스러운 뱀이 배를 가득 채울 때까지 기다렸다가 뱀을 덮칠 작정이었다. 그 사람의 헝클어진 머리카락 속에 핏덩어리가 있고, 그 핏덩어리는 기후가 따뜻했다면 녹아서 흘러나올 눈처럼 단단하게 굳어 있었다. 오른쪽 측두부가 뾰족한 돌 때문에 찢어진 것이다. 드러난 가슴팍에서는 심장이 격렬하게 헐떡이고 있었다. 그 고통 때문에 걸려 있는 나뭇가지에 등이 스쳐서 나무껍질이 점점 벗겨지고, 그것이 피거품이 묻은 채 땅으로 떨어지는 것이었다. 더 이상 인간이라고도 말할 수 없는 이 끔찍한 모습 속에서 두 개의 검은 눈만이 세속을 초월한 빛을 내뿜으며 불가사의하게 번득이고 있었다. 피투성이가 된 눈썹 밑에

6 아랍어로 '보름달'이라는 뜻. 아름다운 얼굴을 시사한다.

서도 시선은 확고하게 흔들리지 않고, 눈에는 인지를 초월한 힘이 조용히 깃들어 죽음도 물리칠 수 있는 불멸의 정신력이 있다는 것을 말해주고 있었다. 눈은 주위의 사물을 조용히 관찰하며 확인하고 있는 것처럼 보였다. 육신이 이렇게 망가졌어도 마음의 침착함은 잃지 않은 것이다. 혐오와 경멸에 가득 찬 쓴웃음이 다친 입술에 떠올라 있을 정도였다.

젊은이는 산송장이 매달려 있는 나뭇가지로 다가갔다. 가까이 다가가자, 사냥감을 휘감고 있던 뱀은 마지못해 똬리를 풀고 축축하고 더러운 소굴로 돌아가려고 했다. 그때 더 이상 기다릴 수 없게 된 독수리가 내려왔나 싶더니, 아직 공복을 채우지 못한 뱀의 눈알을 쪼고 격렬하게 버둥거리는 뱀의 몸을 발톱으로 채어서 산으로 날아갔다. 의기양양한 독수리는 쉰 목소리로 울어댔고, 그 울음소리가 산 전체에 메아리쳤다. 독수리가 뱀을 물고 날아오르자, 그만큼의 무게를 지탱하고 있던 삼나무 가지는 밤바람에 흔들린 것처럼 희미하게 삐걱거리는 소리를 냈다. 그 소리가 그치자 완전한 적막이 찾아왔다.

잠시 후, 빈사 상태의 남자한테서 마침내 목소리가 새어나왔다. 목구멍 깊숙한 곳에서 간신히 짜낸 그 목소리는 희미하고 잔뜩 쉬어 있었다. 남자의 말은 기묘하고 불가사의한 혼잣말 같았다. 말은 띄엄띄엄 토막이 났고, 내용은 모두 제각각이어서 얼핏 보기에는 아무 관련성도 없는 이야기 같았다.

"그 대단한 폭군이 승리해도 그것은 패배다. 놈에게 학대받은 적에게는 얼마나 기쁜 일인가! 놈의 발 아래 짓밟힌 벌레 같은 인간들의 승리다. 이런 식이면, 놈은 스스로 제 목을 조를 뿐만 아니라 이 세상의 거대한 구조도 함께 처리해버릴지 모른다. 죽음의 닫힌 문 앞에는 기쁨과 승리감이 기다리고 있다. 죽음의 문의 어둡고 무서운 그늘 밑에서 산다 해도 나는 무섭지 않다. 그곳에는 그처럼 대단한 폭군인 너의 힘도 미치지 않으니까. 나라를 세운 것은 너일지 모르지만, 나라를 망치는 것, 파괴하는 것은 내 손에 달려 있다. 나는 너의 노예였지만, 지금은 너와 대등한 너의 적이다. 너의 옥좌 앞에서 두려움에 떠는 민중은 내가 한마디만 하면 너의 더러운 머리에서 황금 왕관을 벗길 것이다." 그는 말을 끊었다. 그 후에는 낮의 고요만이 주위를 지배했다.

알베디르는 나무에 찰싹 매달려 있었다. 너무 당황해서 눈을 피할 수가 없었던 것이다. 서서히 다가오는 공포감에 당황하여 아무 말도 나오지 않았다.

"알베디르." 같은 목소리가 말했다. "알베디르, 신의 이름으로 부탁한다. 제발 이리 와다오. 신은 내가 추락하는 것은 보고도 못 본 체했지만, 자네라면 지켜봐주실 것이다. 상냥하고 자비로운 사람의 사랑은 고통이나 공포를 바라지 않으니까. 부탁한다. 이리 와다오. 제발 이리 와다오, 알베디르."

그 음색은 아이올로스의 하프[7]가 바람에 울리는 것처럼 아름답고 선명했다. 알베디르의 귀에는 마치 6월의 따뜻한 산들바람이

---

[7] 셸리는 바람과 하프의 관계를 영감과 시인의 관계로 파악했다. 「시의 옹호」의 역주 5 참조.

풀로 뒤덮인 숲의 부드러운 지면을 스치며 모든 것을 부드럽게 누그러뜨리는 그런 소리로 들렸다. 동정의 눈물이 알베디르의 눈에서 넘쳐흘렀다. 마치 친구의 하소연 같았다. 어릴 적 친구나 마음의 형제가 왜 빨리 도와주지 않느냐고 화를 내고 있는 듯한 느낌이었다. 그는 이 불가사의한 충동에 거역하지 못하고, 다친 남자를 땅으로 내리려고 조심스럽게 그쪽으로 다가갔다. 그리고 그 가엾은 남자를 들쳐메고 나무를 내려와 땅바닥에 눕혔다,

두 사람 사이에는 한동안 야릇할 정도의 정적이 흘렀다. 처음에 느낀 경외심과 차가운 공포심이 알베디르의 마음속에서 연민의 감정으로 서서히 바뀌기 시작했을 때, 아까와 같은 아름다운 목소리가 맑은 가락으로 말을 걸어오는 소리가 들렸다.

"나 때문에 울지 말게, 알베디르. 삶에 버림받은 가련한 몸인데, 이 멋진 곳에서 평안을 만나 생기를 되찾을 수 있었으니까. 나는 다쳤고 고통에 신음하고 있지만, 이 외진 곳에서 은신처를 찾았고 자네를 친구로 삼았으니, 동정보다는 부러움을 받아 마땅하다네. 남에게 들키지 않도록 나를 자네 집으로 데려가다오. 이런 꼴을 보여서 자네 부인을 놀라게 하고 싶지 않네. 자네 부인은 나를 친오빠보다 더 사랑해줄 걸세. 나는 자네 아이들의 놀이 상대도 되어주려네. 자네 아이들은 아직 만나지도 않았는데 벌써 아버지라도 된 듯한 애정을 느끼고 있다네. 그래서 내가 갔을 때 이상하게 생각하거나 놀라거나 하는 건 바라지 않네. 잘못이나 과장은 누구에게나 따라다니는 법이지만, 그래도 레바논을 여기저기 떠돌아다니던 자가 절벽에서 골짜기로 떨어졌다는 것은 너

무나 이상한 이야기니까." 그의 목소리는 낮아졌지만 말투는 엄숙했다. "그러니 알베디르, 내가 자네와 자네 가족을 사랑하는 대신, 이것만은 따라주었으면 좋겠네."

알베디르는 두말없이 그의 말에 따랐다. 따르지 않겠다는 생각은 조금도 머리에 떠오르지 않았다. 그는 남자를 등에 업고 집으로 향했다. 아내 할레드[8]가 나가는 것을 확인한 뒤, 이따금 손님을 재우는 방으로 남자를 데려갔다. 그러자 남자는 문에 단단히 빗장을 걸고, 내일 아침까지 상태를 보러 오지 말아달라고 부탁했다.

알베디르는 할레드가 돌아오기를 초조하게 기다렸다. 아내 몰래 무언가를 한 적이 없었기 때문에, 잠깐이기는 하지만 순진하고 거짓말에 익숙지 않은 마음에는 그것이 사악하고 꺼림칙한 주문 같은 그림자를 드리우고 있었다. 손님의 이야기에 감화되어 자유분방하고 즐거운 상상이 흘러넘친 탓이기도 했다. 뭐라고 불러야 좋을지 모를 만큼 아름답고 종잡을 수 없는 희망이 그의 마음속에 가득 찼다. 설령 그것이 환상이라 해도, 그 자신이 희망의 모습을 몸에 걸친 것 같았다. 그래도 그의 마음에는 불안과 낭패가 따라다니고 있었다. 소용돌이치는 물의 흐름처럼 생각이 떠올라, 그 모습은 마치 파도가 미지의 운명에 흔들리고 무정한 손으로 예기치 않은 변화가 일어나는 것 같았다. 알베디르는 마당을 맴돌면서 오늘 일어난 일을 되새겨보았다. 정신을 집중하여 세부

---

8 '불멸'이라는 뜻. 실제로는 남성 이름이다.

에 이르기까지 모두 생각해내려고 애썼다. 하지만 생각해낼 수가 없었다. 그는 아직도 제 힘으로는 수습할 수 없는 생각에 사로잡혀 있었다. 경악과 공포, 경외심, 강한 동정심, 불가사의한 고양감 때문에 판단력을 잃고 있었다. 너무 감동한 나머지, 잘 생각하거나 따져물을 수가 없었던 것이다.

드디어 할레드가 돌아왔기 때문에 그의 생각은 거기서 중단되었다. 그녀는 조용한 휴식처인 집에 아무런 의심도 품지 않고 들어왔다. 그것은 영원한 세상이 뒤집히는 일이 있어도 이 신성한 집을 어지럽히는 변화는 일어나지 않는다고 믿는 듯한 태도였다. 안에 들어오자 그녀는 알베디르에게 눈길을 보냈다. 그 순간 그는 숨을 헐떡이며 다짜고짜로 그날 일어난 사건을 털어놓았다. 할레드의 조용한 숨결은 숨도 제대로 쉬지 못하는 남편의 이야기를 따라가지 못할 정도였다. 그녀는 남편의 허둥대는 말투나 흥분한 표정을 보고 몹시 놀라고 당황했다.

제4장

이튿날 아침, 알베디르는 동이 트자마자 손님의 상태를 보러 갔다. 손님은 벌써 일어나서 정원의 꽃을 자기 방 창문의 창살에 장식하고 있었다. 그 태도나 몸짓을 보면 이 집에 완전히 익숙해진 듯한 느낌이 들었다. 그에게 알베디르의 집은 오래 살아서 정이 든 집 같았다. 그는 알베디르에게 밝고 친근하게 인사를 했다.

그것은 언제나 배려에 가득 차 있는 그의 마음을 엿보게 해주는 목소리였다.

"친구여, 이 골짜기도 이슬 향기는 감미롭군. 아니면 바람들이 서로 특별히 의논해서 이 마당에만 최상의 향기를 뿌리고 있는 걸까. 자, 팔을 좀 빌려주게. 몸이 많이 흔들리고 있으니까."

그는 밖으로 걸어 나가려 했지만 발이 나가지 않는 듯 문 옆에 놓인 걸상에 주저앉았다. 두 사람은 잠시 침묵을 지키고 있었다. 즐겁고 행복한 눈길을 나누는 것을 침묵이라고 부를 수 있다면 말이지만. 이윽고 그는 벽에 기대 놓여 있는 가래를 발견했다.

"자네는 가래를 하나밖에 갖고 있지 않군. 밭을 가는 도구는 이것 하나뿐인 모양이야. 자네 텃밭도 넓히지 않으면 안 돼. 빨리 하지 않으면 안 돼. 오늘 밤도 내일도 내 밥값을 하기는 어렵지만, 그 후에는 아무일도 않고 거저 신세를 질 생각은 없으니까. 물론 자네가 기꺼이 일을 더 많이 해서 나를 먹이려 하고 있다는 것은 알고 있네. 그렇게 일을 많이 하면 피곤하겠지만, 피곤함 속에서 일종의 기쁨을 느끼리라는 것도 알고 있다네. 하지만 나도 그런 기쁨을 맛보고 싶군. 그런 기쁨을 느끼고 싶어." 그의 눈은 어딘가 피곤해 보였고, 목소리도 기운이 없었다.

이렇게 이야기를 하고 있을 때 할레드가 들어왔다. 손님은 그녀를 손짓으로 불러서 자기 옆에 앉으라고 말하고는, 그녀의 손을 잡고 그녀의 상냥한 얼굴을 지그시 바라보았다. 할레드는 하룻밤 잠을 자서 기운을 차렸느냐고 물었다. 그는 태평하고 무던한 웃음소리를 내고 그녀의 한 손을 알베디르의 손 위에 올려놓았다.

"이 향기로운 골짜기에서 자는 것을 잠이라고 한다면, 당신들의 상냥한 미소에 둘러싸인 채 서로 사랑하는 사람들의 목소리가 들리는 곳에서 자는 것이 잠이라면, 지독한 불행에 시달리면서 잠을 잔 사람이라도 일어났을 때는 나비보다 가볍게 기분이 들떠 있을 겁니다. 나는 이곳과는 전혀 다른 어지러운 나라에서 왔지요. 그런데 뜻밖에도 당신들을 만나, 지금까지 상상조차 하지 못한 꿈속에 있답니다. 이곳에 있지 않으면 안 됩니다. 나가면 안 돼요."

할레드는 멍한 얼굴로 손님의 몸짓을 바라보며 그의 멋진 말에 귀를 기울이고 있다가 퍼뜩 정신을 차리고, 우리 집에 와주어서 정말 기쁘다고 말했다. 알베디르도 그가 와준 것에 대해서는 할레드보다 더 감격하고 있었기 때문에, 그에 대한 깊은 애정을 진심으로 전했다. 손님은 두 사람이 보기 드물 정도의 열의와 성의를 담아서 말하는 것을 듣고 미소를 지으며 일어나서 쉬러 가려고 했지만, 그때 할레드가 말했다.

"우리 아이들, 마이무나와 압달라⁹를 아직 만나지 않으셨죠? 지금 호숫가에서 사이좋은 뱀과 놀고 있답니다. 저 작은 숲을 지

---

9 마이무나는 '행복한, 축복받은'이라는 뜻. 압달라는 '신의 하인'이라는 뜻. 마이무나라는 이름은 부앵빌 부인에게 셸리가 붙여준 애칭이기도 했다. 부앵빌 부인은 프랑스의 장군 장-밥티스트 샤스텔 드 부앵빌의 아내로, 남편이 1813년 나폴레옹 군대의 모스크바 퇴각 때 사망하자 런던으로 건너가 급진적인 살롱을 열었고, 젊은 셸리도 이곳에 드나들었다.

나 호수 위로 밀려나가 있는 바위산 속의 오솔길을 따라가면 그곳에 갈 수 있어요. 아이들이 있는 곳은 벼랑과 벼랑 사이에 끼여 있어서 남들 눈에 잘 띄지 않는 호숫가이고, 마치 바위산과 숲에 둘러싸여 있는 듯한 곳이에요. 거기까지 걸어가실 수 있나요?"

"당신의 아이들을 만나기 위해서 말인가요? 할레드 당신과 알 베디르가 양쪽에서 나를 부축해주면 갈 수 있을 거요."

그래서 세 사람은 오래된 노송나무 숲을 지나갔다. 그곳에는 향기로운 관목도 군데군데 자라고 있고, 아름다운 골짜기 여기저기에 가지각색의 꽃이 빛나는 별처럼 아름답게 피어 있었다. 푸른 목장을 지나서 양쪽이 암벽으로 되어 있는 오솔길로 접어들었다. 그곳은 향기로운 관목으로 장식된 것 같아서 무척 아름다웠다. 구불구불한 길을 더듬어 황무지를 빠져나가자 드디어 호숫가에 이르렀다. 호수로 밀려나가 있는 바위 위에 올라서자, 호수 주변을 꾸미고 있는 광경이 한눈에 들어왔다. 그것은 자연과 사람의 손이 함께 짜낸 기적 같은 광경이었다. 손님은 얼굴에 어떤 감정도 드러내지 않고 그 광경을 바라보고 있었지만, 깊은 생각에 잠겨 있는 것 같기도 했다. 그것을 본 할레드는 그의 손을 잡고 작은 목소리로 말했다.

"저기예요, 저기. 보세요. 저길 봐주세요."

그는 할레드 쪽을 보았지만, 그녀는 그를 보고 있지 않았다. 그녀는 낭떠러지 아래를 내려다보고, 마음을 가득 채우는 생각에 사로잡혀 입을 다물고 있을 수가 없었다. 숨결은 규칙적이긴 했지만, 숨소리가 들리지 않을 정도가 되었다. 그녀가 낭떠러지에서 몸을 앞으로 내밀었기 때문에, 아래로 늘어진 검은 머리카락이 테두리를 이루어 애정에 빛나는 아름다운 얼굴이 더욱 돋보였다. 그녀의 시선을 따라가보니, 손님에게도 아래 골짜기에 있는 아이들의 모습이 보였다. 얼마나 행복한 아이들인가 생각하며 고개를 들자 그녀와 눈이 마주쳤다. 그들은 같은 생각을 하고 있다는 것을 알아차리고 마주보며 고개를 끄덕였다.

아들은 여덟 살쯤 되어 보였고, 딸은 두 살 아래인 것 같았다. 두 아이의 모습과 얼굴은 너무나 성스럽고 특별나서 도저히 이 세상 사람으로는 보이지 않았다. 그것은 즐거운 꿈처럼 보는 사람의 감각을 압도할 정도였다. 아이들은 아마포로 지은 헐렁한 옷을 입고 있어서, 아름다운 몸매를 알아볼 수 있었다. 어른들이 보고 있다는 것을 모르기 때문에 아이들은 지금 하고 있는 놀이를 그만두지도 않았다. 뭘 하고 있나 하고 봤더니, 나무껍질로 만든 작은 배에 깃털을 엮어서 만든 돛을 세워 호수에 띄우고 있었다. 두 아이는 하얗고 평평한 돌 옆에 앉아 있었고, 돌 위에는 작은 뱀[10]이 똬리를 틀고 있었다. 배가 완성되자 아이들은 일어나서 노래하는 듯한 말투로 뱀을 불렀다. 그러자 뱀에게 그들의 뜻이 통한 모양이다. 뱀이 빛나는 똬리를 풀더니 작은 배로 기어갔다. 뱀이 배에 올라타자 소녀가 배를 호숫가에 묶어두었던 끈을 풀었다. 배는 호수의 수면을 미끄러져 나갔다. 아이들은 기뻐서

---

[10] 그노시스주의에서 뱀은 악에 대항하는 선으로서 인간의 이성을 나타낸다. 그것을 마이무나가 가슴에 품은 것은 상징적이라고 할 수 있다. 소녀에게 안긴 뱀의 모습은 장시 『라온과 시스나』(1817년에 집필, 발표) 제1편 20절에도 묘사되어 있다.

손뼉을 치면서 후미 주위를 맴돌면서 뛰어다니고, 의미를 알 수 없는 말에 가락을 붙여서 외쳤다. 뱀은 끊임없이 목을 움직여 거기에 응답하고 있는 듯했다. 마침내 호숫가에서 바람이 불자 배의 방향이 바뀌어 후미에서 밖으로 나갈 것 같았다. 뱀은 그것을 알아차리고 물속으로 몸을 날리더니 아이들이 있는 곳으로 헤엄쳐 돌아왔다. 소녀가 노래를 부르자 뱀은 몸을 날려 소녀의 가슴으로 뛰어들었다. 소녀는 뱀을 하얀 팔로 소중하게 끌어안았다. 하지만 소년도 노래를 불렀기 때문에, 뱀은 소녀의 품에서 빠져나가 소년 쪽으로 기어갔다. 이런 식으로 놀고 있는 동안 마이무나가 문득 위를 쳐다보고 부모가 낭떠러지 위에 있는 것을 발견하고는 가파른 길을 달려 절벽 위로 올라왔다. 압달라도 뱀을 내려놓고 기쁜 듯이 달려왔다.

『프랑켄슈타인』의 서문

[『프랑켄슈타인』[1]은 메리 셸리의 작품이지만, 이 서문은 셸리가 메리의 입장에서 쓰고 있다. 이런 사실을 메리는 1831년판의 서문에서 밝히고 있다.]

꒰ꕤ꒱

이 소설의 바탕이 된 사건은 다윈 박사[2]나 독일의 일부 생리학자들 사이에서는 있을 수 없는 일은 아니라고 여겨져왔다. 내가 이런 상상력의 산물을 조금이라도 진지하게 믿고 있다고는 생각지 말아달라. 하지만 이것을 공상 작품의 토대로 채택할 때, 반드시 초자연의 공포를 짜맞추어 만든 거라고는 생각지 않았다. 이 소설의 재미가 걸려 있는 사건에는 유령이나 마법을 다룬 데 불과한 이야기에서 찾아볼 수 있는 결점은 존재하지 않는다. 이야기 속에서 전개되는 장면은 참신하고 높은 평가를 받을 만하다.

---

1 메리 셸리는 1817년 5월에 집필을 끝냈고, 1818년 1월 1일 『프랑켄슈타인, 또는 현대의 프로메테우스』라는 제목의 3권으로 출간되었는데, 익명으로 출간된 대신 퍼시 셸리가 쓴 서문이 실려 있다. 제2판은 1823년 8월 11일 2권으로 출간되었고, 이때 저자 이름을 밝혔다. 1831년 10월 31일 내용을 크게 수정한 개정판이 단권으로 나왔는데, 장문의 저자 서문도 포함되었다.

2 이래즈머스 다윈(1731~1802)은 영국의 의사·자연철학자로, 박물학자 찰스 다윈의 할아버지다. 찰스는 『종의 기원』에서 진화론을 확립하고 자연계의 다양성을 설명했지만, 이래즈머스가 찰스보다 먼저 진화라는 개념을 생물계에 도입했다.

설령 물리적 사실로서는 불가능하다 해도, 현실의 사건을 평범하게 관련지어 묘사하는 것보다 인간의 정열을 좀 더 폭넓고 당당하게 묘사하려면 어떤 관점에서 상상력을 작동시켜야 하는가를 보여주고 있다.

이처럼 나는 인간성의 기본 원리의 진실을 유지하려고 노력하는 한편, 그런 기본 원리의 조합에 대해 신기축을 시도해보기로 했다. 그리스의 비극시 『일리아스』도 ─ 셰익스피어는 『템페스트』와 『한여름 밤의 꿈』에서, 특히 밀턴은 『실낙원』에서 ─ 신기축의 수법에 따르고 있다. 그리고 평범한 작가도 이 작품으로 독자를 즐겁게 해주고 자신도 즐기기 위해, 주제넘지 않을 정도로, 자유로운 수법이라고도 말할 수 있는 이 방식을 산문에 응용하고 있다. 이 수법을 적용함으로써 인간의 감정을 수없이 다양하게 조합하여 훌륭한 작품을 만들어냈다고 말할 수 있다.

내 이야기의 바탕에 놓여 있는 사건은 일상의 사소한 대화에서 생겨났다. 반은 즐거움을 얻기 위해, 그리고 반은 아직 경험해보지 않은 심적 능력을 작동시켜보려는 생각에서 시작되었다. 하지만 작품을 써 나가는 동안 다른 동기들이 섞여들었다. 등장인물들의 다양한 감정이 보여주는 심적 경향이 어떤 것이든, 독자에게 영향을 주는 것에 대해 나는 결코 무관심할 수 없었다. 하지만 이 점에 관하여 내 주된 관심은 현대 소설에서 볼 수 있는 기력을 소모시키는 효과를 피하고, 가족을 사랑하는 다정한 마음씨와 보편적 미덕의 훌륭함을 보여주는 데 있다. 주인공의 성격이나 환경에서 자연스럽게 생겨난 사고방식이 언제나 나 자신의 확신이라고 생각하고 싶지는 않다. 또한 다음에 나올 이야기에서 어떤 것이든 철학 이론에 대한 편견을 독자에게 품게 할 생각도 없다.

덧붙여 말하면, 저자에게 중요한 것은 이 이야기가 장엄한 장소에서 쓰였고 그곳이 주로 이야기의 무대가 되었다는 것, 그리고 지금도 그립기 그지없는 교우 속에서 태어났다는 것이다. 1816년[3] 여름을 나는 제네바 근교에서 보냈다. 춥고 비가 많은 계절이었는데, 밤이 되면 우리는 장작이 붉게 타오르는 난로 주위에 모여 때마침 손에 들어온 독일의 유령 이야기[4]를 즐길 때도 있었다. 이런 이야기에 자극을 받아, 우리는 재미삼아 그것을 흉내내보고 싶다고 생각했다. 두 친구[5]와 나는 각자 초자연적인 사건에 바탕을 둔 이야기를 쓰려고 했다.

하지만 갑자기 날씨가 회복되어, 두 친구는 나를 남겨두고 알프스로 여행을 떠나버렸다. 그리고 산들이 보여주는 웅장한 경치에 둘러싸인 채 유령 따위는 까맣게 잊어버렸다. 유일하게 완성을 본 것은 다음의 이야기뿐이다.

---

3 1816년은 유럽인들에게 '여름이 없었던 해'로 기억된다. 1815년 4월 인도네시아의 탐보라 화산이 폭발하여 화산재가 성층권으로 올라가 지구 주위를 돌면서 태양에너지를 차단해 지구의 기온을 낮췄고, 유럽과 한반도까지 영향을 미쳐 이상기후와 흉작의 원인이 되었다.

4 『판타스마고리아나(Fantasmagoriana)』의 프랑스어판.

5 퍼시 셸리와 바이런을 가리킨다.

The Letters

편지들

존 키츠에게 보낸 편지

피사에서, 1820년 7월 27일

친애하는 키츠[1]

  자네가 위험한 병[2]에 걸렸다는 소식을 듣고 얼마나 마음이 아픈지 모르겠네. 소식을 전해준 기즈번 씨[3]는 결핵에 걸린 자네의 용태가 조금도 변함이 없다고 하더군. 이 결핵이라는 놈은 자네처럼 뛰어난 시인들을 특히 좋아하는 병이지. 그리고 영국의 겨울 날씨의 도움을 얻어 제멋대로 상대를 고를 때가 많다네. 나는 젊고 온화한 시인들이 이 병에 희생되지 않으면 안 된다고는 생각지 않네. 이런 시인들은 그런 결과에 대해서까지 시의 여신들과 계약을 맺은 건 아니니까 말이야. 하지만 진지하게 말하겠는데(굳이 이렇게 말하는 것은, 그렇게 걱정하면서도 농담을 했기 때문일세), 자네는 그런 위험한 병에 걸렸으니까 이탈리아에서

---

1 존 키츠(John Keats, 1795~1821)는 퍼시 비시 셸리, 조지 고든 바이런과 함께 19세기 영국 낭만주의 전성기의 3대 시인으로 꼽는다. 셸리는 이 전도유망한 시인과 런던의 햄스테드에 있는 리 헌트(「샬럿 공주의 죽음과 관련하여 인민들에게 보내는 글」의 주 1 참조)의 집에서 처음 만났다. 그 후 두 사람의 우정은 별로 깊어지지 않았지만, 1821년에 키츠가 죽자 셸리는 그를 애도하는 시 「아도네이스」를 지었다.
2 키츠는 1820년 2월에 폐결핵에 걸려, 요양하기 위해 11월에 이탈리아로 갔다가 이듬해 2월에 로마에서 요절했다.
3 존 기즈번. 마리아 기즈번(「아테네 사람들의 문학과 예술과 풍속에 관한 시론」의 주 4 참조)의 남편.

겨울을 보내는 게 좋겠다고 생각하네. 만약 자네가 그럴 필요가 있다고 생각한다면, 그리고 피사나 그 근교를 괜찮은 곳으로 생각한다면, 자네 거처는 우리가 정해주고 싶네. 자네는 배를 타고 바닷길로 리보르노[4]에 오면 돼. (프랑스에는 볼 만한 게 없고, 바다는 폐가 약한 사람에게는 특히 좋으니까.) 리보르노는 우리가 사는 곳에서 2, 3마일 거리에 있지. 어쨌든 자네는 이탈리아를 보지 않으면 안 돼. 그 동기로 자네 건강이 좋은 구실이 될 걸세. 조각이나 회화나 유적에 대해서는 자세히 쓰지 않겠네. 산과 강, 들과 하늘의 색조 따위에 대해서도 쓰지 않겠네.

최근에 자네의 『엔디미온』을 다시 한 번 읽었네. 그리고 이 시는 여러 가지 시적 보물을 갖고 있다는 느낌을 새로이 갖게 되었지. 이 시에서는 그런 보물이 무진장으로 풍부하게 넘쳐 나오고 있네. 일반인들은 이를 견딜 수 없겠지. 바로 그게 이 시가 비교적 적은 부수밖에 팔리지 않은 원인일세. 나는 자네가 위대한 일을 해낼 수 있는 사람이라고 확신하네, 그러니까 어쨌든 해보게.

나는 내가 출간한 책을 자네한테 보내주라고 올리어 씨한테 부탁했다네. 자네는 『사슬에서 풀려난 프로메테우스』를 이 편지와 거의 동시에 받을 수 있을 걸세. 『첸치 일가』는 이미 받았을 거라고 생각하네. 이 『첸치 일가』는 다른 문체로,

"'선'보다도 훨씬 낮고, '위대함'보다도 훨씬 높게"[5]

---

4 이탈리아 서해안, 리구리아 해에 면해 있는 항구 도시. 피사 근처에 있다.

세세한 데까지 충분히 공을 들여 정성껏 쓴 작품이라네. 나는 지금까지 시에서는 대략적인 체계나 형식화를 피하려고 애써왔네. 그래서 나를 능가하는 천재적 재능을 가진 시인들도 같은 마음가짐을 가져주기를 바라고 있지.

자네가 영국에 남아 있든, 이탈리아로 여행을 오든, 자네가 어디에 있든, 무엇을 계획하든, 내가 자네의 건강과 행복과 성공을 진심으로 바라고 있다는 것을 마음속에 단단히 새겨두게.

자네의 성실한 벗
P. B. 셸리

---

5 토머스 그레이(1716~1771)의 「시의 진보」에서.

바이런에게 보낸 편지

피사에서, 1821년 4월 17일

친애하는 바이런 경[1]

근교[2]로 잠깐 여행을 갔다가 돌아와 보니 귀형의 편지가 와 있더군요. 그래서 답장을 보내는 것이 늦어지고 말았습니다.

나는 클레어[3]가 귀형에게 보낸 편지를 보지 않는다고 전에 말했을 겁니다. 클레어의 편지들은 충분히 괘씸하고, 알레그라[4]에 대한 클레어의 견해는 터무니없다고 쉽게 상상할 수 있습니다. 메리도 나와 마찬가지로 알레그라에 대한 귀형의 조치는 비난할 여지가 없다고 납득하고 있습니다. 지금 형편에서는 귀형께서도

---

[1] 조지 고든 바이런(George Gordon Byron, 1788~1824)은 영국 낭만파를 대표하는 시인으로, 자유분방하고 유려한 정열의 시를 써서 열광적인 인기를 얻었다. 『차일드 해럴드의 편력』의 성공으로 문단의 총아가 되었고, 『돈 주앙』과 『맨프레드』 등으로 이름을 날렸다. 방랑하는 청년 귀족으로서 유럽 대륙을 편력했으며, 그리스 독립전쟁에 지원했다가 객사했다.

[2] 리보르노. 이 무렵 셸리는 이탈리아 피사에 살고 있었다.

[3] 클레어 클레어먼트(1798~1879). 메리 셸리의 이복 여동생으로, 바이런과 한때 연인 사이였으며, 셸리는 1816년 5월 제네바 교외에서 클레어의 소개로 바이런을 만났다.

[4] 클라라 알레그라 바이런(1817~1821). 바이런과 클레어 클레어먼트 사이에 사생아로 태어난 딸. 처음엔 셸리 부부의 집에서 어머니와 함께 살았으나, 생후 15개월 때 바이런이 데려가서 위탁부모에게 맡겼으며, 나중에는 로마 가톨릭 수녀원에 보내졌는데, 다섯 살 때 발진티푸스로 죽었다.

가까운 수녀원에 딸을 보내지 않을 수 없을 거라는 데 우리 두 사람의 의견은 완전히 일치하고 있습니다. 귀형의 조치에 대한 클레어의 이견에 대해서는 우리도 비난은 하지만 그녀를 가엾게 여길 수밖에 없고, 생각이 짧은 어머니에게 흔히 있는 애정이라고 귀형께서도 너그럽게 봐주셨으면 합니다. 나는 클레어에게 귀형의 편지를 보여주지 않습니다. 애를 태우고 짜증 나게 할 게 뻔한 원인은 피하는 게 상책이지요. 그 원인은 초조감을 느끼는 사람을 괴롭히는 나쁜 결과밖에 낳지 않을 테니까요. 여기에 대해서나 다른 어떤 화제에 대해서도 귀형에게 소식을 듣는 것이 나에게 얼마나 큰 기쁨을 주는지는 말할 필요도 없을 겁니다. 메리도 나와 함께 알레그라에게 최대의 관심을 보이고 있습니다. 그래서 귀형을 설득하여 알레그라에 대한 귀형의 현재 계획을 바꾸게 할 사정이라도 생기면, 메리가 그것을 가장 절실하게 보여주고 싶어 한다는 것을 귀형께서 믿어주었으면 합니다.

우리가 베네치아에서 만났을 때 귀형이 말한 주제에 바탕을 둔 비극[5]이 출간되었다는 소식을 신문에서 보았습니다. 아직 그 작품을 직접 보지는 못했지만, 귀형이 가진 역량의 새로운 측면을 꼭 보고 싶습니다. 내가 본 귀형의 마지막 작품은 『돈 주앙』[6]인데, 그 시적 재능에서 귀형은 그 이전에 나온 시들 중에서 가장 뛰어난 작품에 필적한다고 생각합니다. 다만 『맨프레드』[7]에 나온

---

5 5막 시극 『마리노 팔리에로』(1821)를 말한다.
6 돈 주앙 전설을 바탕으로 쓴 풍자 서사시(1819~1824). 16개 시편은 완성되었고, 17번째 시편은 미완으로 끝났다.

저주 장면(잘못 생각한 것일까요?), 『차일드 해럴드의 편력』[8] 제 3편에서 시용이 나오는 장면과 제4편에서 '대양'에 호소하는 시행을 제외한다면 말입니다. 이제 귀형께서는 신뢰할 수 있는 자료가 남아 있는 영원한 시인들이 최고의 작품을 쓰기 시작한 나이에 이르렀습니다. 귀형께서 그 위대한 시인들보다 못한 점이 있다면, 그것은 재능이 아니라 부지런함과 결단입니다. 오! 귀형께서 현재 그리고 여기에 이어진 모든 시대에 대한 영원한 관련의 싹을 내재한 시를 창작하는 위대한 일에 헌신해주기를 나는 바라고 있습니다.

『히페리온』[9]으로 위대한 장래가 촉망되던 키츠는 최근 로마에서 혈관 파열로 죽었습니다. 『쿼털리 리뷰』[10]에 실린 그의 시에 대한 혹평에 절망한 나머지 격렬한 발작을 일으켰고, 그 와중에 일어난 일입니다. 안녕히 계십시오. 메리도 안부를 전해달랍니다.

귀형의 가장 충실한

P. B. 셸리

---

7 초자연적 소재를 바탕으로 쓴 극시(1816~1817).

8 4개 시편으로 이루어진 장편 서사시(1812~1818).

9 '티타노마키아'(티탄족과 올림포스 신족의 10년에 걸친 전쟁)에 바탕을 둔 서사시(1818). 미완성 작품이다.

10 1809년 3월 런던에서 창간된 계간지. 문학과 정치에 관한 기사가 실렸다. 1967년에 발행이 중단되었다.

메리 셸리에게 보낸 편지

라벤나에서, 1821년 8월 7일

사랑하는 메리[1]

어젯밤 10시에 도착해서 오늘 아침 5시까지 바이런 경과 밤새 이야기를 나누었고, 그 후 잠을 자고 11시에 눈을 떴어. 되도록 빨리 아침식사를 마치고, 우편물이 나가는 정오까지 시간을 이용해서 지금 편지를 쓰고 있어.

바이런 경은 아주 건강해. 그리고 나를 만난 것을 기뻐해주었어. 실제로 그는 건강을 회복하고, 베네치아에서의 생활과는 정반대의 생활을 하고 있어. 그는 지금 피렌체에 있는 귀치올리 백작부인[2]과 오랫동안 깊은 관계를 계속 유지하고 있는데, 백작부인은 그녀의 편지에 따르면 아주 상냥한 여성인 것 같아. 두 사

---

1 메리 울스턴크래프트 셸리(Mary Wollstonecraft Shelley, 1797~1851)는 퍼시 셸리의 두 번째 아내. 급진주의 사상가인 윌리엄 고드윈과 여성해방 사상가인 메리 울스턴크래프트 사이에 태어났으며, 『프랑켄슈타인』을 비롯한 저작이 있다. 1812년 가을에 아버지 집에서 셸리를 만난 메리는 1814년 7월에 셸리와 함께 사랑의 도피를 했고, 1816년 12월에 셸리의 전처 해리엇이 자살한 뒤 곧바로 셸리와 정식으로 결혼했다. 남편이 죽은 뒤, 4권으로 된 『셸리 시집』(1839)과 산문집인 『해외에서 쓴 에세이와 편지들』(1840)을 편집 출간했다.

2 테레사 귀치올리(1800~1873). 바이런이 이탈리아 라벤나에 체류하던 시절 사건 정부. 1818년 1월 53세의 귀치올리 백작과 결혼한 지 사흘 만에 바이런을 만나 사랑에 빠졌으며, 이듬해 4월에는 베네치아로 사랑의 도피를 했다. 나중에 『바이런 경의 이탈리아 생활』(1868)을 프랑스어로 썼다.

람이 스위스로 이주할지 이탈리아에 그냥 머물러 있을지 결단을 내릴 때까지 부인은 거기서 기다리고 있지만, 아직은 결정을 내리지 못하고 있나봐. 부인을 수녀원에 보내서 평생 유폐할 계획이 세워졌기 때문에 부인은 어쩔 수 없이 서둘러 교황령에서 도망쳐 나온 거야. 혼인계약에 따른 이탈리아 법률이나 여론의 압박이 그렇게 자주 행사되는 것은 아니지만, 영국보다는 훨씬 엄격한 것 같아.

바이런 경은 베네치아에서 완전히 건강을 해쳤어. 어떤 음식도 소화할 수 없을 만큼 쇠약해졌고, 소모열로 비쩍 말라서 이번 연애를 하지 않았다면 당장 죽어버렸을 거야. 바이런 경은 이 연애 덕분에, 자신의 취향 때문이라기보다 경솔함과 오만함 때문에 빠져 있었던 방종한 생활에서 구원받은 셈이지. 불쌍한 사람이야. 이제는 완전히 건강해져서 정치와 문학에 몰두해 있어. 정치 문제에 관해서 흥미롭지만 자질구레한 것들을 나한테 많이 얘기했지만, 그런 걸 편지에 쓸 필요는 없을 거야.

우리는 어젯밤에 시와 관련해서 많은 이야기를 나누었지만, 우리 의견은 여느 때처럼, 아니 여느 때보다 더 달랐어. 그는 평범한 시밖에 낳지 못하는 비평 체계를 지지하는 체하더군. 물론 그의 뛰어난 시는 모두 이 체계를 무시한 데에서 태어났지만 말이야. 하지만 그의 『마리노 팔리에로』에서는 그의 견해가 위험한 영향을 몇 군데 알아차릴 수 있었어. 그가 그 생각을 버리지 않는 한, 앞으로 그가 아무리 노력해도 그 노력은 위축되고 제약을 받게 될 거야. 나는 아직 그 시를 부분적으로밖에 읽지 못했어, 아니, 부분만 읽었다기보다, 그가 나한테 부분만 읽어주고 전체의 구상을 말해주었지.

그의 말에 따르면, 알레그라는 아주 예쁘게 자랐지만 성품이 격렬하고 건방져서 걱정이라고, 그가 푸념하더군. 알레그라를 이탈리아에 남겨둘 생각이 없는 것 같아. 이 일 자체가 세간의 관례에서 너무나 벗어난 것이기 때문에 그걸 비난할 수는 없어. 그의 말에 따르면 귀치올리 백작부인은 알레그라를 무척 좋아한다는군. 그러니까 백작부인이 바이런의 표면상 정부로 지낼 작정이라면 왜 알레그라를 돌봐줄 수 없는지, 나는 그 이유를 모르겠어. 이 모든 일에 관해서 조만간 더 많은 것을 알게 될 거야.

바이런 경은 충격적인 이야기도 해주었는데, 악의와 적의로 가득 찬 이야기여서 나 자신도 뭐라고 변명하면 좋을지 모를 정도였어. 그런 말을 듣자 내 인내심과 이해심도 견딜 수가 없어서, 사람 얼굴을 전혀 볼 필요가 없는 어딘가 눈에 띄지 않는 은신처라도 찾고 싶은 심정이었어. 엘리즈[3]가 우리한테 해고된 데 앙심을 품었는지 아니면 내 적들에게 매수되었는지는 모르지만, 해괴망측하고 터무니없는 이야기를 호프너 부부[4]에게 한 모양이야. 그런데 호프너 씨가 그 이야기를 곧이듣고는 바이런 경에게 편지로 알리고, 그것 때문에 나와 교제를 끊었다면서 바이런 경에게도 나와 절교하라고 권했다는 거야. 엘리즈는 클레어가 내 정

---

3 엘리즈 포기. 1816~1819년에 셸리에게 하녀로 고용된 스위스 여자.
4 리처드 벨그레이브 호프너(1786~1872)와 마리 이사벨라 호프너. 남편은 당시 베네치아 주재 영국 총영사였으며, 화가로도 활동했다.

부라고 주장했대. 그것뿐이라면 좋아. 이런 정도는 세간에서 흔히 사람들 입방아에 오르는 소문이니까. 사람들이 그 소문을 믿든 안 믿든, 자기네 마음대로 생각해도 좋아. 그런데 엘리즈는 이런 말까지 했다는 거야. 클레어가 내 아이를 임신했고, 내가 클레어한테 극약을 주어서 낙태시키려 했지만 성공하지 못했기 때문에 내가 직접 아이를 받아서 버려진 아이를 키우는 보육원에 넣어버렸다고.[5] 나는 지금 호프너 씨가 한 말을 그대로 쓰고 있어. 그리고 이건 우리가 에스테[6]를 떠난 뒤 겨울에 일어난 일이라는 거야. 여기에 덧붙여서 엘리즈는 또 이런 말도 했대. 당신은 나와 클레어한테 너무나 치욕적인 대우를 받았고, 나는 당신을 무시하고 때리면서 학대했고, 클레어도 내 부추김을 받아서 당신한테 모욕을 주지 않는 날이 단 하루도 없었다고.

『리뷰』나 세상 사람들이 뭐라고 하든 나는 조금도 신경 쓰지 않아. 하지만 내가 클레어를 정부로 삼아서 함께 사는 잘못이나 불성실한 짓을 저지른 정도라면 또 모르지만, 아이를―그것도 제 자식을―죽이거나 버리는 따위의 말도 안 되는 죄를 지었다고, 나를 아는 사람들이 그렇게 생각할 수 있다니. 상상해봐, 내가 선에 대해 얼마나 절망하고 있을지. 나처럼 나약하고 민감한 성질을 가진 인간이 이 지옥 같은 인간 사회에 대해 더 이상 도전하지 못하는 모습을 상상해봐. 그게 거짓이라는 것을 당신이

---

5 이 소문의 진위 여부는 지금까지도 수수께끼로 남아 있다. 다만 바이런은 이 소문을 사실로 믿었고, 알레그라를 클레어먼트의 품에서 앗아간 것도 그래서였다고 한다.
6 베네치아 근교의 도시로 바이런의 별장이 있었다.

믿고, 알고, 증명할 수 있다면, 호프너 부부한테 반박하는 편지를 써서, 당신이 그렇게 믿는 근거와 증거를 대주면 좋겠어. 무슨 말을 써야 좋을지, 당신에게 가르쳐줄 필요는 없을 거야. 당신 혼자서도 충분히 할 수 있는데 내가 일부러 당신을 부추겨서 반박하게 할 필요도 없을 거야. 당신이 편지를 써서 여기로 보내주면 내가 그 편지를 호프너 부부한테 전송할게.[7]

---

7 메리가 셸리에게 쓴 답장과 호프너 부인에게 쓴 편지(발췌)는 '부록 ④ ⑤'를 볼것.

부록

① 「이신론에 대한 반박」 각주 3 참조(124쪽)

"유대인들은 크레스타스의 선동으로 폭동을 일으켰지만 간단히 진압
되었다."(수에토니우스의 『황제 열전』 중 '클라우디우스의 생애'에서)

"모든 연령층의 남녀가 많이 있다. 이 미신은 큰 도회지만이 아니라
작은 도회지나 넓은 지역에도 전파되었다."(플리니우스의 편지에서)

"그래서 네로는 그 소문을 무마하고 수습하기 위해 민중이 그 악습
때문에 혐오하고 있던 기독교도를 대신 죄인으로 날조하여 아주 공들
인 잔인한 방법으로 처벌했다. 기독교의 창시자인 그리스도는 티베리우
스 치세에 폰티우스 필라투스 총독에게 처형당했다. 그리고 이 유해한
미신은 잠시 확산이 저지되었지만, 다시 그 병의 원천인 유대만이 아니
라 수도에서 퍼지게 되었다. 수도에서는 이 세상의 온갖 수치스러운 일
이 찬양되었다. 우선 자기가 그 종파라고 고백한 사람들이 체포되었다.
다음에는 그들의 자백으로 수많은 사람들이 방화죄라기보다 오히려 인
류를 증오한 죄로 처형당했다. 그들은 짐승 가죽을 뒤집어쓴 채 개들에

게 물려 죽거나, 십자가에 매달렸다가 해가 지면 밤을 밝히는 불에 태워졌다. 네로는 이 구경거리를 위해 자신의 정원을 제공하고, 야외에 있는 원형경기장에서 행사를 열어, 이륜전차의 마부 복장을 하고 군중과 함께 걷거나 자기가 직접 전차에 타기도 했다. 이리하여 그들은 본보기로 처벌받아 마땅한 죄를 지었음에도 국가의 안녕을 위해서가 아니라 한 인간의 잔인성을 충족시키기 위해 희생되었다는 인상을 줌으로써 그들에 대한 연민의 감정이 생겨나게 되었다." (타키투스의 『연대기』 제15권 44절)

② 「이신론에 대한 반박」 각주 6 참조(126쪽)

"하지만 인간의 입장에서 보기에 자연의 불완전성이 주는 가장 큰 위안은 신에게도 모든 게 가능한 건 아니라는 것이다. 자살은 신이 인간에게 준 모든 형벌 중에서 최고의 은혜임에도 불구하고, 신은 자살하려고 해도 할 수가 없다. 또한 인간을 불멸의 존재로 만들 수도 없고, 10의 두 배가 20이 아니게 할 수도 없으며, 이와 같은 많은 일도 할 수 없다. 이런 사실은 분명 자연의 힘이 존재한다는 것을 증명하고 있고, 신이라는 말로 우리가 의미하는 것은 바로 이것임을 증명하고 있다." (플리니우스의 『박물지』 제2권 5장 27절)

"그래서 이 마음의 공포와 어둠은 몰아내지 않으면 안 된다. 햇빛 또는 햇빛을 받아 반짝이는 화살에 의해서가 아니라 자연의 양상과 법칙을 이해함으로써 그것을 몰아내야 한다, 그리고 여기에서 우리가 얻을 수 있는 최초의 원리는 다음과 같다: 어떤 것도 신의 힘에 의해 무에서 생겨나는 것은 아니다."(루크레티우스의 『사물의 본성에 대하여』 제1권 146~150)

"하늘에 신들이 있다고 주장하는 사람은 없는가.

나는 신이 없다고 대답한다.

어리석은 자처럼 나에게 반박하는 자에게 오래된 신화를 끄집어내게 해서는 안 된다.

사실을 보고, 내 말도 그대로 신용해서는 안 된다.

왕들은 많은 사람을 죽이고, 또한 재산을 빼앗고, 모든 신성한 맹세를 깨고, 도시를 파괴한다.

하지만 이런 행동을 하는 자도 항상 신을 믿고 평온한 나날을 보내는 사람들보다 운이 좋다.

신을 숭배하는 수많은 작은 도시가 엄청난 수의 창에 패배하고

사악한 힘에 지배당한 것을 나는 알고 있다.

하지만 하늘에 기도만 하는 게으름뱅이나

스스로 일하여 생활할 양식을 얻으려 하지 않는 자를

비참한 사건에서 신이 지켜줄지 어떨지 이제 곧 알게 된다."

(에우리피데스의 『벨레로폰』 단장 25)

③ 「시의 옹호」 각주 2 참조(261쪽)

시가 생겨나 완성된 시기에는 삶의 모든 연상들이 시의 재료로 이루

어져 있었다. 우리의 경우에는 정반대다. 하이드파크에는 드리아데스 (숲의 요정들)가 없고 리젠트 운하에는 나이아데스(물의 요정들)가 없다는 것도 우리는 알고 있다. 하지만 야만적인 태도와 초자연적인 개입은 시에는 필수적이다. 장면이나 시간에서 또는 양쪽 모두에서 시는 우리의 통상적인 개념에서 멀리 떨어져 있어야 한다. 역사가와 철학자는 지식을 발전시키고 지식의 진보를 촉진하지만, 시는 쓰레기 같은 과거의 무지 속에서 뒹굴고, 그 시대의 다 자란 어린애들에게 줄 싸구려 장신구와 딸랑이 장난감을 찾기 위해 죽은 야만인들의 유해를 들추고 있다. 스콧 씨는 고대 국경의 밀렵꾼과 소도둑들을 파헤친다. 바이런 경은 모레아 반도의 해안과 그리스 섬들 사이에 출몰한 도둑과 해적들을 조사하고 다닌다. 사우디 씨는 상당히 많은 여행기와 연대기를 힘들여 읽고, 거기서 거짓된 것과 쓸모없고 불합리한 것들을 본질적으로 시적인 것으로 모두 가려낸다. 그리고 기괴한 괴물과 극악무도한 짓으로 가득 찬 진부한 책을 한 권 손에 넣으면 그것들을 엮어서 한 편의 서사시로 만들어낸다. 워즈워스 씨는 노파들과 교회지기들한테서 마을의 전설들을 주워 모은다. 그리고 콜리지 씨는 그와 비슷한 출처에서 얻은 귀중한 정보에다 미친 신학자들의 꿈과 독일 형이상학자들의 신비주의를 덧붙이고, 운문으로 세계에 비전을 준다. 그 운문에서는 교회지기와 노파, 제러미 테일러와 이마누엘 칸트라는 네 가지 요소가 조화를 이루어 기분 좋은 시적 화합물을 만들어낸다. 무어 씨는 페르시아의 이야기를 우리에게 선물하고, 캠벨 씨는 펜실베이니아의 이야기를 선물한다. 그 이야기는 둘 다 사우디 씨의 서사시와 마찬가지로 항해와 여행에 관한 이야기들을 피상적이고 단편적으로 대충 읽고 거기서 이끌어낸 원칙에 따라 형성되었다. 그런 것들은 유용한 조사나 연구 대상이 되지 않을 테고, 양식이 있는 사람이라면 그것들을 모두 무시할 것이다.

④「메리 셸리에게 보낸 편지」각주 7 참조(360쪽)

사랑하는 나의 셸리

헤아릴 수 없을 만큼 강한 충격을 받았지만, 당장 동봉한 편지를 썼어요.

당신 편지에서 엘리즈가 고자질한 대목을 읽어보세요. 나는 아예 글로 쓰지도 못할 거예요. 그걸 쓰다가는 당장 죽을 수도 있었을 거예요. 엘리즈가 나한테 마지막으로 보낸 편지도 보낼게요. 그걸 동봉해서 보낼지 말지는 당신이 최선이라고 생각하는 대로 하세요.

어젯밤에 나는 전혀 다른 상반된 감정을 가지고 당신에게 편지를 썼어요. 우리가 탄 배는 실로 풍파에 시달리고 있지만, 당신은 지금까지 줄곧 그래왔듯이 나를 사랑하고, 하느님은 내 아이를 지켜주고, 우리의 적들은 우리가 감당하기 어려울 정도는 아닐 거예요. 피렌체가 과연 우리가 살기에 적합한 곳인지 잘 생각하세요. 나는 위험과 맞서기를 좋아해요. 그건 솔직히 인정하지만, 무분별하게 굴지는 않겠어요.

안녕, 내 사랑! 몸조심하세요. 아직은 괜찮아요. 내가 받은 충격은 지나갔고, 지금 나는 중상모략을 경멸하고 있어요. 하지만 거기에 반박하지 않고 그냥 넘어가면 안 돼요. 나는 그 거짓 소문을 믿지 않은 바이런 경에게 진심으로 감사하고 있어요. 사랑하는 아내가.

⑤ 「메리 셸리에게 보낸 편지」 각주 7 참조(360쪽)

피사에서, 1821년 8월 10일

친애하는 호프너 부인

2년 동안 격조한 끝에 다시 편지를 드립니다. 게다가 이런 일로 편지를 쓰게 되어서 참으로 유감스럽기 짝이 없군요. 프랑스어로 쓰지 않는 것을 용서해주세요. 부인은 영어도 잘 이해하시고, 저는 너무 심한 충격을 받아서 외국어의 굴레를 저에게 씌울 수가 없답니다. 제 모국어로 글을 쓰는데도 생각이 펜을 앞질러버려서 글씨를 제대로 쓸 수 없을 정도입니다. 저는 이 세상 누구보다도 사랑하고 존경하는 사람, 그와 맺어진 것을 더없는 행복으로 여기는 사람을 비열하기 짝이 없는 중상모략으로부터 지켜주기 위해 이 편지를 씁니다. 이 편지는 너무나 친절하신 부인과 호프너 씨에게 드리는 편지입니다. […] 셸리는 지금 라벤나에 있는 바이런 경을 만나러 갔는데, 오늘 저는 셸리로부터 편지 한 통을 받았습니다. 그 편지에 적힌 이야기 때문에 저는 지금 손이 너무 떨려서 펜을 잡을 수가 없을 정도입니다. 편지에는 엘리즈가 셸리에 대해 소름이 끼칠 만큼 끔찍한 이야기를 부인께 했다고, 그리고 부인은 그 말을 곧이들었다고 적혀 있었습니다. 그 이야기가 얼마나 허황한 거짓인가를 말씀드리기 전에 그 야비한 여자에 대해 몇 마디 하는 것을 허락해주세요. 우리가 로마에 갔을 때 그녀와 파올로 사이에 애정 관계가 형성되었고 나폴리에서 그들의 결혼 이야기가 나온 것은 부인께서도 잘 알고 계십니다. 우리는 모두 그녀를 설득해서 결혼을 단념시키려고 애썼지요. 파올로가 악당이란 걸 알고 있었고, 그녀를 좋게 생각했으니까요. 그런데 한 가지 사건이 일어나, 그들이 결혼도 하지 않은 채 관계를 맺은 걸 제가 알게 되었습니다. 엘리즈가 아파서 의사를 불렀는데, 의사가 엘리즈를 진찰해보고는 유산할 위험이 있다고 말했거든요. 저는 엘리즈를 그 남자와 어느 정도 묶어놓지 않고 세상에 내던지고 싶지 않았습니다. 그 래서 우리는 R.A. 코트 경의 집에서 그들을 결혼시켰습니다. 엘리즈는 우리를 떠났고, 로마에서 가톨릭으로 전향한 뒤 파올로와 결혼하고 피렌체로 갔습니다. 내 아이가 불운하게 죽은 뒤 우리는 토스카나에 왔습니다. 우리는 그들을 만나지 못했지만, 파올로가 거짓 비방으로 셸리한테 돈을 갈취할 계획을 세운 것을 알았습니다. 파올로는 셸리를 파멸시키겠다고 위협하는 편지를 셸리에게 보냈습니다. 우리는 그 협박장을 이곳의 유명한 변호사에게 넘겼고, 변호사는 파올로의 입을 다물게 하려고 자기가 할 수 있는 일을 해왔습니다. 엘리즈는 이 일에 전혀 개입하지 않았고, 실제로 요전날 엘리즈한테서 편지를 받았는데, 편지에서 엘리즈는 나를 사랑한다고 말하면서 돈을 좀 보내달라고 간청했지요. 저는 그 요청을 무시했지만, 엘리즈가 악당의 사주를 받고 있다는 것을 알면서도, 증거가 없다면 엘리즈도 그 악당의 계획에 가담하지 못할 거라고, 그렇게 사악한 여자는 아닐 거라고 믿었습니다. 이제 엘리즈의 비방에 대해 이야기할 때가 되었는데, 그 내용을 옮기려면 정말로 저에게 있는 용기를 모조리 동원해야 합니다. 아무리 참으려 해도 눈물이 날 테니까요. 하지만 다른 방법이 없으니 어쩔 수 없군요.

부인은 셸리를 알고 셸리의 얼굴을 보았는데, 그 이야기를 믿을 수 있었나요? 부인이 경멸하는 여자의 고자질만으로 그걸 믿으시다니, 그건 있을 수 없는 일이라고 저는 기대했고, 생판 남이라면 그자가 퍼뜨리는 중상모략을 믿을지도 모르지만, 제 남편을 한 번이라도 본 적이 있는 사람이라면 아무도 그 중상모략을 믿을 리가 없다고 저는 기대했습니다.

그자는 클레어가 셸리의 정부였다고 말하지만, 맹세코 엄숙하게 말씀드리면 저는 차마 그 말을 여기에 옮겨 적을 수가 없습니다. 제가 지금 반박하려는 이야기를 부인이 보실 수 있도록 셸리의 편지 일부를 부인에게 보내겠지만, 저는 그렇게 야비하고 사악한 거짓에 상상할 수도 없을 만큼 잔인한 이야기를 베껴쓸 바에는 차라리 죽는 게 낫습니다.

그런데 부인이 그걸 믿으시다니! 사랑하는 저의 셸리가 두 분의 마음속에서 그런 중상모략을 받다니! 이 세상에서 가장 점잖고 가장 다정한 셸리가 그런 수모를 당하다니, 그게 저에게는 더 아픕니다. 이루 말로 표현할 수 없을 만큼 괴롭습니다. 남편과 저의 결합은 한 번도 흔들린 적이 없다는 걸 제가 굳이 말할 필요가 있을까요? 우리가 애초에 분별없는 짓을 저지른 원인은 사랑이었습니다. 그 사랑은 상대에 대한 존경과 완전한 신뢰, 확신과 애정으로 더욱 강해졌고, 심한 불행이 우리를 찾아왔지만(우리는 두 아이를 잃었잖아요?) 우리 사랑은 나날이 깊어져서 한계를 모릅니다.

덧붙여 말씀드리면, 클레어는 거의 1년 동안 우리와 떨어져 지냈습니다. 클레어는 피렌체에서 훌륭한 독일인 가족과 함께 살고 있습니다. 그 이유는 분명했습니다. 우리와의 관계 덕분에 클레어는 자기가 알레그라의 생모인 글레어먼트 양이라는 걸 명백히 밝힐 수 있었으니까요. 게다가 우리는 매우 외로운 생활을 하고 있지만, 클레어는 그곳에서 사교계에 들어가 활발하게 지내면서도, 나중에 어머니의 의무를 수행할 자격이 없는 여자로 여겨지지 않도록 아이의 행복에 대한 생각으로만 마음이 가득 차 있었습니다. […] 저를 잘 아는 사람들은 무조건 제 말을 믿지만(저의 아버지가 저에게 보낸 편지에서 제가 거짓말을 하는 것을 본 적이 없다고 말씀하신 것은 그리 오래전 일이 아닙니다), 부인은 사악한 거짓말을 쉽게 믿으셨으니까 진실에 더 귀를 기울이지 않으실지도 모릅니다. 하늘과 땅에서 제가 신성시하는 모든 것을 걸고, 사랑하는 제 아이의 목숨을 걸고 부인에게 맹세하건대, 저는 셸리에 대한 고자질이 거짓임을 알고 있습니다. 이렇게까지 얘기했는데도 아직도 납득이 가지 않으시나요? 제 말이 진실의 말이 아닌가요? 부인에게 탄원하건대, 엘리즈처럼 사악한 여자에 대한 부인의 믿음을 철회하고, 이제는 엘리즈의 파렴치한 거짓말을 무시하겠다는 편지를 저에게 보내주셔서 부인이 지금까지 끼친 해악을 바로잡아주세요.

부인은 우리에게 친절하셨고, 저는 결코 잊지 않을 겁니다. 이제 저는 정의를 요구합니다. 부인은 저를 믿으셔야 합니다. 엄숙하게 간청하건대, 저를 믿는다고 인정하셔서 정의를 보여주시기 바랍니다.

시인의 날개와 개혁자의 시선

• 옮긴이의 덧붙임

이 책은 영국의 낭만주의 시인으로 유명한 퍼시 비시 셸리의 산문들 가운데 중요한, 말하자면 그의 사상적 배경과 문학적 바탕을 보여주는 글들을 골라 엮은 것이다.

셸리의 몸 속에서는 두 가지 존재가 자웅을 겨루고 있었다. 하나는 열정적으로 진리를 추구하며 타협을 모르는 완고한 열광자였고, 또 하나는 환상에 붙잡힌 희생자, "자신의 빛나는 날개를 진공 속에서 휘저으며 헛된 날갯짓을 하는 아름답지만 무기력한 천사"(매슈 아널드)였다. 셸리는 평생 동안 극단적인 이단자였고 규범에 얽매이기 싫어하는 자유로운 영혼이었지만, 사실 그는 대단히 보수적인 배경 출신이었다. 셸리는 1792년 8월 4일 영국 서식스 주 호셤에 있는 필드플레이스에서 태어났는데, 조상들은 17세기 초부터 서식스의 귀족이었으며, 아버지 티모시 셸리(1753~1844)는 완고하고 인습적인 하원의원이었다. 퍼시 셸리는 준남작의 지위를 물려받을 입장에 있었고, 이런 지위에 어울릴 만큼 잘생기고 총명하고 재능도 뛰어났다.

셸리의 유년 시절은 비교적 평온하고 행복한 날들이었다. 하지만 열두 살 때인 1804년 7월에 사이언 하우스 아카데미를 떠나 이튼 스쿨에 들어가면서 그의 학교생활은 비참하고 불행해졌다. 그는 체격이 작고 가냘픈 데다 태도가 괴팍했고, 운동이나 싸움에 서툴렀다. 특히 학교에서 공공연히 벌어지고 있던 '패깅 제도'(상급생이 하급생에게 잔심부름을 시키고 종처럼 부리는 관행)에 반항했기 때문에 '미친 셸리'라는 별명과 함께 괴롭힘을 당했다. 그러나 정의감과 감수성이 남다르게 강했던 그는 교사들과 교우들의 사소한 폭력을 인간의 존엄에 대한 모독이라고 주장하며 한사코 굽히지 않았다. 권위와 압제에 대한 반항 정신은 일반적인 사회 규범과 관습에 대한 저항으로 나타났으며, 결국 그는 모든 불의와 억압에 맞서 싸우는 데 평생을 바쳤다. 그가 윌리엄 고드윈(1756~1836)의 『정치적 정의』를 알게 된 것도 이 무렵이며, 이 책에 기술된 자유주의적 정치사상에 깊은 감명을 받고 사회 개혁의 필요성을 통감하게 된 것으로 보인다.

1810년 10월 옥스퍼드 대학(유니버시티 칼리지)에 입학한 뒤에는 독서에 열중하는 한편 시를 쓰기도 했지만, 인습을 타파하려는 기개에 불탄 나머지 친구인 토머스 제퍼슨 호그(1792~1862)와 함께 「무신론의 필연성」이라는 팸플릿을 만들고, 신의 존재는 경험적 근거로 입증될 수 없다고 주장했다. 이듬해 2월에 그는 이 팸플릿을 출판했다는 이유로 옥스퍼드에서 쫓겨났으며, 그의 대학 생활은 겨우 6개월 만에 막을 내렸다.

런던으로 간 셸리는 누이동생의 학우이자 유복한 커피하우스 주인의 딸인 해리엇 웨스트브룩(1795~1816)을 만나 사랑에 빠졌는데, 아름답고 상냥한 해리엇이 불우한 처지에 놓인 것(아버지한테 학교로 돌아가라는 강요를 받았다)을 알게 된 셸리는 사회적 정의에 대한 자신의 열의를 시험해 보고 싶어서 그녀를 '박해'로부터 구출하기로 결심한다. 해리엇은 셸리의 보호에 몸을 맡겼다. 셸리는 해리엇과 함께 에든버러로 달아나서, 결혼은 압제적이고 사람을 타락시키는 비열한 제도라는 신념에도 불구하고 그녀와 결혼한다. 당시 그는 열여덟 살이었고 신부는 열여섯 살이었다. 젊은 부부는 끊임없이 이곳저곳으로 거처를 옮기면서, 가족이 마지못해 보내주는 약간의 용돈으로 생계를 꾸려나갔고, 이런 처지에 있으면서도 셸리는 아일랜드로 건너가 인권과 가톨릭 해방을 호소하는 팸플릿을 써서 직접 배포하거나 풍선에 매달아 날리거나 유리병에 넣어 바다에 띄워 보냈다. 가는 곳마다 영국 관헌이 셸리의 동태를 감시하고 있었다고 한다.

1813년 런던으로 돌아오자마자 셸리는 스물한 살의 나이에 아버지가 되었고, 최초의 중요한 시인 「마브 여왕」을 발표했다. 몇 달 뒤 셸리는 사상적 스승인 윌리엄 고드윈과 편지 왕래를 시작했고, 고드윈과 여권운동가 메리 울스턴크래프트(1759~1797) 사이에 맏딸로 태어난 메리 울스턴크래프트 고드윈(1797~1851)을 만나 당장 사랑에 빠졌다. 당시 그녀는 열일곱 살이었고, 아버지처럼 급진주의자였으며, 셸리처럼 철학적인 무정부주의자였다.

이때 해리엇은 임신 중이었고, 둘 사이에 태어난 딸 이안테가 있었다. 셸리는 메리를 사실상의 아내로 삼고 본처인 해리엇을

'영혼의 누이'로 삼아 셋이 사이좋게 살고 싶다고 진지하게 제안하여 아내에게 심한 충격을 주기도 했다. 게다가 당시 급진주의의 대표격인 고드윈이 둘의 불륜에 대해 예상 밖으로 격분하자, 1814년 7월에 사랑이 없는 동거는 부도덕하다는 믿음에 따라 해리엇을 버리고 메리와 함께 대륙으로 사랑의 도피를 감행했다. 메리의 이복 여동생 클레어 클레몬트도 함께 따라왔다. 일행은 나폴레옹 전쟁으로 황폐해진 프랑스를 지나 스위스의 루체른에 도착했지만, 돈이 궁해서 라인강을 따라 내려가 영국으로 돌아갔다. 9월에 런던으로 돌아간 세 사람은 집을 빌려 함께 살았다.

2년 뒤인 1816년, 셸리와 메리와 클레어는 시인 조지 고든 바이런(1788~1824)의 후의를 믿고 다시 대륙으로 떠났다. 메리는 지난해에 셸리와의 사이에 낳은 첫아들을 생후 11일 만에 잃었지만, 이때는 생후 3개월 된 아들 윌리엄을 안고 있었다. 또다시 함께 따라온 클레어는 바이런의 아이를 배고 있었다. 일행이 스위스의 레만 호반에 바이런이 빌린 별장에 도착한 것은 1816년 5월이었다. 이 별장에서 메리는 소설 『프랑켄슈타인』의 착상을 얻었다. 같은 해 가을에 런던으로 돌아왔을 때 셸리는 일반 대중과 그의 가족과 친구들이 그를 무신론자이자 혁명가로 생각할 뿐만 아니라 패륜아로 취급하고 있음을 알았다. 1816년 12월 10일, 해리엇이 런던의 서펜타인(하이드파크에 있는 S자 모양의 연못)에서 사체로 발견된다. 투신자살한 모양인데, 셸리가 아닌 다른 남자의 아이를 배고 있었다. 그로부터 20일 뒤인 12월 30일 셸리와 메리는 런던의 교회에서 결혼한다. 하지만 해리엇의 아버지가 그들의 평화를 망쳐버렸다. 셸리는 아내를 버렸으며 그의 반사회적 신념 때문에 자녀 양육에 부적합하다는 이유로 두 손주에 대한 양육권을 요구한 것이다. 엘던 대법관은 셸리에 대한 이 비난을 지지하고, 흄 박사라는 사람을 후견인으로 지명했다. 그러자 당황한 셸리는 "당신 나라의 저주가 당신에게 떨어질 것이다!"로 시작되는 격렬한 시로 반격했다.

1818년에 셸리는 메리와 함께 이탈리아로 가서 피렌체, 피사, 나폴리, 로마 등지를 전전하며 다시는 영국으로 돌아가지 않았다. 1815년에 할아버지가 돌아가셔서 상당한 수입을 얻었지만, 그는 앞일을 생각지 않고 그저 따뜻한 마음으로 윌리엄 고드윈과 리 헌트를 비롯하여 가난한 연금생활자들을 돕느라 그 수입의 대부분을 헤프게 써버렸기 때문에 항상 돈에 쪼들렸고 빚쟁이들에게 시달렸다. 1818~1819년의 아홉 달 사이에 퍼시와 메리 사이에 태어난 클라라와 윌리엄이 둘 다 죽어버렸다. 셸리는 바이런과의 교유를 통해 이 절망적인 상황을 조금은 이겨낼 수 있었다. 그리고 이 무렵, 생애의 마지막 단계는 그의 지성이 가장 크게 성장한 시기일 뿐만 아니라 그가 창의력을 십분 발휘한 시기이기도 했다. 셸리는 심취해 있던 바이런에게 애착을 가졌을 뿐 아니라 에밀리아 비비아니와 제인 윌리엄스 부인에게도 열중하게 되었는데, 이 여성들은 둘 다 셸리의 유명한 사랑의 시에 영감을 주었다. 하지만 그는 감정적인 평정을 잃지 않았다. 덕분에 「첸치 일가」와 「사슬에서 풀려난 프로메테우스」 같은 뛰어난 극시, 그리스의 독립운동을 찬미한 「헬라스」, 영적 사랑을 노래한 「에피사이키디온」, 키츠의 죽음을 애도하는 격조 높은 애가인 「아도네이스」 같은 시를 쓸 수 있었다.

1820년에 셸리 가족은 마지막으로 피사에 정착했고, 여기서 그는 어른이 된 이후 어느 때보다도 충일하고 만족스러운 감정을 느끼게 되었다. 셸리의 '피사 서클'로 알려진 친구들이 주위에 모였다. 한동안은 바이런, 콘월의 젊은이, 에드워드 트렐로니, 퇴역 장교인 에드워드 윌리엄스도 이 서클에 포함되어 있었다. 하지만 파국은 갑자기, 그리고 「아도네이스」의 마지막 연에 예견된 방식으로 찾아왔다. 이 시에서 셸리는 자신의 영혼을 맹렬한 폭풍우에 휩쓸려 미지의 어둠 속으로 들어가는 배로 묘사했는데, 1822년 7월 8일, 셸리와 에드워드 윌리엄스는 갑판이 없는 작은 돛단배 '에어리얼'호를 타고 레그혼에서 스페치아 만의 레리치 근처에 있는 여름 별장으로 가고 있었다. 그때 맹렬한 돌풍이 불어와 배를 물속에 처박았다. 며칠 뒤 시신들이 해안으로 밀려올라왔는데, 신원을 확인하기도 어려울 만큼 처참한 상태가 되어 있었다. 윗옷 주머니에는 소포클레스 희곡집과 키츠의 시집이 들어 있었다고 한다. 전염병이 퍼지는 것을 우려한 당국의 지시로 그의 주검은 비아레조 교외의 해안에서 화장되었다. 이 장례에는 바이런도 참석했지만, 여성은 참석하지 않는 당시의 영국 관습에 따라 메리는 참석하지 않았다. 셸리의 유해는 로마의 개신교 공동묘지에 매장되었고, 심장은 메리와 함께 영국 남부의 본머스에 있는 세인트피터 교구 교회의 부지 안에 있는 무덤에 안치되었다. 로마의 묘석에는 'Cor Cordium'(라틴어로 '마음들 중의 마음'

이라는 뜻)이라는 비명이 새겨져 있다.

그는 미완의 작품인 「생의 승리」를 남겼다. 이 시는 셸리에게는 새로운 출발이었고, 완성되었다면 그의 작품들 가운데 가장 중요한 걸작이 되었을 거라고 평할 만큼 아쉬움이 남는 작품이다. 어쨌거나 시인으로서의 셸리에 대해서는 바이런, 존 키츠(1795~1821)와 함께 '영국 낭만주의 3대 시인'으로 꼽힌다는 평가가 있으니, 내가 사족을 붙일 필요도 없다.

운문의 대가들은 대체로 뛰어난 산문 작가이기도 하다. 셸리는 이런 사실을 입증하는 또 하나의 실례다. 그가 젊은 시절에 쓴 몇 편의 로맨스는 감정 과잉의 미숙함을 보여주기도 하지만, 그의 정치 팸플릿들은, 그것을 썼을 때의 그의 나이를 생각하면 놀랄 만큼 무게가 있고 표현이 간결하며 교훈적이다.

책 앞의 '차례'를 보면 알 수 있듯이, 셸리의 산문들은 인권과 사형제도 같은 문제를 다룬 초기의 정치적 논설에 뒤이어 종교, 철학, 인생, 도덕, 문학 등 여러 분야에 걸쳐 있다. 그만큼 그의 관심은 당대의 여러 현안에 촉수를 내뻗고 있었고, 이는 그의 정신이 시대와 세상을 선도하려는 자의식에 충만해 있었음을 말해준다.

셸리는 학창시절에 익힌 외국어(또한 고전어) 실력을 바탕으로 플라톤의 「향연」을 영역한 것을 비롯하여 단테와 칼데론, 괴테 등 그가 애독한 작가들의 작품을 부분적으로 번역하기도 했다. 또한 친구나 지인들과의 서신 왕래도 많았는데, 700여 통의 편지가 남아 있다고 한다(평론가들은 그의 편지가 유쾌하고 술술 읽힌다면서, 서간문의 범례로 들기도 한다).

하지만 이런 산문들 중에서 가장 주목할 만한 것은 뭐니뭐니 해도 「시의 옹호」다. 친구인 토머스 피콕이 「시의 네 시대」에서 피력한 시의 무용론을 반박하기 위해 쓴 것으로, 원숙기에 다다른 셸리의 시학적 결정체인 동시에 윌리엄 워즈워스(1770~1850)의 『서정 가요집』(제2판, 1800) 서문과 새뮤얼 테일러 콜리지(1772~1834)의 「문학적 자전」(1817)과 함께 영국 낭만주의 문학론의 꽃으로 불리고 있다.

셸리가 살았던 시대는 미국 독립, 프랑스 혁명에 의한 인권 회복, 산업혁명이 초래한 물질문명으로의 길을 급속히 걷기 시작했을 무렵, 바꿔 말하면 민중이 인간으로 살아가는 데 눈을 뜬 시대이고 인간이 물질적 풍요와 동시에 그것과 표리일체를 이루는 폐해도 손에 넣은 시대라고 말할 수 있다. 그가 팸플릿 같은 산문에서 호소하려 한 것은 이런 시대를 사는 젊은이가 공통적으로 품고 있던 권위에 대한 반항심, 절대시되고 있는 것에 대한 회의, 불합리한 것에 대한 분노, 학대받는 자들에 대한 공감이고, 그 해결 수단으로서의 미덕과 뛰어난 지혜에 의한 자기 변혁과 인류애였다. 그는 '시인-입법자'로서의 사명감에 불타서, 초기에는 산문으로 나중에는 시의 형태로 그것들을 세상에 묻고 있다. 그는 "시인은 영감의 비의를 해설하는 사제이고, 미래상이 현재에 던지는 거대한 그림자를 비추는 거울이며… 세계의 공인되지 않은 입법자"(「시의 옹호」)라는 자신의 유명한 '선언'을 몸소 실천한 개혁자이자 시인이었다. 말하자면 셸리는 시인의 날개를 타고 개혁자의 시선으로 세상을 바라보던 것이다. 그의 통찰은 대단했지만, 당시 영국 사회의 '앙시앵레짐'이 너무나 견고한 탓에 혁명가로 뛰쳐나가지는 못했다. 낭만주의자 셸리의 한계였다.

그의 뜻이 생죽음으로 좌절된 것이 안타깝긴 해도, 그의 선구적 견해를 실증하듯, 억압으로부터의 해방과 자유를 바라는 목소리는 19세기와 20세기를 관통했고, 지금도 세계 곳곳에서 떠들썩하게 들려온다. 이런 상황 속에서 셸리의 발언은 오늘날의 과제와도 겹쳐서, 아직도 그 신선함을 잃지 않고 있다. 그의 선구성은 비단 정치적 영역에만 머무르지 않고 자연환경 파괴, 포식과 비만, 빈곤과 기아, 불평등처럼 현대 세계에서 날로 심각성을 더해가고 있는 글로벌한 논제와도 통해 있다.

이 책에 실린 각각의 에세이에 대해서는 '해제'를 통해 설명을 덧붙였기 때문에 여기서 따로 부연할 필요는 없을 것이다. 다만 셸리 산문집에 제목으로 붙인 '예언의 나팔소리'에 대해 몇 마디 보태고자 한다.

이는 원래 셸리의 대표적 서정시인 「서풍의 노래」의 맨 마지막 연에 나오는 구절이다. '개혁자-시인' 셸리의 예언자적 풍모를 드러낸 시구로 유명한데, 그것은 이 산문집을 관통하는 셸리의 목소리이기도 하다. 이 번역의 텍스트인 『Shelley's Prose, or the Trumphet of a Prophecy』를 편집한 데이비드 클라크가 이 구절을 제목(부제)으로 삼은 이유도 거기에 닿아 있을 것이다. 그래서

역자도 거기에 의탁하여(아니, 본받아) '예언의 나팔소리'를 제목으로 삼았다.

셸리의 산문은 마치 시를 쓰듯 어느 순간에 떠오른 단상을 한 달음에 써 내려간 것들이어서, 때로는 문맥이 어긋나거나, 단어나 용어가 일반적 용례를 벗어나는 경우도 적지 않다. (여기서 그의 천재성을 찾기도 한다.) 이 번역은 그 독특하고 비상한 문장을 따라가느라 애를 썼지만, 문맥을 제대로 파악하지 못해 잘못 해석하거나 내포된 함의를 충분히 헤아리지 못한 경우가 적지 않을 것이다. 굳이 변명하자면, 200년 전에 죽은(아, 그러고 보니 2년 뒤인 2022년은 셸리의 사망 200주년이다!) 한 영국 시인–개혁자의 통찰을 지금 한국의 한 독자가 읽어낸다는 것은 간단하거나 수월한 노릇이 아니다. 이런 시대적·상황적 간극을 이해하는 바탕 위에서 이 번역을 읽어주기 바란다.

2020년 여름, 제주 애월에서
김석희

이른비 씨 뿌리는 시기에 내리는 비를 말하며, 마른 땅을 적시는 비처럼
인간의 정신과 마음을 풍요롭게 하는 책을 만듭니다.

셸리 산문집 예언의 나팔소리
퍼시 비시 셸리 지음 | 김석희 옮김

1판 1쇄 발행일 2020년 7월 8일

펴낸곳 이른비 **펴낸이** 박희진
등록 제2020-000136호(2014. 9. 3)
주소 10517 경기도 고양시 덕양구 행신로 143번길 26, 1층
전화 031) 979-2996 **팩스** 031) 979-0311
이메일 ireunbibooks@naver.com

ISBN 979-11-970148-0-2 03840